小镇逸事

残雪 著

湖南文艺出版社

目 录

长发的梦想……………………………… 001

交谈……………………………………… 015

蛇岛……………………………………… 025

山乡之夜………………………………… 040

狮子……………………………………… 067

凄美的生活……………………………… 102

湖藕……………………………………… 115

太姑母…………………………………… 133

矿井……………………………………… 147

金天鹅…………………………………… 159

小镇逸事………………………………… 185

棉花糖…………………………………… 221

黑眼睛…………………………………… 232

陨石山…………………………………… 251

家庭秘密（之一）……………………… 266

家庭秘密（之二）……………………… 282

谜底……………………………………… 299

文史资料续篇…………………………… 312

犬叔……………………………………… 322

母鼠……………………………………… 354

女儿们…………………………………… 371

长发的梦想

　　杂技团的搬运工廖长发从小有个理想，就是在杂技团里当上一名演员，最好是走钢丝的，如果不行，求其次叠椅子或叠罗汉也行。长发的父母都是剧团的工人，一个做厨工，一个做清洁工。经过一番努力，长发却当上了剧团的搬运工，虽然也是正式领工资的，那理想中的职业却眼看着离他越来越远了。长发的工作就是每场演出后将那些道具归还原处，演出时又拿出来，这工作虽不是特别累，但也够烦琐的。长发已经成了家，老婆是农村来的，他们有两个儿子。没有演出的空隙里，长发有时蹬着三轮车去帮人送货，以补贴家用，似乎他这一辈子就只能搞搬运。

　　长发最近情绪很不好，居然同团长顶嘴。事情是这样的：那一天他们剧团去一家大企业演出，长发刚好感冒了，他干完活之后昏头昏脑地缩在后台的杂房里打瞌睡。演出完毕后，演员们都被请去吃夜宵，团长却阴沉着脸叫醒他，让他收拾道具，收拾完后随运货的车回家，当时已是夜间一点。

"你要知道他们（企业）是我们的衣食父母，像你这样懒懒散散，消极怠工，等于是断了我们的口粮！"团长恶狠狠地说。说完就要扬长而去。

长发头痛欲裂，忍不住冲着团长的背影大吼：

"搬运工不是人吗？不允许有个三病两痛吗？"

团长一愣，停住脚步转过背来，然后走到长发跟前，像看怪物似的将他从头到脚打量，嘿嘿笑了两声，说：

"好嘛，好嘛，继续努力嘛，你这小子总会出头的。"

长发吼过之后就被自己的举动吓坏了，他大汗淋漓，似乎连感冒也减轻了很多。他觉得团长这下子恐怕要开除自己了。但团长没事一样走掉了，从他那张麻脸上什么都看不出来。

长发收拾道具时，耳边响着隔壁小食堂传来的猜酒令的吆喝声，一浪高过一浪。一路上长发始终在琢磨团长那句话。他知道那句话意味着他的命运要发生转折了，而且倒霉的因素居多。团长总不会欣赏他的倔脾气，突发善心要他去当演员吧（听说有个别领导有这种怪癖），再说他也早过了训练的年龄了。说到让他去搞行政，那种可能性更小，团长自己的一个小舅子在管团里的行政事务呢。那么他就很可能要倒霉了。长发一直到家都在想这个问题。

此后好多天他都战战兢兢的。奇怪的是随后什么也没发生。他也看见团长几次，每次都像老鼠见了猫一样飞快躲开。

"当演员有什么好，脑袋提在手里，时刻有生命危险呢。"

老婆秀梅听了他的叙述不以为然地说。

"女人总是目光短浅。"长发气狠狠地骂她。

顶嘴事件发生过后长发就经常梦见自己在舞台上走钢丝了。当他在钢丝上大幅度晃荡时，时常心里会感到说不出的迷惑：怎么自己从未进行过这方面的训练，居然也可以像那些训练过的演员一样表演，甚至比他们还要发挥自如呢？他知道在表演时不能东张西望，可是在一个梦里，他打破了这一条禁忌，却什么意外也没有发生。他看见他老婆和两个儿子坐在下面，他们并不为他喝彩，却低着头在分吃什么东西。他还看见了团长，团长用手托着下巴在沉思，那张麻脸在不太亮的灯光下像被打烂了一样。长发一边撑开花伞一边想：观众席上怎么会亮着灯光呢？突然，他无端地觉得自己好像无论怎样乱来都不会从钢丝上掉下去。他就故意一脚踏空，又一脚踏空。但那钢丝好像有磁力一样，总黏在他脚下。这时他注意到观众席上的人越来越少，似乎别人对他失去兴趣了，纷纷往出口走。终于，只剩下团长一个人了。长发的表演情绪一下子变得低落，他想下场算了。他往钢丝的终端走去，但是这个终端不知到哪里去了。事实是，剧场馆内的墙也往后无限延伸了，他掉转身子看另一面，看见了同样的情形。长发急出了一身汗。

"长发啊，你怎么能这样呢？"团长苍老的声音回响在大厅里。

就在这时长发醒了。他记起在梦里，团长约他明晚再来演出。

做了那个怪梦之后长发就不再躲着团长了。他想，这世上的事无奇不有，这么久了团长也没开除他，说不定真的已经垂青于他了呢。他迎着团长走过去，做出愉快的样子打招呼，希望团长会叫住他。但团长只是一愣，睨视着他，显得有些吃惊，好像已经忘掉了自己从前说过些什么。长发过后总是有些失落感。他忘不了梦里的那种感觉，他想，也许还有一种能力，一种根本不需要训练就可以走钢丝的能力，说不定团长那一天已经看出了他具有这种能力呢？可惜团长记性不好，很快就忘了，这也难怪，剧团的经济越来越窘迫，他要操心全团的衣食嘛。

长发现在越来越不爱看演出了，看了心里难受，尤其那走钢丝的小姑娘，简直令他恶心，那种搔首弄姿的怪模样，长发有时恨不得跑上去揪她下来。每次在练功房看到她的身影，长发就要往脚下啐一口。长发的这种偏激被秀梅觉察了，秀梅就嘲笑他"狗咬耗子管得宽"。还说"当初你爹妈没钱让你学杂技倒是件幸运的事"。

他有时为剧团做些修理工作。一天他正在修理一把椅子，那小姑娘来了。徐姑娘（她姓徐）平时总是做出一副高傲的样子，对长发爱理不理的，这一回却装出好奇表情观看长发搞修理。长发知道她是在佯装，就不理她。

"廖大哥，你的手艺真高嘛。"

"马马虎虎混口饭吃吧，和你一样。"

长发话里带刺，徐姑娘感到了，因为她的脸马上就红了。

"并不一样的，廖大哥，"她突然激动起来，分辩道，"你要知道，我实在一点都不喜欢我的职业，我……我表演的时候很恶心。天哪，我有时恶心得要摔下来了！"

"咦?"长发颇感意外。

"是真的嘛。"

"那你还干这个?"长发朝她一瞪眼。

"不干这个干什么呢?我六岁就学这个,现在都快二十三岁了,我觉得自己只能干这个,别的职业我想都不愿去想。"

"你这个小姑娘,怎么这样绝对,你应该做点另外的尝试嘛。比如当飞机上的乘务员,比如做导游小姐,你才二十三……"

"呸!呸!见你的鬼!"

徐姑娘忽然又变得气冲冲的,高跟鞋在地板上咚咚咚地走掉了。

长发觉得莫名其妙。这小姑娘究竟怎么了?天底下怎有这样的人呢?他一直以为所有的演员都是喜欢他们的工作的,因为杂技是一种不平凡的技巧,也是他长发从小梦寐以求的本领。现在竟有这种事。恶心?哼,肯定是夸大其词吧。不过看她的样子倒不像撒谎,小姑娘大概遇到了不顺心的事,也许是失恋什么的,她性情又高傲,从不同团里的任何人交流,憋得没办法了只好来找他这个搬运工诉苦。

从那以后长发就开始注意观察徐姑娘的表演。他什么新线索都没发现。他认为她技巧高超,可惜太过于装模作样,虚荣心太强,有种小人得志的味道。每次都是这个印象。当然观众是看不出这些的,他们每一场都照例喝彩。为她的精彩技艺,也为她的漂亮的身段,一些小伙子还等在后台送花呢。演出完毕后徐姑娘就变成另外一个人了,无精打采的。一次长发看见她从团长办公室出来,哭得两只眼成了两个蒜苞。长发想,莫非团长对她耍流氓了?

看起来不太像，因为平时她比团长还凶。团长总讨好她，像老妈子一样。或者她终于决定要换职业了，团长不允许她换？也不像，因为从未见她到外面去交际，说明她对其他职业毫无兴趣。

　　长发经常看到徐姑娘心神不定的样子，而且很显然这种心神不定同团长无关，是她自己的精神出了问题。她不再同长发打招呼，又恢复了从前的高傲，长发从她过于苍白的脸上看出了她内心的苦楚。徐姑娘的事使长发的信念彻底动摇了，有时他在迷惑中又有点庆幸：幸亏当时自己没能去学杂技。他设身处地地想，要是自己今天怀有一门绝技，登峰造极，自己却又对自己的技艺厌倦得要死，每时每刻都想摆脱那地狱一样的折磨，自己会怎么办呢？会像徐姑娘一样忍耐下去，还是干脆废了那门技艺去搞搬运？长发记起这小姑娘似乎从来没有高兴的时候，即使父母来看她，她也是板着那副脸。那对夫妇总像盯着一件珍奇宝贝一样盯着她，既赞赏，又深藏着担忧。想到一门绝技使得一个人过着这种可怕的日子，长发的背脊骨都凉了。此外她对任何一个追求她的小伙子都无动于衷，长发亲眼看见她将他们送给她的玫瑰花从窗口扔出去。

　　不久就发生了溺水的事，也不知她是失去知觉了还是蓄意要那样干的。那一次他们是去外省的G市演出，长发看见她在台上那么春风得意，还以为她精神恢复了正常呢。大家有说有笑地回到宾馆，睡到半夜就听到有人嚷起来，全团的人都起来了。后来男的都站在外面，由几个女的进去把她从浴缸里救起来。长发看见团长的样子很愤怒，也很沮丧，可能他是从全团的衣食方面考虑得多吧。

那是徐姑娘出事后不久,有一天,团长把他叫到了办公室里。长发一听见团长叫他就知道改变命运的时刻到了,他紧张得腿子都微微发抖。

"长发,下星期四你接替小徐姑娘的工作怎么样?"

"噢?"长发张大口发出一声呻吟。

"跟卢师傅去训练几天吧。"团长又说,似乎对长发的反应有点不耐烦了。

"您别开玩笑了!"长发终于鼓足了勇气冲口而出。

"谁开玩笑了?呃?"团长严厉地说,"你觊觎这份工作那么久了,现在给你机会你又不要,到底打的什么主意?"

长发被团长的态度镇住了。他怎么敢跟团长争下去呢?莫非他不想要这份工作了吗?他不知道应该高兴还是应该感到大祸临头,他拖着脚步慢慢地往练功房走,路上看见剧团的几名职工,他们都站得远远地望着他,很好奇的样子。来到绿色的大门旁,长发看见卢老师已经等在大厅里了,厅里有几个新来的学徒在那里练功,他们似乎年纪都不轻了。长发搞不清是怎么回事,径直朝卢老师走过去,然后同他并排坐在那张长椅上头。

"卢老师,我不明白这些人这么大年纪了怎么还可以学这个。"

长发想绕个弯子带出自己的问题。

"如今是什么时代了啊?我告诉你,学艺是不分年龄的,八十岁都可以学。"

长发听了这句惊世骇俗的话,就偷偷做了个鬼脸。他抬起头,发现远处那几个中年人并没有认真搞训练，他们只是做出正在锻炼的样子，其实什么动作都没做到位。以他们这把年纪，骨头这么硬，怎么能搞训练呢？那名顶坛子的妇女睡在垫子上做出用双脚操纵坛子的姿势，其实脚上头什么都没有。长发松了口气，似乎对团长的安排有点释然了，当然他还是不明白这种事情到底是为了什么。他心里很想询问卢老师，但还是忍住了没问，他不知道自己为什么这么害怕。

卢老师一动不动地坐在那里，垂着眼，长发怀疑他已经睡着了。他又耐着性子等了好久，觉得卢老师也许真的睡着了。长发就站起来，卢老师还是没有反应。于是长发朝那几个人走过去。

练习叠罗汉的两名男子所练的唯一的一个动作就是一个人站在另一个人的大腿上，他们连这都站不稳，还得扶着墙。长发看见他们一遍又一遍不厌其烦地练，不由得十分气闷。有一回，上面那个人企图站在下面这个人的肩上，但他很快摔下来了，竟然抱着头呜呜地哭了几声。长发走拢去和他们聊，问他们从哪里来到剧团。两名男子对长发兴趣更大，他们抢着问长发关于他的训练的事，还说长发一定是"有背景"，不然怎么弄到这么好的一份工作。

"你真是幸运，我们都没有教练，只有你一个人有教练，你一定会进步得很快的。过不了几天你就可以在钢丝上头飞来飞去了。"长得胖一点的男子说。

长发忧愁地望过去，看见他的教练还在长椅上头打瞌睡，他不知这个人凭什么说他可以在钢丝上头飞来飞去。这两个人对长发羡慕得要命，说他的这门技艺是"最有前途的"，还说他"很快就要出人头地"。他俩勾肩搭背站在长发面前说话，训练也不搞了。长发怕卢老师知道了生气，连忙道声歉走开，回到卢老师那边去。

"卢老师！卢老师！"长发轻声唤道。

"你不要吵我，"卢老师醒过来，朝长发挥了一下手，"我累得很，让我清静一下，你们这些小鸟啊……"他咕噜着又睡着了。

长发听见他将自己比作小鸟，不由得扑哧一笑。他乖乖地在卢老师身边坐下，眼珠到处转。这时他才想到那个最大的疑惑：他要不要将道具找来呢？整个大厅里没有一件道具，这是件奇怪的事；更奇怪的是那几个学徒练得那么起劲，旁边又没人指导他们。

"卢老师，卢老师！"长发又忍不住唤道。

"什么呀？"卢老师生气地说，"这里就你的事多，什么都要搞个水落石出。先前团长说你是我身上的包袱，我还不相信……你看，团长他老人家来了。"

团长真的到练功房来了，长发看见他心神不定地东张西望，心想也许他是在找徐姑娘吧。但是他径直朝他们走来了。一走到面前他就笑逐颜开。

"啊，你们在这里！一切都好吗？"

"还好，只是这小子有点不安心。"卢老师指着长发说。

"嘘！好好练，不然的话……"团长将一个指头竖在鼻子前警告长发。

长发刚要回答，团长像跳舞似的一个大转身，很神气地向那几个学徒走去。

"怎么样,我没有说错吧?"卢老师说,他的眼睛一直盯着团长的背影。

"卢老师,我应该怎样着手练习呢?"

"那不是你要操心的事。你的关键是不要随便打扰我。我告诉你,我连睡着了都在操心演出的事,那个该死的小徐啊,把我的精神弄垮了。现在我要回去休息了。"

"那么我该怎么办呢?"长发着急地说。

"你怎么办,这种事难道要我回答?是谁要走钢丝?是你还是我?你坐在这里把这事想个明白吧,你这个人啊……"他抬脚就走了。

长发无端地被训斥,心里沮丧极了。也许这些人只是在耍弄他?这样做能达到什么目的呢?莫非卢老师让他自己训练自己,像那几个学徒一样?长发想到这里就打定了一个主意。他要去道具房将那一大捆麻绳拿来,还有两个架子,那是为初学者训练用的。不管卢老师说什么,他也要按部就班来训练自己,试试自己有没有这方面的天赋。

他溜到道具房,一开门,看见里头有一名铁塔似的汉子,是一个面生的人。

"干什么?"

"我来拿训练用的道具。"

"卢老师的纸条呢?凡从这里借东西都要他开条子。顺便告诉你,我是新来的保管员,姓张。"

房里乱糟糟的,张保管员做出正在清理的样子在长发身上撞来撞去,将他逼到门口,突然又伸出大手一扫,将他扫到了门外。长发闷闷地站了一会儿,终于死了心,心情沉重地回到了家里。

团长告诉长发再过五天就要他演出,长发急得像热锅上的蚂蚁。他早早来到练功房,他要同卢老师摊牌。他左等右等,一直快到中午了卢老师才出现。卢老师脸上悲痛的表情吓得长发不敢开口了。

"徐姑娘走了。"他坐在长椅上,用双手蒙着脸。

"到哪里去了?"

"回老家了,该死的!"

这时练功房里静悄悄的,人都走光了,因为是吃中午饭的时分了。好久好久卢老师才将双手从脸上挪开,两眼发直地看着前方。长发本来是要来谈练功的事,现在看着卢老师这副样子,也不好说些什么了,又因为心里着急,所以也不愿离开。他站起来,在卢老师面前走来走去的。

不知过了多久,卢老师似乎才终于注意到了他,招呼他坐在自己旁边。

"你知道这是怎样一种职业吗?"卢老师没头没脑地问他。

"我不清楚。"长发老老实实地回答,"在我的印象里,学走钢丝不就是反复训练吗?我学这行太老了吧?"

"训练?训个屁!"卢老师骂起粗话来了,"这是门要命的职业!你选了这个,你就要准备等死了。我早就告诉了她这一点,我原来把她看作我的得意门生,以为她会坚持到最后,根本没料到她会半途而废。现在你又来了,我知道你要问什么,你不必问我，只要在心里做好那种准备就可以了。"他陷入沉思。

"呸！你就爱刨根问底。想想吧，从三四丈高的地方摔下，落在水泥地上，你是铁打的吗？你准备一下吧。"

"原来你们要我去送死？"

"不要说得那么难听。有的人活一百年，那又怎么样，我看你不像个胆小鬼。"长发气急败坏地回到家里，"嘭"的一声倒在床上，全身如同散了架一样。他没想到剧团的人会这么阴毒，大家合起来害他。他们分明是要他牺牲自己，为他们提高票房价格。长发早就听说过现在的观众都是嗜血的家伙。上星期在拳击台上打死一个人，结果体育馆天天晚上比赛拳击，场场爆满，门票价格飞涨。但卢老师怎么会如此开诚布公地讲出他们的毒计呢？这里面是不是不可理解？长发的眼珠瞪着蚊帐的一角，他在回忆团长的样子。接着他又记起自己已经好久都不做走钢丝的梦了，倒是有一次梦见死去的妹妹，妹妹那次对他说："到处都是钢丝，哥哥你走哪一根？"长发知道团长的脾气性格，如果他吩咐自己转行当演员，自己就只能服从，否则就要卷铺盖滚蛋。自己能滚到哪里去呢？长发已经三十八岁了，再学别的手艺已经有点迟了，最主要的还是他缺乏那种兴趣。他这一生，唯一产生过兴趣的就是杂技表演，现在机会来了，甚至学都不用学就让他登台，他反而又退缩了，是不是他性格里有"叶公好龙"的弱点呢？长发躺在那里质问着自己。

长发躺下去之后两天没有起床，饭和茶水都是秀梅送到床跟前，他感到自己正在一点点衰弱下去。第三天早上，天刚亮，长发看见秀梅在窗口和谁说话。

"换人？那也好吧，他这副样子怕是没有当演员的命啊。"

长发不知哪里来的劲，一个鲤鱼打挺从床上起来了。

"你和谁说话？"他焦急地问。

"谁？没有谁。"她笑了笑。

"我明明听你说要换人，我不是做演员的料。"

"那是我心里这样想一想罢了，见鬼，你怎么听得见我心里的话？你要是这样放不下那件事，倒不如去上班呢。"

"上班！你盼我快点死吧？"

"怎么会呢，不见得吧？"她含糊地咕噜着出去了。

长发到厨房刷了牙，洗了脸，又换上制服，对着镜子梳了梳头发，也不和两个儿子告别，径直上班去了。

这一次，他没有去练功房，他打定主意还是搞他的搬运，他觉得他有劳动的权利，除非团长硬要将他开除。他在路上碰见卢老师，卢老师似乎连认都不认识他了，目光直视前方，根本不朝他瞥过来一下。他走进道具房，像平常一样干那些杂事。新来的姓张的保管员看着他，有点惊讶的样子，随即就释然了，坐在一旁喝他的茶。

时光过去了一个月，长发照旧干活，到了月底领工资。他在走廊那里碰见过团长一次，团长笑眯眯地拍着他的肩头说：

"长发，准备得怎样了啊？"

长发就感到眼一黑。但团长没问下去，而是突然将他推开，仿佛对这个话题厌烦了似的。长发看着团长疲惫的背影，慢慢吐出一口气。

又过了一个月,长发在梦中再次回到了那个没有墙的剧场,他站在那根钢丝上头,空荡荡的脚下有阴森的风在旋转。起先他还看见团长那衰老模糊的身影,那身影伫立在很多空位中间。慢慢地脚下就变成了深渊,而上方,雪亮的舞台灯光刺得他眼前一片白茫茫。

原载于《作家》2000年第9期

交谈

大妹："卢姨啊，有多少天了，我真是满肚子的怨恨没处诉啊。自从你去上夜班之后，我有事没事总到你门口去转，想碰见你。我嘛，又不想同你那位老实丈夫打照面，我和你谈的这些事只是我们两个人的秘密，别人听了去总是不太好。现在总算等到你回来了。上个月你就对我说，要把仇恨的靶子找准，免得浪费了自己的精力。这下有眉目了，我已经找准了自己的靶子。你还对我说，无论什么事都要拿得起，放得下。这我可就做不到了。我是个直爽的人，一条胡同走到黑的人，最不善于装聋作哑，心里也存不得事。这一桩心事啊，我是无论如何也放不下的，所以我非和你谈不可，谈出来也可能好一点，也可能无济于事。我告诉你吧，我同新霞的关系最近终于恶化了。这个新霞，不过比我大两岁，人是很老成的。平日里她总是一副冷冰冰的面孔，好多人都同她关系不好，只有我还比较迁就她，理解她。她呢，也就把我当知心朋友，差不多可以讲是精神支柱。你想，她只是制鞋厂的一名小工人，又喜欢做出那副高傲的派头，哪里会有知心朋友呢？所以我就觉得有义务要对她好了，其实我倒不欣赏她的性格，有的时候，我还想看她倒一倒霉呢。一般来说，新霞的个人生活是比较麻烦的，她太苦了，整天折磨自己。当然在外人面前，她从不露出心里的烦恼。她有一个男朋友，他们本来已经快结婚了，那小子忽然抛下她和另外一名女工混到一起去了。这件事不光对她打击大，对我的打击也大。早上我和她在车间里相遇，我以为她要和我讲悄悄话，就约她去洗手间谈。洗手间没有一个人，我以为她要开始讲了，没想到她若无其事地讲些别的事，最后才说到她的痛苦，那痛苦不是因为失恋，却是因为她在某件事上面错怪了她父亲，又不愿承认错误。我边听新霞叙述边口里小声反驳她：'胡说，胡说。'我的话被她听到了，她就垮下脸，冲我骂了一句：'你这个利己主义者！'我们俩闷闷地回到工作间。我一边操作一边偷偷打量新霞，看见她将背挺得直直的，目不斜视。我和她就这样莫名其妙地闹翻了，这是不是有点荒唐啊？要光是不理我倒也罢了，我万万没料到她会去败坏我的名誉。那一天也是在洗手间，她在同她师傅议论人，我听见她提到了我的名字，那口气很显然是说我的坏话，虽然我一进去她就住了口。她同她师傅两人一道出去时扔下一句话：'对别人私事有兴趣的人其实是无能的人。'这句话呀，可把我气炸了。我想我已经明白她的男友为什么要甩掉她了，就因为她太会折磨人了，既折磨自己又折磨同她亲近的人，谁受得了这种人？卢姨，你是个长辈，你对这种事怎样看？我心里很没底。尽管我鄙视新霞，在心里贬低她，有时我又想，恐怕我一点都不了解她呢。我这么恨她，在乎她，她又是怎么想的呢？我还听说她近来工作效率特高，哪像个心里有苦水的人！"

卢姨："你这个头脑简单的女孩子啊，真是把我笑死了！我不想听你那些个鸡毛蒜皮，我累坏了。我不认识你那个新霞，可是你这么一讲，我就觉得这里面有名堂。她肯定不是一般的女孩，而是深得像无底洞的那一种，无底洞啊。你越努力去了解她，她同你离得越远。我明白了，她一定是高高的个子吧？"

大妹："你见过她了？"

卢姨："没有。这种人用不着见面。当然是那种样子，高高的个子。我的天！我们老女人，虽然没有你们那么多的本钱，我们的见多识广恰好也是你们没有的。我给你举一个例子吧：上星期我在家里打扫卫生时，进来一个浑身汗臭的女乞丐，这个人一进门就紧盯着我，要杀人似的。赶她出去是不可能的，她的力气肯定比我大，我就让她待在家里。到了我家吃饭时，她也上桌吃饭，天天如此。我家老头子对她视而不见，连眉头也不皱一下。现在她已经走了。这个例子是不是比你的故事要好？年轻人呀，凡事莫急躁。说老实话，那女人臭气熏熏地待在那里，想要忽视都不可能，她差点毁了我的信念。现在怎么样，还不是自行消失了嘛。天地间的事总是说不准的。"

大妹："我听了你的故事竟又糊涂得厉害了。你总是告诉我这种沮丧的事。新霞是怎么回事？为什么她会在最需要朋友时反而一脚把朋友踢开？我也不是没有考虑这些复杂的问题，只是我不耐烦得很。你说得对，我们年轻人就知道：冲！冲！冲！结果呢，冲了半天又要返回原地。卢姨你告诉我，我这些见不得人的想法，你到底和你丈夫说了没有？你要是说了呀，我就没脸见他了。前几天我骑在自行车上看见他，吓得我差点钻到汽车轮子底下去了，好险！"

卢姨："我那位老头子从不管闲事。可他什么都知道。昨天他就对我说了：'明天你那小朋友就要来找你。你可要提防，那种人，总要弄出点事来。'其实连我都不知道你会来找我，偏偏他知道。我说大妹，你哪里是他的对手。再说这个新霞吧，她将你卷入了她个人的情感生活，可是呢，她又不要你关心她，她要把你排除在外。怎样才能把一个人从自己的生活中排除出去呢？最便捷的方法就是诽谤这个人，以这种方式让对方死心。其实这个女孩还是很体贴你的嘛。我想起来了，这种女孩我见过一位。那是当年在技校学习的时候，我和她同床，她偷走了我最心爱的小挎包。从那以后嘛，我就学会了牢牢地守住自己的东西。结果呢，我到了老年就变得见多识广了。"

大妹："听你这么一说，好像我不该向你诉说一样。不错，新霞是很体贴我，她的体贴我可承受不起，她的体贴快把我逼疯了。现在车间里的同事听了她的诽谤，都不理我，都在背后搞我的鬼，我真是寸步难行了。你笑什么？你这么不把我的烦恼当回事吗？唉唉，前途真暗淡呀！当然啦，你会说这些事都会过去的，同那乞丐一样，不过我怎么就这么悲观呢？"

卢姨："你不要夸大其词了，什么悲观乐观的，真肉麻。你今年二十二了吧，也不算小了，我对你越来越放心了。刚才我看见你往我家走，一脸的迷惘，我心里就很高兴，我想，这孩子这么快就学会为自己精打细算了。我呀，我二十八岁才学会这一点呢。还有的人一辈子都学不会，比如我家老头子就是这种典型。他的脑袋里通明透亮，这正是最划不来的买卖，他太喜欢操心了。每个礼拜还没到休息日，他就知道我和家人假日里要干些什么；每天还没出门，就知道出去会碰见些什么人；东西刚买回来，他就预言第二天会跌价；刚一生病，他就知道这病的病程有多长。这样一个人，哎呀呀。总之他像个万事通，一点都不精打细算。这种人悲观起来才有点可怕呢，我在这个家里可是领教够了。现在他得了癌症，他算出自己的死期是1996年8月23日，你想想他现在是种什么心境？"

大妹："我听你说了你丈夫的事，真抱歉。我经常看见他，从来没猜到伯伯是这种人。这件事提醒了我，我刚才在想，新霞是不是也是伯伯这种人呢？要是那样的话，我又干了些什么呢？我不敢细想这些事了，我害怕。我刚才来找你诉苦，不过是简简单单的一件事，可是诉着诉着，我看见自己脚下出现了一个深洞，我就想，人不能随便诉苦，这很危险啊。平时我总是碰见同我一样糊涂的人，我就误认为新霞也是那种人了，听了你的故事，我才知道她不是。卢姨啊，我和你又很不相同，你说你精打细算，可你是有意要那样的；我呢，我像笼子里的苍蝇，乱碰乱撞，我做下的那些事救不了我自己。"

卢姨："可也伤不了你自己，你就放心好了，我的话没错。现在你告诉我，你的仇恨的靶子找准没有啊？"

大妹："到处都是烟雾，我根本看不到靶子了，可是我好恨啊。我要有一支枪，肯定一阵乱射。这种话你听起来很刺耳的吧？现在好多人都在那里讲我的事情，有时候我也好奇，想钻到他们中间去听一听，不过他们一见我就都住了口。他们到底在讲我哪方面的坏话自然是搞不清。好，我就硬起头皮去问新霞了。我还记得她那种样子：她好像受了惊吓似的，黑眼睛目光散乱，不住地重复一句话：'啊，真惨啊，真惨啊……'简直像发神经。我要真像她说的那么惨，怎么还会好好的，既不缺胳膊又不少腿？当时我就是那样想的，可是现在我的想法又变了。要是新霞也是伯伯那种人，那么我恐怕真的是要出事了。卢姨，你说我有什么法子？"

卢姨："这种事谁都没法子，唯一的正确的做法就是再不向她提问。你想，你们同在一个工厂，躲是躲不开的，即便算是躲开了，还不是天天想着这回事？像你这样的女孩子，总是有话柄给人议论的，你想知道别人对你的看法，你尽可以去偷偷侦察，但贸然开口询问是不对的，于你也很不利。你就死了那条心吧，我指的是向别人询问的事。你看你伯伯，他把自己的忌日弄得清清楚楚，可是现在我如果为了安排好自己的生活去问他我哪一天死，他是怎么也不会告诉我的，妙就妙在这里。你今年才二十二，万不可急躁起来，稀里糊涂地丧了命，好日子还在后头呢。我现在回想起我这一生，也有过不少好日子。先前我还不知道你伯伯得了病的时候，我是很快乐的。你伯伯的事让我悲观了一阵，不过很快就过去了。我私下里想，心里能有这样一个秘密，但它暂时又不会让我们知道答案，这也是一种很有意思的生活嘛。又由他的事推测出自己那个未知的命运……"

大妹："卢姨卢姨，你说的好日子我真是一天都不想过，我还是维持现状吧。我本来要求不高，现在也不会突然贪得无厌起来。假设我从来不认识你,也不知道这些个阴谋和机关,我还不是像别人一样活下去吗?即使新霞同我过不去,即使车间的同事陷害我,我也会奋起反抗的。熬过这一段,我就会平安无事的。你不相信吗?你不要笑,一个人,活生生的,总不会那么容易就死掉吧。"

卢姨:"当然不会。你也不会不认识我,这个假设不能实现,你明白吗?你是怎么认识我的,你总还记得吧。我告诉你,我对你这么关爱,是因为你的母亲和我之间有个秘密,除了这个秘密之外,你母亲的母亲同我母亲还结过仇,那种仇恨一直到死。所以你看,你差不多是我女儿了,怎么能不认识我呢?不但不可能不认识我,也不可能不认识你伯伯,你躲来躲去地躲着他,哪里躲得掉呢?所以抛开小孩子的想法吧,你已经过上了这种生活,想缩也缩不回去了,要不你怎么会同新霞这种人交朋友?我看她对你的成长很有益。我把我和你母亲之间的秘密告诉你吧。那时我爱养蚕,蚕儿开始吐丝,我的心情就变得复杂起来。我提着篮子去采桑叶,看见你母亲垂着小小的头从那边高坡上走过来,她的脸是迎着阳光的,她眯着眼在想心事。我对她说:'你好,秀芸,禾都割完了吗?'她抬头吃惊地尖叫一声,风一样跑掉了。我站在原地愣住了,我怎么会想起来称她为'秀芸'的呢?你的母亲从未叫过这个名字,我也不认识一个叫秀芸的女人,这个名字属于我祖母那辈人里头的一个女佣。再说你母亲当时在制花厂工作,根本用不着去田里割禾。你看,世上就有这样的怪事,这种事啊,讲不出个道理。这件事之前,我同你母亲的关系并不是很密切,后来却因这件事我们开始彼此牵挂起来。偶然的忽发奇想有时就诞生了一种亲密关系，一直到你母亲死，我们相互都惦念着对方。表面上，我们并不常来往，比起现在我同你的关系来差远了。我们心心相印这件事只有我们两人自己心里明白。大妹，你同你那位新霞姑娘的关系是不是与我说的这些有关呢？你十三岁那年，光着头在细雨中向我奔来，我差点又对你说了那同一句话。那个名叫秀芸的女佣总是在我心中作祟，莫非我是她的孙女儿？那个人同你母亲和你一定在什么地方见过面。"

大妹："你为什么告诉我这些呢？你不该告诉我这些！不过你就是告诉了我，我也记不住的。我的脑子里总是那么忙忙碌碌的，没有空闲让我细想你说的那些个怪事，我想一下，立刻就忘记了。喂，我们现在是在谈很深的问题了吗？每次你同我谈起这种问题，我就觉得自己很高尚似的。唉，要是我可以把这种感觉保持一下就好了。可惜我的感觉总是很快就变糟，所以实际情形是，这种话题给我带来深深的恐惧，我不习惯感到自己高尚。新霞会不会觉得自己高尚呢？她的未婚夫不要她了，她以德报怨。哈，也许她就是那样看待自己的，要不怎么会那么平静，平静又高傲。我可不想让自己变成那种样子。"

卢姨："你同她已经彻底断交了吧？"

大妹："当然！再怎么样，我总不会欣赏她对我做的那些事吧？"

卢姨："为什么不能欣赏？你要学会欣赏自己的敌人。她使你克服堕落的天性，这不是很好吗？我家老头子也是常常督促我，我经常可以感觉到他在观看我出丑，因为他什么都可以预料到。他这个人，死到临头了也不会放过别人。好，不说这些了。你这个小家伙,你今后打算怎样生活?"

大妹:"我还能有什么打算?我想同所有的人和平相处。你也早就看出来了,我不喜欢别人,可能是因为这一点别人也不喜欢我。本来新霞那样对待我是很正常的事,本来就算不同别人和平相处我也可以过下去,可我这个人就是脑子有毛病,偏要苦恼,偏要做出一副好人受欺压的样子。看来我这辈子是没办法了,为什么就不能随波逐流呢?现在人人都不放过我,我是堕落不了的。我特别怕别人看我的笑话,每当这个时候,我就要死死挺住。糟糕的是我一边努力挺住,一边又还觉得自己在堕落。就比如昨天下午吧——我又要讲些鸡毛蒜皮的事了,你不爱听,我还是打住吧。你说起我母亲同你之间的那种怪事,要是我根本不觉得自己有母亲呢?我从来不知道她的心思,所以你同她的那种关系并不能影响到我,我有我自己的一套。我不愿意用我这个不怎么聪明的脑瓜不停地想问题,哪怕我走到街上遇见了我母亲的魂魄,我也会装作不认得,然后绕道走开。等等,卢姨你告诉我,新霞会不会同我母亲接触过呢?她从未透露,不过她这种人是沉得住气的……"

卢姨:"你这个小家伙,你很会想问题嘛。等你活到我这个年纪的时候,你会变得很了不起呢。其实呀,所有的事都不是今天发生的。我记得有那么一个刮北风的假日,一大群人登上了同一列火车,他们表面上相互不认识,各就各位地坐下了。只有一个头发花白的老头知道,这些人之间的联系会一代一代地传下去。那个老头是一名退休的列车员,他不愿退休,仍然跟着火车跑。那群人上车时,他就挡在他们的车厢门口,所有的人都厌恶地绕过他，同他短短地对视过一眼。熄灯之后，睡在卧铺里的人**蠢蠢**欲动起来，他们中的几个最后打开了车厢的门，到两节车厢衔接处去抽烟，一边抽一边烦躁地东张西望，他们都在黑暗中搜寻同一个人，彼此传达着激动的心情。那个人呢，躲在开水房里根本不出来。哈，那种别出心裁的旅行啊，至今还历历在目呢。大妹，你愿意同我去做最后一次旅行吗？我已经等了这么多年，你终于长大了。"

大妹："我正准备着呢，卢姨。我只要同我房里那只老蜘蛛告一下别就可以走了，她一定会嫉妒我的。"

2000 年 5 月 24 日于长沙英才园

原载于《朔方》2000 年第 9 期

蛇岛

　　三叔可说是我在这世上唯一的亲人了。每当我想到那遥远的、阴沉的故乡小村庄，就禁不住背脊骨发冷。那是一个被称为"蛇岛"的小村子，坐落在一片丘陵地带。我小的时候总想搞清"蛇岛"这个名称的来历，因为我们那里的蛇并不比其他地方多。有一位比我年长的少年对我说，这里原先是有蛇的，有时一棵树上挂着好几条呢。三叔家住在村尾，同大家隔开一百来步远，就好像赌气似的，房子建在稻田边上。那时三叔总是挑着一担红皮白心的小萝卜到很远的镇上去卖，一般早上出去，回来时都快半夜了。我们那个地方贫穷的程度令人吃惊，据说是土质不好，庄稼总是歉收，一般从冬天起全村人就开始喝红薯稀饭，一直喝到新稻打下来。我已经有三十多年没有回故乡了，就是父亲的去世也没能将我唤回去。我母亲早死，我是家里的独子。父亲是三叔埋葬的，当时他给我来了一封字迹歪歪扭扭的信，大意是后事全处理好了,要我不用回去了。信中有句话铭刻在我的心底:"像这种故乡,越早忘记越好。"三叔虽是个农民,却有较高的文化,被人称为"秀才"。多年里头我都感到纳闷:怎么我出来三十多年了,故乡的人(包括我那老父)一次也没有来看过我呢?路途遥远是一个理由,但并不是远到来不了的地步,坐火车也不过就是一天多一点吧。看来他们也同我一样,同属"蛇岛"的血统。父亲生前给我的信总是强调村里人的生活已经很好了,没有谁挨饿,年轻人更是满世界乱跑。他从不提出要我回去看看,反而告诉我家里住房被山洪冲垮了一间,现在只有一间房了,要是我回去的话就没地方住,只能借住在三叔家。他就好像在主动为我的不回家找理由似的,但那种口气又不完全像,也许他和三叔都在坚守一样什么东西?是什么呢?父亲死了后,就没人给我写信谈故乡的情况了,我同那边的联系全部失去了。我知道三叔还活着,他比我父亲小二十岁,身体也没有任何病。

命运总是爱同人开玩笑。就在我差不多已快将故乡抛之脑后时,有一天(我还记得那天是我生日),上司将我叫到了他的办公室。

"你最近工作不太起劲。"他说,一边用手指点了点那把硬椅子,示意我坐在他面前。

"有什么地方做得不好的,望您多多指出。"

"其实也没什么大问题。是这样,我听人说你已经有三十年没回过老家了?人家一告诉我啊,我就觉得很惭愧,我对部下太不关心了,难怪你工作起来情绪不高。我现在下了个大决心(这个决心不是那么容易下的,因为现在公司里正忙呢),给你半个月假,让你回去看看你父亲。"

"我父亲早就过世了。"

"真的吗?这么大的事也不告诉我,我说你呀,你这个人真是太忠厚老实了,我可以想得出当初你承受了多大的痛苦。既然是这样,你就更应该回去一趟了,去为你那可怜的父亲扫扫墓吧,安慰安慰他老人家。你明天就走。"

我心里虽老大不愿意,上级的指示也只好照办。我这个不速之客就这样回到了家乡。

但家乡已经面目全非了。奇怪的是无论我怎样仔细搜索我的记忆,无论我怎样盯住那些景物打量,就是唤不回原先的那个故乡了。一下汽车我就想去辨认那条通往我们村子的山路,那条我从童年到青少年走过了无数次的弯弯扭扭的鹅卵石路。但是路在哪里呢?连山都消失不见了。一望无际的田野里有一个外墙色彩刺眼的平房群落,房子的周围连树都很少。我怀疑自己走错了地方,就去同一名农妇打听。

"'蛇岛'?"她翻了翻眼,用我久违了的乡音说道,"这就是。"

"哪里是?"

"到处都是。你找谁?"

"我找我三叔。"

"你是徐良家的呀,你不是已经死了吗?"

"我?死了?"

"村头有你的墓。没想到你竟会回来。"

她凑过来，用两个指头在我背上抓了抓，好像要弄清衣服底下是否有人，口里还在惊叹："真没想到，真没想到啊。"忽然她放开我，飞快地跑开去。她的身影在稻田里一闪一闪的，但她并没有奔向那些平房，她消失在房子后面不见了。

我顺着那唯一的一条路进了村。第一家是两间丑陋的茅草房，我怀疑里面根本没住人，就走过去了。我在第三家的门口停了下来。看见两个约莫七八岁的女孩在门口编草鞋，我估计这是孙辈的小孩。她们都不理我，我只好涎着脸一遍又一遍问她们："家里有人吗？我要找人。"终于那个瘦一点的女孩抬起了头，但她说的却是："滚开。"

我只好转到第四家去敲门，不过这一家根本没关门，我一敲门门就被风吹开了。房里的家具摆设一览无余。里面房里的那张床上面睡了一个老头，雪白的长发在幽暗中很醒目，我很诧异，这乡下老头怎么这么风雅，居然留长发。

"老大爷，老大爷，我要找徐三保。"

老头在床上扭动了几下，示意我到他跟前去。

我发觉他患着病，胸口起伏着，闷闷地咳嗽，眼里流着泪。

"找三保？"他费力地哑着嗓子说，"好嘛，总算有人来找了，他这些年也没白等。好。"

"我是徐良家的，刚刚回家来。"

"徐良家的，好，过不了多久我就要到你们那边去了。你……你找三保？难……难得很啊。"

我觉得这老头已经神志不清了，再缠下去只是耽误时间，就抛下他走出去，继续往前找。我走过了好几家，看见一家有个中年男子，正在坪里晒绿豆，他的脸也是完全陌生的。

"请问我三叔家的房子在什么地方啊？"

"徐良家的？哈！还真有这事！"

"有人告诉您我来了吗？"

"当然，当然，欢迎你回来。你回来的消息已经传遍全村了。"他夸张地用手臂画了一个大圈。

但是他并不邀请我去他房里坐，他就站在外面同我讲话。我看见房里有个女人的头晃动了一下，正是我刚才在田里碰见的女人。我再次询问三叔的家在什么地方，中年男子显出为难的样子，支支吾吾好一气，终于告诉我说，三叔已经没有家了，自从那次大灾难之后，很多人都没有家了，现在大家也已习以为常，只有我搞不清情况。"实际上，那是多年以前的事了。"他说这句话时，多褶的脸上就显出沧桑感来。

"那么他人在哪里呢？"我问。

"你脑子里那种村子的观念要改一改了。举个简单的例子吧，今天你进村遇见狗了吗？没有吧，你看看哪里还有狗？嘿。你问他在哪里，这问题是不熟悉我们这里的情况的人才问的。除了村里，他还能到哪里去？"

"那么他现在在什么地方？"我耐着性子又问了一遍。

"你会碰上他的！"他愤愤地说，撇下我进屋去了。

我又打听了好几家，那些人不是极不耐烦就是答非所问。我提着行李，实在是累坏了。这时我记起村头有我的墓的事，咬咬牙又往村头走去。我在一棵枯瘦的樟树下放下行李，坐在一块石头上休息。向前望去，与稻田连接成一片的地方的确有很多凸起的坟包，但那些坟包上一律没有墓碑，我怎么能知道哪一座坟是我自己的呢？恐怕连父亲的坟也没法找到了吧。尽管这样想，我还是拖着脚步到了坟茔间。所有的坟包几乎都是一模一样，看来是没法辨认了。其中有一些竟然张着大口，旁边乱扔着人的枯骨。在这种地方停留得久了，只觉得阴气上升，于是赶紧走出去。这时我已在心中确定了："那农妇说村头有我的墓完全是捏造。那么这里是不是'蛇岛'呢？如果根本不是'蛇岛'，刚才那两人又怎么会知道我是谁呢？我不能半途而废，我必须在村里等，一直等到三叔出现为止。"我打开旅行袋，拿出矿泉水和香肠来吃，脑子里思绪乱纷纷的。

我再一次细细打量村子，想起中年男子说的关于大灾难的话。这周围的环境真是一丝一毫也不能让我想起我的故乡来，我分明是到了另一个村子，但这个村子里的人不知怎么都认得我。莫非真的发生过大灾难？要是那样的话，我们那个"蛇岛"的历史是不是就埋在这些乱坟底下呢？

我打算再到村里一家一家地去问，一定要问个水落石出。我这一趟回故乡，还身负着为父母扫墓的任务，要是连这个任务都完不成，又怎么向上司交代呢？恢复了一点气力，我又走进一家金黄色外墙的人家，我把行李放在门口，伸着脖子朝里面张望。忽然有个人在我后面拍了一把。

"哈哈！还真是你啊！这世上的事真是无奇不有。有意思，有意思。我是个不信邪的人，俗话怎么说的？对了，'明知山有虎，偏向虎山行'，这下你可找中人了！"

这是一名老年男子，留着灰色的山羊胡子，他也是我根本不认识的人。但我不准备对他刨根问底了。老头在院里的石凳上坐下，示意我坐在他旁边。一会儿一个年轻女子出来了，大概是他的女儿或儿媳，女子问老头客人是不是在他们家吃饭，老头就把眼一瞪，很凶地回答：

"这还用问吗？我们要好好吃一顿，晚上还有活动。"

女子应诺着进去了。

我开始打量眼前这副面孔，我看了又看，还是引不起一点回忆。老头见我盯着他看，就笑起来，露出一口黄牙。我不知道他笑什么。这时我感到脖子上奇痒，用力一拍，拍死两只花脚蚊。屋前的沟里蚊子已成了群。我坐不住了，从包里掏出毛巾，将自己的脖子围起来，两只手则插进衣袋，即便如此，毒蚊还是隔着衣袋的布来攻击我。再看老头，一动不动地坐着，对这些蚊子完全没感觉。刚才那女子又出来了，给老头送来烟斗，老头就开始抽烟叶。我的脸上又被叮了两个包，我实在难以忍受，只好不礼貌地起身走动。同时我也在心里告诫自己：千万不要乱问话，以免惹怒了老人。可是我不问他也不说，时间就在难堪中挨过。他抽完烟，终于开口了：

"徐良家的，我告诉你，你只能夜里去同他会面。"

"您是说同我三叔会面吧？"

"还有谁？"

"您会带我去吗？"

"当然，我把你带到那个地方，然后一切就靠你自己了。我是不能进去的，我试过无数次，每次都被赶出来。有一回一个家伙用一把二齿锄朝我挖来，挖在树干上，现在那棵树上还有碗口大的疤呢，就是你刚才见过的那棵樟树。"

"那些人是什么人？"

"我想大概是同你一样的人吧，脸上有记号。刚才我一看见你就想起这事来了。如今还有多少人记得回故乡这种事呢？也就你这种人了。"

他的话令我毛骨悚然。我隐约感到了他要带我去的地方就是那片乱坟，难道我的三叔住在乱坟里头吗？为什么这里的人都把我看作一个死人呢？我还要细想下去，他就拍着我的肩邀我进屋吃饭了。他的表情十分和蔼，我稍稍放了心。

吃饭的时候这一家的儿子也来了。儿子朝我点一点头，阴沉着脸坐在我旁边。女人们端着碗在屋里走来走去，除了媳妇外（不是女儿），还有两位搞不清身份的中年女人，好像是他家的亲戚。菜很丰盛，都用很大的盘子和盆子盛着，热气腾腾的，还有酒。很难想象这么贫瘠的地方能吃上这么丰盛的酒席。那儿子埋了头只顾吃，两位中年妇女则好像很紧张，一个劲地看我，也不怎么吃东西。老头大声嚷着叫我喝酒，那是一种略带苦味的农家酒，喝了两杯我就有点晕头晕脑了，但老头不放过我，一边劝酒一边将美味的野鸭肉往我面前的盘子里放，盘子里各式菜肴都堆起来了。我口里不停地叨念："真的不行了，真的不行了……"又喝了一杯，只觉得天旋地转，继而迷迷糊糊，老头的声音似从遥远的地方传来："壮士一去不回头啊。"

我醒来时，发现自己还伏在杯盘狼藉的饭桌上，但其他人都不见了。看看外面，天色已晚，显然我只能宿在村子里了。我站起身在屋里转了一圈，将每间房里都察看了一下，一个人都没有发现。这时我看见我的行李包已经被他们提进来放在椅子上了。蟋蟀在灶屋里一声接一声地叫。我想,这家人家的好心与好客应该是毫无疑问的,虽然他们有点古怪,看来我今天夜里只有住在他们家了。我打定了这个主意就走到外面院子里。月光下,前方除了一眼望不到边的稻田外什么都没有,全村人都进入了深深的睡眠。院子里我白天坐过的那块石头上坐着一个人,我走近去,看清了是那老头。

"你只好自己去了,我帮不了你。刚才我借着酒劲去了一趟,还是给抛出来了,腿都给摔坏了,哎哟!哎哟……"

他弯下身痛苦地哼起来。

我有些不知所措,不知他是不是摔断了腿。我问他的儿子媳妇都到哪里去了,是不是要我去叫他们来?老头用力摆着手,说"千万千万不要"。他又呻吟了一会儿,好像缓过气来了。

"我儿子年轻气盛,他还在那边和他们斗。那些家伙全都举着锄头和二齿锄,我们呢,什么都不带,就赤手空拳。你的三叔,他的武器是一把大镰刀,我只要看见那把镰刀就死命地逃,你想,我这把老骨头怎么敌得过他?你听,我儿子回来了,这没出息的家伙,真把我气坏了!"

外面响起急促的脚步声,那人绕到房子后面去了。

"他不好意思从前门进来,他羞愧得不行。"

"您说我三叔举着大镰刀?"

"是啊!他就在那边,你白天去过的。我想他伤不着你,你现在去试试运气吧。"

我到达坟地时万籁俱寂,那棵我作为标志的樟树也找不到了。我想，只要我待在这里不动，三叔大概会来找我的吧。我抬眼望去，起伏的坟包就如月光下的牛群。想起老头描述的刚才那场混战，我不敢再往前走了。

我在坟场边上坐了好久，什么都没发生。也许那老头是在胡说八道吧？想想又不像。硬着头皮等下去，时间大约快到半夜了。我在石头上坐一会儿又站起来走一会儿。村庄在我眼里变得十分不真实，那些高低错落的瓦屋顶，那些五颜六色的外墙，在星光下已经脱去了白天里那种恶俗炫耀的风格，显出其无比古老的内涵。我忽然觉得，也许我要找的人并不是三叔（很可能他已经死了很久了），而是这个奇怪的老头，还有他那不可接近的儿子，以及老头的儿媳，两个中年妇女，我在第四家遇见的疯老头，我最先遇见的农妇和后来遇见的她丈夫，甚至包括第一家碰到的两个小女孩。他们是和我处在另一个不同的世界里的人吗？或许更不可理解的是我自己？在这么多人的眼里，我不是已经死了吗？人应该怎样同一个幽灵打交道呢？是不是他们心照不宣地认为对付像我这种幽灵的唯一的办法就是抵制？狗在什么地方叫起来了，那是离这里很远很远的地方，似乎有很多狗一齐叫，我觉得那声音是很熟悉的，是我童年记忆中的狗叫。那么，我是走错地方了，这里不是故乡，这里是故乡旁边的一个陷阱。我得先挨过这一夜，然后再去找我的那个村子。这样打定主意之后，我就往老头家走去。

我回到这一家时，发现门已经关起来，大概屋里的人都进入了沉睡。我转到卧房那边去敲窗子，敲了又敲，里面还是没有动静。"他们把门向我关上了。"我悲哀地对自己说。我在院子里的石凳上坐下来打瞌睡，我的头靠在旁边的枯树的树干上，心里一边忧伤地想："这里怎么连树都栽不活？"一边就变得昏昏沉沉的。虽然闭着眼，仍然可以看见天上那些大颗大颗的星星，也可以听到狗在遥远的地方狂吠。因为姿势不合适，总难以睡着，弄得很难受。大约下半夜的某个时候，房门"哗"的一声大开。我看见父子俩一前一后跑出去了，他们走了后，门还是敞开着。我趁机溜进屋里，就在厅屋里的木沙发上倒下便睡。木沙发很短，我只好屈起双腿，在心里祈祷着但愿在那两个人回来之前睡个好觉。我真累得不行了。我在朦胧中看到整个屋里被灯光照得亮堂堂的，还看到女人们在厨房里热火朝天地磨刀，烧热水。几次我要挣扎着醒来都没成功。但女人们终于发现了我，她们三个人围着我站在沙发边，一言不发地看着我。我只好坐起来，她们却不同我讲话，仍然哭丧着脸望着我。

"老爹他们还没回来吗？"我问道。

"你怎么会在这里呢？"三个人一齐用拖长了的哭腔说。

我觉得她们都为什么事对我大失所望，又因为这失望而对我很怨恨。也许我不应该待在她们家了，也许她们刚才是期望我同那老头和他儿子一块去坟场那里决斗的。我现在就赶去应该还来得及。真的，我怎么把我到这里来的任务全都丢到脑后去了呢？如果我不找到三叔，上司问起来我无言可答，我在上司眼里的印象也完蛋了。我站起来往门外走，三个女人就同时松了口气，悄悄议论道："他总算还有责任心。"

外面并不那么黑，也许是黎明前了。我回头看看小屋，里面真是灯火通明，不知女人们在忙碌什么。当我匆匆赶到坟场边上时，老头和那儿子正躺在地上呻吟。老头看见我朝他弯下身，就朝我挥着手说：

"那边，你去那边吧，你同他们才是一伙的。我挡不住那些家伙，我儿子也挡不住他们。"

"那边什么也没有。您就由他们去吧，干吗自讨苦吃？"

老头听我这样说，就停止了呻吟，冷笑道：

"我们就是不服气，谁敢保证每次都是他们赢？你睁眼仔细看看，你三叔不就在那里吗？瞧，他溜到菜土边来了。喂，老家伙，你的侄儿在这里！这一招还真灵，他躲起来了。"

老头说话间那儿子已爬起来了，一声不吭地往家中走。这时老头提议同我一起去坟地，让我看看自己的坟，我欣然同意了。我搀扶着他往那些起伏的坟包走去。老头兴奋地说，他同我在一块，那些凶神恶煞的家伙就都躲起来了。他边走边问我看见三叔没有，我说没有，他就很失望，指责我没有用力看。老头让我在一座被挖开的坟包前面停下来，于是我就面对那黑洞洞的大口了。

"这就是我的坟吗？"

"是啊，大家都知道这件事。旁边那个是你三叔的，你父亲的在后面。你看，大家死了后仍在一块，这有多么好。"

他在泥地上坐下，抽起烟来，他那样子就好像他身上的伤全都好了一样。我想告诉他我并没有死，我是一个活人，不是幽灵，但我张不开口。这种辩白又有什么用呢？他只相信自己的经验。他刚才同他的儿子都被打得趴在地上动弹不得，现在他和我一道在坟茔间走，却又什么事都没有，还有什么比这更有说服力呢？不过到底为什么鬼魂会怕我呢？

"我在城市里面工作，我并不知道老家有我的一座坟。"我试着同他讨论。

"那是你没有回来看一看啊，一回来，什么都暴露了。"他平静地说，"你三叔可是个顽强的老家伙，每次他都非把我打倒不可。你注意到我们村子同外面有什么不同了吗？"

"什么不同？"

"是这样，你站起来看一看。看清了吗？死人和活人各占一半，以那棵老樟树为界。我们各有各的地盘，几十年了，相互间总要斗个不可开交。你白天也看到了，这个村子里连树都不长，田里的收成也不行，这是死人同活人争地盘呢。刚才我们还打得焦头烂额的，你一来，他们都乖乖的了，他们还没有习惯你身上的气味，你在这里待久了，他们就会习惯了。真不容易啊，这一次，我们给你发了那么多电报，你才回来。"

"给我发电报？"

"对。你不知道吧？都是你上司收的电报，他是我的二儿子。"

他嘿嘿地干笑起来。村庄在我眼前浮动着，在这些一栋一栋的农舍里，隐藏了那么多秘密的内幕，它们进入虚无的大海，如同船一样朝我驶来，像要将我压碎似的。也许，没有任何事情是可以真正忘记的，任何事。我想起我那位戴眼镜的上司，他的确长得很像老头那阴沉的大儿子。我这个"蛇岛"的儿子，原来老家一点都不曾忘记我，原来我每一刻都活在他们的原始记忆之中。眼前的这个老头到底是谁呢？这么大一个村子里只有他一个人出来接待我，而我连他的名字都没问。我坐在我的坟墓边想着这些事，在这个无比漫长的奇怪的夜里，我失去了对自身的把握。谁又知道明天是怎么回事呢？这样一想，我反而不再焦虑了。顺着夜风传来老头的儿子那带哭腔的呼喊声："爹爹——"声音嘶哑而愤怒，我看不清老头脸上的表情，但我知道他无动于衷。

"你算一算，你离开村子有多少年了？"

"整整三十一年。我以为我再也不会回来了。这坟地里真安静啊！"

"他们都躲起来了，大概是对你不习惯吧。刚才这里热闹得像一个大集市。我每天夜里来这里打发时光，同他们打架是常事，老年人反正瞌睡少。不瞒你说，从今年以来我还没睡过觉呢。瞧，你三叔又来了，他很羞愧的样子；一般他们见了生人就害羞，但你并不是外人，你同他们是一起的，这有点怪。喂，你哪里去？你不要乱跑！"

我在那些坟包间绕来绕去地奔跑，我想摆脱老头，去和三叔见面。我主观地认为是老头挡住了我的视线我才见不到三叔。我跑了好一气，这坟地里却并没有任何动静。空中有薄薄的雾，有些坟可能是新挖开的，闻得到泥土的气味。此时此刻，这坟地并不让人感到阴森，反而给我一种居家之地的感觉。而且无论我朝哪个方向望去，都看不到鬼魅的影子。老头孤零零地站在那里，似乎在倾听什么声音。我跑了一大圈回到他身边，心里一下子明白了一件事。我唐突地对他说道：

"您就是我的三叔吧？"

"现在这对你已经无关紧要了，不是吗？"

我想了想，回答说："是啊。"

这是一个长得无尽头的夜，我闻着新土的气息，一种深深的厌倦从骨头里向全身蔓延。年轻的时候，我们尽力向外跑，跑得远远的，跑到陌生人当中去，与此同时，在原地，那如同烟一样稀薄缥缈的家乡，一种进程也在不可逆转地进行着。经历了如此变故的家乡早已面目全非了，更可能的是根本就没有什么本来的面目，有的只是被遗忘所改变了的幻觉，我在幻觉的支配下当然认不出三叔了。说到底，又有谁能认得出被自己彻底遗忘了的那些人和事呢？我这样一想，三叔的侧影在我眼中就有些恍惚，并且游移起来。

那天夜里在三叔那间窄小的卧房里，承受着蚊子的袭击，我同他展开了那种漫无边际的长谈。窗外是黑夜，三叔的儿子在院子里愤怒地咆哮。我不记得我们具体谈了些什么，那是种直接的心灵交流，汇成句子则多半有些语无伦次。虽然经过了这种推心置腹，从前的那个三叔的形象丝毫也没有得到恢复。慢慢地，我的那种顽固的要"对号入座"的情绪就淡漠了，眼前的这个老头成了一幅斑驳的肖像画，一种古老的、难以辨明的呼唤……

原载于《山花》2001年第2期

山乡之夜

我们家是在湖区，这里原来是湖，后来人们用堤坝将湖水挡住，围出了一望无际的稻田。泥土很肥，水稻和油菜长得很好，我们的生活本来应该很富足，很安宁。不幸的是泥土筑起的围子总是垮掉。这种事一发生，我们的家园就会在一瞬间被洪水吞没。在我的记忆中，这种恐怖的情况每隔两三年就要发生一次。通常是，涨水持续了十多天，妈妈就烦躁不安起来，她从早到晚都在烙饼，她额头上的盐汗就滴在那些饼里头。最后，所有的面都烙完了，妈妈就将饼放进箩筐，挑起那一担，命令我们五姊妹各人拿各人的行李跟她出发。我们走在险情严重的堤上，太阳如同火轮一样在头顶逼射，浩渺无边的湖水蒸出的水蒸气蒸得人头脑发晕。我背着一卷棉絮跟在妈妈身后，我的后面是四个蓬头垢面的妹妹。走着走着，我就会产生幻觉，我感到脚下的堤已经摇摆起来了，于是怪叫一声："死人啦！"堤上的难民们慌作一团，但很快又镇定下来,用下流话骂我,骂得我一脸通红,掉下眼泪来。妈妈见了后,并不停下来安慰我,只是敦促我快走。通常要走整整一天才走出洪水,来到那座叫作"猴七仙"的山上。靠着那些烙饼,我们全家人要在山上待一星期左右,每次都如此。我们的烙饼吃到后来就变味了,完全坏掉了。

住在岩洞里的生活苦不堪言,每天的工作就是外出挖野菜,捡柴。这个洞里住了好几百人,一大早,我们就像猴子一样遍布山上,野菜挖完了就采树叶,枯柴捡完了就砍小树。隔一会儿我们就到山顶去观望洪水的涨势。在这种昏头昏脑的日子里,我遇见过一些山里的人。这些样子可怕的人住在山坳里,他们有时来山里打柴。对于他们来说,我们这些平原的人是一些入侵者,所以见了我们,他们脸上的表情总是愤愤的。山里人的样子很难形容,有点像传说中的野人,但是他们的目光异常锐利,似乎可以将你穿透。一般来说他们目不斜视,熟练地将柴砍好,用藤捆成漂亮的两捆,然后就坐下来抽烟。我就是在他们抽烟的时候鼓起勇气去靠近他们的。那些长发长须的汉子一共有六个,一字排开坐在地上。

"喂。"我说。

他们如同听到了信号似的一齐将脸转向我,很快脸上就出现了愤怒的表情,胡子翘了起来。

"我……我是想问路……"我结结巴巴地辩解道,一边往后退。

没有人回答我,他们都垂下了眼皮,似乎要从心里排除我的存在。我听见他们当中的老者说了一句:"今天夜里开始退水。"

我一边走一边回头，看见他们依然坐在地上吞云吐雾。很快我就见到了湖区的老乡，老乡们说我真是胆大包天，刚才那一幕他们躲在树丛里看到了，当时他们都认为我主动去招惹山里人必死无疑，因为前几天就死了一个，扔在树叶堆里，身首分离。后来妈妈也来了，听了老乡们的讲述就开始用藤条抽我，我痛不过，就喊道：

"妈妈，你让我死在山里人手中算了吧！你让我死在山里人手中算了吧！"

妈妈一边抽，口里一边说：

"偏不！偏不！"

后来我瞅住一个空子逃脱了。

我在山里转悠，恨恨地想着刚才的事。我想，暴力消除不了我心中的好奇心，只会助长它。来了这些天，我已经知道山里人的村子的所在地了，明天打柴时我要到那里去一趟。从我现在所在的山顶望过去，一片洪水茫茫，连我们沿着走过来的那条长堤也不见了，水面上漂着一些黑点，不知是牲畜还是家具，也可能是一些树木或一些死尸。虽然妈妈极力瞒着我，我也知道饼快吃完了。昨天小妹吵着要多吃一张，妈妈给了她一个耳光。如果这水不退，她又有什么妙法渡过眼前的难关呢？四面八方只有这座山可以避难。传说远方有座城市，那种地方人来人往，水也淹不着，但要到达那种地方，我们必须有只船，要在水上漂七天七夜才会看见城市的高楼，那些楼同山一样高。我，一个十七岁的男孩，想去那种地方等于白日做梦。不知怎么，我觉得山里人是去过那种地方的，我从他们的目光中看出这一点来。

我回到岩洞里时，妈妈已经烧起了小火，正在煨一些豆荚。我的眼睛一亮，立刻饥肠辘辘起来。大妹告诉我，豆荚是在山里人的地里捡的，他们已经收过一遍，但他们做事粗率，眼睛又都很近视，因此还剩下一些没有收干净，给了我们意外的收获。

"你怎么知道他们眼睛近视？"我问。

"大家都是这么说的。要不他们怎么会世世代代住在山坳里呢？就是因为看不清嘛。他们根本不知道有湖区，也不知道有城市，他们眼里看见的东西朦朦胧胧的，还以为世界上只有这座山呢！"

"你倒对他们调查得挺清楚的。"我冷笑着说道。

有了豆荚，大家的情绪都很高，一家六口围火而坐，连豆荚皮都吃得干干净净。妈妈很有信心地告诉我们，她还在那块地的周围看见一些野菜，明天一早我们大家都去挖。

山洞里夜间很冷，我们的破棉絮铺在堆起的小树枝茅草上头，大家都睡在一块。黑暗中听见妈妈在叹气，她发出的声音弄得我很烦躁，我就坐了起来。

"你想摆脱这个家吧？"妈妈问我。

"我想看一看，找条出路，这有什么不好？"

我的声音里充满了委屈和厌恶，我知道几个妹妹都没有睡着，她们在屏住气倾听。为了避免争吵，我站起身向洞外走去。

山风吹得人身上起鸡皮疙瘩，风里含着湖水的腥味。走不多远就会碰见一个家乡人，他们也是睡不着出来走的。我们这些人生长在一望无际的湖区，视力都极好，就着朦胧的月光我们能把小路分辨得清清楚楚。比如现在，我就看见前方站着一个同我年纪相仿的姑娘，她正在吃东西。我无法看清她是山里人还是我们家乡的人，我就走近去看。我快走到她面前时，她咻咻地笑了起来，向我转过脸。原来她比我要大很多，脸上有麻子。

"吃瓜子吗？"她将手中的东西朝我塞过来。

"不！不！"我往旁边一闪。

瓜子是女人们吃的东西，我才不吃呢。这下我知道了，她是山里人，但她同我见过的那些山里男人不一样。她缩回她的手，很自负地哼了一声。

"你是个胆小鬼，你妈对你管得太严。我去过你们湖区，那真是一片不毛之地啊，那种地方大概没人失眠的。"

"这种荒山才是不毛之地呢！"我把她的话顶回去，"我们那里，撒下种子就会长出粮食来，丰衣足食。"

"认识一下吧，我叫小蔷薇。"

我看着她那张粗糙的麻脸，差点为这个名字笑了出来，但马上忍住了。

"我叫长水。"

"你这名字真乏味。我早就注意到你了，你是我理想中的那种男孩，可惜你的名字不好，让我替你取一个吧，我以后叫你'黑熊'怎么样？我觉得你一定会长成那种样子的。"

"随你的便。"我这样说了，其实我心里很讨厌她叫我这个名字，并且我也不会称她为"小蔷薇"，我在心里称她为"麻婆"。

她指着一条岔路对我说：

"让我们走这条路，现在你妈妈正在找你呢。"

"你怎么知道我要跟你走？"

她在背后将我用力一推，推上岔路，然后说道：

"这是因为——因为你心里只有我。"

我非常愤怒，她竟然将自己的意志强加于我，还说那就是我的意志。心里虽然这样想，但我找不到摆脱她的理由，我的脚也好像不是自己的了，就由她带着我往前走。我们走进丛林，光线越来越暗，连我的眼睛要辨清路都很费力了。我就问"麻婆"她是如何看得清路的。"麻婆"说她根本就不看，她对这座山就如对自己的身体一样熟悉；她还说我们湖区的人如此锻炼自己的视力实在没有必要，我们自以为看清了什么东西，其实不过是假象罢了。她一边说一边加快了脚步，而我，也就有点磕磕绊绊地跟不上。要是她在这个时候把我撇下，我还真有点担心，这山里野兽也是很多的。

我们走了相当远的一段山路，而且一直是上坡路，可是当我们在一个空坪里停下来时，我却发现我们已经到了山下，这个空坪是村里的禾场。"麻婆"让我去她家里，我问她会不会有什么麻烦，她说只要我说自己是她的未婚夫就不会有麻烦；她又说外面这么黑，我已经没法赶回去了，我一个人进山的话说不定会遇见野猪，所以只能待在她家里了。

"这种时候了你还能打退堂鼓吗？"她咄咄逼人地说，将口里的气喷到我脸上。

这是一个中等大小的村落，房屋都很低矮，一伸手就可以摸到屋檐。现在全村都悄无声息，也没有狗出来叫，只有猪在栏里发出"吭哧吭哧"的声音。

当我还站在房屋与房屋之间的过道张望时,一张低矮的门突然打开,一只手将我揪了进去。我还没弄清怎么回事,就已经跌坐在一张床上。

"这是我妈妈。黑熊,你不可以惹她生气的。""麻婆"在黑暗中说,"妈妈,你觉得我的未婚夫怎么样?"

"他太瘦了。"老妇人毫不客气地说,她此刻坐在我的右边。"再说你把他安顿在哪里呢?这屋里只有一张床,睡不下三个人。要我说呀,干脆让洪水把他也淹死。"

她后面这句话吓了我一大跳,我差点要拔腿跑出去了。听见老妇人在摸索着找火柴,又似乎将窗台上的什么东西打翻了,口里小声地咒骂。

"小蔷薇呀小蔷薇,你就不能安宁几天吗?你要把这个家倒腾成什么样啊?"

"妈妈呀,遇见了心中的偶像怎能不去追求呢?"

"麻婆"的声音变成了那种撒娇的声音。我想起自己的妈妈,不由得十分羡慕她。我又有点纳闷:她其实一点都不喜欢我,为什么要对她妈妈讲这种话呢?看来这些山里人都是很怪的,不能用家乡人的眼光来看他们。这时我听见床那边的一张门"吱呀"一响,母女俩悄悄地出去了,把我一个人留在房里。猪在栏里发出被杀时一样的声音,也许是来了偷猪贼。

我在房里闷坐了一会儿,忍不住起身到外面去张望。我刚一站在过道里,母女俩就叫住了我,问我"哪里去",还责怪我不好好替她们看家,来了贼怎么得了。我说我坐在房里什么都看不见,就是来了贼也只好由着他偷。她们听了就异口同声地说我"没良心"。她们说话时有一个高个子的男人出现在她们身后，那人手中有只打火机，他连打了好几下，终于燃起了一朵火苗，于是我看见了一副大胡子，他正将手中的烟斗塞进胡子当中去。

"这个男孩，他抱怨什么都看不见。""麻婆"对男人说。

"他们那边的人就是这样。"男人边抽烟边说出他的结论。

我想同大胡子攀谈几句，我还没开口，"麻婆"就把我拖到一旁，嘱咐我千万不能胡说八道，还说她妈妈刚才已经同意了让她带我到村里熟悉情况。

"刚才那个男的杀过一名湖区的老头。"我们走出过道拐了个弯，"麻婆"才说。

"有人又说那老头是他爸爸。我不太相信这种事。比如你吧，你就不可能变成我们的人，你抱怨我们屋里太黑……"

"那你还说我是你的未婚夫？"我打断她的话。

"原来你看不起我！"她激烈地提高了嗓门，"你要是那么不满意，脚长在你自己身上，你可以走！可是你又不走，你害怕林子里有野猪，不，也不完全是这个，你还想了解我们这里的内幕，回去好吹牛，你这个小人！我非把你教育好不可。"

"麻婆"说要带我去一个老头家，这个老头是村里的村长，一般来说他夜里不睡觉的，村里人有了什么苦闷都去找他诉说，大家都称他为"袁伯"。

一会儿我们就到了。袁伯的房子比其他的房稍微高一点，窗户也稍微大一点，但屋里同样没点灯，黑得伸手不见五指。我进去后听见好几个人的声音，他们正在磋商什么事。我来到他们面前，声音就停止了，我觉得他们正瞪着我看。

有一个很年轻的声音叫我们上楼去,"麻婆"说这是袁伯。我被他推进一个极其狭窄的楼梯,我们三人依次登了上去。阁楼极矮,我必须弯下腰才不会碰到天花板。这样的阁楼里还养着一些鸡,它们发出吃惊的叫声,我估计它们是被关在一个笼子里。袁伯一把将我扯下去坐在一个垫子上,"麻婆"坐在另外一边的角落里。袁伯给我的感觉是一位年轻小伙子,不知道为什么他被看作老头。坐了一会儿,我就听见从楼下传来哽哽咽咽的哭声,开始是一个人,后来变成了好几个人的合唱,其间又夹杂了擤鼻子的声音。似乎是,他们有无限的辛酸事要在这个屋子里倾吐出来。"麻婆"和袁伯都一声不响,大概在专注地倾听。我听来听去的,那哭声总没什么变化,总是那么伤心、绝望,但又缺少一种爆发,一直是那么压抑。难道袁伯叫我上楼来,就是为了让那几个人在底下尽情地哭吗?想不到这些山里人竟是这么的多情,这大概同他们的眼睛近视有关吧。这些人同他们白天给我的印象完全是两回事。我坐久了感到无聊,就开始想象对面"麻婆"的心事。我想,这个丑姑娘把我带到这里来,一定是想给我一种强烈的、新奇的印象,她现在之所以沉默,肯定在揣测我,等待我的发问,假如我真的发问的话,她就会摆出鄙夷的姿态"教育"我。我的想象被楼下的骚动打断了。那些人好像手中拿着棍棒在格斗,打来打去的,有一个人喊着"救命"要往阁楼上跑。袁伯听到后,就冲着楼梯口喊了一句我听不懂的话,于是那个上到了楼梯半腰的家伙又下去了。我以为这下他们要离开了,没想到他们停止格斗,又一齐号哭起来,这一次更加伤心绝望,还跺着脚,好像一个个只求速死一般。他们发出的声音使笼子里的鸡不停地惊跳。我的神经绷得紧紧的,后来我终于发问了,因为再不发问,我也要哭起来了。我问袁伯下面的人为什么哭,袁伯说:

"山里的夜晚充满了激情,他们在召唤地底的亡灵呢。这个时候正是那些岩层深处活动最频繁的时候。"

"你们看得见那些东西吗?"

"这对于我们是很简单的事。"

我还想问下去,"麻婆"就在角落里对我发出很不高兴的斥责,还对袁伯说:"不要理他。"袁伯沉默了一会儿,就爬到鸡笼那边去了。他转回来时塞给我两个鸡蛋,叫我磕破了去喝,我照他说的做了。鸡蛋很美味,我好久没有吃过这么好的东西了。这时又有一个家伙冲上楼来,袁伯将我推过去,叫我去抵挡一阵。我用两只手抓紧扶手末端站在那里,一瞬间我感到下面冲上来的不是一个人,而是千军万马,而我的双腿像被打断了一般,我不由自主地往下面一栽。但我并没有栽到楼下,我横在楼梯上的身体被卡住了,而下面一下子变得鸦雀无声了。我好不容易才把身体解脱出来,坐在楼梯上喊袁伯。我喊了几声都没人答应,再竖耳细听,连那些鸡叫声都听不到了。我扶着扶手小心翼翼地走下去,到了下面的房间,我又顺着墙往前摸,摸到了那些长凳,刚才那些哭丧的人就坐在这些凳子上。

大门敞开着,外面稍微有些光线,但并不能看清什么东西。我不知道袁伯和"麻婆"还在楼上没有,我想他们多半从阁楼上的另外一头下去了。我受不了屋里这死一般的寂静,我想打碎一点什么东西,摸来摸去的,摸到一个泡菜坛,抱起来用力往地下一摔，却没有摔破，泥地上只是发出了闷闷的一声响，盐水流得到处都是。摔了泡菜坛后，心里更惶恐了，我横下一条心要到外面去闯。

我在房子与房子间的过道摸着往前走，有时用手撑一撑两边低矮的屋檐维持平衡，脚下的地面非常不平坦，像是人为地弄出那些坑洼。所有的门都紧闭着，没有一个人出来。后来，我觉得自己已经差不多把全村都走遍了，还是没碰到一个人。我想返回村长家去，又找不到他的家了，而这些人家呢，我又不敢贸然冲进去，害怕他们将我当作强盗。我就这样立在狭窄的小道上，一只手撑着一边的茅草屋顶，打量着阴沉沉的夜空，以及夜空下怪物似的山。在这样一个不恰当的时刻，我想起了妈妈。如果水总是不退的话，妈妈带着四个妹妹只有死路一条。因为吃多了野果野菜，二妹昨天已经闹了一回肚子痛，疼得在地下打滚。如果水退了，我们就得重新修整房子，用竹篾编好墙，重新糊上牛屎，从远处运稻草回来铺屋顶。要是房子已被冲垮就更麻烦了。不知怎么，我想着这些事就像想着别人的事一样，我既不烦恼，也不怜悯，我感到这些事只同过去的那个我有关系，而现在这个我是怎么回事，我不知道。我长到十七岁，从未到过这种奇怪的地方。这里的人和我说着相同的语言，但要弄懂他们的意思几乎不可能，他们内心的痛苦也会令我害怕，令我觉得世界快要大难临头了似的。尽管如此，我还是受到一种说不清的吸引。我抱着找出路的想法而来，现在却已将"出路"的问题抛之脑后了。听了刚才那场哭丧就可以知道，山里人不对前途抱希望。想想吧，湖区的人家谁又会将鸡养在阁楼上呢？

就在我胡思乱想时,有一个小孩扯了扯我的衣角,是一个男孩。

"黑熊,袁伯叫你去我家帮我爷爷洗澡。"他响亮地说,"你不要用手去撑我们的屋顶,这样会把房子撑垮的。你个子这么高,一点都不好。"

小孩说他的名字叫"鸡婆",他家住在最下面快到马路的地方。他走得很快,一跳一跳的,将我甩开老远。每当我喊"鸡婆!鸡婆!"时,他就回转来,说我"磨磨蹭蹭真讨厌"。后来我们终于到了。

我弯下腰随他钻进他那低矮的房子。我听见他划火柴,点燃了一盏很小的油灯,他说是村长嘱咐要点灯的,为了照顾我。他将那盏灯举得高高的,走近一张床,我就看到了床上躺在破棉絮里的老头子。那老头正在一边呻吟一边挣扎,像一只受了伤的螳螂一样,他的孙儿耐烦地将灯盏举得高高的。有好几回,眼看他要坐起来了,但又"嘭"的一声倒在床上,于是又重新挣扎。我对鸡婆说,让我来举着灯,他去帮爷爷烧水准备洗澡。鸡婆对我的提议嗤之以鼻。

"烧什么水呀,你这个傻瓜,我们都是用冷水洗澡的。"

他爷爷又一次倒下去,绝望地大哭起来。鸡婆一声不响地举着灯。我凑上前去想扶一扶老头,鸡婆猛地一下拖住我,说我要"害死他爷爷"。我只得退回来,乖乖地在床边等。

"什么人进来了?"老头喘着气问。

"一个年轻人,来帮你洗澡的。"他的孙子回答说。

"叫他出去,我自己可以洗。"

鸡婆示意我到门口去，我和他一块退到门边，他轻轻地对我说：

"爷爷自尊心很强，我们要耐心一点。"

老头经过一番挣扎，居然将腿移下了床，他两手扶着床头柱，颤巍巍地立起来了。鸡婆兴奋地为他爷爷喝彩，但什么都不做，就让老头可怜巴巴地立在那里。我实在看不下去了，就问鸡婆木盆放在哪里，鸡婆不耐烦地回答说就在门外，然后继续为他爷爷喝彩，口里大声数道："一、二、三、四……"

门外有口井，我摸黑从井里打上两桶水，倒在木盆里，招呼鸡婆帮我一起抬到屋里去。鸡婆不情愿地出来了，埋怨我怎么这么没用，一盆水都端不起。我们将木盆放在屋当中，鸡婆就去脱他爷爷的衣服。老头用木偶一样的手臂想挣脱孙子，口里发出狼一样的号叫。但他毕竟老了，一点力气都没有，很快孙子就将他剥光了。在微弱灯光的照耀下，他的躯体看起来很奇怪，完全不像一个人的身躯，全身上下没有一点肌肉，皱巴巴的，发黑的老皮贴在骨架上。如果不是听他讲过话，我老早就吓坏了。鸡婆一把将他拽进木盆坐下，命令我开始给他洗。

水是很冷的，老头哀哀地哭着，我用毛巾替他洗脖子，他怨恨地咒骂我，说我手太重，倒不如他自己洗。我发觉他一点都不怕冷，也可能他早就麻木了。他身上脏得不行，要想一盆水完全洗干净是不可能的，我向举着油灯站在那里的鸡婆提出换一盆水，鸡婆说不行，因为"爷爷的自尊心很强"。我只好扶老头站起，草草替他擦干身体，我要替他穿衣服，他用手臂挡开我，说我没帮他洗干净，只是在蒙骗他，说着他又坐进木盆。我只好用那脏水又帮他洗了一遍,这下他似乎有点满意了,不再骂人,也不哭,闭着眼坐在水中。因为在冷水中坐得太久,他打起喷嚏来了。我劝他站起身让我帮他擦干身子,他不肯,说毛巾太脏,会把他已经洗得干干净净的身体弄脏的。这时鸡婆在一旁说,他爷爷已进入幻觉了。我等了好一会儿,老头还是顽固地坐在水里,我只得用强力将他架起来,他大声哀哭着,突然不知哪来的力气,挣脱我朝床上那一堆破絮扑过去,一身湿淋淋地倒在棉絮里头。我松了口气,同鸡婆一道将木盆里的脏水倒掉了。回到房里,我提议再帮他爷爷穿衣,可是鸡婆冷冷地说:

"不用你来多事了。"

鸡婆像变了个人似的,不再理我,径直走过去一口吹灭了油灯。

现在我又什么都看不见了,老头仍在床上那一堆破絮里哭,边哭还边诉说自己命苦,这么老了还要忍受这样的折磨。他反复说的一句话是:"为什么我不能去死?"我弯腰倚门框立着,眼皮打着架,心想大约天快亮了吧。我这样一想立刻就闻到了柴烟的味儿,是鸡婆在灶屋里烧火。我不由得对这个小男孩充满了敬意。他大约才十岁吧,却要一人独自挑起照顾生病的爷爷的重担,他是怎样忍耐下来的呢?再说他的一举一动多么沉着啊。我循着烟味摸到了灶屋里,看见鸡婆正用一个很粗的吹火筒征服那些湿柴,他坐在地上,聚精会神,烧起火来十分老到。火势烧得很旺时,他就站了起来,往一只大铁锅里加水,那锅里煮着东西。

"你这只黑熊,什么都干不了,村长把你交给我管,我就知道我的工作不会轻。"

他操纵着手里的铁铲,说话时十分傲慢。我心里很妒忌他,这么小的一个小孩,却处在一个优越的地位上,可以居高临下地指挥我。

他招呼我同他并排坐在地上,开始详细地询问我进村时的情形。当他听见我说起"麻婆"时,他就打断我,说她的名字是小蔷薇。接着他又说他根本不想听我讲有关她的事,当初我就不应该去找她。还说他要是早知道我去找了她,他才不会答应袁伯来管我的事呢。他的脸在火光中看上去很严肃,甚至有点恼怒的样子。我有点后悔,不该提"麻婆"的事。

"她们家连饭都不煮,到了吃饭的时候就去别人家骗饭吃。还仗着自己力大抢我的饭。"

我忙不迭地向他道歉。他又要我保证再不理她们一家人,在路上碰见了也要掉过头去装作不认识。我们说着话锅里的东西就煮好了,鸡婆跑过去把门闩好,对我说要赶快吃,不然有人破门而入来抢我们的饭食。我们就站在锅边一人捧一只大碗喝这种混合粥,里面似乎是有米糠,有豆角,还有芋头之类的,烫得我们舌头一缩一缩的。我好久没吃过这种正式的饭了。我问鸡婆他爷爷是不是也和我们一道吃,鸡婆嘟哝着,说爷爷的自尊心很强,不想要别人看见他的吃相,说着他就盛了一碗送到他爷爷房里去了。灶里的火已经熄了,灶屋里又成了一片漆黑。现在应该还是半夜,我们怎么就吃起早饭来了呢?鸡婆在那边房里哄他爷爷吃饭,口里不断说着一些温柔的话。鸡婆对他爷爷的态度也难以理解,看来我连一个山里小孩都理解不了,更不用说其他山里人了。

鸡婆喂完他爷爷回到灶屋里，然后就去洗碗。我想帮他的忙，但我插不上手，因为我什么都看不见。听见他像大人那样叹了口气，说：

"我的爷爷啊，他正在蜕皮呢！"

"怎么回事？"

"他睡在床上，总在想自己蜕皮的事。每天早上他都对我讲，他是另外一个人了。到了晚上他又呜呜地哭，说他要蜕掉一层皮。你听，小蔷薇和她妈妈在擂我家的门，这两个坏蛋，不种庄稼，专门吃别人的白食。我的爸爸妈妈住在上面，他们一生出我来就把我给了爷爷，幸亏他们这么做，不然我还能得到这么好的锻炼吗？现在你又来了，我的事更多了。我这种人，天生劳苦命。"

他的充大人的口气使我扑哧一笑。我问他已是早上了为什么天还不亮。他回答我说是山把光线挡住了，要到下午天才会亮。他麻利地放好碗，又把灶屋里打扫了一遍。打扫完毕后他就坐到我身边，把头靠在我腿上，口里嘀咕着他累坏了，一会儿就睡着了。这时一个黑影出现在灶屋门口，发出凄惨的叫声：

"鸡婆啊！"

原来是他爷爷，老头居然下了床。鸡婆睡得很死，老头又喊起来，那声音像锯子一样在神经上锯，给人的感觉是他要死了。接着我听见他"嘭"的一声倒下了。我用力推鸡婆，他还是不醒，我只好将他放在地上，自己起身去帮那老头。

倒在灶屋门口的老头并没有死，他裸着身子，胸口剧烈地起伏。我抬起他的上半身，想把他弄到床上去，他无力地反抗着，让我感到一阵恶心。最后我终于将他抱到了床上，我用那床破絮将他盖住时,突然听见他在我耳边说:"我是湖区榨油厂的工人。"接着他就安静了。我想,也许他已经蜕完皮了吧。安顿好老头后,我已经精疲力竭,我决定倒在这张床上睡一觉。我尽量靠床边躺着,但老头还是觉察到了,他很不高兴,不住地用他的脚踢我的背。我挨着他的踢,时睡时醒的。我刚刚在梦里走到一个井眼边上,鸡婆的怒吼就把我吵醒了。

"这是我爷爷的床,你怎么可以躺在上面!啊,我爷爷又会要哭了,他一哭,我就什么事都做不成了!你这个湖区来的乞丐,我真不该收留你!"

我辩解说我不是乞丐,我在湖区有妈妈,有家,我们的生活丰衣足食,要不是涨大水,我才不会跑到这种地方来呢。我一边说一边感到自己底气不足。刚刚过了一天,我就觉得以往的生活已经不真实了。我想象着一片汪洋似的洪水,对水下的一切都产生了深深的怀疑。所有的一切还可以恢复到原样吗?即使恢复到原样了,我还能就那样过下去吗?不知怎么,我越来越认定妈妈和妹妹会死在那个岩洞里。

鸡婆还在愤愤地训斥我,但是房门被从外面撞开了。进来的不是"麻婆",却是村长袁伯和一个年轻人。

"洗过澡了吗?洗干净了吗?"袁伯大喊大叫的。

袁伯一叫,鸡婆的爷爷就在破絮里头委屈地哼哼。

"老头子有心事呀。"袁伯朝他俯下身去,"你说什么?他的手很重……对你不尊敬?哈哈,他们这些湖区人,还不都是这样!不要介意。他还和你争床铺……让他睡一个角好了,这床宽得很嘛!鸡婆!鸡婆!"

鸡婆应声走上前来。

"好好指导指导黑熊,这个可怜的人已经回不去了。"

"我要把他培养得像我一样勤奋。"鸡婆一本正经地说。

袁伯忍不住笑了起来,夸奖了鸡婆几句。我悄悄地问袁伯身边的年轻人,为什么袁伯说我"已经回不去了"。年轻人讽刺地说:

"那是因为你们那些了不起的老乡昨天已经迁往西边去了。他们飞速做出决定,抛弃了他们的家园。"

袁伯听见了年轻人的话,就转过身来劝我"不要灰心丧气",还说"男子汉一张大嘴吃四方,哪里不能活?"接着他又表扬我"接受新生事物头脑灵敏"。

我一时对他们带来的消息反应不过来,傻傻地站在那里。也许是仗着人多,鸡婆的爷爷就向袁伯告我的状,说我刚才抱他起来就像抱一捆柴,抱了往床上一丢,差点把他的肋骨都跌坏了。他结结巴巴地诉说着这件事,居然还要袁伯扶他起来,把刚才的情况示范一遍给大家看,袁伯弯下身子,俯在他身上轻言细语地劝他要有耐心,因为"万事开头难"。他们俩说话时,虽然鸡婆和这个年轻人都沉默不语,但我感到这两个人都在用谴责的目光瞪我。他们这种态度使我真的觉得自己有罪了。我就像是一个很蠢的人,什么都做不好,也学不会,对他们大家都是一个沉重的负担;至于我在湖区度过的十六年生活,那全是白活了。我在觉得有罪的同时,又有点气愤起来,我很想一气之下冲出门,但是我到哪里去呢?很显然,这个村子里不会有任何人对我有另外的看法,我已经领教过他们这种一致性了。我不太相信妈妈他们会撇下我去西边，我是她的大儿子，家里的主要劳动力，虽说撇下我远走她们也不见得会饿死，可那不是她一贯行事的作风。我想她一定在那岩洞里等，哪怕所有的人全走光了，她也还在那里。假如她这样做的话就危险了，留在那岩洞里她们都会饿死。我想到这里就冲动起来，我悄悄往门口溜去。鸡婆立刻警醒起来，大声地说：

"你们看，他要跑呢！"

他这一喊，那年轻人立刻一个箭步冲到门口挡住了我。他说：

"你竟然还不相信我的话，你有多么糊涂。你看，这是你的茶水壶，你妈临走之前托我带给你的，她嘱咐你'死也要死在外头'。"

我摸着那把小泥壶，一点都不理解母亲的心思。莫非人到了这座魔鬼山里头，就全都会变态？如果她起初就有要摆脱我的想法，那一次又为什么要打我呢？母亲既不强壮也不高大，用棍子抽起人来倒十分有力……

床上的老头又说话了，他似乎是在批评我举动轻浮，还哭诉道："他总是让我失望，没有一次能够让我满意。"他一哭，三个人就都趴到床上去安慰他，替他按摩。这种场面又让我无地自容。母亲的态度使我明白我那十六年真的是白活了，不服气也是这么回事。在这如同煎熬似的瞬间，我突然想起了鸡婆爷爷蜕皮的事，不由得说出了口：

"我也要蜕皮！我也要蜕皮……"

他们先是一愣，接着一齐笑起来。但袁伯立即收住笑，说："不要向这种可贵的热情泼冷水。"他回过身来搂住我，亲昵地对我说:"小伙子可要沉得住气啊。小蔷薇等会儿会来把你接走,她可是个美丽的小姑娘,她还心怀高远的志向,你跟着她就会一天天进步。"

他们将鸡婆的爷爷哄得睡着了,就都来围着我,要我将泥壶拿出来让他们欣赏。他们将泥壶你传我、我传你地欣赏,但并不作任何评价,连鸡婆也不吭声,他只是将壶放到耳边去听。后来袁伯就问我是否已打定了主意留在村里,我说是的,他就叹了口气将泥壶还给我。他们三个人做出了一个什么决定就一齐离开了这里,临走时袁伯嘱咐我在房里等。

房里很臭,鸡婆的爷爷又总是在凶狠地说梦话,我就摸到灶屋里坐下了。我将泥壶放进碗柜,又把整个灶屋摸索了一遍,发现灶旁边有一大堆引火用的茅草,又蓬松,又柔软,我倒在茅草上打算好好睡一觉。我的企图很快落空了,老头在房里声嘶力竭地哭了起来,声音之大,恐怕几里外都能听见。我只好不情愿地又摸到他的床边,他一见到我就止了哭。他抽着鼻子问我为什么一会儿同他争床铺,一会儿又撇下他一个人孤零零的,莫非是想戏弄他?接着他又说了一句很含糊的话,并一边抽泣一边又将那句话重复了一遍。我因为听不清,就脱了鞋上床,摸到大床的里边,凑近他去听,这下才听清了,他说的是:

"你必须同我待在一起。"

因为我在这张很脏的床上躺下了,他似乎又不满意了,愤愤地抱怨我占了太多的地方,还说他的本意不是要我上床,只是要我守在他面前,像他这种垂死的人,根本就不愿别人同他共一张床。我不理他,瞌睡沉沉地躺在那里,他就又用脚来踢我,还撑起身子,用枯干的手掌来扇我的耳光,口里结结巴巴地重复说:"看你下不下去?看你下不下去?"我由着他打,还是昏昏沉沉地睡着不动。他闹累了,就"咚"的一声倒下,口里还在诅咒。这一觉睡了好久。我醒来时天已经大亮了,我将房里缓缓地扫视了一遍,对这里的简陋和颓败大为吃惊起来:墙壁是裸露的土砖,已被柴烟熏得乌黑,好几个地方还出现了坍塌;屋顶盖的茅草都沤烂了,有几处已透进了天光;房里除了这张木板床之外没有任何家具,只是在门后边放着几样农具;床上的所谓"铺盖"简直就是一堆臭垃圾,黑乎乎的破絮一块一块的,被一些纱线连接着。鸡婆的爷爷钻在这堆垃圾里还在睡,他的一条腿伸在外头,那条腿子上面有几大块霉斑。我从床上跳下地,因为再待下去就要呕吐了。我弯下腰去系鞋带时,"麻婆"推门进来了,我这才记起睡前没有关门。我警惕地问她有什么事,她斜眼看着我,用瞧不起人的口气说:

"袁伯竟把你安排在这种人家。"

"这种人家又怎么样,你还不是常来这里吃白食吗?"我反唇相讥。

"原来那小子到处丑化我,我要打断他的腿。"

"麻婆"一屁股坐在床上,用她的大手掌拍着鸡婆爷爷那条腿,嚷嚷道:

"你看,你看,都瘦成什么样子了,都是那坏小子克扣粮食,把爷爷饿成了这个样子!真是个杀千刀的小流氓啊!"

我心里暗暗纳闷:怎么他们都不觉得这屋里脏?这"麻婆"不但不觉脏,还跪到大床铺上整理起那些烂棉絮和破布头来,搅得满屋子全是灰，我一呼吸就连连咳嗽。整理完毕后她又从灶屋里找了根小笤帚到床上扑打，说是"掸灰"，这一来我只好逃到房门外站着。她自己对那浓浓的灰尘一点感觉都没有，鸡婆的爷爷也照旧睡他的觉。回想起村长他们对老爷子的态度，我心里断定老爷子是受到全村人尊敬的人。"麻婆"终于搞完了房里的卫生，她用一块花布扑打着身上的灰出来了，她说她要带我去山顶一个处所"看好戏"，她催促我快走，说，不然的话，一会儿天又要黑，天一黑，我这个湖区人就成了睁眼瞎子。

　　我被她推着走出了小屋。我们在那些屋檐之间穿过时，我看见一些人三五成群地在巷子里议论什么事，他们的长相全是那种野人类型，相形之下，"麻婆"倒的确是山里人当中最好看的了。袁伯长得怎么样呢？我想不出。那些站在路上的人一看到我们就都退进他们的屋里去了，还不忘记关上门。"麻婆"高傲地扬着头对我说，这些人都在妒忌我，这种情形从昨天就开始了；他们讨厌湖区的人，可是听说她找了个湖区小伙子做未婚夫，他们又有点羡慕她找的这个人，恨不得能取代他。我不太相信她的话，觉得她在吹牛，不过我不在意，我希望她快点带我到山顶，到了山顶，说不定我就可以弄清好多事了。当我这样希望时，她却又磨蹭起来，说她要回去同妈妈告别。她居然说出"告别"这两个字来，实在是好笑。我以为她要回家了，她却又不走，站在原地沉思起来。我忍不住催她，她就责怪我说："你急什么嘛。"就这样走走停停的，过了好久我们才登上山顶。

　　从山顶往下看，我看到了这样一幅景象：洪水早就退了，但我们走过的那条长堤已经不存在了，长堤内那些湖区的房屋也不见了，一眼望去，平坦的大地上只有一洼一洼的水发出反光。我又朝西边看，看见一大群人像蚂蚁似的在移动，我激动地定睛注视，但很快，他们就一点一点地消失在远方的暮霭之中了。西边全部是划成方格的水田，如同梦中所见。

"你再也追不上他们了。""麻婆"说道，她刚说完这话天就黑了。

"麻婆"拉着我的手往山下跑，我因为天黑看不清，只得追随她，她的手汗津津的，让我心里很讨厌。她喘着气说，必须不停地跑，山里面的野猪常伤人。大约跑到山腰时，我听到前面有人说话，我就想，会不会岩洞里还留着一些人没走完呢？我甩脱她的手，朝发出声音的地方摸索过去，一会儿就闻见了烟草的气味，正是湖区人抽的那种烟。前方的小空地上有三个人影，正在为一件什么事争执，推让。后来他们似乎一致同意了某件事。只见矮一点的那个人举着一把刀，猛地朝另一人砍去，因为用力太过自己都扑倒在地了。接下去那个瘦子又举起标枪，从矮个子的后背往下扎去，等到那人一动不动了，他才抽出标枪，坐下来抽烟。瘦子好像在等人，他抽一会儿烟，又四处张望一下。"麻婆"对我耳语说，这个人是在等我去帮他的忙。我听了这话吓得立刻要跑，她就趁势抓住我的手领着我跑。我们弄出的响声被那人听到了，他立即反过身来追我们。有好几次，我觉得他马上要追上我们了，但他总是立即停住脚步，待我们跑出一段距离，他又继续追，他还将标枪投在我们前方大树的树干上，当时的情形可怕极了。

那人一直追到了村口，我听见他站在那里大喊：

"长水！长水！你这个畜生！你把你妈妈杀死了！"

他喊了一遍又一遍，村子里的人都出来了，我虽然看不清这些人影，但我知道他们都看得清我。我多么希望"麻婆"把我藏起来，但她趾高气扬地走在前面，还故意同那些人搭讪，仿佛要向这些人展示我的猥琐似的。这些人都在议论我，说我"犯了事才逃出来的"。"麻婆"则对她的邻居说，现在我已经是她的随身保镖。"我就是看中了他的凶残。"她说。

将我展示了一番之后，"麻婆"终于带我钻进了她们的小屋。我们进去的时候，她母亲正在床上呻吟。后来她撑起来，像上一次一样到窗台上去找火柴，这回倒是找到了火柴，但那火柴受了潮，划来划去的，划不燃，她气得将火柴盒摔在地上，用脚踩了几下。接着她说：

"我本想在灯光下好好看看他，看来不成了。你把这种人带回来，我们该怎么处置他呢？他又不是一只茶杯，可以放在桌子上。"

"妈妈完全可以就当没他这个人。"

"没这个人！莫非他在这屋里可以不占地方吗！"

"可以的，妈妈，可以的，我要他钻进灶屋的柴堆里去，您千万不要生他的气。您要是生他的气，我还有什么脸见人呢？""麻婆"的声音极度苦恼。

听见老婆子在唉声叹气，埋怨着，又回到她的床上去了。她似乎是有一身的病痛。"麻婆"悄悄地告诉我，这村里上了年纪的人都这样，她母亲还算身体硬朗的呢。她又说，现在我的当务之急就是到灶屋的柴堆里躲起来，不要让妈妈听见一点响动，不然她的神经会受不了的。我问她灶屋在哪里，她说就在这里，她们只有一间屋，旁边就是灶台。我随她一路摸过去，果然摸到了灶台。我担忧地想，同在一间房里，我怎样才能做到不弄出一点响声呢？灶台边根本没有柴堆，只有一些碎砖，我记起鸡婆告诉我的话，他说这母女俩从来不开伙煮饭，成天吃白食。

"这地方不错吧，你可以在茅柴里头美美地睡一觉了。凡事要想通，不要发牢骚。我们这村子，进得了，出不去。刚才骂你的那人才狡猾呢，他一直站在村口不进来。"

我把那些碎砖挪开，扫出一块平地坐下来，"麻婆"似乎有点心软，也挤到墙角来同我一块坐在地上。虽然她对人说我是她的未婚夫，我看出来她对我没有丝毫的欲望，很显然，我根本不是她所喜欢的类型，但她为什么要说我正是她所喜欢的那种人呢？她坐在我旁边，双手抱着膝头，我觉得她脸上的表情一定是很严肃的。这个时候我的肚子饿起来了，我简直饿得发晕。我把这一点告诉了她，她就笑起来责怪我为什么不早说，她起身到灶台上拿了什么，然后递给我，那是一碗冷饭，还有一双筷子。她耳语般地对我说："慢慢吃啊，不要让妈妈听见了。"我往口里扒着饭，拼命抑制着自己不发出响声。把饭都吃完了我才想起，"麻婆"今天晚上不也是什么都没吃吗？我轻声问她，她告诉我说是的，她什么都没吃，因为她将她自己的饭让我吃了，不过不要紧，她这样的人饿不坏的。有时她实在饿得受不住了，就到袁伯的楼上去抓两个鸡蛋充饥。可能我们耳语的声音被她妈妈听到了，她在床上烦躁起来，将一个枕头之类的东西扔下了地。我们连忙住了嘴,我在心里惊叹着老太婆听觉之灵敏。

在地上坐久了,屁股又麻又痛,我开始不安地挪动,再看看她,纹丝不动,坐得笔挺。一瞬间我又感到了自身的猥琐,并在这痛苦的猥琐里寻思着找出路。最后,我终于站起来了,我舒展了几下身体,不管不顾地往门口走去,用手轻轻拉开门。屋里立刻狂风暴雨,那位母亲用力捶着床板,叫喊道:

"啊!啊!这是要谋杀我呀!救命!袁伯!袁伯!"

"麻婆"跳起来抱住她母亲,两人在床上滚做一堆。竭力要挣脱的老妇人力气之大令我惊骇,她居然将床头的栏杆都踢得拆裂了,枕头被子飞了一地。我见自己的祸闯大了更加想溜,"麻婆"厉声喝住了我,说我的举动是"不想活了"。几个回合下来,她终于将母亲制服了,两人躺在床上喘粗气。

过了好久,老婆子才打破沉默,悻悻地说:

"就让这小坏蛋留在这里吧。如果你不是我的女儿,我非把你的脖子扭断不可,就像我前不久消灭那条小狼一样。"

"麻婆"下了床,拉着我的手要我同她去她家猪栏,说是"免得妈妈心烦"。

我们在外头拐了一个弯,又上了几级石阶,进了猪栏屋。栏里的两头猪"哼哧哼哧"地骚动起来,她让我同她一起坐在一堆稻草上头。外面月亮已经出来了,银光闪闪的,我们坐在这个地方竟可以看见整个村子。我觉得这个地方出奇的好,心里生出再也不想离开的念头。她却坐立不安,担心着她妈妈,又说猪粪实在臭得不行,想不到她会沦落到这种地步,只能到这种地方来栖身,等等。

"你没来之前，我同妈妈形影不离。"她傲慢地说。

舒舒服服地坐在稻草里头，观赏着山村的美景，我想起了湖区的日子，想起了我自己的谜一般的家庭，并且长久以来第一次，想起了我那淹死在湖中的父亲。父亲是在捕鱼时淹死的，有目击者说，当时并没有翻船，是父亲性急，非要去同他叉住的那条大鱼搏斗，跳进湖里就再没出来。他的尸体后来也没浮上来。我又回想起下午在山顶看到的那些水洼，那里原本是我的家园，一转眼就不存在了。但是现在，我一点都不伤感了，我正在沉入巨大的阴影之中，这里面有全新的，我完全不能理解的生活，我想我一定会成长为一个勤奋好学的山里汉子的，再过好多年，我的眼睛里也会射出他们那种锐利的光，并且我也会习惯于在黑暗里辨别一切事物的。我这样一想，又感到了一种鼓舞。似乎是进村以来第一次，我同身边这个丑陋的女孩有了一些模糊的共鸣，我不知道这共鸣是什么性质的，我想慢慢总会搞清的吧。

原载于《芙蓉》2001年第2期

狮子

泥朱和祖母住在动物园旁边的平房里,动物园里有五头狮子。那是一个很大的动物园,有山有水,泥朱在里头迷过路。

祖母对泥朱说,万一狮子捉住了他,唯一的办法就是闭上眼装死,这样兴许能救他自己。祖母说这话时显得有心事的样子,口里喷出老年人常有的那种酸气。泥朱在后半夜常听见狮吼,他被惊醒了,就缩成一团,紧张地倾听着。睡在对面的祖母总是醒着的,她不放心,往往会起身去检查窗闩牢不牢,如果某个地方松动了,她白天就找来工具将其加固。泥朱在迷糊中看着祖母走来走去的,有时竟会恍惚觉得祖母已变成了一头母狮。每次觉得祖母变成了狮子时,他就连忙闭上眼装死,这时狮子就用鼻子在他的小脸上嗅来嗅去的,弄得他要打喷嚏,又不敢打,只好拼命忍,心里叨念着:"我已经死了嘛。"

白天里,泥朱听人说过,有一头幼狮曾咬伤饲养员独自闯到了城中心。那些日子，有好多人发现了它的踪迹，但谁也不曾靠近过它。人们说它是饿着肚子的，倒也没见它伤人，显然它是在那些大街小巷里乱走。小狮子很快就消失得无影无踪了，专家说它已逃到山里去了。泥朱想，一定是风将森林的味道吹到城里，它才会知道山在哪一边，要不然还不早就饿死了。像这种不吃人的狮子是怎么回事呢？泥朱在城里的小巷子里行走时，总是警惕地打量路旁那些紧闭的门户，揣测里面会不会藏着狮子。这种时候，他往往会不停地设想狮子们在遥远的原野上的生活，想着想着，口里就说了出来："狮子啊，狮子啊。"

泥朱只看见过那位饲养员一次，那个人有一张麻脸，特别爱笑，无缘无故地就会笑起来，笑的声音很恐怖，还露出大金牙。当时小狮子刚断奶，特别依恋他。泥朱还记得那一回他突然止住笑声走到铁笼子旁边，对泥朱吼道："走开！小孩子要小心，不要让狮子记住你的模样！"受了惊吓，泥朱不禁想道，那幼狮的妈妈已经牢牢记住他的模样了，怎么办啊？幼狮咬伤那饲养员的传闻传到泥朱耳中时，泥朱呆呆地回忆了好久，怎么也想不起那个男子的面貌了，就去向大人东问西问，想要他们描述那人的样子。为此祖母在与邻居黄老太聊天时讥笑泥朱，说："这个小孩天生多情。"泥朱不知道这是一句好话还是一句坏话。

过了些日子，泥朱差不多已经把小狮子的事淡忘了。他蹲在动物园的围墙下头挖蚯蚓，挖了去喂鸭子。他埋头于这项工作，鼻尖沁出了汗珠。

"小孩子，想看狮子跳舞吗？"有人在他头顶上方说话。

泥朱手一颤，扔了耙子站起来。

饲养员的左手用绷带吊在胸前，样子像在发怒又像在笑。

"呃？"泥朱说。

"我问你这个小孩子，想看狮子跳舞吗？"他提高了嗓音。

"哪里？"

"夜里不要睡死了，我一叫你你就要马上出来。"

"会咬我吗？"

"关在铁笼里，怎么咬得到你？你真是乱说一气，你又不是饲养员。"

饲养员离开了好久，泥朱还在激动。他一会儿打算把这事告诉祖母，一会儿又打算瞒着她，心里七上八下的，蚯蚓也没有心思挖了，只想快快到夜里。

泥朱一边将铁罐里的蚯蚓倒出来喂鸭一边还在思忖要不要告诉祖母。鸭子"嘎嘎"地叫，将头伸到铁罐里头去，溜溜光光的羽毛又让他联想到小狮子，泥朱觉得动物身上的气味都很相似，他私下里称之为"肉气"。

祖母笑眯眯地看着他喂鸭子，吸着烟斗，吐出一口烟，说："泥朱啊，凡事不要太用情了才好。"

泥朱就决定不告诉祖母那件事了。

饲养员在外头叫他时他根本没睡。祖母也醒着，祖母对泥朱说：

"你去长长见识吧，好事情啊。"

泥朱穿好鞋就到了外头，外面虽很黑，但有些人影在跑来跑去的。饲养员握着手电筒站在那里，他让泥朱跟着他走。泥朱感到诧异的是，关狮子的地方并不在动物园里头，而就在他家附近的南食店后面的竹林子里。他们什么时候将狮子移到这地方来的呢，这不是很危险吗？饲养员领着他拐进巨大的铁皮简易房，嘱咐他小心自己脚下。

"狮子在哪里呀？"

"就在你的脚边，不要踩着了它们。现在它们很安静。"

饲养员亮起手电，照见雄狮的鬃毛。泥朱一下子吓得要晕过去了，他闭上眼睛，心里想，这是梦吧，哪有这样的事。他往地下蹲去，闭着眼数"一、二、三、四……"，后来数到二十六了，任何事都没发生。铁皮屋里因为关着巨兽，溢满了浓重的臊味，熏得泥朱只想呕吐。饲养员拍着他的头，捉住他的手往狮子的鬃毛上头摸了几摸。泥朱还是不敢睁眼。他听见屋里有庞然大物走动的声音，并且不止一个，脚上的肉垫踩到地上发出沉重的闷响。饲养员凑到他耳边说，五头狮子全在这里。泥朱马上想到小狮子，它不是去了山里吗？饲养员似乎在黑暗中看见了他的想法，告诉他说小狮子已经回来了，又说既然他这么害怕，他就领他出去好了。他将泥朱从地上拖起，很快就出了门，泥朱一睁眼，看见满天的星斗，到处都亮起来了。冷不防有一头狮子吼了起来，就像发生了地震似的，泥朱腿一软，又要往地上蹲去，饲养员就不耐烦了，威胁说他要打开铁皮屋的门。泥朱惊骇地盯住饲养员的脸，只见两颗金牙在他嘴里闪闪发光，他的嘴巴奇怪地嚅动，那两颗金牙变长了，并且摇摇晃晃地松动了，忽然他用力一吐，金牙飞了出来，像两只萤火虫在空中划出一道弧线，那大张的嘴巴变成了一个黑洞。

"救命啊……"泥朱在窒息中喊道，他听见自己的声音很小。

狮子开始撞击铁皮屋了,屋顶像要被撞开。饲养员放开泥朱,回身往铁皮屋跑去,屋里响起什么东西爆裂的声音,过了一会儿,狮子们就安静下来了。

泥朱看见祖母弓着背在围墙那里挖什么东西,他振奋起来,大声喊道:

"奶奶!奶奶!"

他的心中一下充满了委屈。

祖母好像耳朵聋了一样,理都不理他,只顾低下头挖土,泥朱想起那些盗墓的故事,心里又紧张起来。

他走过去,胆怯地扯了扯祖母的衣服后摆。祖母转过身,小声问道:

"你知道我挖什么吗?"

"不知道。"

"挖一条地道,通到狮子那里去,这工程可不小。白天我用些树枝将这个洞口盖住,谁也不会发现的。你看这个主意有多离奇,哈,这样的主意!"

泥朱不相信祖母挖得成地道,他认为她在讲故事,他想听她透露一些事情,尤其想知道这件事的答案:狮子到底咬不咬人呢?

"狮子啊!狮子啊!"祖母讥笑地说,突然又脸一板,道,"还不回去睡觉!小孩子夜里出来乱跑,要跑掉魂的!快走,家里门没锁,我担心野猫钻了进去偷柜里的那块肉。"

一老一小匆匆赶回去。泥朱的头一碰枕头就睡着了。没睡多久,他又被祖母推醒了,祖母在黑暗中冲着他的耳朵说:

"听见饲养员的惨叫没有?他完蛋了。"

"怎么回事?"

"日日夜夜同狮子搅在一处,还会有好下场吗?还把狮子弄到围墙外头来,亏他想得出,这种不安分的家伙。他喊你去的时候,我心里想,你这个小孩去受受教训也好。"

祖母的话十分刺耳,他很想用被单蒙住耳朵,不听这些话,他心里不住地对自己说,是梦吧,是梦吧。

以后好多天并没有饲养员遇难的消息,泥朱夜里见过的铁皮屋也不见了,南食店后面只有那片竹林,有人在竹林里开了个茶馆,将竹林弄得很脏。泥朱在竹林里绕来绕去的,仔细观察地上是否有狮子的痕迹。茶馆里那些小流氓看见他就起哄了,朝他扔脏东西,吓得他跑了回来。

泥朱打算去动物园里面侦察一番。他从抽屉里偷了五角钱,买了张门票就进去了。

老远就看见饲养员,还有那头小狮子,小狮子的嘴巴上还沾着血,大概刚吃完活物。泥朱犹犹豫豫地往铁笼跟前凑。小狮子懒洋洋地睨视着他。他不明白饲养员干吗要坐在铁笼子里头打瞌睡。再看别的狮子,都在睡觉,整个动物园里只有那些五颜六色的鸟儿在乱叫。泥朱平时来这里时,总有一些工作人员,参观的人也不少,今天那些人都到哪里去了呢?由于周围实在是静得可怕,泥朱就想赶快离开。他刚一迈步,饲养员就讲话了,原来他一直在笼子里装睡。

"你祖母刚刚来过了,你做了对不起她的事,她把你交给我来惩罚。你伤透了老人的心啊。你看这事怎么办呢？刚才你进到园里后，你祖母就从外面把大门锁起来了。"

他说话的时候，泥朱瞟见另外几头狮子所在的铁笼的门全都半敞开着，幸亏那些狮子都睡着了。泥朱恨恨地想，他不过偷了五角钱，祖母就要将他喂狮子，太狠毒了。回想起她在自己脸上嗅来嗅去的情形，又一次生出那个疑问：她会不会是狮子变的呢？由于想不出办法，泥朱决定以哭来解决眼下的难题，就像祖母打他的时候他常常做的一样。他就哭起来了，不过不敢哭出声音，只是流泪。泪眼模糊中，看见有一头雄狮动了一下，他连忙闭了眼。接着就听见饲养员说：

"你快滚吧，门又没有锁，我刚才是骗你的。要我说啊，像你这种鼻涕虫根本不应该跑到这种地方来。"

他从背后推着泥朱，将他推到园外。外面阳光刺眼，一大群小学生蜂拥而入，将泥朱撞翻在地。泥朱让到路边，他眨了眨眼，看见小学生里头有个人很像失踪的二懒，正要喊，那小孩又不见了。

在家门口想起偷钱的事，他又不敢进屋了。偷偷从屋檐下的柳条筐里拿了耙子和铁罐去挖蚯蚓，决心将功赎罪。祖母从身后喊住了他，问他动物园里的情况，他老老实实告诉了祖母，然后等着受罚。

"那家伙真的将铁笼的门全打开了？"她好奇地问。

"不光打开，还把狮子牵出来吓唬我呢！"

泥朱觉得越夸张越好，只希望她继续问下去。但祖母怀疑地看着他，很快就失去了兴趣，不再盘问，端起那一簸箕红辣椒到外面晒去了。现在泥朱的心里就如吃了冰淇淋一般畅快！多么好啊，多么好啊，他懒得去挖蚯蚓了，他要到街上去游荡！

泥朱只熟悉附近的几条街巷。这些年，大街小巷就像蜘蛛网一样越结越多，泥朱的胆子也越来越小。他虽然没有去过那些地方，每每想起就汗毛倒竖。传说小狮子迷路的那些天，泥朱心里忐忑不安，几乎到了茶饭不思的地步，他不敢设想那令他眩晕的情景。住在他家对面冷饮店里的小孩二懒有一天趁父母不在家独自走出去，后来就再没有回来。每天傍晚二懒的母亲都到动物园门口去喊魂。泥朱想不通，二懒是在街上走失的，又不是被狮子吃掉了，干吗去动物园门口喊？祖母听见喊声，就对泥朱说："没有比这更可怕的事了。要是不修这些个马路，万事都太太平平。丢也丢了，喊得回来吗？"泥朱一边想着这些事一边在街上走，前面就是地下商场，商场门口长年坐着一个没有腿的乞丐。他打算去里面看一看钓鱼竿就回家。他还没走到商场，澡堂里就出来一个人扯住了他。这个人是泥朱和祖母以前的房东的儿子，名字叫哈贵。哈贵洗澡洗得脸上红通通的，头发香喷喷的，胸前的口袋里居然文雅地插着一枝红花。

"你这个顽皮鬼，慢慢吞吞地荡，地上有钱币捡吗？嘘，你看那窗口！"

他用手一指澡堂的窗子，泥朱看见雄狮的巨大的头部在那里晃了一下，他怀疑是自己眼花，揉了揉眼再看，窗口变得黑洞洞的了。泥朱一下子脸上变了色，哈贵哈哈大笑起来，拍着泥朱的背说："千万不要胡思乱想啊。"他邀请泥朱和他祖母去他家玩玩，泥朱昏乱地点着头。为了免得回来时又要经过澡堂，泥朱干脆商场也不去了，就跟着哈贵往回走。哈贵边走边告诉泥朱说，城里至少有八头狮子，都是被这里的人收养的，有的主人和狮子睡一张床，过不了几天房里就臭得不行，人人都知道了。到了后来，狮子总是要吃掉主人，不过又会有新的人来收留狮子。人的好奇心无止境。哈贵见泥朱听得入神，就突然不说了，命令泥朱先走。泥朱走一走又回一回头，走出好远还看见哈贵站在那里。他干脆不走了，倒看哈贵往哪里去。哈贵掉转身，往澡堂的大门走去。泥朱的胆子突然大起来，也回转身往澡堂走。到了大门那里，他没钱买票，进不去。卖票的妇人白着眼打量他，说：

"你这副模样是来捣乱的吧？我们这里面很危险！"

"我找哈贵。"

"养狮子的哥儿们？你找他？你不怕死吗？滚出去！"

泥朱挨着墙退到妇人看不见的街边，街上闹哄哄的，可他还是隐隐地听到了哈贵的哭声，就是从那个狮子所在的房间的窗口传出来的。窗户不知什么时候已经关上了，泥朱将鼻尖紧贴玻璃，蹭来蹭去的，还是什么都没看明白。里面似乎是那头雄狮沉闷的脚步声，又似乎是人来人往。他想，如果真的是狮子，撞开这窗户，他会被一口吃了去。这样一想，他就缩回脑袋站到一边去了。过了一会，那哭声还不止，他又忍不住将鼻子蹭到窗玻璃上头去。他小声喊道："哈贵！哈贵！"有一个人抓住他后颈窝的衣领将他提了起来，他的脚竟然离了地。

"小流氓，看你往哪里跑。"

原来是那卖票的妇人，泥朱看见她那双巨大的脚，脚上穿着旧胶鞋。

她忽然一松手，泥朱摔了个嘴啃泥，好半天才爬起。她站在那里，双臂在胸前交叉，严肃地看着他，说：

"想进去洗澡吗，这会澡堂子空着呢，以后可不许这样了，什么事你都不放过，想搞个水落石出。"

泥朱忍着痛点头。

"脱得光光的，狮子会更喜欢吃。"

泥朱乘她不注意，拔腿拼命跑，但那妇人并不来追。

快到家时他的脚步才慢下来，想起刚才受的欺侮，又记起哈贵惨烈的哭声，心里惦记着，又不想回家了。抬头看见祖母，正坐在门口择菜，忽然又有了告诉祖母的冲动。

"还记得那个哈贵吗？他住在街上的澡堂里，养着狮子呢！"

"你亲眼看见狮子了吗？"祖母抓着苋菜的手停止了动作，盯住他问道。

"我，好像看见了，是真的，那卖票的也说了这事。"

"我是问你亲眼看见他同狮子在一起没有！"祖母咆哮起来，"啪"的一声将手里的苋菜摔在地上，脸面涨成紫色了。她莫名其妙地激动得不能自已。

"我……不知道。"泥朱嗫嚅了。

"这就对了，小孩子不要信口开河。"祖母的语气温和下来，"看你一脸的泥，快去洗干净了，桌上有糖稀饭给你吃的。你要是那么惦记哈贵那小子的话，还不如跟了他去呢，不过现在已经来不及了。以前我们住在他家时，他就想要你跟了他去流浪，我怕你吃不消，赶紧从他家搬了出来。他今天没有抓牢你，以后就没机会了。这些天他总在这附近溜达，我早发现他了。什么人？呸！饲养员！往哪里躲！"

祖母抓起长竹竿向外戳去，那人早跑得无影无踪了。

"看来这地方又没法住了，都是因为你这个惹事的小家伙。"

祖母气冲冲地到厨房洗菜去了。她一走，饲养员又出现在窗口，一只胳膊用脏兮兮的绷带吊在胸口，头发上头沾着不少草屑。他向泥朱做出哀求的手势，求他出来。他求了半天，见泥朱坐着不动，就跺起脚来，生气地诅咒着，用一个指头指天，然后指地，接着吐了一口痰，用脚板去擂。泥朱猜想道：也许他是要我去帮他喂狮子？这样一想立刻就感到了窒息。他不想被咬伤，他也不可能在五头狮子的包围之中活下来。他倒是对哈贵那种流浪生活跃跃欲试，要是同哈贵的狮子混熟了，说不定可以一起洗澡，还说不定可以骑到它背上满城去溜达呢！他看过一张题为"狮子女郎"的鲜艳的广告画，那张画反复出现在他梦中。

饲养员见泥朱不动心，就显出悲苦的神情，垂下头，耸起两个肩头离开了。这时泥朱就忍不住冲口而出：

"饲养员老伯！"

他一定是听到了的，但他根本没打算回头，反而加快了步子走到动物园的围墙那边去了。围墙那边有人在焦急地喊饲养员，似乎是动物园内出事了。泥朱有一点想跟了去看，又记起没有钱，就放弃了。

那天夜里狮子吼了整整一夜，此起彼伏，地动山摇。泥朱觉得末日到了，一夜都没合眼。祖母是什么时候出去的，他一点都没注意到。他躺在床上眼看着窗棂边上的墙被震出了一道裂缝，石灰落了一床一地，屋顶上的瓦也被掀走了几块，整个房里风嗖嗖的。奇怪的是一片喧嚣中夹杂了哈贵的哭泣声，似乎他就站在门外哭，精疲力竭的。不知过了多久，泥朱终于鼓起勇气开了门，但门外并没有人，狂暴的风吹得门弹在他身上，差点将他推倒。泥朱哆嗦着，细瘦的手费了好大的功夫才将狂暴的木门重新闩好，他已不想再睡觉，可还是害怕地躺到了脏兮兮的床上。

黎明前祖母才回家，头发乱蓬蓬的，脸上沾着泥，似乎在外头跌了跤。

"五头狮子全冲出去了，嘿嘿，真惊险啊。你在想什么呢？像你这样的小孩最好在床上闭上眼不要动，你就是不安分，你看你把门都差点搞坏了。"

她窸窸窣窣地忙了一阵，叹着气，口里不停地低语，似乎在反驳什么人。天亮时她终于入睡了。泥朱一点睡意都没有，他赤脚下了地，站在祖母床头，看见那张老脸正在发生奇妙的变化。起先是不断地肿胀，变大，把枕头全遮住了，后来脸庞的边缘就长出毛来，那些粗毛伸展到了床沿。泥朱在微光中定睛一看，床上分明卧着一头紧闭着眼的雄狮，一会儿小屋里就溢满了臊气。

外面风仍未停，泥朱不敢外出，他回到床上，用被单裹住头，面向墙壁缩成一团。他又兴奋又紧张，全身抖个不停，弄得床"吱吱呀呀"地响。他在被单里等了好久，天还是没亮，偷偷一看外面，反而更黑了。他想,刚才怎么看见天亮了呢,或许弄错了,其实还只是半夜吧,这个夜晚真长啊。打消了起床的念头,神经不知不觉地松弛下来了,虽然没睡着,似乎也不再醒着,脑子里出现无数长金毛的狮子,全都兴奋地跳跃着。有一刻他好像将这句话说了出来:"原来奶奶真的是狮子啊。"刚一说完就被吓醒了,这才发现话还留在喉咙里,根本没有说出口。

"泥朱——泥朱——泥……"风在外面不依不饶地喊着。

"这种小孩啊,他的心事很重,我不知道要拿他怎么办。"祖母坐在门口对黄老太说话,她的忧郁的目光始终在那一段围墙上头游移,好像在等什么出现。

"搬家吧,搬了就好了。"

"你怎么能这样说呢?你为我想想看,我一个人把他带到这么大,总不该半途而废吧,要是一下子搬走,再不回来,不是把所有的事全忘记了吗?"

黄老太见话不投机,就起身走开了,很懊悔不该同祖母搭话。她走到自家门口,看见泥朱蹲在地上挖沟,想把路边的污水引到她家门口去。她从背后打量这个阴沉的孩子,摇了摇头,觉得他实在是无可救药,难怪他祖母对他无法可想。

泥朱停了手里的工作,盯着黄老太身上那件褐色条纹的绵绸衣服发愣,他从来没有见过这种条纹,那些条纹在眼前变幻着,一会儿黄色,一会儿红色,像是很多金鱼在她背上游动。

"乖乖,进屋来吧,我给你花生米吃。"

他记起她的一个孙女就是被她将一粒花生米弄进气管死掉

了的,那一次她哭得好吓人,一边哭还一边用拳头揍小尸体,骂孙女是"讨债鬼"。泥朱不明白祖母为什么总同她交往,在他最早的记忆里他就熟悉这个人。

"我才不吃那种东西呢。"泥朱看着她厌恶地说道。

"你瞧你有多么狠毒。"她用手指了指门口的水沟。

"我夜里还要牵狮子到你家来呢!"

"你这个爱吹牛的小流氓,我担心你祖母要收拾你了,这几天我都在注意你家动静。你一定要开动脑筋搞清她的想法。"

鸭子闹得很凶,祖母叫泥朱将它们赶到远处去,说"把她的耳朵吵聋了"。泥朱将它们赶到水塘边,它们还在吵。到底怎么回事呢?鸭子下水以后,泥朱松了一口气,他回头一看,看见那头小狮子威风凛凛地趴在围墙上,围墙底下是饲养员的尸体,到处流着血,已经被咬得残缺不全了。泥朱抱着头就跑,很多人都在跑,到处响着"杀人啦"的喊声,好像还听见响起了枪声。不知从哪里钻出来这么多的人,他被人群拥挤着,挟带着跑,什么都看不清,什么都不能想,就像被抛到了浪涛中一样。有几次他觉得自己发出了喊声,但是根本没人听见,他被人群渐渐挤到了边缘,终于他脱离人群了,这种脱离既使他松了口气又使他生出新的恐惧。他跌坐在地上,只见那些疯狂的人呼啸而去,一会儿工夫,地上就只剩下了腾起的灰尘。

泥朱眨了眨眼,认出这个地方是一个废弃了的奶牛场,奶牛场左边矗立着一座巨大的房屋,泥朱知道人们称它为"鬼屋"。这里离泥朱家有十几公里,泥朱四岁的时候跟着祖母来过一次。那一次,祖母将他带到那个鬼屋子里,问他有没有胆量一个人沿着楼梯爬到顶上去，他以为祖母要遗弃他，就哭了起来。祖母见他哭，就牵着他出来了，骂他"不中用的东西"。他们站在外面的草坪上，祖母指着顶上一层的一个窗户叫他看，他看见那里一片紫色的光，像是有人在里头弄了一个奇异的玻璃装置，反光一闪一闪的。泥朱扯着祖母想要去看，祖母就大声呵斥他，说那种地方只有小孩子才可以去，大人去了死路一条，既然他不敢一个人去，他们只有回家了。泥朱眼泪汪汪，一边走一边回头看那个奇妙的窗口，他还发现有缕缕青烟从那里冒出，将它上面的天空染成紫蓝色。奇怪的是，这件事他一回到家中就忘记了，后来这么多年他一次都没有再来过这里，连想都没有想过这个地方。现在突然看见这座房子，泥朱拿不准从前的事是不是一场梦。他试验过好多次，其中有几次梦到的东西都变成了真的。比如他挖蚯蚓的小耙子就是他在梦里捡到的，在他后院的老杨树底下，别的孩子贪玩忘记带走扔在那里的。在梦里，那个孩子是二懒，但实际上小耙子却并不是二懒的。现在他想，不过一会儿工夫，怎么就跑了十几公里的路呢？有可能他记错了，奶牛场并不在离他家十几公里的地方，而是就在他家附近，从动物园里面一个什么地方穿过去马上就到了。

饲养员是真的死了，他看见了他的尸体。他那种派头好像非死在狮子口里不可似的，他为什么会这样呢？泥朱悲哀地看着那栋鬼屋，那地方一片寂静，所有的窗子都没有玻璃，窗棂朽坏了，长期沿屋檐内流下的黑水在墙上开出很多道沟，墙面有一块地方崩塌了，好像是有人故意破坏的，那地方就像魔鬼大张着的口，里面黑洞洞的。泥朱准备离开奶牛场了，可是有人在叫他的名字，他转过身，看见哈贵向他走来。哈贵身上脏得厉害，一边脸上有块青肿。他告诉泥朱说，他刚才跌倒在地，被很多人从身上踩过去，差点没命了。

"看来今晚只有睡在鬼屋里了。"他阴沉地看了看周围。

"我正打算回家呢。"

"哼，一时半会休想回去。"

"为什么？"

"回家只有一条路，就是那边。"他随手往一个方向一指，"谁又敢往那边走啊，没有那种人的。"

"唉唉。"泥朱像大人那样叹气，他心里十分茫然。他决心不到鬼屋里面去，就在这荒地里待着，或者就到先前奶牛场搭的那个棚子里去也行，那里堆着几台旧机器，昔日的牛舍早已成了一片瓦砾堆。

哈贵望着他，似乎看透了他的心思，郑重地抓着他的手，拖着他往鬼屋走，一边威吓他说，动物园的狮子全放出来了，这里就是它们出没的地方，现在除了鬼屋，他俩再没地方可躲了，当然就是躲在这栋楼里它们也进得去，它们哪里进不去啊，不过他知道里面有间房子有三道铁门，十分安全，他在好久以前就搞到了那三道门的钥匙。他晃了晃衣袋里的钥匙，又唠唠叨叨地补充道："三道门呵，你想想看，这保险系数……"

泥朱在楼梯上紧跟在哈贵的身后，他不能确定自己要不要跟他走到底，可又好像只能跟他走到底，中了邪一般。他总是在半路上停下来犹豫不决，这时哈贵就也停下来同他并排坐在楼梯上。楼梯又窄又陡，走廊里的房门都敞开着。哈贵总是十分忧虑地盯着那些房门看,泥朱问他看什么,他就横他一眼不回答,他的两个膝头抖动着。泥朱感到凶险的事快要发生了,他从哈贵气喘吁吁的紧张样子看出这一点,于是竖起耳朵来听。忽然哈贵霍地一下起身,抓着泥朱的手急忙往楼上跑,一直跑到了楼顶平台上面。在跟着他跑时,泥朱恍惚觉得几年前那次他也像这样上到了屋顶,而不是因为胆小没敢上来,他记忆中通往屋顶平台的铁门正好是这个样子,半边锈坏了,半边还留着橘黄色的油漆。哈贵一进平台就将那张门反锁了,原来他还弄到了这个门的钥匙。平台上很宽敞,四下里七零八落地扔着一些木头。泥朱用手推了推铁门,那门很厚实。

"没有用的,"哈贵说,"你以为抵挡得了吗?不过它们的念头暂不会转到这上头来,这些动物在城里待得久了,一般来说比较迟钝。"

"你是怎么知道它们会来这栋屋的呢?"

"它们早来了,一上楼我就闻到了。这里一头,那里两头,分开躲着呢。你想,那会我们大家都往这疯跑,人会有狮子跑得快吗?"

"那你还到这平台上来?"

"你呢?你是怎么到这种地方来的?瞒得了别人,还瞒得了我吗?先前你住在我家里我就看出来了,本性难改嘛,哈哈!你偷你祖母的钱也不是一次两次了。"

他不怀好意地突然大笑起来,泥朱听见楼里一阵骚动,吓得脸都白了。看看哈贵不可一世的神气,他觉得一件不可挽回的事已发生了,那是件什么事呢?他拿不准。这个哈贵,现在正将手背在背后，大摇大摆地在平台上来回踱步。泥朱确实奇怪自己怎么会跟了他上到这平台上来，而且是跑上来的。说实在的，他心里一点都不想跟这鬼屋有什么牵连。哈贵板着脸，似乎已经对他没兴趣了。他往天沟走过去，突然一下飞身翻过矮墙，消失在天沟下面。泥朱连喊都没喊得出口，他是那样的沮丧，脑子一下子全木了。天已黑下来，连猎獗的蝙蝠都回窝去了。泥朱靠墙根坐着，仔细地听，但是他什么都没听到，只有风声在响。他想，狮子们一定会在房间里或走道上睡觉，也可能没睡觉，在走来走去，只是他在这上面听不到。他开始设想那些庞大的公狮怎样从狭窄的楼梯转弯上去，又折回来下楼，如果被卡住了，它们会不会发怒呢？如果发起怒来，会不会从楼梯间的窗口飞出去呢？他没想到哈贵会将他一个人锁在这平台上，先前在澡堂门外，他还想同他重述旧情呢！却一不留神就被他锁起来了。现在哈贵是在同狮子们玩，还是回澡堂去了呢？泥朱站起身，跷起脚往下面看了看，发现墙面光溜溜的，没有任何东西可以攀缘，不知道哈贵是如何从这里下去的。如果他自己强行从这天沟外下去的话，必死无疑，因为哪怕是离得最近的窗户也关得死死的，他无处可以插脚，虽有根下水管通到底下，但绝不是可供他爬下去的那种。围着平台转了一圈，每处地方都是如此。他又去用手推铁门，越推心越紧，那铁门纹丝不动！看来他只好在这里过夜了，也许明天早上会有人来，像今天白天似的来那么多人；但也许很长时间都不会来人。要是那样的话，泥朱觉得他还不如让狮子吃了去呢！这样一想就有眼泪掉下来，对哈贵的怨恨一下子到了极点，口里不由得骂出了声，一边骂一边身上出冷汗。现在他觉得那些狮子一点都不可怕了,想不通自己干吗要跟着哈贵到这上面来躲狮子。又恨自己太健忘,明明看见过哈贵同那庞然大物在一块厮混,毫无惧色,自己刚才偏偏就信了他的鬼话,怨谁呢?泥朱在黑暗中记起从前同哈贵在一起时的一件事。那一天祖母打了他,他一直坐在厨房里哭,后来哈贵就来了。起先他一声不响地站在他面前,他不好意思地止了哭,接着就听见他很突兀地说:"我看见她把钱包放在枕头下面了。"泥朱呆呆地望着他,他就很鄙视地转过脸去,然后脱下鞋,用鞋底打灶台上的蟑螂。打了一阵,他又转过身来警告泥朱:"刚才的话,不许你告诉她。"泥朱眼泪汪汪,忙不迭地用劲点头。过了两天他们就偷了祖母的钱去戏院了。黄昏回家时,祖母正在喊天呼地,邻居围了一大堆,泥朱感到末日到了。可是哈贵只是冷冷地说:"这个老怪物。"泥朱老鼠一样沿池塘边的小路溜过去,在离大门不远的地方缩成一团。事情过去了好久,泥朱还感到不能理解:祖母为什么没找自己算账?是因为害怕哈贵吗?从此他同哈贵更加亲密,祖母似乎对此敢怒不敢言的样子。多么奇怪啊,祖母竟然会害怕哈贵!搬家那天泥朱死活不肯走,祖母就用一根竹尺打他的屁股,哈贵双手交叉在胸前看着,说:"打得好,打得好。"泥朱越叫得凶他越要说:"重重地打。"那一刻泥朱真是恨死他了。尽管仇恨他,后来在澡堂门口重逢时泥朱又身不由己地跟他走。泥朱一边想着心事一边又摸索到了那张铁门,这回他没用力推,却轻轻一拉,铁门"吱吱呀呀"发出快乐轻松的声音,打开了。原来这门根本没锁!泥朱觉得自己真是傻透了。

现在他下楼了。他抓着扶手一步一步往下迈,他的脚步声虽有点阴森,他虽然也看见走廊里有些黑影在那里晃来晃去,可是这些都吓不倒他了。他记得自己差不多拐了一百多个弯才走下这栋楼,这栋楼怎么会有那么高?是不是人一紧张,就都会产生这种重叠的印象呢?终于到了楼下,泥朱一下子变得浑身是胆了,他用双手做成一个喇叭,拼足了力气对着鬼屋大喊:"哈贵——哈贵!"喊了又喊,四下里还是静悄悄的。也许先前楼里就并无什么响动,只不过是他弄错了。既然楼里什么也没有,是不是可以在里头过一夜?时间也许是深夜了,他找不到回去的路。泥朱想了一会,还是决定离开鬼屋。他朝着前方那黑乎乎的一大堆走去,那里是废弃的奶牛场的设备,他决定在那油布棚子下面过一夜,熬到天亮再回家。他刚一迈步就摔倒了,双手在地上蹭破了皮。他扑在地上用手摸索着,发现到处都是碎砖瓦砾,他站起来小心翼翼地走了十几步,仍然是乱堆着的碎砖瓦砾,这地方同他天黑前看见的完全不一样了。他又连走带爬地乱转了一气,还是转不出瓦砾堆,弄得一身都是汗。有一下他还踩着了一只大老鼠,那家伙"吱"地发出一声惨叫,跑得"哗啦哗啦"响。他不但找不到路,而且还越走越难走,瓦砾堆变成了臭水凼,一脚踩下去,臭水就淹到膝盖,胆战心惊地拔出脚退回来,心想还是回楼里去算了。他回转身看看鬼屋,鬼屋现在似乎也同他离得比较远了,而且也不像白天看见的那么高,有点像一头趴在地上的黑熊。看来夜晚把一切都改变了。他刚转身往回走了两三步,又踩进了另一个臭水凼,一只老蛤蟆怒叫了两声,简直惊天动地!泥朱又缩回来,湿淋淋地站在原地,再也不敢贸然挪动了。他的脑子里飞快地掠过一些回忆,他记起自己总是因为贸然行动就看见了可怕的事情，这样的经历有很多回了。那么就待在原地不动吧。他蹲了下来，慢慢地摸索着将那些砖瓦扫平一点，心里还是怕得不行，怕砖缝里钻出条蜈蚣来。终于扫出一块屁股大的地方来，双手抱着弄湿了的裤腿坐下去，这时他听见老蛤蟆又在臭水凼里威胁地叫了一声。这一声显得苍老、简短，仍然有吓人的威力，好像连地都在微微抖动。突然离他不远的一堆瓦砾动了起来，像是有什么东西要从地下钻出来，他吓得气都不敢出了。那瓦砾堆越长越高，有一个人那么高了，并且向泥朱这边移动。"你这个专为自己打算的小家伙，不去看狮子吗？"原来是哈贵。

"到处都是臭水凼，没法迈步，我的天！我的天！有东西爬上我的脖子了！"

"那是因为你没有决心。跟我来！"他大叫了一声。

泥朱跟在他身后，他俩踩得水花溅起老高，一身弄得臭不可闻。但他们的脚很快就落到了干燥的泥地上，泥朱一抬头，发现朦胧的天空已不见了，到处黑得伸手不见五指。哈贵拍了拍他的背，说："这就叫一条道走到黑。"他刚说完这句话远处就亮起了一堆篝火，有一个人背对他们用树枝挑动篝火，挑得火星四溅。泥朱向内缩着清鼻涕，轻轻地哼着："多么温暖啊。"篝火将黑暗的纵深处照亮了狭长的一条，泥朱看见了城墙的大方砖。于是，所有忘记了的情景都在脑子里复活了。那一次，祖母和泥朱走出鬼屋后，他们在路上经过了这堵城墙。泥朱仰着头看，脖子都仰痛了，一心想看清那些骑着马、穿着盔甲的武士。他们在城墙上头来来往往，仿佛是天兵下凡。祖母蹲下来，捏着他的双手严肃地盘问他，究竟愿意和她回家呢还是愿意一个人从这城门走进去。如果是进城的话,他就大概有三年不能回家。"那些个武士,他们需要一个小孩帮他们擦皮鞋,你会从早擦到黑。要是你跑,他们就骑马来追,像老鹰抓小鸡一样。"当时泥朱是恋恋不舍地离开的,边走边回头,搞得祖母大发雷霆。

"这个人就是一头狮子,你看看他的额头就明白了,哪有胡须长到额头上去的呢?"哈贵压低声音耳语道。

他们来到了烧得正旺的火边,一会儿两人身上的湿衣服就冒热气了,臭熏熏的。那人始终背对着他们,没法看见他的脸,泥朱只看到蓬乱茂盛的黑发,似乎他的头特别大。

"他是住在城墙里面的吧?"泥朱问道。

哈贵扯了他一下,示意他不要吱声。只见那人双臂伸成个倒八字,用力打出一声哈欠。泥朱觉得他很压抑,打哈欠的声音像是挤出来的。泥朱瞪着他的背影痴痴地想:他的正面真是一个狮子头吗?黑色鬃毛的狮子,一定是很英武的。他正要设想他的眼睛和鼻子的样子,那人就已经走开了,他站过的地方什么都没有,只有黑夜。哈贵嘲笑泥朱道:

"你真是多此一举!"

"什么多此一举?"泥朱懵懵懂懂地问。

"这样的人是你可以打探的吗?"哈贵的声音尖利起来,"我已经告诉过你了,他是一头狮子!"

泥朱还在想,为什么是一头狮子就不能打探呢?但是他的脑子被这奇怪的问题缠得很累,眼睛慢慢地睁不开了,于是干脆就地倒下,蜷缩成一团。哈贵却不让他入睡,不停地嚷嚷狮子来了,还用棍子挑那些柴,挑得火星溅到泥朱脸上和手上,烫得他痛极了。有一块柴火烧着了泥朱的头发，喷出焦煳的味儿。虽被这样挑衅，泥朱还是在打瞌睡，他一身软绵绵的，在地上滚过来滚过去，边滚边做梦。在梦中，他看见巨大的火龙，火龙当中跳跃着黑色的狮子，一共有五头，而他自己，正不顾一切地加入它们当中去。有一秒钟他似乎醒了过来，看见哈贵正在用棍子猛抽他的腿，但他很快又回到梦境里头去了。梦里还是火龙与黑狮子，他用力向那里跑，他的脸被火烤得很难受，他看见哈贵在那边朝他做出威吓的手势，不让他过去，他就停下了脚步，他一停，狮子与火龙都消失了。他的眼前墨黑，他盲目地朝更黑的地方迈步。

泥朱是在自己家中的床上醒来的。他问祖母道：

"我怎么会在这里呢？"

"你这个小孩，怎么会这样说话，好像你去了外地似的。"祖母笑道。

"我记得我是在鬼屋那边，还有哈贵。"

"嘘！不要提那个可怕的人，他已经被烧死了。"

"啊！"

"你小小年纪，搞不清他是什么样的人。我跟你说呀，从前发生过可怕的事呢，所以我才带着你从那个地方搬出来呀。你看，外面太阳这么高了，你怎么还好意思躺着睡懒觉。"

祖母说话的时候，泥朱分明看见哈贵的头在窗玻璃上晃了晃，他把这事告诉祖母，祖母却板着脸说："不要理他。"泥朱一翻身下了床想去挖蚯蚓，却看见门背后的木盆里放着他昨夜弄脏了的湿裤子湿衣服。他想蹲下去看个究竟，祖母过来了，吆喝着催他去洗脸刷牙。他只好到厨房去刷牙，一边刷一边朝外张望，心里想不通：祖母为什么要对自己撒谎呢？这么一想就有气，故意用力将杯子摔在灶台上，脸也懒得洗了。这时他听见祖母在那边房里同人讲话，那人从房里向外走，祖母将他送到门口，泥朱从厨房的窗口望出去，望见哈贵的背影。泥朱连忙追出去，口里喊着：

"哈贵！哈贵！"

哈贵立刻跑起来，一会儿就跑得没影了，泥朱只好回来。

"你看花了眼了，那哪里是哈贵，是卖小菜的。"祖母说。

"我昨夜里在鬼屋荡了一整夜，弄得一身脏死了，现在衣服还泡在盆里，你怎么不骂我？我到底是怎么回来的？你要我离哈贵远一点，可我一直同他在一起！"他发狠地说完这些话，不免有些心虚。

祖母先是吃惊地看着他，后来眼里就射出慈爱的光，长叹了一声，在板凳上坐下，发起呆来。泥朱轻轻地溜到外面去了她也没有发觉。泥朱百无聊赖地坐在那棵榆树下，想回忆起自己昨夜是怎么回的家，但脑子里一点印象都没有。他总觉得哈贵还会来找他，想来想去不放心，就又走到大门口去，免得他来了看不见自己。

泥朱感到昨天夜里的事把他和哈贵紧紧连在一起了，这样一想又有点荣誉感，沾沾自喜地认为他选中了自己不会是没来由的。可是祖母为什么要装出一切都没发生过的样子，却又同哈贵偷偷来往？泥朱的情绪马上又阴暗了，他记起了祖母变成狮子的那种样子，同时就感到自己的弱小无助，感到这满院子太阳光射出的恶意。对于祖母，泥朱从小就是一种矛盾的态度，可以说是依赖里头又含着一种警惕。为什么会这样呢？这是因为祖母有时做出要抛弃他的样子，而他又十分害怕被抛弃。比如那次要他一个人沿鬼屋的楼梯爬到顶上去就是这种情况。如果他爬上去了，很有可能祖母就把他一个人扔在鬼屋里了。泥朱从来没见过自己的父母，祖母一提这事就怒气冲冲，泥朱从来不敢问她。有时他犯了什么错，就会听见祖母说，他"应该和那对狗男女一起去行骗"。再比如哈贵，祖母郑重地问过泥朱："你跟他走还是跟我走？"泥朱又怎么敢回答要跟他走呢。何况哈贵又没有对他做出任何承诺。祖母从小就是这样逼着他，他越长大就越反感，同时怕被抛弃的恐惧也增长了。不久前他去大桥下面的拱洞里观察过那些流浪儿，他们艰难的境况吓坏了他。在泥朱的心底里，他最想的还是同哈贵一起生活，哈贵是个很有办法的年轻人，他决不会将自己弄到流浪儿那种地步，他不是有头狮子吗？可以搞杂技团什么的。他说过要和自己一起去流浪的，为什么还不来接他呢？也可能是时间没到。想起刚才他竟会同祖母在房里嘀嘀咕咕，泥朱的幻想一下子中止了。

"你这个孩子，昨天夜里真是死里逃生啊，那么多人在后面追……"

"你从哪里把我带回来的？"

"你竟全忘了。忘了也好，这种丑事，永远不要再去想它。"

"可是我很想知道。"

"嘘，住嘴，很危险的。要没有我，你只怕死也死了，这就是跟那种人一起去闯荡的下场，从五岁起你就这样，你怎么非要与那种人绑在一块。"

近来泥朱渴望找到一种在太阳底下可以自行燃烧的石英石。他已经听好几个人偷偷摸摸地说起过这种石头,据说石头就散落在这个城市的郊外,有不少。泥朱挖蚯蚓的时候很小心,翻了又翻,但一次也没挖到过石英石,挖出来的总是一种褐色的石头。他从鬼屋回来后不久祖母就告诉他,有人弄到了那种石头,是浅灰色的,呈片状,放在太阳底下就烧没了。泥朱连忙问是谁弄到的,祖母说是四驹,还说不要去找他,那人是个逃犯,被通缉好多年了,最近才偷偷回家的。泥朱两眼发亮,趁着祖母去喂鸭子就溜掉了。

泥朱知道四驹的家在公共厕所边上,平时家里只有一个瞎眼老母亲。他飞跑到那间房子的门口,朝里面一望,看见四驹正坐在床上抽烟。他厚着脸皮走了进去。

"你这个怪东西,进来也不打个招呼。"四驹看着天花板说。

"我想看那种石头。"

"你看吧,床底下全是。"

泥朱勾下头去瞧,果然看见大大小小的,堆了不少,他心里痒痒的。

"可不可以给我一块?"

"不行,要出事的。"四驹干脆地拒绝,"你要的话自己去找。"

"哪里有?"

"悄悄地等着吧,总有一天会撞上的,我还不是等了那么久才找到。一般这种石头总在乱草底下,同狮子也有点关系。"

"狮子!"

"怎么啦？我说同狮子有点关系，我又没说有狮子的地方就有这个。你得等着，这种事可玄呢，当然你也要时刻睁大眼。"

泥朱很想要他拿一块出来到太阳底下烧一烧，但看他那种厌恶的神气就不敢开口了。一会儿瞎眼婆婆就进来了，用脚在地上用力顿着，说那些石头放在屋里臭死了，要全都扔出去烧掉才好。她又问四驹泥朱是谁家小孩，怎么这么没礼貌，明明看见她进来了也不吭声，真是没教养。泥朱只好离开他们家。他刚走了没多远，又听见四驹在他背后喊道：

"去找二懒吧，她知道哪里可以找到这种石头！"

泥朱认为他是在戏弄自己，就不理他。他要沿着动物园的围墙一直走下去，他知道这样就会走到郊区，郊区那里有条河，河水有时是绿的，有时是红的，据说河里翻了不少的船。有时他也瞪着围墙看，担心那上头伸出狮子的头来；时间一长就懒得看了，只把双眼望着地上，看有没有那种石头。他手里拿着耙子，走一段又挖一挖，一个上午飞快就过去了。午后他才到达郊外。身上带的馒头早吃完了，还是有点饿。

本来他已经打算回去了，他连脚都拖不动了。动物园的围墙似乎不是一个圆，似乎是一根向郊区无限延伸的直线，现在他只好转身往回走了。就在此时他看见河堤上有个牧童在放牛，一大群黑牛散布在河堤的斜坡上，男孩赤着上身，躺在一棵老柳树下乘凉。泥朱走到那棵树下，离男孩很近地躺下来，男孩立刻警惕地同他隔开一点。

"这些牛，可以骑吗？"泥朱讨好地朝他笑着。

"看水牛过河才有意思呢!"男孩鄙夷地白了他一眼。

"我知道一个地方有可以燃烧的石头。"

"屁话,这种事有什么,那边河滩上到处都是。"

"往前走两百米。"他又说。

"那地方不是河水吗?"

"你这个笨猪!"

泥朱走了又走,眼前还是只有红色的河水,根本没有看到什么河滩。他记起现在是涨水季节,河滩早被淹没了,那男孩在捉弄他。太阳就要西斜,他心灰意懒地往回赶。他快要到达那棵老柳树时,突然觉得脚下坑坑洼洼的。他用足尖拨开那些草茎,马上看见了他一直想望的东西。他连忙捡了四五块放到太阳光里,然后坐下来等。可是等了老半天,石头还是石头,冷冰冰的,一点要燃烧的迹象都没有。河堤上一头牛都没有,那男孩早回去了。泥朱想,这些石头既然是被人挖过的,总有特殊之处吧。是不是这阳光不厉害,要放到烈日下才会烧起来呢?他怀着希望捡了三块灰色的石片放进衣袋里,然后又在原地用树枝做了个记号。

回家时天已黑了,祖母在房中大发雷霆,他要张口分辩,祖母就举起竹尺来打他,还说既然他那么喜欢那些石头,就不要住在家里了,只管到野外去露宿,那样的话找到石头的机会会更大,看看人家四驹,就是在山里露宿了好几夜才弄回那些石头。泥朱拿不准祖母的话是否是开玩笑,但竹尺打在身上是生痛的。为躲避竹尺他只好冲进厨房,他从灶台上拿了一个大红薯就狼吞虎咽起来,吃了几口就噎住了,一脸憋得通红。祖母看他那副样子也不打他了,扔了尺子,冷冷地对他说:"吃完就滚蛋。"泥朱啃完红薯,又在厨房里左看右看的,还想捞点东西吃。他发现碗柜里有两个熟鸭蛋,又把鸭蛋剥了吃了,这才有几分饱。他并不想"滚蛋",就做出勤快的样子打扫起厨房来,扫完地又去和煤。这时他听见黄老太到他家里来了。

黄老太对祖母嚷嚷道:

"你得对你的孙子想个办法,他现在快变土匪了。"

"这不,我正赶他出门呢。"祖母说。

"赶出门也不是办法,还不是要回来?反正一辈子都是包袱。"

"这一回啊,就不让他回来了。"

"哼,我倒要看看你的本事。人人都是说得好听。看看人家那二懒的派头,多么不一样,自己一抬脚就走了,再也不回来,我欣赏这派头。"

黄老太说了这几句就回去了,很生气的样子。泥朱坐在厨房的板凳上,背脊一阵阵发冷。突然他霍地站起,冲到门外,他要去找那巫婆一样的黄老太论理,她凭什么到他家里来挑唆祖母赶他走,他又没吃她黄老太的饭。泥朱边跑边想,要在这个老不死家里打烂一样东西。

黄老太家的门虚掩着,但里面没开灯。泥朱一进门就听到她的声音:

"不要火气那么旺,我讲的全是大实话。你还能在家里赖多久呢?你那祖母的心思你到现在还没看出来吗?我同你祖母可是十几年的老交情了,难道还会弄错。我搬到一个地方,她也立刻随着搬了来。你真是一个冒冒失失的小孩。我夜里坐在这里，总听见你祖母一趟又一趟地出门，你想想看，她到底在干什么呢？我们这个地方只是表面这么热闹，其实啊，比哪里都寂寞。"

泥朱站在原地，心里觉得怪怪的，讲不出话来了。黄老太家养着很多鸽子，黑暗中"咕咕咕咕"地叫得欢，泥朱记起祖母说过她还养了一条大蟒蛇。

"你来，你来。"黄老太在里面那间房里喊他，声音很友善。

他站着没动，黄老太就来牵他的手，将他拖到里面那间大房。泥朱闻见了熟悉的臊气，想要用力挣脱黄老太的手，他担心这黑乎乎的地方有陷阱。正在这时，房里的一角响起了小孩的说话声：

"你不要跑开，你也来我这里吧。"

那声音居然是二懒发出的，但又有点不像二懒的声音，虚虚地飘在野兽的臊气里。黄老太对泥朱说，家里的电灯早就坏了，只好点煤油灯。她一边说着就一边划火柴。油灯一亮，泥朱就惊骇地看见房里有个巨大的铁笼子，但铁笼子里关的东西看不太清。黄老太敦促泥朱弯下腰去看，还将油灯举到他边上。泥朱首先看见的是二懒，二懒披头散发，脸上血糊糊的，她冲着泥朱吓人地一笑，然后举起残缺的手掌给泥朱看，那手掌少了一块，露出白骨。泥朱尖叫着往后退，他的叫声惊动了笼子里那头小狮子，它在笼子里猛地一跃，铁笼刺耳地乱响起来。泥朱跌在地上，他用力滚动，滚到了前面房里，接着他听见黄老太将后面房间的门锁起来了。黄老太将泥朱从地板上抓起来，责备地说：

"你怎么可以这样放肆？你这样做，二懒不知道要多么伤心呢。她可是个好孩子,她真乖啊。每天傍晚她母亲在外面叫她她都听到了,害怕得直发抖!"

借着幽幽的灯光,泥朱发现前面这间房里也有个铁笼子,里面关的正是那条大蟒蛇。泥朱站起身来时,有什么东西从他衣袋里掉到了地上,他看见两朵绿色的小火跳跃了两下就熄灭了。

"这种石头埋在地底,要过几万年才冒出地面来。你捡到的这些不过是些渣滓罢了。"

黄老太踢了踢石块,石块又闪亮了几下。

"我还可以弄很多这样的石头来,要多少有多少。"泥朱说。

"有什么用呢,你想学那逃犯吗?时间一长你就会明白这些东西全是包袱,会把你压得喘不过气来呢。这种石头是有剧毒的,四驹将它们放在床底下,结果弄得自己下不了床了。"

说话间后面的铁笼子又猛烈地响了起来,泥朱害怕地跑了出去。他绕过南食店跑到路上,看见一个人直撅撅地挡着他,他想闯过去,不料旁边又钻出一个人将他挡住。这一男一女原来是二懒的父母。二懒的父亲问他这种时候在外面乱窜干什么,泥朱就说:"我看见你家二懒了。"

男人听了他的话很气愤,大声呵斥他:

"不许你提伤心事!"

女的更气,给了泥朱一个耳光,又发狠地踢他,口里骂道:

"我要让你这个小杂种见鬼去!"

泥朱后来躺到了床上,被女人踢过的背还在隐隐作痛。祖母坐在厨房抽烟,她明明听见泥朱进了屋,却没有来斥责他。泥朱想,也许祖母已经忘记刚才的事了。那么祖母知不知道二懒的事呢？他又想起祖母告诉他四驹捡了石英石的事，祖母是不是故意告诉他的呢？要是石头真的像黄老太说的那样有毒，那么祖母不就是盼自己中毒吗？正在想着这些，祖母进来了。她坐在窗口，很沉痛的样子，叹着气，好像心里有话不知该不该说，但终于还是说了：

"泥朱啊，我正在想，要是黄老太都拿你没办法的话，你这个家伙就彻底没救了。想想黄老太是什么人？我已经老了，没法到处跟着你了。有时我想，还不如让我马上死掉，说不定你还有条活路。"

泥朱用被单蒙住头，祖母的话让他越听越害怕，可她还在继续说下去。

"一般总是这样，老的赖着不死的话，小的反而会先死。像黄老太家里搞的那种把戏，你也看过了，我们总不能去学她吧。可是呢，我又想不出什么好办法来，你是不是在听我讲话啊？"

"我在听呢。"泥朱憋着嗓子说。

祖母却不再往下说了，她打开窗户和外面的一个人谈起话来。那个人的声音很含糊，有点像饲养员，又有点像逃犯四驹，还有点像哈贵。泥朱还看见祖母将抽着的烟斗借给那人抽几口过过瘾，显然祖母同那人很亲密。泥朱很想爬起来看个究竟，但是他不敢，万一祖母真的赶他走，他到哪里去呢？总不能同二懒一样到黄老太的铁笼子里去吧？然而祖母忽然就来扯他了，她要他同那个人"见见面"。泥朱揉着眼瞪着那人。那是一个他从未见过面的女人，狭长的一条立在夜色中，女人手里举着一包白色的东西，时不时地用鼻子凑近那包东西去闻。泥朱一看她，她就不讲话了。祖母告诉泥朱这个人是他的舅妈，已经来了两天了，她是来接泥朱走的。祖母的话音刚一落那人就伸出极长的手臂来抓泥朱，泥朱连忙朝窗台下一蹲。

"好了好了，你不愿意就算了。她已经走了，她总这样，来了又走，走了又来；你呢，躲得了初一，躲不了十五。"

祖母说着就往门口走。

泥朱把房门和窗户全关紧，把灯也熄了。他实在是困得厉害，眼睛都睁不开了。

睡到半夜又被人吵醒，这回是祖母和人吵。外面的人气势汹汹地要冲进来，祖母把着门破口大骂。终于那人还是冲进来了，将祖母摔倒在地。泥朱听见祖母说：

"哎呀，我完蛋了，我什么都看不见了。"

但是进来的两个人影很快又出去了，将房门"砰"地关死了。

泥朱开开灯，仔细打量四肢摊开平躺在地上的祖母，他觉得祖母已经死了，于是胆战心惊地用手在她鼻子跟前探了探，还有呼吸。一会儿她就睁开了眼，若无其事地说：

"那么多的家伙要进来，我挡都挡不住。要是刚才我死了，你就只好跟他们走了。我不死，你总是可以赖在这里的。"

她边埋怨边将弄脏的衣服换下来，又到厨房去洗了个脸。

泥朱怎么也搞不清这天夜里发生的事。其实很多夜里发生的事他都搞不清，到底是否发生过什么也搞不清。每次他从自己的床上醒来不是早上就是上午，周围什么都没发生过一样。从祖母口里是打听不出实情的，再说泥朱有时也想，说不定祖母也搞不清。这样想来想去的，泥朱就糊涂了。他伸手去摸衣袋，意外地摸到了那两块石英石，它们还好好地在口袋里呢！既然石头在口袋里，那么黄老太的事，还有狮子和二懒的事都不是真的了。但是当他去问祖母时，祖母却回答说，二懒的确是关在黄老太家，不过不是同狮子关在一起，是同蛇关在一起，这事她早发觉了，只是一时抓不到证据，这个黄老太是狡猾过人的。

泥朱为了证实祖母的话就到黄老太的后院里埋伏了几次。一次他趁着黄老太出门就趴到她家窗台上去张望，他看见点着油灯的大房间里面有动物在活动，再要看就看不清了。他又溜到前面房间的门口，一推门，门竟然是虚掩的，吓得他撒腿就跑。没跑多远就撞见了黄老太，黄老太喝令他停下。

"我早看见你了，你的那些个小花招瞒得了谁呢？你迟早会来同我们住一起的，你的祖母早安排好了。"

虽然泥朱对她怒目而视，她还是嘿嘿地笑着，很慈爱地摸他的头。

"你这个老巫婆！"

黄老太像没听见他的话似的，还是笑眯眯地说：

"等着瞧吧，等着瞧吧，他会变成一个好孩子的，和二懒同样好。"

泥朱气急败坏地离开了黄老太。他不知道自己该往哪里走，他的鸭子围着他"嘎嘎"直叫，母鸭们的羽毛已变得溜溜光光的，快要下蛋了。他蹲下来，鸭子们就用长嘴来叉他的裤脚，似乎在敦促他去干什么。泥朱感到他已经听懂了鸭子们的话。塘里游着小鱼儿，祖母在门口晒被子，拓宽了的马路上灰尘扬起，这情形正如许多年前的那个夏天。泥朱一下子记起了许许多多的往事，不过那些事全都没法说出来。他觉得自己只能留在此地了。现在他真是想去替那些城墙上游来游去的武士擦皮鞋，要是当时豁出去了，现在会怎么样呢？他记得城门口有个小贩，篮子里装满了白馒头，那孩子的年龄和当时的他差不多大，也就四五岁吧。如果留在那里，说不定与那小孩为伍了呢！擦皮鞋也不见得像祖母说的那么可怕，终日待在那么高的地方，一定是很舒畅的吧。那种地方，什么新奇事不会发生呢？

    2000年10月2日于长沙英才园

        原载于《收获》2001年第2期

凄美的生活

坚仪坐在厨房里,凝视着镜子里自己的眼睛,一下子就看见了那件事。大圆镜平日里总是放在灶台上的,坚仪用抹布掸掉镜面的灰时,镜子深处就出现那些黑晕,她用目光追随它们,可看见的是自己的眼睛。还有那件事。现在坚仪听见了蛙鸣,大约三年前,院里那堆乱石下面突然冒出了泉水,汩汩地穿过野草流进沟里,随后就来了模样丑陋的青蛙。蛙的叫声惊天动地,坚仪拿着镜子的手有点抖,她连忙将它放在灶台上。她静静地坐在那里想:"屠夫老迈是个粗人,他怎么会出现在那个梦里呢?"想到这里她微笑了一下,因为粗人不粗人的,实在成不了梦中选择的根据。

有段时间,坚仪想使老迈吐露一点什么。她提着菜篮子,站在老迈的猪肉案板前面,口无遮拦地说一些本地的逸事。老迈垂着蒜苞眼在剔骨头,敷衍似的应着她,显然对她的话不感兴趣。坚仪就觉得，一件属于她自己的事，想把别人扯进来是徒劳的。但她刚抬脚要走，老迈就说话了：

"有人在迫害我的那条狗。真想不通，还有人会同狗有仇。"

坚仪听出老迈在说双关语。她在心里深深地担忧起来，因为像老迈这样的粗人也要说双关语了，这世界不知会变成什么样子。

当然，那件事并不是什么意外之事，那里面有她熟悉的氛围。只是那里头反复出现的人的形象却很特别，他们的表情可以用"凄美"这个词来形容，他们很像她小时候见过的一个女人。那女人坐在门背后，头上盖着一大块白布，脚上的布鞋也是白的，两只手很大，驯顺地放在膝头上。有一天坚仪凑上前去，看见白布上有斑斑血迹，突然那块布抖了一下。坚仪吓得倒退了几步。

她不愿别人问她关于她的成长经过，她愿意自己在别人眼中就是现在这种样子。她无论干什么动作都是很缓慢的：她用木梳一下一下梳着头发，梳子吃进头皮，脑子里的那些死结便松动起来；她走路的时候，就连脚后跟也似乎充满了回忆；在早春的阳光里，她有时极有耐心地花上一个小时去接近那只蛙。这些年里头，她只着过一次急，那是房东催她搬走的那天。房东住在楼上，不知什么原因早就不愿与她同住了，阴沉着脸向她提过两次，每次她都装聋作哑，后来他们就来搬她的东西了，她猛地扑上去，撞在桌子角上，撞破了额头，差点把眼睛都撞瞎了。房东老头老太吓坏了，那以后再没提让她搬的事。

坚仪有一份行骗的工作。她每天去公司上班，坐在打字机前打出一封封求助信，这些信都是写给那些五花八门的大公司的，请求他们捐钱，落款则是一些不断变换名称的福利机构。

坚仪的老板是个十分自信的老头子，开口闭口称自己的公司为"勤劳的小蜜蜂"，上班时板着脸布置工作，要是谁不敬业，他就对那人破口大骂，斥之为"寄生虫"。公司已经开办好多年了，业务还可以，这两年还陆续开了几家分公司。坚仪所在的公司总部处在闹市中，那是幢灰色的两层楼房，每间房的窗户都垂着深色窗帘，给外面的人一种压抑的感觉。房子的前门窄窄的，两人并肩进去都困难。因为里面只有几个工作人员上班，所以这幢房子显得门庭冷落。在上班的中途，坚仪常常会走到窗户前，轻轻将窗帘撩开一条缝看外面。有时凑巧被老板看见了，老板就发出奇怪的感叹：

"要是外面人群中有个愣头青闯了进来，拿走文件，岂不会天下大乱吗！"

这时她就注视着老板光溜溜的秃头，想笑，又忍住了，做出沮丧的神情回到办公桌前。打了几行字，她又掉转头来对老板说：

"地下水从我家院子里找到了突破口呢！经理，您看我住的地方是不是块风水宝地？"

老板皱眉想了想，一言不发地出去了。

从那栋房子里下班出来回住处时，坚仪总感到老板藏在窗帘后头注视她的背影，也许就是这种感觉使她的动作变得缓慢的。老板自己就住在总部里头，她每回想到这个孤寡老头多年来的个人生活，就有点不寒而栗。当大家都下班回去了的时候，那老头在那幢房子里头干什么呢？早上来上班时看见他，他总是那副通宵失眠、萎靡不振的样子，口里抱怨牙痛，说些"生不如死"的感叹话。但要不了一会儿，他就振作起来了，成了那个刚愎自用的老板,谁也别想在他手下偷懒。他对于坚仪这种女人并没有欲望,似乎还有点瞧不起她。

坚仪走进地铁,在车厢里坐下来时,外面的天已经黑了。她将脸转向玻璃窗,看着外面这个虚浮的城市,那些充满了预兆的灯火全都在眨着眼。她的思绪一会儿就深入到了地底下,那些纵横交错的地下水是多么的活跃啊,如果不是意外地冒出地面,谁又会注意到呢?她小的时候常幻想自己拥有一口井,所以总到屋后的山里找来找去的,希望找到一个泉眼。有一个人告诉她说,从地面的任何一点一直掘下去,水就会从掘出的洞里喷出来。那时她没有工具,无法掘出一个那么深的洞,只好空想。后来搬进了城市,她就对这事死心了。第一次发现院子里乱石下的那股活水时,她激动得一颗心"怦怦"直跳。那天夜里没人时,她伏在泉眼旁的地上倾听了好久。她自己也觉得不可理解。这么些年来,她一直租住在这幢两层楼的下面一间房里,这房子很旧了,设备常出问题,房主是一对老年夫妇,脾气古怪,但她从未打算从这里搬走。一开始她就同房主处不好关系,以致到了人家要赶她走的地步。在梦中,她将自己住的地方设想成一个到处都是泉眼的花园,无数的泥蛙叫得震天动地。醒来之后往往听见只有一只蛙在叫。她迷恋泉眼的时候,房东老太到她房里来,傲慢地对她说,院子里"乱糟糟、湿漉漉"的,什么时候要来一次"彻底的清扫"。她胆战心惊地听着,无比憎恨这个老女人。时光不断流逝,彻底的清扫总也没实施,看来今后也难以实施了,因为老女人老得行动都困难了。坚仪还记得她来城市第一天的感觉,那一天她真是兴奋不已!虽然这种地方连泉水的影子都看不见,但她却在夜里听到了地底的喧嚣。最好的事情是，她入睡前，有一只鸽子同她一起等待泉水的来临，开始是几乎觉察不到的、细微的骚响，然后就活泼起来了。那时她还同父母一块住在杂货铺的楼上，他们隔壁是一个收废品的中年男子。父母愁眉苦脸地盯着她念叨："坚仪，坚仪，你怎么才能长得大啊？"于是她的心就沉下去，沉下去，一片黑洞洞的了。城市干巴巴，灰蒙蒙的，营养不良的坚仪被学校的老师称为"杂货铺楼上的女孩"。她虽总的来说过得还不错，有的时候也很恐惧，尤其是在父母声明要抛弃她的时候。这种恐惧持续了一些时候，后来他们终于回北方的故乡去了。

坚仪走进院子时，看见房东老太直挺挺地坐在她的房门口，口里好像在吃东西。坚仪一边掏钥匙开门一边说：

"您老，进来坐吧。"

坚仪打开了灯，将房间扫视了一遍。老女人还是一动不动地坐在门口。她有点担心起来，快步走到门口。昏暗的灯光下面，老女人的牙齿发出可疑的响声，那张皮肉松弛的脸像要瓦解了一般。坚仪脑子里冒出一个可怕的念头：莫非她快死了？但是她那悲痛衰弱的声音响了起来，如同一只坏了的麦克风里的声音。

"后院又有响动了，'哗啦哗啦'的，一个东西就上了屋，这种老房子就会出这种怪事。你心里想些什么？你每天早上出门时怎么从不回头看看我们？当然我们早就是过时了的人物。"

"您总说要清扫院子。"坚仪轻轻地说。

她的肩膀颤动着，好像在笑。

"那只泥蛙，还是我家老头子弄来的。"

"啊？"

坚仪抬起头，看见他们卧室的灯光亮得耀眼，一片白晃晃。她听见他们的楼梯那里有很多人在上楼，脚步声响个不停。

"您家里来客人了。"

她听见自己在说，定睛一看，原来老女人已经走了，留下那把枣红色的椅子。那些脚步声还是响个不停，她感到纳闷：这小小的房子怎么能容下那么多的人呢？抬头再看，那灯光已经熄灭了，别的房间里也没开灯。她觉得这个晚上有些异样。房东老太为什么费这么大的力搬一把椅子过来坐在她的门口呢？可能是那老头帮她搬来的。她们之间已经有两年不说话了，从那次搬家的事件后她们就成了敌人。

坚仪走回自己房里，还是可以隐隐约约地听到楼梯上的脚步声，她又想起老女人说的老房子里的怪事，不由得有点紧张。为了忘记这些个不愉快，她就去洗了个澡。她吹干了头发，坐在沙发里，想起自己对外面总是把这里称为自己的"家"。其实她在心底里还真是这样认为的，不然她怎么会拼死抗争，不肯搬走呢？好多年过去了，父母在她的记忆中早已成了模糊的影子，他们偶尔也来封信，谈些老家的事，那些事在坚仪这里再也引不起兴趣了。母亲在信中说："我们已经老得不成样子了，天天去后山看一看那个坟墓。有一回，你父亲在旁边发现了一个你小的时候掘下的洞，我俩觉得怪有意思的。那一下午我们都坐在那个洞边上议论你的事。"坚仪看了信很不以为然，她一点都想不出那种事有什么意思。她又想了些别的事，看看桌上的钟，已经十点了，可那楼梯上还是有人上上下下的。

坚仪走到玻璃门那里朝里看，看见楼梯那里亮了一盏灯，脚步声在上面响。她等候了一会儿,那脚步声又下来了,首先看见两管很大的睡裤,原来是房东老头自己!他也看见了门外的她,急忙走过来开了门。

"有事吗?"他问。

"您家有客人啊?"

"哪里话,是我在锻炼身体。"

他做出要关门的样子,她就走开了。

老头子的话让她大为吃惊,上面那"咚咚"的脚步声也让她的血加快了流动,她无端地紧张起来,感到有点发热,就又去洗了个冷水脸。洗完脸后,那老头终于安静下来了。"这真是一个生气勃勃的家啊!"她在心中感叹道。不知怎么的,她居然这个时候想到了她的老板,而平时,她并不常去琢磨他这个人。她想,他是否也在那座灰色的坟墓里跑上跑下呢?还是像鬼魂一样一个房间一个房间地慢慢游动?想到这里,她隐隐地有种不舒服,是不是她也在进入老年,才注意起这些事来?她不是才三十五岁吗?她为什么对进入老年的感觉不喜欢呢?不是有"退一步海阔天空"的说法吗?

这么晚了,居然有人在外面敲她的窗子。站在窗前的是屠夫老迈。

她犹豫着要不要开门。

"你不要开门,我就在这里和你说话。"屠夫很体贴地说。

"有些迫害行为是很可耻的。我只是一个杀猪的。要是我也学那种人,在猪肉里头放点毒,影响可就大了。我们粗人,想不出那种诡计。"

坚仪看着他，口里说不出话来。屠夫似乎很失望，朝她摆了摆手就转身离开了。屠夫一走，坚仪就想起了关于他的很多事。他的样子长得很粗，左边眉毛正中还有一颗痣，这种样子同他的职业很相符，可是这么一个人，有时竟会神情恍惚起来，让人把他的肉偷走了。坚仪看见他持一把杀猪刀追那个小偷，小偷连忙将肉扔在地上，死命奔逃。不卖肉的时候，他就坐在市场门口他家的平台上晒太阳，他的那只狗也在晒太阳，还懒洋洋地啃几下骨头。坚仪很多年前就同他认识了，自然是没把这种人放在眼里。她知道他没有家人，她也看见他色眯眯地盯着市场里的女人，有时还偷偷朝某个女人的屁股扔香蕉皮。他似乎是有点怕她。坚仪先前在他面前是有优越感的，现在这种优越感忽然就失去了，她愕然发现这个粗汉同她的关系里头有一个黑洞。

夜已深了，因为第二天是休息日，坚仪不打算就睡觉。她从抽屉里找出手电筒，拿了它走到院子里去。她照了好一会，终于照到了那只蛙，它蹲在一块岩石下边，仿佛麻木了一般。坚仪蹲下去，伸手去捉它，它就敏捷地跳开了。石头底下的泉眼一定不小，现在小半个院子都快成水潭了。坚仪注意到有人将那条泥沟疏通了一下，为的是更好地将这些水导出去，一定是那老头干的。她踩在石块上头，倾听着地下水流进沟中发出的声音，心里有种梦想成真的喜悦。原来她一生中要找的东西并不在乡下，就在这里，在这所地处城郊的老屋的下面，简直同她想象中的一模一样！看来由于这股水活泼有力，那洞眼是越冲越大了。房东老头同她是一条心，所以才会有这些个举动。但那老太显然是反对的，坚仪认为老女人是她的主要的敌人。坚仪傲慢地想：这个老女人，她又能干什么呢？她的行动都已经很困难了。尽管傲慢，心底隐隐地还是有些担忧。回想起今天她居然坐在她房门口等她的举动，不由得又烦躁起来。楼上房间的窗户黑黑的，那老头一定上床了，刚才那场折腾可能累坏了他。她刚好想到这里，楼上的灯又亮了，一片白光晃得她眼都花了，她连忙注意脚下的水，低下头赶紧走两步踩到干地上站住。她在心里咕噜道："真是一个热闹的夜晚。"她不愿那老两口从上面看见她，就脚步轻轻地绕到屋后去。屋后的槐树下有张矮桌，矮桌上立着那只野猫，眼睛像两盏灯一样闪亮。它不怎么怕人，一直等到坚仪走到它面前，它才跳开去。坚仪觉得自己侵犯了它的领地，就缩回脚步掉头往自己房间走。回头一看，果然它又跳到桌上去了，它的侧影在月光下看起来很威严。

坚仪将门锁好，准备睡觉了。

她躺在黑暗中，总是摆不脱一种忧虑的纠缠，每当她的思绪钻往更黑的深处，就会发现那里有个越涌越大的泉眼，眼看就要变成滔滔洪水，吓得她赶紧退了出来。这是怎么回事呢？她并没有做梦，但那种感觉同梦也差不了多少。由于焦虑，中途她又起来到院子里看了两次，她注意到楼上的灯一直亮着。直到天快明，她才在疲惫不堪中昏昏睡去。

她爬起的第一件事就是到院子里去。房东老头已经站在那里了。坚仪看见水全部干了，只是有几处被泡坏的地面呈稀泥状，那泉眼里头已不再冒出水来了。房东老头抽着烟斗，样子既疲倦又兴奋。他回头看了看披头散发的坚仪，用手指着那堆乱石问她：

"你如何估计这底下发生的情况呢？"

"实在是一个谜。"坚仪摇着头说。

老头很不满意她的话,冷冷地转过脸去不理她了。

坚仪回想起这个不眠之夜,回想起注满这夜晚的种种冲动,觉得这一切都不像是真的。虽然眼前的老头子不理她,她还是对他心存感激。试想除了他,谁又会把泥蛙捉到院子里来呢?他是谁?也许他是自己的爷爷吧?就是因为自己同他关注着同一件事,他才对自己不能容忍吧?坚仪对着那个背影大声说:

"那穿白衣服、头上盖着白布的女人坐在门背后一声不响,其实她什么都听见了。我们的家乡缺水,不像这里,地下水资源这么丰富。"

老头像没听见似的抽他的烟。楼上的窗户发出一声响。

"这里要什么有什么。"坚仪倔强地又说了一句。

"只除了一件事。"老头慢吞吞地吐出这句话,很锐利地看了她一眼,从她身边擦过,进屋去了。他的腿有点瘸。

楼上的窗户一阵乱响,坚仪心里发怵了。她又硬着头皮在原地站了几秒钟,终于自惭形秽起来。她缩到自己房门口,看了看已是下午的太阳,心中一阵茫然。她昏头昏脑地走到厨房里面去洗漱,做饭。她刚淘好米,放上电饭锅,房里的电话就响了。

打电话来的是老板。老板一反平日的傲慢态度,惊慌失措地告诉她说,公司里出事了,从现在起,公司就不再存在了。坚仪问老板是不是行骗的事败露了,老板就在电话那头骂起她来,说她"居然敢这样丑化公司""丝毫没有一点敬业的品德",还骂了些别的。坚仪问老板公司到底出了什么事,老板就气急败坏地说:"像你这样的败类越少越好!"随即就挂了电话。坚仪有些麻木地回到厨房继续做饭。

她站在厨房门口捧着一只大海碗吃饭,那边厅房里老两口正在吵架,房东老太的声音传到她的耳朵里:"交不起房租就叫她马上滚蛋!"坚仪眨了眨眼,似乎已经忘了眼前的事,她的想象开始在那座灰色房子的每一个房间里游走。她看见靠西头的那个文件档案室的门被打开了,里面那些伪造的文件被扔了一地,老板正汗流浃背地跪在地上清理;旁边的女厕所里挤满了员工,叽叽喳喳地议论着一部通俗电影;有一辆警车在公司的门口反复地鸣着警笛,弄得空气中弥漫着恐怖;会议室里头,几个面目模糊的人正在交头接耳,其中一个飞奔过去将临街的窗户的帘子拉上……

那一天余下的时间坚仪都是在恍惚和麻木中度过的,夜里居然睡得很沉,连梦都没做。早上照样梳洗、吃饭,她决心就当什么都没发生过一样仍然按时去公司上班。

她进了公司的门,看见几个员工都已各就各位准备开始工作,屋子里面也没有任何变化。她放下心来,继续上星期没做完的工作。干了一会儿,觉得办公室里静得反常,就起身去找老板,结果楼上楼下找遍了都没找到。她只好回到自己的办公室继续工作。快到中午时有人在门上猛敲了几下,接着就推开了门,来人竟然是屠夫老迈。

"我来看一看你到底在干什么工作!"他叫叫嚷嚷地说,"你们这些人倒是很会保密啊,把这幢楼搞得像个地堡!"

他背着手在房里走了几个转身,一屁股坐在坚仪的办公桌上。

坚仪从未见过他这么一副肆无忌惮的样子,惊讶地看着他,半天说不出一句话来。又由于他高高在上地坐在桌上俯视着她,她对自己越发没有信心了。

"谈一谈吧,你的工作到底是怎么回事?"

坚仪以为他已经知道底细了,紧张得脸都白了。

"我们并没有赚到钱,我的日常开销你全看见了的。"

"那当然,像你们这类工作哪里能赚到钱呢?你快告诉我你们是如何工作的吧,我早就想知道了。"

"这同你有什么关系啊?"坚仪一边说一边放下了心。

"没关系,好奇心罢了。"

坚仪从她的座位里走出来,站在房间当中,啰里啰唆地解释自己的工作。她记得自己说了好些大的字眼,例如:"博爱""牺牲""清苦""坚韧"等等等等,宛如说梦话,并随着谈话越来越激动,脸上也泛起了红潮。有时她唯恐屠夫听不懂,就用指关节敲桌面来加强语气。谈到末尾,她觉得自己的态度简直变得有些凌厉了。

屠夫一边听一边点头,似懂非懂的样子,两条粗腿在空中晃荡着。但是坚仪话音一落,他就从桌上下来,头也不回地走掉了。

坚仪越来越坐不住,就到其他办公室去打探。她来到走廊,看见同事们都规规矩矩坐在自己的办公室里工作,个个忙得不得了的样子,她心里又没有了把握。正犹豫不决时,听见老板在楼下叫她。

"太好了,太好了!你挽救了公司!"老板喜气洋洋地说,"老迈把一切都告诉我了,你经受了一次考验!"

"我不明白。"坚仪冷冷地说。

"不明白就不明白,不要去管它了,管得了吗?梦想成真的事常有,比如我,当初也没想到自己真的会办出这么大的公司来……"

她横眼看着嘴角溢出白沫的老板,恨不能一巴掌打过去。

"信心,信心真是个要命的东西啊!"

她走出好远,老板还嘶哑着喉咙在后面喊。

下班回来,坚仪一眼就看见那堆乱石被搬走了,那块地面上胡乱铺了些水泥,路灯照着,阴惨惨的。她将房门闩了,跌坐在沙发里头。

"后院的那张桌子要扔掉,也要铺些水泥,那块地面昨天也开始渗水了。"老太说。

"这地基不会出问题吧?你估计一下,有没有问题?"老头问老太。

"那么深的地下的情况,谁又估计得到啊。"

"说的也是。但总不能任它去吧。"

"我们做了些什么呢?"

坚仪在梦中听见了以上的对话,用力要醒过来,挣扎了好一会,却一头跌进了更深的梦;她在那更深的梦里又挣扎了一下,终于什么都听不到了。

原载于《作家》2001年第7期

湖藕

少年的心总是在阳光中腾跃。今年夏天特别长，几乎每天都是出太阳。

吃早饭时，妈妈吩咐阿韦给坡边的苦瓜浇水，阿韦口里答应，心思却不在这件事上头。阿韦洗碗的时候，妈妈上班去了，她在编织厂工作。阿韦胡乱将碗放进碗柜里，双手湿淋淋的，也不抹干，就锁上门往外走。有人在坡下面等他。

那人是一位青年，一只手残废了，脸上白白净净的，他背着一个布袋，脚上穿的胶鞋。阿韦称他为"老三"。

"阿韦，你不怕冷吧？"老三问他。

"不怕！"

"半夜里在外头露宿是很冷的。"

"那有什么！"

阿韦跟在老三后面走时，坡上头宿舍里的那些小孩都出来了，羡慕地看着他，他们也都想出去玩，但没人带他们去。阿韦想起就在昨天，他还同他们一道在橘园里捉了一天金龟子和天牛，现在自己忽然就变得高出一个等级了。

"你们回去吧，明天我再带你们一道去！"他得意地挥了挥手。

他们要去的地方是一个叫作"荷叶塘"的湖，老三说那里面水很浅，长满了野藕，吃都吃不完。老三的布袋里面还有一个布袋，说是用来给阿韦装藕的。老三有一个阿韦讨厌的习惯，就是总喜欢用他那只残废的手来摸阿韦的脸。那只手像婴儿的手一样，而且冷冰冰的，阿韦觉得害怕，但为了他给自己的好处，也只好忍着。

老三是个二流子，没事就在阿韦他们的住处周围溜达，高兴起来就捡一捡废品去卖钱，大多数时间他都是饿着肚子的。小孩们都喜欢同老三玩游戏，因为他讲公道，脾气又好。大人们看见自家孩子同老三玩，往往是一顿恶骂，将小孩们吓跑，这个时候老三就讪讪地走开去。老三是在同阿韦一起捉蟋蟀时谈起去"荷叶塘"的事的。当时他们翻遍了很多坟头，一无所获地坐在墓碑旁休息。老三对阿韦说，他这几天不会来了，他要去做一种生意，可以赚一些钱。阿韦听了心里灰灰的，要是老三不来，他在这样的太阳天里几乎就无事可干了。老三紧接着又说，阿韦可以同他一起去做生意，就是去卖藕。这是个无本生意，只是要走很远的路程，要第二天才能回家。阿韦起先还有点犹豫，可是老三说："你要是去不了就算了。你去了就多一个人分钱，还要增加我的负担。要不我叫小正同我一块去。"阿韦连忙表示自己一定要去，让老三走的时候来喊他。

郊区的石板小路不太好走，年久失修，坑坑洼洼，走路时眼睛必须望着地下。没走多远阿韦就听见母亲气急败坏的骂声。母亲站在编织厂的大门那里，吆喝着要阿韦去给那几棵苦瓜藤浇水。她并不跑过来，她要上班，随便离开工厂要扣钱的。阿韦满脸通红，装作没听见，低了头使劲走。为了避免让阿韦母亲看见自己，老三已经跑得离他很远了。阿韦的心情被母亲弄得忐忑不安，出门时那种高兴和自傲全都烟消云散了。待母亲的骂声听不到了，阿韦就飞跑起来，跑了一气才追上老三。

"早知你母亲反对，我就不会带你去了。我们去的地方很危险呢。"老三不高兴地瞟着他说。

阿韦想不通，老三怎么会认为母亲有可能同意这种事？所有的大人都反对老三，难道老三硬是不知道吗？

"那地方有野兽吗？"

"那倒没有，只有些不怀好意的人。时常，你以为一个人也没有，一下子就从地底下冒出来几个。"

"那又怎么样呢？"

"怎么样？你不逃就没命了。不过也不要紧，那些家伙都跑不快，腿有问题，一跑就扑地。关键是要警惕，不要被他们抓住。"

"我不跑，我站在湖中间。"

"他们会在岸边等，你站多久他们等多久。"

"那我还是跑，藕也不要了。"

"这就对了。遇到这种人就把一袋子藕朝他们扔过去。他们眼睛不好，还以为你朝他们扑上来了呢。"

老三说到这里，见阿韦听得聚精会神，就趁机将他那只冰冷的小手放在阿韦毛茸茸的脑袋上摸了几下。阿韦心中很不悦，把头往下一低，假装弯下腰去系鞋带，躲开老三的那只手。阿韦不知道老三领着他往哪里走，但肯定不是往城里走，因为越往前房屋就越稀少了。

接近中午时分，阿韦觉得自己到了真正的荒郊野外，一眼望去再也看不到任何房屋，小山包的山坳里开满了油菜花，不知是野的还是谁种的。老三全无一点平日懒散的模样，仿佛心里装着急事一样，不停脚地走了几个小时。阿韦心里叫苦连天，又怕老三瞧不起自己，就尽力去想象前方等待着他的刺激，不断鼓励自己。石板路终于走完了，他们走在一条绕着山包的泥巴小路上，走完一个山包又走一个山包。

正在阿韦感到自己累得不行了的时候，远处空旷的地方传来一阵人的笑声，似乎是有很多人在树林子里打闹。阿韦盯着前方的树林看，看见一个老头从树林里跑出来，接着又跑进去了。老三叫阿韦停下来，同他一道坐在路边休息一下。阿韦往地下一坐，觉得全身都累散了架，肚子也饿起来了。他这才想起自己怎么会忘了带吃的东西。回过头来看老三，见他一脸的沮丧。

"我们今天算完了。你刚才也听见了，那些人已经把湖里的藕挖光了。我没想到会这样。"

"那我们中午吃什么东西呢？"阿韦提出这个紧迫的问题，其实已经是下午了，阿韦饿得要昏过去了。

"自然是什么也没有。"

"我们赶快回去吧,不然要饿死在这里的。"

"吃!你这傻瓜就会吃!你像瘟神一样,我不该带你来的。要回去你一个人回去吧!走啊!"他忽然露出了凶相。

阿韦害怕极了,不由自主地连连向老三道歉,还保证说自己再也不讲这种泄气的话了。老三不理他,板着脸叫他去路边的小溪里喝点水。

阿韦弯着腰喝够了溪水,就开始猛吃长在溪边的那些形状如桑葚的小红果,一边吃一边记起老三是根本不怕饥饿的,心里想着这件令他绝望的事眼前直发黑。他伸脖子看了看那片树林,那里已经没有动静了。他心里很难受,想道,要是树林里那些人发现了他,说不定他可以向他们讨到一些东西吃呢,哪怕一个莲蓬也是好的啊。早两年他吃过一个莲蓬,里面的莲子吃起来真是满口清香,越吃越想吃。由于他被动地跟着老三赶路,根本就没注意方向,阿韦不知道自己现在已经到了什么地方,自己的家在哪个方位。他又恨又怕地望着把自己带到这野地里来的老三,心底冒出一个寒心的念头:这个人不会对自己下毒手吧?老三手搭凉棚正在观望树林那边的动静,他似乎将阿韦忘了,他叉着腰站在那里,鼓鼓囊囊的布袋扔在脚边,那种样子像个逃荒的人。

小溪里头有只螃蟹爬过来,阿韦心中一喜,连忙慢慢接近它,猛地一下将它捉住。这只螃蟹还不小,甲壳泛着绿色。阿韦将它的两只螯撕下来,将壳敲碎,挖出里头的肉来吃。他还想吃蟹的身子,但身子里几乎没有肉,只好满怀遗憾地扔了。阿韦聚精会神吃蟹的时候,有个人的影子投到溪水中,但他根本没注意到。他抬起头来突然看见那老头的时候，吓坏了，立刻撒腿就跑。老头却并不来追，只是站在原地大声喊：

"不要摔着了啊！"

他这一喊，阿韦就停了脚步。他觉得自己不该相信老三的话，简直是昏了头了，他怕什么呢？他转过身低着头慢慢朝老头靠近。

"这就对了，这就对了嘛！我要请你喝鱼汤呢。"老头说。

"真的吗？"阿韦的眼里射出贪婪的光。

"当然是真的，你跟我走好了，但是你要先告诉我，你是怎么知道这个地方有个湖的？"

"老三告诉的……老三哪去啦？老三！老三！老三！老……"阿韦狂喊了几声，脸都白了，他呜呜地哭了起来。

"你不要哭嘛，老三已经回去了，是我告诉他湖里已经涨水了，再也挖不到藕的。你先跟我去湖边，你走这么远不就是为了去那里吗？"

阿韦不记得自己是如何适应了新情况的。老头驼着背走在前面，阿韦跟着他。那树林看起来离得很近，但他们走了好久才走到。进了树林，老头指着一个很小的池塘对阿韦说："这就是那个湖，你好好看看吧。"起先阿韦还以为自己听错了，后来老头又把他的话重复了一遍。阿韦就朝这个一丈来见方的池塘瞪眼看。池塘里的水是深绿的死水，蚊蝇在水草上飞来飞去。老头在窸窸窣窣地解开一个纸包，阿韦看见纸包里有两条干鱼。他递给阿韦一条，阿韦就用力啃了起来，脖子上的血管都凸了出来。

到肚子终于有点饱了的时候，阿韦才觉出这条鱼有股怪味。

"不太好吃吧？这种腐水里长出来的东西就是这个味道。"

老头看着阿韦笑了笑，阿韦注意到他坐在地上一个蚂蚁窝上头了，一些很大个的黑蚂蚁正沿着他的腿往上爬，还有一只爬上了他的脖子，又从那里钻进了他的胸口，他浑然不觉地坐在那里。

"湖怎么会是这个样子呢？要是早知道，我就不会来了。"阿韦说。

"所以老三才不让你早知道嘛。小孩子懂得什么呢？我告诉你，这里原先是有湖的，我们刚才走过的地方全都是那个湖，满湖的荷花看得眼花。"

"后来呢？"

"后来湖就干涸了，只剩下这个小池塘。"

"奇怪。"

"有什么好奇怪的？"老头忽然生气了，"这里闹过饥荒，那时人吃人的事天天有。今天夜里我们待在这里，他们就会来邀我跳舞。"

"谁？"

"有好多人。现在我不想说这件事，我要听你讲讲老三的事。"

阿韦踌躇了好久，拿不定主意怎么开口。老头也不勉强他，站起身到周围去寻那些枯枝，阿韦也帮着他寻。阿韦心里还惦记着鱼汤的事，可是已不抱什么希望了，他觉得用这池塘里的鱼煮出的汤肯定是很臭的。这一片树林全是那种枞树，树上爬着毛虫，阿韦生怕毛虫掉在自己身上。见老头掰下一根枯枝，两条松毛虫落在他手背上,他看了一眼,轻轻一抖,将它们抖落到地上。阿韦心里感叹道,这个老头真是刀枪不入啊。

不知不觉地,天渐渐黑了,池塘边的那块空地上已经堆了一大堆枯柴,老头对阿韦说,这些柴都是留着半夜烧的。阿韦突然很想回家,想马上回去,因为不知道妈妈会如何着急呢,还有那几棵苦瓜藤也没浇水。他看了看身边的老头,心里生出怨恨,他最恨的还是把他骗到这荒郊野地里来的那个人,他打定主意回去之后就再也不理他了。他心里想着离老头远一点,因为受不了他身上的臭气,可是不由自主地反而同他靠近了,在这种地方,他不靠老头靠谁呢?万一跑来一只老虎,或一只狼,还不是死路一条?老头坐在一个树墩上抽烟,阿韦已经看不清他的脸了,只看见那点红光。

突然,似乎是由远而近涌来,又似乎是从地底冒出,一阵大的喧闹和哭喊响了起来。老头霍地站起,做出要跑的样子,但又没动。他朝发出喧闹声的那个方向倾听了一会儿,问阿韦道:

"你知道那是什么声音吗?"

"是很多人,他们到了这附近。"

阿韦说完这句话,眼皮就打不开了,他赶紧找了一处茅草厚一点的地方,倒下就睡。奇怪的是他又睡不着了,那感觉就像爬一座山,累得全身散了架一样,脚步却怎么也停不下来。喧闹声还是照旧,那些奔跑的人如同从他头上身上踩过去一般,弄得他又怕又烦躁。有一刻他用力睁开眼皮,看见对面的老头手持钓竿在钓鱼,阿韦对钓鱼向来有很大的兴趣,可是此刻疲倦得实在动弹不了。他就这样挣扎着,睡不着,也醒不了。不知过了多久,他突然感到自己的脸被烤得有点痛,原来是老头在他头部隔开一点的地方烧了一堆火,接着他又闻到恶臭的气味。

"喝鱼汤,喝鱼汤!"老头朝他吆喝道。

他朝阿韦递过来一个搪瓷缸,阿韦蒙头蒙脑地接住这臭气熏熏的东西,皱着眉头喝了一口。真奇怪,原来这鱼汤一点都不臭,好喝极了,饥肠辘辘的阿韦一仰脖喝下一大口,一会儿就把它喝完了。他迷迷糊糊地问老头:

"这是怎么回事?"

老头不回答阿韦,弯下腰去往火堆里加柴。这时阿韦看见有个人站在前面的枞树下一动不动,阿韦又问老头是谁站在那里,老头说可能是老三。阿韦就要起身去看,可他刚一站起来,那个人就消失在黑暗中了。

"老三还惦记着挖湖藕的事,总舍不得离开此地。你想想看,他一个二流子,根本没有谋生的本事,他怎么活得下去呢?我就对他说了这个湖的事。他隔一阵就到这里来一次,他没有耐心钓鱼,我就告诉他到那些坑坑洼洼里去找一找,说不定能找到原先留下来的湖藕。先前这里啊,满湖的荷花荷叶,人进去了就不想出来。"

伴随着老头的说话声那个人又来了,挥着拳头做出威胁的样子,喊道:

"胡说八道!胡说八道!"

阿韦看出他根本不是老三,他向老头指出这一点,老头就生气地斥责他是"傻瓜",而且看来老头一点都听不到那人在他身后吼叫。他弯下身子用一双大手在草地上扒来扒去的,一会儿就扒了一大堆枯叶。他双手捧着枯叶扔进火里,那火"嘭"的一声燃起老高,阿韦听见火堆里传出很多婴儿的哭声。这时阿韦注意到那个人也在哭,两个肩头伤心地一耸一耸的。老头脸上露出满意的神色坐了下来,一边点烟一边慢条斯理地说:

"这地方的伤心事多得很啊。不要小看了这个池塘,它可是深得没有底,那些个鱼,在那么深的水下游,那底下全是活水,所以鱼汤这么鲜嘛。你好好睡吧,天一亮我就送你回家,我有一条近路,要不了一个小时你就到家了。"

阿韦在朦胧中看见老头正在安慰那个人,两人的身影在火堆上渐渐地接近,后来就抱在了一起。现在哭泣的是老头了,那个人正在安慰他,轻拍着他的后背低语着。阿韦懒得去搞清这种事,翻了个身把脸朝着那棵树。

到他再醒来时,面前居然站着老三。老三仍旧背着那个大布袋,但那布袋已鼓起老高,显然他收获很大。

"老三!老三!"阿韦喊道。

老三转过脸来,责备阿韦说,他不应该躺在露水上头,要是生了病就麻烦了。阿韦坐起来,这才发现那堆火已经熄了,老头也不知去了哪里,原来天已经亮了。老三告诉阿韦说,昨天他的收获真不小,说着就从布袋里掏出一节白生生的肥藕让阿韦尝一尝。阿韦一边啃藕一边问是在哪里挖的,老三轻描淡写地说:"到处都有啊,这里从前是鱼米之乡呢。"阿韦这才注意到他脚下还扔了一布袋莲蓬。他感觉自己受了骗,老三一定是把他扔在这里,自己去了另一个地方,那地方才是真正的"荷叶塘",他怕阿韦泄漏他的秘密,就自己单独去那里了。不过想一想,阿韦觉得自己也没吃亏,昨天夜里那么有意思!他这一辈子还没喝过那么美味的鱼汤呢!他咂咂嘴,老三就冲他做了个鬼脸。

阿韦想起了一件事,他问:

"有一条回家的近路吗?"

老三似乎陷入了回忆,过了一会才回答:

"的确有,我是听我爷爷说的,我一次都没找到过。你看看周围就明白了,连座房子都没有,怎么认路呢?我只认识这一条路。"

回去的路上,阿韦一直在想着怎么向母亲交代的事。那三棵苦瓜藤恐怕是受苦了,进家门以前一定要设法给它们浇些水;要是母亲打起他来,就只有跑开这一条路了。阿韦又想到宿舍里的那些小孩,这个念头让他心头为之一振,充满了自豪,他顿时觉得关于母亲的阴郁情绪可以忽略不计了。他开始留起心来,想要将这条路记住,以后就可以带小孩们来这里。这时走在前边的老三回过头来突兀地说:

"阿韦,你用什么方法来记路呢?"

阿韦老老实实地说,他也不太清楚,大概主要是看路的形状吧,可能还有泥土的成分,路边灌木的种类什么的。

"这是最靠不住的方法!"老三说,"这条路的形状是天天在变的,有时一连几个月,这里根本就没有路,只有一大片烂泥潭,更谈不上什么灌木了。落雨的时候,我心里真是悲伤得要命,因为那种时候,我都没办法找到这个地方啊。"

老三的背被那一袋子藕压得弯了下去,看起来很可怜的样子。阿韦提着那袋莲蓬在后面走,走乏了就想吃莲蓬。他剥了一个开始吃,不知怎么的,莲子很苦,他上当了。于是连连往外吐。他又回忆刚才吃的那节藕,记起来也有一点苦,不如平时市场上买的藕那么好吃。会不会有毒呢?阿韦有点害怕,就问老三,老三教训他说:

"吃东西不要光图口味好。"

阿韦听了心里很不舒服,就趁着老三不注意将没吃完的那个莲蓬往路边的杂草丛中一扔。

太阳升起时,阿韦看见城市已经横在他的眼前,那几根熟悉的烟囱,那座老旧的百货大楼,它们给他带来亲切的气息。原来老三走的是另外一条路,居然走进了城里,看来他刚才为记路花的那些心思是全白费了。

老三走进菜市场,早就有几个面黄肌瘦的人等在那里了,他们每人交给老三一些钱,然后就分掉他袋子里的藕,连阿韦提着的一袋子莲蓬也一块分掉了。各人提着各人那一份走开了去。

"这些个人,他们吃我的东西已经上了瘾,同吸鸦片似的。"老三盯着那几个人的背影,若有所思地说。

有人在叫老三,老三往人群中一钻就不见了。阿韦突然很后悔,后悔得要命,为什么自己刚才不将那莲蓬留下一个呢?这样就可以带到宿舍给小孩们看了。但是后悔也迟了,虽然垂头丧气,也只好赶快回家。

中午时分阿韦回到了宿舍。他还在坡下面就看见阿花在枇杷树下伸长了脖子望他,她有点幸灾乐祸的样子,辫子乱蓬蓬的。

"阿韦,阿韦,你妈妈到东北去了,是同你舅舅一块去的!"

阿韦的心一沉。一会儿小孩们就将他围了起来,七嘴八舌地问他关于"荷叶塘"的事,问他能不能带他们一块去。这一问,阿韦的自豪感又油然而生,他坐在地上,卖关子似的漱了好久的喉咙,这才说出一句:

"那种地方长出的藕和莲蓬都是苦的,要命的地方呢!"

孩子们面面相觑,只有阿花挑衅地问:

"怎么会有苦的藕?藕是很好吃的嘛,我从来没吃过苦的藕,你不会是在骗人吧?"

"你这个蠢货!我才不骗人呢,可惜那些藕刚才都被我们卖掉了,要不可以给你尝尝。"阿韦气极了。

"你刚才说藕是苦的!苦的藕和莲蓬怎么会有人买?你说!"

阿花叉着腰,理直气壮地指着他问。小孩们满腹狐疑地交换着眼色,似乎在犹豫着要不要走开。阿韦忽然听见小正在身后说:

"阿韦,你家的门被你妈锁上了,你到哪里去了?"

阿韦不愿去想这件令他丢脸的事,就大声说:

"我昨天夜里待的那个地方你们根本就没办法去,那里原先是个湖,后来干涸了,四面八方都没有路通到它那里。那里还住了个老头子,昨天夜里我就和他待在一起,他用钓鱼竿从一个很深的小池塘钓上鱼来给我吃,鱼汤可鲜呢!你们想想,我昨天一早就出去了,什么都没吃,要不是那些鱼,我现在还不饿死了?"

阿韦说到这里得意起来,他觉得自己已经是个大人了,母亲撇下他只是小事一桩,他用不着害怕。

"谁要是敢同我去冒险,我帮他去请求老三,只要他肯了,我们就可以一起去,不过这事不能告诉家里。"他又说。

大家都沉默了,一个个不知不觉地往后退,退出一个比先前大得多的圈子,阿韦仍在圈子的中心。阿韦觉得这些人都在警惕地望着他,随时准备逃跑的样子,他们的态度令他又气又恨。

他不想再理小孩们了,他要回家去看看。他来到家门口,看见门上挂着一把奇大无比的铜锁,窗户全都从里面闩得死死的。他试着用走廊上的凳子砸了几下门,那门纹丝不动。看来母亲真的出远门了。阿韦在房门口坐了下来,他需要好好想一想自己的事。现在摆在他面前的问题是:他到哪里去吃饭呢?他一想这事肠鸣音就响了起来。他绝望地抬起头,看见小孩们全都不见踪影了,而平时,他们一般都在屋前打弹子。有几个大人从屋里走出来,视线从阿韦身上扫过,就仿佛他是一件东西似的,他们一声不响地从他面前走过去了。他想到菜地里的那些小南瓜,毫无疑问他可以弄来煮着吃,可是它们才有拳头大,解决不了多大问题。他也打起了偷窃的主意,但家家的门都关得紧紧的,到哪里去偷呢?当小正的妈妈一边往脸上抹着香油一

边走过去时,他终于鼓起勇气叫了一声:

"吴阿姨!"

他的声音在发抖。

吴阿姨回过头来,诧异地看了他一眼,很快地说:

"阿韦,这两天可不要去找我家小正玩啊,他发烧了,我担心他会死……你想想看,这种事有多可怕。你妈走了吧?走了好,走了好。"

她边说边走远了。阿韦没想到她会说出这种话来,惊奇得嘴都合不拢了。他觉得自己现在不能呆坐了,他得赶紧想办法。

他往坡上菜地里走去。远远地他就看见他家的菜地变了样,走到面前一看,那几棵苦瓜藤已经不见了,原来栽苦瓜的地方修了一个小水泥池,池子里用水养了一些蚂蟥,看了令人毛骨悚然。

"阿韦啊,你要像我一样学会忍饥挨饿才对。"

说话的是老三,他不知什么时候跟着阿韦到菜地里来了。老三在水池边上蹲下来,将一只手插进水里。阿韦连忙别转了头,他不敢看。过了一会儿他才将那只手拿出来,举在空中,阿韦听见他在说:

"它们吃饱了就会出来的。"

小孩们都在坡下面玩耍,发出喧闹声。阿韦想,自己同他们不会再在一起玩耍了。他怨恨老三。将手举在空中的老三脸上越来越苍白了,汗珠从额头上冒出来。忽然,他将自己的手掌狠狠地拍了几下,阿韦看见几条吸饱了血的、圆滚滚的蚂蟥滚进水池。这一刻阿韦全身都起了鸡皮疙瘩。老三虚弱地站起身,似乎是垂头丧气地迈动脚步,阿韦也垂头丧气地跟在后面。

吴阿姨正在坡下教训那些小孩,她的声音很大,肆无忌惮。阿韦听见她不断说起"二流子"这三个字,看见她的手一挥一挥的,好像要打人。

老三走到他惯常坐的那个树墩旁坐了下来。阿韦问他什么地方可以找到吃的东西,他回答:"看着办吧。"然后他就不言不语了,做出一副正在思考问题的样子。阿韦于绝望中记起了阿花家的厨房,他和阿花在她家厨房里偷过她妈妈的蜂蜜吃。那是一间很特殊的厨房,同她家的住房隔开一点,搭在前面的一堵围墙下面。

阿韦偷偷钻进那间厨房时,阿花正好在里头。阿花一把将门闩好,将一块冰冷的东西塞进阿韦嘴里:

"昨天剩下的烙饼,快吃!"她在黑暗里小声说。

他狼吞虎咽起来。听见阿花在说,要是被家里人知道,她可要被打死了。她现在之所以冒这个险,是因为她也想同阿韦,同老三一起出走,走了就不再回来,死在外面。她的慷慨激昂把阿韦吓了一大跳,他觉得她一定是有些地方误会了他和老三,所以他就一声不响。吃了一个饼阿韦觉得舒服多了,腿子也不发软了。阿花在案板下面弄出窸窸窣窣的声音,阿韦问她做什么,她说弄老鼠药。阿韦惦记着老三,就去开门,却被阿花一把扯了回来,阿花比他个子高,力气大,阿韦被她钳住动弹不得。相持了好一会儿,阿花忽然猛地一推,阿韦的背重重地撞在那张破门上头,门闩脱出,他倒在外头的地上。

他爬起来时看见老三站在不远的地方观察他。阿韦想起老三刚刚卖了那些藕,身上有钱,却不肯请他去外面吃一顿饭,以前他不知道老三是这么一个吝啬鬼。他有些赌气地不看老三,往自家走廊那边走去。他到了门口,在先前那张凳子上坐下来,老三也跟着他过来了。

"卖藕的钱是救命钱,不能随便用的。你一定要学会忍饥挨饿。"老三耐心地劝说他,"再过两三天,我又带你去'荷叶塘',那里现在已经盈满湖水了,可能要驾船才进去得了。我在这附近有个窑洞,里面铺了稻草,你要是累了就可以跟我去那里休息。"

老三说着就用那只婴儿般的小手来抚摸他的脸,阿韦对他的手有种比以前更为怪异的感觉,大叫一声跳开去。

"为什么要激动呢?"老三满不在乎地说,"习惯了就好了。现在你在这个地方的地位已经同我差不多了,我早看出你是这块料。我们走吧。"

阿韦口里想说"不",两只脚却跟着他走了。他们走了没几步,阿花气喘吁吁地跑过来,拖着阿韦的衣角问:

"我可以去吗?我现在也同你一样没有家了,可以吗?"

阿韦愤怒地甩脱她的手,她就蹲在地上哭起来。

那一天阿韦和老三一道躺在窑洞里的稻草上,老三不停地向阿韦讲述关于湖的种种事,也讲述了他自己的生活。他说他的生活同那个湖是紧紧联系在一起的,因为在他很小的时候,阿韦在那边见过的那个老头就时常从他家中把他带到那边，他俩驾着小船在荷叶间划来划去，那个时候的鱼和野鸭吃都吃不完。老头不来的时候，老三就在家中盼望，什么事情都做不了。就这样一年年过去，他成了名副其实的二流子。不知从哪一天开始，湖一天天干涸了，如果长时间不下雨，湖就完全消失了。这个时候老三已经自己认识了去"荷叶塘"的路，他常常独自一个人往那边跑。到了那里之后，他和老头面面相觑，无话可说，他们在一块聚一会儿之后就分手，各自去寻湖的遗址……

阿韦往往在老三的叙述中睡着了，这时老三就生气地推一推他，他又挣扎着往下听。阿韦感到老三的单调的故事没完没了……

原载于《十月》2001 年第 5 期

太姑母

在我书桌的角上放着一本用毛边纸装订的古书，我从来没有读过它，我猜想那些密密麻麻的小字是没法理解的，就连写下它们的人自己也不理解。这本小书并不是我买的，是我的一个亲戚遗留在我这里的。

她是一个不修边幅的老女人，带着一袋子破烂从远方而来。当时是傍晚，我们家里正在吃晚饭，她没有敲门就进来了。她的样子很吓人，像是极度疲劳，她不吃饭，向我们要一碗汤。我母亲起身盛了一碗芋头汤给她，她立刻就喝光了。她像猫类一样舔着嘴巴，带着满意的神情从袋子里掏出一把古旧的铜锁，低下头旁若无人地摆弄起来。我以前从未见过这个女人，我母亲称她为"霞姑"——她是母亲的姑姑。

那天晚上霞姑告诉母亲说，先前照顾她生活的一个侄女去世了,现在家里只剩她一个人,所以她就锁上门出来旅行了,下一站她要到南方的一位姨表亲家去,听说那地方土壤特别肥沃,只要将些种子撒进土里,一年四季都有东西吃。她讲话时,母亲赞许地点着头。我和妻子都对这种老女人之间的谈话不感兴趣,听了一会儿就都借故走开干自己的事去了。

半夜里发生了一件怪事:先是我听到母亲和霞姑就寝的那间房里发出很大的响声,像是用锤子在墙上钉东西,接着我就透过窗玻璃看见霞姑打着手电到了屋前的空坪里。她掏出火柴点燃了手中的一些纸片,一会儿就在那一大堆纸上燃起了篝火。夜间没有风,火苗直往上蹿,霞姑那乱糟糟的白发映在火光里。这时母亲也出来了,两人对着火堆指指点点的,不时又用足尖拨弄几下,她们似乎很兴奋的样子。东西烧完之后,两个老女人就进去了。

霞姑一大早就离开了,我们都没来得及同她告别。我问起母亲夜里的事,母亲竟然很不耐烦,说这事对她自己是个打击。

"你们烧的是什么东西呢?"

"家谱。"

我不敢往下问了,我估计这一定是一件十分重大的事。我母亲的家族从前是一个旺族,古时甚至出过一位宰相,衰落是近几代才发生的。作为这个家族的女眷,竟会对家族有如此刻骨的怨恨,是我不能想象的。但也许她们并不是怨恨,而是别的什么原因呢?

过了几天,母亲将那本毛边纸的小书递给了我。我翻了翻,书里的字大多数是我不认识的古体字，有的像甲骨文，此外还有些从未见过的动物和植物的图案，难以理解。比如说一只鸡的眼珠像灯泡一样鼓出来，一条蛇的尾部膨胀起来成了莲花，一株玉米上头结出好几个黄蜂窝，等等，全是些古怪的插图。

"她说了这是本什么书吗？"我问。

"没有。"母亲摇摇头，"反正是些遗留下来的老古董吧。是她从袋子里拿出来扔在桌上的，好像她一直随身带着，现在又不想要它了。"

母亲的神情显得很凄苦，她一直陷在回忆之中，我不理解她为什么烧掉家谱。

于是这本小书就放在我的书桌上了。我之所以很少去翻阅，一来因为书的毛边纸因年代久远已经不行了，经常翻动就会从我手中破碎；二来是因为每次我企图看出点意思来都是徒劳，即使发现一些认得的字，我也想不出它们搭配在一起的意义。后来我就彻底放弃了。我找来一个天鹅绒套子将书放进去，放在桌子角上不去动它了。

不久霞姑就从南边给我母亲写了封信，信的大意是说，南边的生活的确是很富裕，亲戚对她照顾得也很好，"饱食终日，无所事事"，以至于她又产生了思乡的痛苦，她同母亲讨论她现在是否应回家，利弊何在。母亲不以为然地将她的信揉成一团，扔到字纸篓里，她说她不懂得霞姑的意思。那天夜里我反复猜测，一夜没睡着。天还没亮时我去上厕所，一阵剧痛使我跌倒在地，勉强爬起开灯一看，原来我腰上长出了几条带状疱疹，疼痛难熬，连衣服都穿不上了。

我去了中医院，女医生长得有点像霞姑。她仔细地倾听了我的诉说后就闭起眼睛来养神。我耐心耐烦地等了好几分钟，她才睁开眼。她看着我，但是又没有看着我，她的神情令我想起母亲，她也是在回忆什么事，很茫然的样子。后来她终于回到现实中来，用钢笔在纸上赌气似的用力画，开出了长长的中药单子。

"这病要紧不？"我迟疑地问她。

"死不了！"

后来的三天三夜是痛苦的三天三夜，就像有几条蛇将我的腰紧紧缠住，连呼吸都困难了，水疱和红肿还蔓延到了胸口。有那么一会儿，我觉得万念俱灰，不知为什么就挣扎着将那天鹅绒套子里的小书拿出来翻看。我的喷火的眼珠盯着那些小字，忽然小字一行一行地移动起来，它们移到书页的旁边的空白处就消失了，这样就透出了底下的东西。底下是一段一段的文字，比上面的字形更小。我集中精力读了一段，发现所记录的是一件古时候的家常事，谈到某官吏如何照顾一只受伤的信鸽，虽然费了很多力，鸽子还是死了。再看下一段，写的是一位农家少女学习绣花的事。当她正在绣房里工作时，一只猫从窗台上跳到她的缎子上头，将那块布彻底弄坏了，少女害怕，就将那块布藏起，从此绣房的老板再也没见过那块布。翻过一页，表面的小字又移动起来，露出底下的内容。这一段更离奇，它记载着某山涧里一只蛤蟆一天里的行踪，包括它去了哪些地方，吃了多少蚊子，蚊子属什么蚊类，什么时候发出了几声叫，表达的是什么情绪,等等等等。写完蛤蟆的事又接下去介绍被它吃掉的蚊子的生长情况,它们的生活习性,当地的水土情况,等等。当我看到此处时,身上的带状疱疹发生了变化,我觉得没有那么痛了,活动也自如了好多,然而同时,眼前的文字也渐渐地变得模糊起来,最后那本书又恢复到了原样,我又一个字都看不懂了。

我想和妻子谈一谈这本书。我刚一开口,妻子就很害怕地左右环顾,然后起身将门、窗都关死了,这才小心翼翼地坐下来。

"你已经翻过这本书了吧?"我问。

"那天你去看病时我就翻阅了它,它差点要了我的命!这里头有巫术,我怀疑你太姑是个巫婆!"

"怎么回事呢?"

"书里面有只老虎,我一打开书,它就跳出来了,后来我就昏过去了。你看看我的手吧,全是那畜生的爪子抓的。"

我看见她的手好好的,心里就想,也许伤痕在她头脑里面吧。

"这样一本巫书,激起了我的仇恨。"她夸张地又说。

"我们怎么办呢?"

"我想来想去,唯一的办法是搬走,我们带着小宝另找房子。"妻子说,眼里随之射出一线希望之光,但很快又熄灭了。

我们离开了闹鬼的房子,搬到郊区一所小楼房里头。头一天,妻子在陌生的房间里走来走去,很晚都没有睡。她推测说,我母亲一定会跟踪到我们的新住址来,因为我母亲身上有我太姑的魂。说着她又问我记不记得太姑母总是用左手拿东西，右手很少动。我听得烦躁，就气呼呼地先睡了。

头一天就这样无事地过去了。到了第二夜，妻子又闹将起来，用脚后跟将楼板弄出大响，说老虎已经上楼了。但是外面进来的并不是虎，而是我母亲。我把她领进房内，妻子已恢复了常态，她们客气地寒暄着，问了些事情，又叫小宝出来见了奶奶。我和妻子都不敢问母亲那边老屋的情况，那是我们俩共同的心病。

母亲离开之后，妻子很严肃地问我道：

"如果你妈妈要带小宝回到她那里，你让不让？"

"她并没提出来。"

"是啊，可是我昨天一整天都在想这个事。我想，如果她提出来的话，我们就让她带走吧，我知道她会带他到哪里去，就让小宝为我们还债吧。"

妻子说这些话时，我发现她的表情同母亲一模一样。是不是住在一起的时间久了，人就变得相像了呢？从前她可是个敢想敢干的人啊。我跟在她后面，看见她蹑手蹑脚地往小宝房里探了探头，然后将门在身后掩上，示意我回房里去。她变得如此忧心忡忡，令我大为沮丧，早知搬家是这样个结果，倒不如在原地硬挺下去。我记得以前有很多棘手的事都是一硬挺，危机就过去了。这一回到底是怎么啦？我怎么会这么快就决定了从原来的家逃出来呢？

母亲来过之后妻子倒是安静了，只是上床后还轻轻念叨了一句："明天就把小宝送过去，反正他在那边的幼儿园已经习惯了。"

我是在黎明前到达先前的家的。当时家附近除了路灯下的那一块,四周黑乎乎的。我刚要抬起脚进大门,就听见了她们俩的声音。我母亲和霞姑站在大门边的阴影里,两人都瞪着我。

"原来是太姑回来了,太姑好!"

"我只是路过,马上要走。"霞姑高傲地说。

她俩进了母亲的卧房,关上门,一会儿就熄了灯。可是隔着窗子我也能听见她们在热烈地讨论什么,她们两个真有精神啊。我站在屋前的空坪里,想起不久前母亲同霞姑一道在这里烧家谱的情形。似乎一切都和原先一样,只除了我从这里搬走了这件事。我又绕到我的卧室外面坐了下来,我想象着房内的摆设,那雕花木床,那古旧的大柜,那笨重的书桌,还有书桌上的那本奇书。我没有勇气进去,这个不眠之夜,还有先前的好多不眠之夜把我拖垮了,我没来由地感到胆怯。但我也不敢马上离开,我隐隐感到母亲和霞姑正在商量同我有关的事,当然也同妻子和儿子小宝有关。这个家就像一张无形的网罩住了我,我现在比没有搬走之前更为深切地感到了这一点。每一个角落,每一张门背后,每一件用具里面都聚集了一些难以预测的能量,稍一疏忽,我就会被打倒,正如同先前被那本小书打倒一样。我感到我有点理解母亲同霞姑一道烧家谱的事了。这个老女人,已经过去了几十年,才从记忆中走进我们这个家,她怎么会轻易地放开我们呢?她必定会是我们家(母亲的家)的常客了。我们越是躲开她,同她的联系越是紧密。现在我看见母亲房里的灯又亮了,她们俩正相携到厨房弄东西吃。厨房里传出碗盆的声音,一会儿我就闻到了辛辣的紫菀羊肉的气味。这气味令我惆怅。很多年以前,父亲还没死时,母亲天天做紫菀羊肉给我们吃。后来我们给父亲上坟时,母亲就在坟头上放上一盆紫菀羊肉。

天边已显出了鱼肚白,我还坐在屋前的空坪里。房间里头,母亲和霞姑吃完饭后又没有动静了,大概她们又上床去了。我非常羡慕她们这种悠闲神秘的生活,可我今天还得去上班,否则不能养家糊口。

我回到自己家中时,妻子和小宝早就起来了,现在正坐在桌边吃早饭。小宝噘着嘴不愿去新的幼儿园,妻子正在哄他。我溜进厨房,飞快地洗漱完,胡乱剥了妻子煮好的两个鸡蛋吃了,就整理东西去上班。

妻子走进来,将一只手放在我的肩膀上,盯着我的脸说:
"今天不用上班了。"
"为什么?"
"我帮你请了假。我们今天把小宝送到他奶奶家去,这也符合你的心愿。"
"那你刚才怎么对他说要送他去这里的幼儿园呢?"
"我是骗他的,小孩子有时要吓一吓,胆子才会大。我想我们把小宝送到那边去后,你的大姑就没理由揪住我们不放了。我熟悉这种人啊,他们有肚量,而且也不甘寂寞。再说小宝跟着我们两个也受不到什么好影响,还不如让他去适应环境。"

我颓然坐在椅子上,我对她说要她独自送小宝过去,因为我在街上溜达了一夜,现在站都站不稳了。

"太姑说了些什么?"她突然问。

"你怎么知道我夜里回那边了?"我吓了一跳。

"你还能去哪里呢?昨天从你母亲的话里我就听出太姑回来了。"

"妈妈一句都没提到……"

"嘿,还用提!她的话里早透出那种信息了。所以啊,我就考虑了一夜的对策。你不去吗?一点兴趣都没有?那你就在家中好好休息吧。"

他们走了。我睡不着,我想起了好多往事。那时家中有一个深深的米缸,母亲从不将缸里的米吃完,总是吃到三分之二左右又买来新米倒在上面。那时我担忧地想道:那底下的米总不吃,会不会长霉?有一天,缸里的米又快吃到三分之二了,我趁母亲出门就到米缸里去扒弄,扒了几下,手就触到一个硬物,将那些米弄开些仔细一看,原来是一只木制的鸟,做工粗陋,上面涂着紫色的漆,年代已很久远了。我将它取出放在桌上,它就渐渐呈现出凶恶的样子,这是一只乌鸦。当我再伸手去拿它放进米缸时,它在我手中抖了一下,我吓得大叫一声,它掉在了地上。后来我回过神来,再仔细瞧,发现乌鸦还是木的,并没有变成真乌鸦。我匆匆将它塞进米缸,掩盖好,逃出了那间房。以后我再也没去动过它,而是将它忘了个干干净净。现在那只鸟怎么样了呢?我又想起父亲。那时父亲已经很衰弱了,但是他还不时拄着拐杖,挣扎着在各个房间里走动。有一天夜里,他将熟睡中的我唤醒,告诉我轰炸已经开始了,我必须赶紧和他一道去外面。我迷迷糊糊地跟在他身后，他在屋前的空坪里被绊倒了。我焦急地喊他，想扶他起来，他却用生气的声音阻止我，要我密切注意天上的动静。那天下着毛毛雨，我朝天望了好久，什么都看不见。毛毛雨很快就使我们身上湿透了，他又伏在地上不肯起来。万般无奈之中，我哭了起来，心里暗暗希望母亲听见我的哭声会走出来。"你哭什么呢，孩子？"父亲柔声说，"我们不是都还活着吗？你还没有出生时，屋后有一个长满了牡丹花的花园，你母亲一到那里面就睡着了，她这个人总生活在梦想之中。"后来雨停了，母亲却始终没从家里出来。我和父亲天亮了才进屋去。那一回我和父亲一道整整病了一个月。我在高烧中一次又一次地同父亲走到房子外头，躺在地上，一起谈论轰炸的事。病好之后父亲不承认这事，说我一定是产生了幻觉。现在我真的从那里搬开了，这些个怪事就渐渐显出了它们的作用；假如我不搬走，那些回忆恐怕反倒会渐渐淡忘。父亲提到过的那个花园，那个一进去就让人产生瞌睡的花园，也许仅仅存在于久远的记忆中吧？父亲的死也是很出格的。他已经很多天没起床了，那一天忽然唤我扶他到那边的杂屋里去，进去后他又让我扶他坐进那把破旧的、蒙了厚厚一层灰的太师椅，然后他的头部往背后的墙壁靠上去，就那样一动不动了。开始我还不知发生了什么事，吓得大喊大叫，后来母亲进来，严厉地制止了我。她有条不紊地处理着父亲的后事，于是我对母亲感到的惊奇和佩服压倒了对父亲的悲痛。实际上，我所记得的这些事和母亲记得的完全不一样。我有次同母亲谈起米缸里的那只乌鸦，母亲矢口否认有那事，还说她每隔一个星期就把缸底的米翻上来透气，怎么会把那种奇怪的东西放在缸底呢？关于父亲的死，她的说法也有完全不同的版本，她说父亲是摔倒在厕所里长眠不醒的，当时她还让我去叫了救护车来，将父亲送到医院抢救。现在我躺在这个郊区的租来的小屋里，深深地感到回忆是最最无用的事，谁也没法将那些纷繁的记忆整理出哪怕一点头绪来，也没法确定那些事是否真的发生过。但是我却感到自己正在接近那个神秘的、把握不了的本质的东西！这是怎么回事呢？

在屋子外面的天空里，太阳正缓缓地移动着，大群的黑蜻蜓在水蒸气里头飞翔、盘旋，雷声隐隐地可以听见。我想象着我的儿子小宝正在往那个奇异的世界走去，多年以后，那记忆中的梦幻花园也会出现在他面前。小宝这么小的年纪就已经显出了对隐秘事物的嗜好，他总是有些事要躲开我和他妈，他一点都不依恋我们，这既使我担忧又让我有点高兴。有一天我撞见他同霞姑一道将一些钉子埋在屋前的树下，他弄得满身都是泥巴。过后我同他之间发生了这样的对话——

我："小宝，刚才是干什么呢？"

小宝："把钉子埋在那里，谁都不知道。"

我："别人不知道有什么好呢？"

小宝："就是好。我还要埋几个地方，刚才这个地方被你看到了，就不能算数了。"

那么妻子把小宝送到母亲那里去是好还是不好呢？我知道妻子并不考虑这个，她考虑的是我同她如何从这个家庭脱离，那种充满了隐私的日子她实在是过得很烦了。但是能脱离得了吗？一离开那里，我和她就开始失眠，闹到现在连班都不去上了，而且整天所想的，就是同我们所要脱离的那个家有关的事。我有时又觉得，妻子把小宝送到那边去，会不会是为了自己更方便地往那边跑？莫非她说要脱离只是为了蒙骗我？我的妻子诡计多端，比如说吧，我从未同她谈起霞姑留下的那本奇书，她却背着我将那本书翻了又翻，还编出谎言，说自己被书中跳出的虎吓得昏过去了。

有一对青年男女从隔壁屋里走出，站在了我房间的门口，他们正在谈论地震的事，似乎两个人都很惊惶，男的说要往山里跑，女的说还不如就待在空坪里。后来那女的哭哭啼啼起来，同那男的相携走远了。我心烦地在床上翻了个身，也开始将自己的思路往地震方面引，这一来反倒有了瞌睡。一直到妻子回家我还做梦在地底冒出的滚水中挣扎。

妻子一个人回来了，神情恍惚地站在厨房里洗碗。她将那些碗洗好，一个一个摞好，然后重又放进洗碗池里去洗，就好像她对自己做的事失去了意识似的。

"小宝还好吗？"我担忧地问。

"当然好，怎么会不好？他一进门就同太姑母躲起来了，后来我和你妈妈找他找了好久，也许他俩从后门溜掉了。我脑子里乱得很。"

她的模样显出了苍老，她一言不发地在板凳上坐了下来。我猜想她一定经历了一种打击，但我不愿意问她，免得卷进她的烦恼，我已经领教过她的厉害了。

从那以后我再也没有见过我的儿子小宝，他同母亲，同霞姑一道出走了。老屋大门上的那把锁早已锈迹斑斑，窗户上的玻璃也破了几块。当我站在门口的坪中向里观望时，总听到里面有一些小孩的笑声传出来，那当然只可能是我的幻觉。有时妻子也和我一道去那里，她现在已不再烦恼了，每天上班，按部就班做家务事，但我觉得她越发难以捉摸了。我同她就这样并排站在门边，看着里头紧闭的窗户，各自想着心事，但只要一开口，我们就会说起同一件事来，我们说的事都与屋子里住过的人无关，也与屋子里的秘密无关，我们说的，总不外乎是一些旅游的计划，去南边呀，去北边呀，去爬山呀，等等。我俩都知道这些计划永远也不会实现。

一天早上我们收到了儿子小宝的信，那字迹刚劲有力，充满了大人气。他在信中说他已经初中毕业了，他生活的环境很好，他要按他的计划去干一些事。最后他请求我们将他彻底忘记，因为只有这样他才能"轻装上阵，远走高飞"。妻子看了信之后很高兴，她对我说，要不是这封信，她已经差不多将小宝彻底忘记了。那天是假日，上午我们还特为小宝的事庆祝了一下，喝了一瓶葡萄酒。喝到最后，妻子忽然变了脸，对我说她从窗口望出去看见了一个人的背影，很像太姑母，只是比原先老了很多，背都驼到地下去了。说完她又使劲推我，追问我上次从老屋里偷回来的那只木乌鸦送回去没有，要是没送回去，事情就糟了。我说我根本没偷那东西，怎么送回去，她就勃然大怒，说我根本不打算好好过日子，总把秩序搅个稀乱。她酒也不喝完，愤愤地走开了。

在郊区的静谧的夜晚，我常常梦到那个长满催眠的鲜花的花园。在五彩缤纷的花朵当中，蜜蜂和蝴蝶一只只从空中掉到地上；就连蚯蚓也在泥土中睡着了；园丁用草帽盖住脸躺在地上，腿伸得笔直……花丛里有很多小孩的声音在喊："赶快！赶快！赶快！……"当你到那里头去找寻时，又发现一个人都没有，而在头顶，无忧无虑的蓝天忽然一下就变得阴沉起来。

原载于《长城》2001年第5期

矿井

　　一大早祖父就在催促大简赶快起床，喊了三次大简都不动，祖父就用吹火筒来赶他了。大简跳到地上，溜进厨房去洗脸。他一边刷牙一边听见祖父还在催他。天还没怎么亮，祖父说清晨正好赶路，到中午太阳一毒起来就走不动了。昨天夜里祖父郑重地告诉了大简他的计划，那就是去投奔大简父亲在世时的一位朋友。大简的父母于两年前双双惨死在坍塌的矿井里，至今也没有找到他们的尸体。这两年里头，大简感到爷爷有些神志不清了，因为他有时会对大简说，他的爸爸妈妈在矿井里找到了一条通道，他们在那种地方跋涉，靠喝地下水维持，要是他们带了粮食就好了，可能现在已经找到出口了。那以后发生的事就难说了，也许他们到了一个富裕之乡，所以就把以前的事全部忘记了。祖父还说，地下的通道总是有的，而且多得很，只是去了那种地方的人还从来没有见谁返回过。一天中午大简在瓜棚下睡午觉，祖父急急地将他推醒,要他与他一道去看附近小煤窑里救出的两名汉子。大简记得那两个人被放在门板上抬回家去,身上盖着破被单,祖父想凑上前去看看,被他们的家人恶狠狠地咒骂着推开了。大简很为祖父感到害臊。他想,祖父到底想从他们身上观察些什么呢?回家之后,他仍是坐立不安,不断地询问大简对那两个人的印象,大简说没印象,只看见两床破被单,祖父听了就很烦躁,说大简是"没用的小孩"。祖父昨天夜里说,他们去投奔那个人的目的,一方面是解决生活问题(他们这里太穷,维持生活极艰难),另一方面也是想"找线索"。如果大简的父母从地底走出来了,这位好朋友说不定会得到一点消息。大简明知祖父的这种想法很疯狂,也不敢当面戳穿他,再说他也在这穷乡僻壤住厌了,对出去流浪冒险充满了渴望。只是他有些担心,因为家里根本没有钱,到了外头靠什么维持生活呢?他提出这个问题时,祖父就轻蔑地"哼"了一声,没有回答。

　　行李是早就收拾好了的,一人一个包袱背在背上,手里提着一包干粮。干粮是那种烤干的红薯,大简估计可以吃两三天,而投奔到那位神秘人物那里据说要走半个多月。出村的时候,一群妇女在老樟树下面排成一排,一会儿就哭哭啼啼起来,好像他们是去送死一般。祖父叮嘱大简不要回头张望,两人就闷头赶起路来。山区的小路是很难走的,不过也有好处,那就是到处都有树木可以遮阴,不至于热得发昏。这个时候太阳还是一个暗红的球,还没有施展它的威力。走不多远他们就听见了一声不吉祥的老鸦叫,大简看见祖父皱了皱眉头。大简对于跟在身后的祖父有种异样的感觉,种种迹象使他觉得这一次的出行非同寻常。出门的时候,祖父还将家里唯一的一头猪送给了敏菊老汉,当时敏菊老汉愣了半天没明白过来,最后只答应为他们家代养。山路时宽时窄,宽的时候祖孙俩就并排走,窄的时候就一前一后。大简对于祖父的沉默很不满,因为这一来显得时间更长了。有好几次他都想提起一个轻松的话头,但他开口后遇到的总是沉默,祖父不但有心思,而且还是痛苦的心思,那种不能分享的痛苦。

太阳越升越高,升到了头顶,两人的背上都汗湿透了。大简盼望坐下来休息,吃些薯干,然后将水壶灌满再走,但他看见祖父阴沉的脸色,就把要说的话又咽下去了。大简并不懂得怜惜祖父,他只是习惯了服从。他的父母长期在外做工,他是伴随祖父长大的。他小的时候,祖父还是一个高大结实的庄稼汉,随着他的成长祖父就一年比一年佝偻下去了。去年他还生过一次大病,一个月起不了床,大家都以为他要死了,结果他竟又挣扎过来了。那一次大简还同亲戚们借了钱准备给爷爷买寿衣呢。

过了正午,就更加热得不行了,简直汗如雨下,肚子也饿得不行。大简想不通爷爷干吗要这样着急赶路,又不是一天两天可以走到,据他说要走半个月。这样想着,他就伸手到干粮袋里摸出一块红薯干啃了起来,与此同时,耳边传来乌鸦凶猛的叫声。前面就是被称为"猴七仙"的大山了,但是祖父朝一条岔路一拐,接着大简就看见了一片建筑群落,那些房子全都是平房,像是根本没住人。朝着那个方向走了好一会的下坡路,终于看见一扇锈迹斑斑的铁门,铁门没有关,旁边挂了一张牌子,大简费了好大的力气才辨认出"矿区宿舍"四个字。

祖父朝那些平房走过去,在其中一间的前面站住了。这间房的房门锁着,他放下背上的包袱,朝着房门用力踢了几下,没有踢开,他又叫大简去踢。大简拼全力一踢,房门开了。

　　令大简奇怪的是这间房子里居家的用具一应俱全,床上还铺着被单,虽然被单上蒙了些灰,但显然不久前还有人住在这里,大简将床单拉起抖了抖灰又铺上,然后一屁股坐到床上。这时已是下午了,大简很想吃了饭好好休息一下,爷爷却叫他用一个桶到房子后面的井边去打水。大简绕到房子后面,看见打水的桶和绳子就放在井边,像是刚有人用过似的,他就先不打水,将那些房子侦察了一番。那都是些空房,一个人都没有,里面也没有家具,唯有他们进去的这一间是个例外。水井非常深,大简从未见过这么深的井,手里的绳子有很大一卷,他站在井边上,将绳子全部放完了,朝下望去,头晕起来,就不敢再望,将桶荡了两下连忙往上收绳子。打上来的水十分清冽,大简伏下身喝了几口才提了桶往回走。他还在门外就闻到了香气,爷爷正在用铁锅煎饼,已经煎好了一张,大简连忙上前抓了饼狼吞虎咽起来。吃完后他才问爷爷这是怎么回事。爷爷先把他那张饼吃完了,将铁锅和煤油炉收好,这才慢条斯理地对大简说:

　　"这是你爸爸妈妈的房子。"

　　"我的爸爸妈妈?他们没死?"

　　"谁知道呢?反正我没有放弃希望,我隔些日子就送些吃的到这里来。"

　　"他们吃了没有?"

　　"当然吃了。还有门上的锁也是他们加的。他们的饭量现在极小，三斤面粉就可以吃一个月。大米也是三斤吃一个月。"

"也许来这里住的是一个贼，一个流浪汉。"

"那也可能吧。"

房里燥热得厉害，大简朝外一看，发现太阳已经开始西下了。他设想着矿区宿舍从前喧闹活跃的情形，想着就害怕起来。他走过去将大柜的门拉开，柜子里的大包小包将他吸引住了。将那些布包一个个解开，原来里面装的全是粮食：红豆、花生、玉米、面粉、大米等等，大柜被塞得满满的。大简记得家里并没有这些粮食，这是哪里来的？

"可能是偷来的。"祖父冷漠地说，眼睛看着别处。

"谁偷来的？"

"我怎么知道？同我无关。我们刚吃的面粉是我前些日子送来的。"

大简的心里有点兴奋，他觉得冒险的生活已经开始了。很可能他的父母并没有去世，不是连尸体都没见着吗？大简想象他们生活在这个废弃了的矿区，过着与常人不同的生活。说不定他们是住在地底下，变成了传说中的那种怪人，他们只在深夜返回这间房子，到这里来弄些东西吃。大简的父母都是沉默寡言的人，大简觉得他母亲有点像家鼠，总是待在一个不为人注意的角落里发出些细微的响声。要是他和爷爷今晚待在这里，会出现些什么样的怪事呢？能在这里住下真是太好了！

"你快洗脸，洗完我们就赶路。"祖父说。

大简一下子沮丧到了极点，原来爷爷根本不打算在此地停留。他心里很委屈，因为他刚才很想同也许已经成了幽灵的父母见面。他洗完脸，气呼呼地将脸盆一摔。

祖父横了他一眼，轻轻地说：

"不知天高地厚的小流氓。"

休息了一阵，又吃了饭，喝了水，大简的感觉已经好多了。他走出矿区后还恋恋不舍地回头张望了好几次。他想不通既然爷爷多次到过这里，为什么不留下来弄个水落石出呢？

他们又到了山路上。当大简估摸着又走了五六里路时，祖父叫他停下来转过身看看。大简吃了一惊，因为他们刚刚离开的矿区矗立在眼前，他还可以看见铁门旁的那块牌子。大简朝地上一坐，有点吓坏了。这时暮霭已经降临，矿区被笼罩在沉沉的鬼气当中。

"我们在围着这个地方转呀，爷爷。"

"不对，我们一直在往前走，你看看这条小路，笔直地伸向远方，在那个尽头，就住着你父亲的老朋友。"

大简不知道祖父说的"尽头"有多远，也许一百里，也许一千里。说话间祖父忽然紧张起来，说山里面有很多棕熊，经常在这一带伤人，为了避免意外，还是回到矿区的好，等天亮再继续赶路。爷爷的话正合大简的意。于是祖孙俩掉转头往回赶。这一次，大简记得他们差不多走了十来里路。月光下仍然可以看见矿区的铁门，似乎同他们只隔了十几米，但就是走不到。大简生出奇思异想，他假设自己已走到了这条小路的尽头，然后又假设自己回转身来看，看到的还是这同样的景象。

他们终于回到了矿区。爷爷放下行李，又开始煎饼。大简担心夜里棕熊要来袭击，就去修那扇门。爷爷看见了，就夸他能干。他修好门后，爷爷又要他到井边去打水洗个澡，他就提着桶去井边了。

井边已经站着一个人，那人脸上光溜溜的，身上很白。他似乎是在那里洗澡。大简壮着胆子走向前去，那人就同他打招呼。

"是来洗澡的吧？来，我来帮你洗。"

他还没来得及脱衣，那人就将一桶水朝他兜头盖脸倒下来，大简湿淋淋地站在井边，感到很凉快。他慢慢地脱衣，有点不好意思将裤子也脱掉。那人又打了一桶水上来了，又朝他倒下来，大简觉得舒服极了。

"你这个乡下佬一身真臭啊。"那人说。

大简觉得自己身上已被那两桶水冲干净了，就想再提一桶水回去。他站到井沿上将绳子往下放时，那人猛地在他背上拍了一巴掌，弄得他腿一软，差点栽进井里。他气愤地抗议道：

"你要干什么啊？"

那人笑起来，说道：

"你以前见过这么深的井吗？这是矿区的水井啊。"

他听不懂那人的意思，就闷闷地打水，终于打上了一桶，倒进自己带来的桶里，然后拾起自己的湿衣服准备走。

"聊聊天嘛，"那人拦住他，"我是住在矿井里的，那里最安全。你趁你爷爷不注意时偷着出来，我在这口井边等你。"

大简回到房里时，灯还开着，爷爷已经在床上睡着了。他抓起桌上的饼吃了起来，一边吃一边想着祖父的奇怪举动。刚才在路上他已下定了决心不理井边的那个人，现在吃完一张饼，他又改变了主意，他决心跟那人去矿井里看看。他听村里人说过，坍塌的矿井已被封死了，既然这样，那个人怎么还能住在里面呢？说不定他知道他父母的情况。

他尽量轻轻地开门，爷爷还是喊住了他。

"回来。"爷爷用锐利的目光将他从头到脚打量了一番，最后赌气似的放开了他，又说，"去吧！"

他踱到那口井边，没见到那个人。一会儿那个人就在矮屋檐下唤他，那个人称大简为"小孩"，用一只手紧紧地抓住大简，要大简同他走。大简心里紧张得发抖，又似乎渴望着什么，他被那人牵着一会儿便走出了宿舍区，从一个边门进去绕进了一片树林，在树林里走了没多远那人就带他走进了一个由几根木头搭起来的茅棚子。他挪过来一张小凳，让大简坐下，他自己去点灯。大简听见有人在茅棚外说话。

"你认识我的爸爸妈妈吧？"大简问那人。

"我就是他们的那个朋友，你叫我王叔吧。"

"你什么时候带我到矿井里去呢？"

"这就是矿井里，刚才你已经从那扇门进来了，你一点都没注意到吗？"

大简觉得这个王叔脑子里的念头很疯狂，就不说话了。

"这个矿井里住着很多人，现在已经不采矿了，这里成了大伙的避难所。两年前坍塌的只是一条坑道，那里被地下水淹没了。你听听外面这些走来走去的人就会知道，这里其实是很热闹的。要是你早些来啊，说不定会在这里碰见你爸爸。"

"我爸爸在这里？"

"谁说得准呢？井里谁都不管别人的事，我也没有办法调查，反正是有那种可能吧。"

大简再仔细听了听，听见外面确实是有不少人说话，踩得落叶哗哗作响。他推开门去看，门外黑乎乎的一片。王叔挑了挑油灯，茅草棚里被照亮了。棚子里只有一张小方桌，地上放着六七把铁镐。王叔指着铁镐对他说，这些工具都是为紧急情况备用的，如果发生了坍塌，大家就要拼命向外挖。

"你爷爷回去了。"王叔突然说。

"你怎么知道呢？"

"他的时日不多了，他患的是绝症，你还不知道吧？他把你送到矿井里来，然后自己回去安排后事去了。"

大简站起身来想走。王叔在他身后说：

"你到哪里去呢？夜里大门就关上了，为安全起见嘛。我跟你说啊，就是大白天你也找不到出口的，因为你进来的时候根本就没留心。好多人都是以为可以来这里玩玩就走，结果呢，出不去了，只好住在这里。外面那些人全是些怨男怨女，心里一空虚就成天说话。你坐下，以后日子还长，这就对了。这个矿井里可是一个大世界，有谁走到过坑道的尽头吗？没有。我问你，这种事你想得通吗？自然想不通，所以要学习。你看，天已经亮了。"

"王叔，我想和你一道去外面看看。"

"那当然，那当然，不过我们要背上铁镐，你不要理那些人，他们都是很危险的，你要把目光投向前方。"

林子里飘着薄雾，他们俩埋着头走，大简看见很多人拥了出来，他们都想来同王叔攀谈，有的人还大胆地走上前来扯王叔的衣袖，王叔举起手中的铁镐，他们就都退下去了。那些人大简一个都不认识，他看见树林里还有许多同样的茅棚子，看来他们就住在这些棚子里头。为什么王叔要把这个地方称作"矿井"呢？

出了树林，眼前一片开阔，延绵的荒地看不到边。王叔告诉大简说，他的父母就是从这里失踪的。这里只有一条路，矿井里所有的人都沿这条路往前探索过，一般人都是走了一两天就转身顺原路回来了。除了大简的父母之外，还有几名老工人也失踪了。王叔说，他给那条路取了个名字叫"不归路"。大简好奇地问那条路在哪里，他就用手指了指天边的那一线云彩，说："那不是吗？"

大简抱着冒险的愿望走出家门，却并没有得到想象中的刺激，这个疯疯癫癫的王叔总是令他觉得有点失望。如果王叔将他带到这片荒地里头来是要杀他，当然他会反抗，但显然他不是王叔的对手。他们在荒地里走了很久，太阳晒起来了，大简开始流汗。他四周环顾，看见到处都是一式一样的荒地，被一些矮矮的灌木丛点缀，要找个遮阴的地方是不可能的。他不知道王叔要走到哪里去，也许是失去了方向感的缘故，他觉得王叔只是在乱走。大简又想，要是找不到回去的路，就会在这荒地里被晒死。王叔背着那把镐在他旁边走，大简注意到他连汗都没出，似乎周围的炎热同他无关，他要带他走到哪里去呢？难道这个人等他来，就是为了带他踏上这条"不归路"？他的爸爸妈妈真的是在这里迷路的吗？祖父将他交到这个人的手里，是出于一种什么样的盘算呢？被太阳晒着，又想着这些乱七八糟的事，大简的头都昏了。他一咬牙控制自己不再想事，只是机械地迈动双腿。

就在大简做好了准备要同他一直走到底时，王叔停住了脚步。

"大简啊，今天没有做充分准备，我们先回去，明天再重新出发吧。"

大简两眼茫茫地看了看这无限空旷的地方，懵懵懂懂地点了点头。他心里有种彻底轻松的感觉。要是这王叔一直走下去，身上的汗流光了，又找不到水喝，不就得死在这里吗？

"你大概以为矿井是又黑又闷的地方吧？那只是表面的那一层，地底下有另外一个世界。你的父母是无意中发现这个地方的，后来他们告诉了另外的一些人，没过多久大家全知道了，所以就都拥到这个地方来。这里没房子住，大家就搭起了那些个茅棚子。但是真正敢顺这条路走到底的只是个别人，大伙都站在那里观望，口里发出叹息，到了夜间就说个不停，为什么呢？只因为对这条路尽头的财宝想望得要命，又没勇气远走，这些个孱头啊。你从前在家里也听说过，这个大矿井年年有坍塌事件，但那都发生在表面那一层，这里是不受影响的，顶多就是隐隐约约地听见一点隆隆声，不注意听就听不到。"

"王叔，你在这种地方是怎样认路的呢？"

"靠数自己的脚步。你没有想到吧？"

"那又怎么去确定方向呢？"

"将目光望着前方就行了。我也不知道走没走错，反正每次都回来了。要是真的走错一回，恐怕就再也不会回来了，像你的父母一样。我倒是很想走错,你来了我就更想了。"

大简屏住气听了好久,果然听到了隆隆的声音。他抬起头来看天空,这时奇怪的事就发生了。天上一丝云彩都没有,酷热的阳光毫不留情地射下来,但是大简不再感到炎热了,他停止了出汗,疲劳也消失了。他甚至想,他可以就这样随王叔走到天涯海角。他这样想的时候,那片树林就出现在眼前,每个茅草棚的前面都站着一些人,眼巴巴地打量着他们俩,似乎对他们有所求的样子。

王叔带大简进了一个老妇人的棚子,老妇人正在用砂锅炖蘑菇,她盛了两大碗给他们吃。大简吃着这无比美味的东西,感动得热泪盈眶。但是王叔一点都不吃,他正目不转睛地看着大简,像是在等什么事情发生。大简放下碗的时候,眼前就模糊起来,他最后看见的是王叔脸上的微笑。他在梦中对老妇人说:

"原来这种蘑菇有迷幻作用啊。"

"它们能将你带向一个更有趣的地方。"老妇人告诉大简。

原载于《大家》2002年第1期

金天鹅

我经常想这个问题，古人究竟是如何看见那种金色的天鹅的呢？我的院子的西边是湖，岸边芦苇疯长。天鹅们时常降临这个湖，它们在湖心的小岛筑巢。在我小的时候，祖父谈起过一种金色的天鹅，据他说他的祖父看见过那种鸟（也许是同一只）两次。"阳光落在它身上就好像烧起了一蓬火。"他这样形容那只鸟，他补充说他在重复他祖父的话。那个时候我喜欢在岸边守候，尤其是太阳天里。我想，如果那只金鸟又来了，在太阳底下一定远远地就可以看见它。如果是下雨天，认出它的可能性就会小得多了。我坐在芦苇丛里等候时，祖父要是路过看见了我，就会意味深长地摇头，然后说我白费时间。

"古人为什么有这眼福呢？因为他们不住在房子里！他们就在那边的芦苇滩里搭些草棚，那些鸟也和他们住一起。当然也有土匪，土匪一来，把人和鸟都杀光。"

祖父说这话时，我们大家正在院子里乘凉，他的大蒲扇一下一下拍赶着蚊子，声音听来毛骨悚然。

也许是因为没有刻意去找它，它才出现的吧。古人并不刻意关注金色的天鹅，它就同他们住在一块。但这个假设是不对的，祖父的祖父在那一瞬间一定是分外激动，所以才会特意将这事告诉祖父，而祖父，立刻就铭刻心底了。虽然祖父也没有亲眼见过金鸟。

我想多听到一些关于这个传闻的意见，于是我有意地同村里人谈起这个话题。当我鼓起勇气开口讲时，人们都很不耐烦，不愿谈。还有一些人低着头倾听，偶尔抬一下眼皮，那眼里射出的凶光使我的脊梁阵阵发冷。因为我的这个企图，我个人的生活变得艰难起来了——没有人愿意再同我发生任何关系。我住在这栋房子里，时刻感到自己被强盗包围着。

自从去年有人放火烧了我的厨房之后，我就变得更加小心翼翼了。我出门总是选人少的路走，晚上睡觉则将房门上两道闩。有一天我把门窗关得紧紧的，偷偷地在房里画了一幅金鸟的画。我将鸟身画成了金红色，眼睛画成天蓝色。没过几天那幅画就失踪了。我躺在麻布帐子里头闭目养神，天鹅就向我游来，神态极为哀怨。

金色的天鹅应该是混在其他的天鹅当中到来的，它不可能从天而降，特立独行。金鸟的父母恐怕也不会是金鸟。要说从远古时代传下来这样一个品种，这太奇特了，何况也没有历史的记载。单传的说法近于荒谬，大量繁殖就不会如此稀有。最重要的一点是：祖父的祖父强调他看见的是同一只。比较合理的说法也许可以是这样：金鸟是一种变异的品种，那变异的原因已无法追溯了，也许是灾难，也许是幸福富足，疾病的可能性也很大。总而言之，结果是一只完全不像天鹅的天鹅出现了，它成了白色或黑色同类中的"一蓬火"，它仪表庄严，但总令人感到有邪恶附身，是一个不该存在的品种（幸亏只有一只）。而且也确实从祖父的祖父那个时候起就再没听到过关于它的传说了。这个品种是彻底消失了，还是在某个原始地带悄悄地发展着呢？要是果真悄悄地发展着，几千年之后，它不就成了从远古时代传下来的品种了吗？可是我这些想法并没有写进历史，金鸟也就仍然只能是变异的品种——即使到了那个时候。

当年祖父的祖父站在芦苇滩中搭起的草棚里，将一只手遮住前额朝远处眺望，当他猛然发现湖面上那数不清的白天鹅中间有一团火正朝自己飞驰过来，那会是一种什么样的心情呢？当然后来，那金鸟并没有游到他面前，却转了个弯，游向别处去了。这既令他有些怅然，又令他放下了提着的一颗心。金鸟是属于来无影去无踪的那种类型，所以第二次祖父的祖父同它相遇的情形也是大同小异吧。来了两次，就再也不来了，实在是令人窝心。不过也可能祖父的祖父受了惊吓，心里倒暗暗地盼望再也不要同它面对面地相持了。有些个事，保存在心底反倒成了一种隐秘的游戏。但他为什么又忍不住一次次讲给祖父听？是一种炫耀，还是对自己的不满？

我们村是一个等级森严的大家庭。在所有的事情上头，无论谁，意见都是绝对一致的。就比如关于金鸟这件事他们对于我的态度吧，我一直想在村人当中找到一个突破口，使我可以谈论这事，但我遇到的总是钢铁一样的抵制。按理说，我也是村里长大起来的，不应抱那种不切实际的幻想，然而事实又并不是那样。这个意志钢硬的村子里总有那么些鬼鬼祟祟的出格的事。比如祖父，作为一位受人尊敬的长辈，居然对幼小的孙子谈论子虚乌有的怪事，而且是如此不负责任地谈论，谈过之后就再也不管它产生的后果了。万一孙子走火入魔，闹出灾祸来呢？他也不管了。他仅仅就是忍不住那一时的冲动，非讲不可。

这个大家庭的规则只可意会不可言传。我感到我无法扭转目前的形势了，如果我过分强求的话，就会出事。所以我就不过分强求，但是我也不放弃心底的念头，我同他们默默对峙。就在前天，我到了湖边的一个草棚里，那草棚很有些年头了，但绝不可能是祖父的祖父那个时候遗留下来的，木头浸在水里面不可能维持那么长的时间。我站在草棚里，正要学古人的样子将手掌遮住前额观望，奇怪的事就发生了：一些村里人划着木船在我的视野前方驶过来驶过去，他们好像在观察我的动静。我悻悻地离开草棚，回到村里。也许，村里有人看见过金鸟，但是他们不说。只有我一个人将这事说出来。还有祖父，以及祖父的祖父，都属于唠唠叨叨的类型。有一年，是去年吧，我曾经看见芦荡里躲着很多人，他们都是村里人。当我出现在他们面前时，他们就用那种怨恨的眼神看我。他们怨恨什么呢？只有十三岁的阿强对我讲了一句话，他说的是："你这该死的。"

这些日子我又发现村人比金鸟的事更深奥。我的家族其实是外来户，我们是从祖父的祖父的前两代迁移到芦荡里来的。经过这么长时间的延续，我们同本地人似乎已融为一体了。但细细比较一下，还是可以看出其间的差异，比如对于金鸟的态度方面就有差异。我从未听到任何一个村人口里谈论这事。总的来说这些人都很少说话，说出的话则简短而干脆，这同我的家族爱唠叨的个性是完全两样的。一切的规矩，他们都是在默默之中贯彻的。男人打鱼，女人在田里或蔬菜地里劳动；男人和小孩在水渠里洗澡，女人在家里洗；死了的鱼不能吃，要扔回湖里；套鞋不能随便穿，平时要打赤脚，只有办喜事或丧事才可以穿套鞋；等等等等。也有过违反规矩的事，可惜我一次也没亲眼看到，据说那些倒霉蛋受到了严厉的家法惩处。村人除了不爱说话外，还有个特点就是爱冷笑。偶尔有人对我冷笑一声，我往往感到头皮发麻，不能自制。从表面看，我的父母同村人已没什么大的区别了，这就是同化的力量吧。他们都是性情平和的人，我小的时候很少听见他们说话。我到了二十多岁就同他们分家了，住在现在这个自己用泥巴和砖头垒起的小院里。有时候我看见父亲和母亲驼着背，一前一后从他们那个破败的院子里出来，心里也会涌上一股内疚。母亲眼瞎了，但一举一动并不茫然。我不太感到我自己是他们的后代，也许我们家族的血脉跳过了我父母这一代。

我在地里给辣椒施肥，骂过我"该死的"的那个小孩阿强向这边走来了。这一年里头，他长高了很多，肩膀和胸肌都有点像个青年了。他显得无精打采。我放下手里的活，高声对他说道：

"阿强，你说话说得太少了，这样下去容易生病啊。"

阿强停住脚步，他同我隔着一畦辣椒相望。我突然脸一红。在这个孩子面前，我有什么好惭愧的呢？因为我自己话太多吗？阿强严肃地打量了我一阵，用一个指头指指辣椒地，然后又指指头上的蓝天。他是不善言辞的种族的后代。停留了几分钟，他就从我的辣椒地边走开了。我打量着他的背影，那背影显得孤零零的。阿强是个孤儿。

那件事过去有些年头了，那是我自立门户不久的一天，村长牵着四岁的阿强进屋来了。阿强怯生生的，躲在村长背后不肯出来。我听见村长用生硬的语调简短地对我说，他希望我收养阿强。

我真是吓了一大跳。我自己当时还是二十七八岁的青年小伙子，脑子里成天想的都是那些不着边际的事，而且我也没有成家，怎么能够收养一个小孩呢？再说这样做对小孩也很不好。我这些想法没说出口来，但村长那刀锋一样的目光已看透了我。

"你打定了主意不干吗？"

他问了这一句，见我摇头，就牵着阿强出去了。我从窗口看见阿强一出我的院子，就变得欢蹦乱跳了。我深感我的态度是正确的。

从那以后，阿强似乎对我特别留心起来。老远老远看到我从他对面走过来，他必定会躲开。大概他感到那次请求收养的事十分恐怖。

我知道他放牛，同牛住在一起，村人们轮流送些饭食给他。我想，他这样比同我住一起好得多。我感到他一直自由自在的，这个独立性很强的孩子也受到众人的称赞。不过阿强有时也会做出一些令人吃惊的事情来。有一次，村长要他去打鱼，他不愿意，就在夜里将木船的舵砍坏了。他大约很喜欢记仇。

这些年，村长老得走路都走不动了，他早已不管阿强的事。我听说阿强总是有一餐没一餐地挨饿。直到去年，阿强自己找到矿上的帮人拖煤的工作，这种情形才得到改变。那种体力劳动很快使阿强变得强壮起来，也许因为天天有肉吃吧。阿强真精明。

阿强的手势是什么意思呢？莫非说我要遭老天的报应？还是说天无绝人之路，有了一块辣椒地也可以生活了？还有可能他根本没什么明确的意思，只不过是捉弄我一下罢了。阿强必定也是知道金鸟的事的，他居然就敢对我说"该死的"。这小子真是长大了啊。

我祖父的祖父是怎样一个人呢？据我祖父说，他的爷爷是一个有名的箍桶匠，早出晚归，每天的活做不完。这就是说，这个老人既不打鱼也不种田。这大概是他身上的那种外来血统在作怪。我想象着这位先辈背上背着箍桶的工具，眼神迷惘地行走在湖区的堤坝之上的样子，心里就觉得他那种样子的确同金天鹅这种事有些说不清的关联。至于我的祖父，这种关联就要小得多了，我的祖父只是一个传声筒，他唠唠叨叨地将古时候的秘密传给后代。

一个成天勾着头工作的箍桶匠，黑汗水流地做完一天的工作，头昏眼花地站起来伸一伸腰，忽然就看见湖面上有一团火朝自己游过来，这种事，会不会是他的一个幻觉呢？祖父说，那样的事一共有两回，总不会都是同一个幻觉呀。而且从村里人的情形来看，遇见过金鸟的不止祖父的祖父一人。一定还有人遇到过，只不过那些人都不善言辞，也从没有将自己心中的秘密告诉别人的习惯罢了。那些遇见过的人阴沉着脸坐在湖边晒太阳，他们当中的一个偶尔一抬头，竟发现别人也在盯着自己看，于是大家就在沉默中心照不宣了。不过这只是我的推测，实际的情况一定还要复杂得多。我应该早就做出这样的推测，这样我就不会贸然去和村人谈论，搞得自己完全孤立了。然而我现在已经完全孤立了，我还是顽固地想找个人同他谈论，比如阿强。可惜的是，没人搭理我，我四处碰壁。我又想，为什么我没有成为箍桶匠呢？在家乡，因为厌恶捕鱼，我的活儿全在田里和土里。看来古代家族的血脉到我这一代是越来越稀薄了，扛着工具走四方的壮举我是做不来的，我怕遇见生人，也怕技术难度高的活儿，我只愿做些动作机械的体力劳动，但又不愿太累。每次我看见这里的箍桶匠在禾坪上黑汗水流地工作，我心里就感慨万千。我也不愿过烦琐的家庭生活，生儿育女之类。所以我很早就想好了：自立门户，独自度过平淡无奇的一生。这样的话，古人的血脉到我这一代就断掉了。等到我死了，就再不会有人谈论那件事了，因为村人是绝对不会谈论的。仿佛是因为想到这一点，我心里反而有了一种迫切感，好像非要在我的死期到来以前和人谈一谈这事似的。有一回，我还对长善媳妇的表弟说了起来。那表弟才八岁，起先稀里糊涂地听着，后来就被长善媳妇一巴掌赶走了，边跑还边哭。那一回我真丢脸，因为我父母恰好走来看到了这一幕。不过他们呆滞的脸上倒也什么都没流露出来。

我终于找到可以对谈的人了。他是一个讨饭的，从很远的北方来到这里。我给他装了一碗饭，他就坐在我的院子里吃起来。我的眼光扫到他的脚上，我看见他的鞋都走破了，脚指头露在外头。

当我说起金鸟的事时，他眯缝着见多识广的老眼，做出很感兴趣的样子。他的表情鼓励了我，我滔滔不绝地说了起来，我的思绪是那样地跳跃，我从古时候的情景说起（当然是想象的），说到我祖父，然后又说起孤儿阿强，说起阿强同村长的关系，说起我的厨房失火的事，还说到我在村里被仇恨包围的现状。中间有几次我想停下来，可怎么也停不下来，他那种样子太鼓励人了，他就好像是我多年没见面的老朋友。他虽头发胡子全花白了，脸相却是惊人的年轻。

我终于说完了，流浪汉的视线越过我的头顶，射向浩渺的湖的尽头，表情也突然变得很愁苦。

"你今后怎么办啊？"他喃喃地说。

他的话令我非常反感。这个乞丐，从遥远的北方来到此地，坐下就吃饭，吃饱后反倒怜悯起他的施主来了，这算怎么回事啊？

他摇摇晃晃地站起来，背着他那卷破棉絮动身了。他走得很慢，一步一步地走进发红的夕阳里。我盯着他的背影看，竟然看到那背影发出了金光，他成了个金人。我连忙揉揉眼皮，再定睛一看，他已经不见了。这到底是怎么回事呢。一切都太违反常理了。莫非他是从金鸟那里来的，他就这样穿越时光，走到了我的院子里？还是因为我太心切，所以就看见了金光？

天黑时我听到两个邻居在外面高声谈论，说乞丐在村里讨了好几家，想不通他的肚子怎么能装得下那么多饭。我听了后沮丧得很，又为自己的自作多情惭愧不已。结果一通夜我脑海里都在闪现我描绘过的那些情景。我仿佛亲眼看见了祖父的祖父，这个古人惊人的年轻，一头乌黑茂密的头发，高大而又健壮。他一次又一次出现在村头的堤坝上，向村人招着手，口里说道："我又来了。"我还看见满湖的白天鹅，多得成了灾，连湖水都被它们遮得看不见了，鸟们又拥挤不堪，将湖水弄得很臭。唯独金天鹅没出现，因为我想不出它是什么样子。

阿强在运煤时被掉下的矿石砸断了一条腿，现在正躺在牛栏里。中午时分我给他送饭过去。我老远就看见他伸着脖子在盼望我。他就躺在门边，牛们出进的地方。他撑起上半身，接过我递给他的碗，有点不放心地看了看碗里的食物，然后皱着眉头放下碗，发出闷闷的呻吟。

晚上我又去给他送饭，我看见中午送的饭根本就没动，阿强的脸烧得通红，眼神很亢奋。牛栏的门正对着湖，阿强的视线仿佛要穿透湖面的雾气。

"阿强，吃一点吧，这样下去会死的。"

阿强鄙夷地瞥了我一眼，继续看着远方。现在他的样子一点都不沮丧了，也许疼痛已经过去了，他的消瘦的脸上出现一种急切的表情。

一会儿村长就来了。村长拄着拐棍,咳嗽着,艰难地跨进牛栏屋。他颤巍巍地站在那里。我想要村长劝阿强吃饭,没料到村长一瞪眼,威严地说:

"阿强老早就盼着这一天,你不要搅了他的好事。"

牛栏里黑下来了,朦胧的月光照着地上的草。我又站了一会,他们俩都不理我,阿强盯着黝黑的湖面,村长也和他盯着同一个地方。我随着他们的视线望过去,那边还是什么都没有,他们所盼的,会不会同我心底企盼的是同一样东西呢?

第二天早上阿强就死了。我很后悔我没有留在牛栏里,我真是个傻瓜!

我想去找村长探听那天夜里的事。在村长的咳嗽声中,我得知了令我大吃一惊的秘密:阿强故意让矿石砸伤了自己的腿。

原来是这样。我回忆他短短的一生,始终想不透他活在一种什么样的氛围之中。村长曾对我说:"幸亏你没有收养他。"当时我觉得这话是为我开脱,现在又觉得这话是对我的轻视。难道对于我来说,村人们的境界竟是如此的高不可攀吗?既然村长从一开始就排斥我,为什么又要我来收养阿强呢?村长的生命已快到头了,他在太阳天里拄着拐棍出来艰难地行走,有时咳着咳着就坐到地上去了。这样一个行将就木的老头子,却仍然以这么钢硬的态度对待我。我听说阿强临死前,那条断腿的伤口忽然流出血来了,而在那之前,伤口并不流血。血汩汩地流,直到流光了全身的血,他变得尸布一般的白。还有人说他的表情是在笑。说这些话的人表示出对阿强死亡过程的强烈兴趣,他们聚在他的棺材前面高声地谈论，一个个都很兴奋的样子。

金鸟的秘密通过两条线传下来，一条是我祖父的祖父这条线，另一条是村里一位我说不出名字的祖先。这两条线是平行的，一条通过唠唠叨叨的方式延续，另一条用沉默的暗示来流传。现在我可以确定的是：村人们是有激情的，并不比我差。这只要想想阿强的事就明白了。阿强到底是谁的孩子呢？也许他的祖父的祖父就是那位说不出名字的、也看见过金鸟的祖先？我想起"大地的儿子"这个比喻，阿强一点都不像大地的儿子，他踏着空气而来，又踏着空气走了。

当死亡降临的时候，古人是一种什么样的表现呢？据说祖父死在茅坑外面的一块草地上。他一定是挣扎着上了茅坑，将体内的秽物都排泄干净，然后就安安静静地等那个时候降临了。"那个时候，死人是一件再简单不过的事，绝对不会像现在这样举行仪式。"祖父这样告诉过我。也许对于那个时候的人来说，金鸟的事也没有现在这么神秘，而是，比如说，想看见就可以看见。说不定人人都看见过，然而祖父的祖父还是激动了，他将这事说给祖父听，祖父就大惊小怪起来。

本来我是可以不同父母分家的。他俩沉默寡言，脾气平和，从不和我长时间交谈。可以说，他们一点都不妨碍我。是祖父的故事在我心中作祟，我才生出了要独享幸福的秘密念头。这个念头本身不无邪恶的味道，和那金鸟的形象也比较合拍。我刚搬走后不久，母亲的眼就瞎了，她大概是不愿再看见我这个儿子了吧。有时，我忍不住观察一下父母住的那两间老屋，那房子颓败之快令我惊讶。我在心里轻轻念叨:"该死的金鸟,卷走一切。"

那时为了选择建房的地点,我颇费了些心思。最后选中的这个地点地势又高,又可以看到湖,离开村里也有点距离。我还垒了一截很高的院墙,搭梯子爬上墙头,可以用望远镜清晰地观察湖心的小岛。那些性情乖张的白天鹅的生活习性没能维持我长久的兴趣,后来我就很少上那堵墙了。我觉得金鸟不会在那热热闹闹的岛上筑巢。

就连人鸟同居的时代,那种鸟也从未在草棚里被发现过,可见它必有它特殊的生活习性。我觉得那样的鸟可能不筑巢,它在湖面上游着游着就睡着了,它睡觉的时候,浑身的金光就暗淡下来,它将头深深埋进翅膀里头,用自己的体温制造出一个黑暗的梦境。太阳一从东方出来,它又成了湖面上的一蓬火。白天它是混在那些白天鹅当中的,它不觉得自己有什么特别,它只不过是一个变异的品种。可是夜晚的黑暗就像有魔力似的,把一些奇怪的感觉从它体内唤了出来,于是它坚持要在湖面上睡觉了。

设想一下它在朦胧的月光下睡觉的样子吧。天地是如此的广漠,湖面如镜,光泽从身上消失的金鸟成了苍白的影,一动不动。那是什么样的梦境啊,它在那里头深入湖底的淤泥,然后再继续往下,触到了沟壑里头。这种游荡要到天明时才会结束。天明时有一场大火,地火将岩石烧成了岩浆,金鸟仓皇出逃,新的一天开始了……

以上设想并没有什么根据,不过是些无聊之中的胡思乱想,实际情形是怎样的早就没法追溯了。可是在这种无聊的村子里面，终日为某种莫名的渴望控制，又没处可诉，除了想些子虚乌有的事还能怎样呢？我多么盼望能找一个人诉一诉啊。

于是愚顽不化的我，经过一个不眠之夜之后，一早就上村长家去了。

村长正在凿一块石头，我记起他年轻时是个石匠。他虽然连站都站不稳了，那双骨骼粗大的手还有些力气。村长老婆站在旁边，张开没牙的嘴傻笑。那石头半截埋在土里，村长正在将石头刻成一把指向天空的剑，我看到后不由得对这行将就木的老头的抱负大为惊叹。

村长放下手里的工具，转过身来看着我，等我开口。

我嗫嚅着，说不出话来。

村长轻蔑地摆了摆手，仿佛我是一只苍蝇，他正在拂开我。村长的老婆笑出了声。我不服气地冲口而出：

"今后的日子如何过呢？"

村长愣了一愣，忽然跌坐在地。

我的眼光向四周扫了一圈，发现有好多人站在那里默默地看着我们。一瞬间我深深地感到，无论什么时候，我的一举一动全在他们的监视之下。我垂头丧气，转过身要回去，围住我的圈子也随之往后散去。我听见村长在我身后嘶哑地说："天无绝人之路！"

我回到院子里后有点兴奋。我搬出很久没用过的那架梯子，登上那一截土墙。我看见湖里满是白天鹅，天上还飞着一大群，真有铺天盖地的气象。这两年天鹅的数量飞快地增长着，快要成灾害了。我用望远镜侦察那个湖心的小岛,只看见地面覆盖着白花花的一层,那里是真正的天鹅岛。我想到金天鹅大概是没有繁殖能力的,即算有,也不能产下同样的金天鹅。这也是它被一代又一代的人憧憬和寻找的原因之一吧。那只能是一个变异的品种,因为突发的灾难或极乐而产生的变异。同样的环境和遗传的条件已经丧失了,现在还会不会产生金鸟呢?如果产生了,又会不会同古时候的那一只有所不同呢?或许它已经在我眼前出现过了,只是我为脑子里固定的模式所限制,竟没有认出它来?想到这里,我将目光移到湖面,在那些普通的白天鹅当中仔细地搜索起来。它们全是一个样,这是一目了然的。不要说金色的羽毛,它们身上连一个麻点都没有。我既感叹大自然的神奇,又感叹大自然的无聊。发生过的事永远不会再现了吗?

那一天,我在土墙上待到了天黑。我从梯子上下来的时候,那只漂亮的白猫一纵身就上了土墙,它立在那上头看我。这只野猫有一双绿中带蓝的大眼睛,每次我同它对视,心里都会产生一些想入非非的念头。有一次在厨房的窗台上同它相望,我甚至疯狂地认为它就是那只天鹅。它的眼珠太奇妙,太能打动人了,此刻它又笃定地蹲在那里看我,那双眼睛在黑暗里一下子变成红色,一下子变成黄绿色,炯炯地发着光。我一直想同它亲近,可惜从未成功过,野猫就是野猫,同人势不两立。

阿强死了之后,村长的精神支柱似乎垮掉了。我路过他们家时听见他那说话漏风的老婆在对秋嫂说,村长的寿命没几天了,他已经把自己的墓碑都做好了,就是门口这块石头刻成的剑。秋嫂点着头说道:"好事情,好事情。"为什么是好事情呢?我不懂,我从来听不懂她们那些简短的话语。想到村长竟然用一把指向苍天的石剑做自己的墓碑,又感到说不出的古怪,我记得我小的时候,村长有次动了要将门口这块石头挖出的念头,当他下大力气挖下去的时候,这才发觉是一块巨大的陨石,露出地面的不过是陨石上伸出的一个角状物。可以说,这样一把剑是天外来客,要做墓碑的话得小心翼翼地将它凿下来。看来村长所喜爱的东西,也是我们这个地方产生不了的东西。这是不是我们这个村子里的传统呢?但又为什么狂妄到要将它改造成一把指向天空的剑呢?这把剑终日露在外面,当我注意观察时,发现村人们对它是不屑一顾的。我因此想到,可能他们只对从未见过的东西有兴趣吧。我记得有次他们捕到了一条大娃娃鱼,全村人都围着去看,可是半小时后,他们就将那条鱼遗弃在河堤上了,谁也不再对它望一眼。他们对新事物的厌倦速度之快,令人费解。只有金鸟,是维持村人好奇心不变的标志,因为现在的人谁也没见过金鸟。

阿强的墓上很快长满了茅草,不会有人再去那里了。而他下葬时,因为对他的死因好奇,连外村人都来了呢。这也是喜新厌旧的证明之一。我坐在他的坟头,回想起他躺在牛栏门口的样子,心里冒出大大的疑问。似乎是,他从一生下来就在等一样东西,后来他看到了那东西,他伸手去抓,它却从他手中滑掉。他长大后,对从前失去的东西耿耿于怀,越来越急躁,于是就开始操练。人一旦进入操练,所想望的事就变成了真的。也许,他把自己弄伤之际心里是充满了喜悦的,这个最后的事件使他看见了曙光,他坚定不移地走下去了。

回去的路上看见秋嫂,秋嫂倚在那棵老槐树的树干上,眼睛盯着湖边的芦苇,显出沉思的样子。这个村里的人大都爱沉思。他们中的大部分不识字,有的连数字都搞不清,但每个人,只要你注意观察,就可以看出他脸上那种难以形容的复杂表情。这大概是一种历史性的遗传吧。由于长期的沉默,那表情必定是越来越复杂,因为性情中的每一种倾向都会受到另一种倾向的抵抗。那么金鸟呢?金鸟应是黑暗中的一种遐想吧。

又想到古人。住在芦荡的草棚里,与各种鸟类共享生活资源的他们,其内心真的是像我们揣测的那么混沌吗?如果真是那么混沌,就不会有那么深重的痛苦了吧。祖父的祖父一定是在可怕的痛苦袭来之际产生的对金鸟的企盼之情。然而那个时候的人,生活在极艰苦的自然条件下,必然比现在的人更有魄力和耐力。所以祖父的祖父可以同传说中的金鸟晤面,并且不是一次,而是两次!古人真幸福啊,他们经历了那种我们想一想都头脑发晕的奇事,仅仅将等待和盼望的权利留给了我们。

草棚里的住民,他们每天的日常生活是怎么样的呢?男人们应该是清早天还没亮就划着木船捕鱼去了。当风暴来临,暗无天日之际,他就会诅咒住在草棚里的亲人们,正是为了这些人,他不得不出外打鱼。现在他被巨浪撕扯着,他的船离开了他,他的肉体马上也要沉入湖底,除了咒骂,他什么也干不了了。再说女人们吧,女人们养着鸭子,她们撑一叶小舟在芦荡那边放鸭。夏天里太阳暴晒下来,像要把她们融化一般,她们的皮肤被晒成了煤炭一样的颜色,到了冬天,风像刀割,连气都喘不上来。于是她们也骂起人来,骂家里那些吃闲饭的小孩,骂土匪一样粗鲁的丈夫、小叔、公公。有时她们痛哭失声,觉得倒不如趁早沉到湖底,还落得个清静。我听祖父说过,那时候的人爱在半夜出门游荡,走到哪里走累了,就倒在地上睡一觉。男女均如此,就连小孩也有这种习惯。小孩出门时,大人就在他们肩上搭一块土布,让他们倒地而卧时盖住肚子。这些个游游荡荡的人们,能够和鸟类同居一室的人们,同金鸟相遇的机会应该是非常多的。但这绝不是说,他们就是一些头脑简单的人。由于生活条件的简陋,这些沉默的村民也许还更专注于一些虚幻缥缈的事呢。同他们相比,今天的人才是头脑简单呢。

那些鸟类一定是触发过他们的灵感,使得他们也想过一种更为自由自在的生活,这也是为什么有那么多人爱夜游吧。可惜他们没法像鸟那样自由自在了,群居的生活早已使每一个人的大脑变得非常复杂,就是想要简单也已经晚了。但毕竟,每个人还可以经过弯弯曲曲的渠道接近自己想望的东西,而且有的人真的就"看见了"。就这一点来说,现在的人真是掉在绝望的深渊底下,永无出头之日了。他们一个个心怀警惕,顽固地站在那些芦苇丛中等待,心底其实很清楚自己是白等。就说秋嫂吧,我从未见过比她更明白事理的女人,然而她每天都怀着"白等"的决心倚在那棵老槐树的树干上,有时她那迷惘的小眼睛里还闪烁着泪花呢。这种毫无希望的坚持,是否也有某种幸福可言呢?我曾一遍又一遍地从外面观察,到现在也没找到答案。沉默是他们防范外人进入他们内心的武器。

我坐在院墙上看湖的举动终于被村长注意到了。他找到我，要我把他弄上去。我看着他站立不稳的样子，心里很犹豫。村长就生气了，一顿乱骂，拐杖戳到了我的鼻子上头。我只好找来秋嫂，让她在下面扶梯子，我自己半扛半推地将老头子弄上去。到他终于坐稳时，我已经满头大汗了。他的手紧紧地捉住我的手不放松，那只手很烫人。但他并不看湖面，也不看天空，他垂着头在想心事。我担心他要睡着，隔一段时间就摇一摇他。我心里纳闷：他到这上头来干什么呢？

秋嫂等在下面，并没有不耐烦的样子，她也在想心事，她的一只手在梯子的木头上摸来摸去的。

"秋嫂！"

"唔。"

"村长的举动很奇怪呢！"

我说这话时天已经黑了好久了，村长还是一动不动地坐着，他的身体好像已经同墙连成一体了似的。他不时还自言自语地说出两个字："远方。"可能村长已处在谵妄的状态里了，他正在朝自己衣服里面看，他看见了什么呢？当我试图扶他下去时，就会遇到他有力的抵制，他居然还有这么大的力气！

我听见头上有簌簌的响声，抬头一看不由得冷汗暴出。是一群夜鸟在我们头上盘旋。这些鸟身体都很大，张开翅膀来黑压压的一大片，把月光全部挡住了。我抓着村长骨节粗大的手，紧张得全身发抖。忽然我感到村长的手变凉了，这是怎么回事呢？那些鸟用翅膀猛力拍打着我的头部，我心里有末日来临的感觉。我想挣脱村长的手，那手竟像老虎钳一样钳住我的右手，使我没法脱身。我往下面看,隐约地看到秋嫂正在将梯子搬走。因为坐得太久,又被这些恶鸟骚扰,我全身的骨头痛得像针扎。我在心里判断着:村长到底死了没有呢?如果死了,怎能还稳稳地坐在这上头;如果没死,这手怎么会冷得像冰……我终于忍无可忍,低声吼了起来。吼也是白吼,我没法挣脱,也没法从墙上下来。我试着去推村长,发现他的身体就像同土墙连成一体了似的,纹丝不动。我每动一下,那些鸟就更放肆地扑打我。忽然我听见村长在说话:

"把头勾下来不就好了吗?"

我将头往胸口勾去,立刻就听见周围的响声全消失了,就连我身体的痛苦也随之消失了。我进入了一个黑暗的通道,视线的前方有一点微光。我听见村长在我耳边低语道:"远方。"我和他同时浮了起来。现在我只要轻轻一用力,就会扯着他浮出老远。我心里害怕,就不敢用力了,同他一起如同两只鸟一样浮着不动。村长似乎对目前这种效果很满意,我听到他在轻轻地哼着山歌,那支山歌我仅在小时候听祖父唱过几次。这时,他紧抓我的手也放松了,而我,立刻像断线的风筝一样飞了开去。我眼前的那点光越来越亮,越来越大。强光刺得我的双眼受不了,我只好闭上眼。

到我再睁眼时,已是白天。我坐在院子的地上,看见秋嫂正鬼鬼祟祟地将那架梯子送回来。她拔腿就要跑,被我喊住了。

"村长呢?"我问。

她朝村长住房所在的南边努了努嘴,我便隐隐约约听到了办丧事的吹打乐的声音。我朝那墙头看去,看见我们坐过的地方崩坏了一大块，一大堆碎砖落到了墙根。村长的身体真是沉啊，他浮起来的一瞬间一定是分外幸福吧。

　　古人的墓碑都在湖的那一边，密密匝匝的。当风刮来的时候，空中就发出"嗡——嗡——嗡"的声音，也许是那些亡灵在说话。听说这块墓地被淹过一次，水退的时候，有人看见墓地的每一座坟墓都闪出红光。

　　我恐怕不能重返古人生活的那种意境了，所有的设想都是根据现在的条件做出的，难免牵强附会。不过怎能放弃努力呢？一旦放弃了努力，眼前就会变得黑蒙蒙的。所以我躺在古人的墓地里，又一次想起那句名言："阳光落在它身上就像烧起了一蓬火。"我的祖父的祖父在说这句话的时候，声音一定变温柔了吧。那些白色的天鹅静静地浮在水面上，它们也在等，它们的脑子里也显现出同样的意念，只不过不是用语言来表达罢了。其实，那一个稀有的异类，也是从众多的天鹅中产生的，它就是它们自己。它们看着它，便知道自己的种族会延续下去，种种异象都会发生。

　　祖父的祖父并不是鸟类，他也不会知道鸟的幸福。但是这并不妨碍那些弯弯曲曲的渠道的存在，通过那些渠道，人鸟相通，大家都期盼同一件事。人鸟同居的时代，湖面一定是十分喧闹的吧，那么人和鸟，究竟谁是大自然的主角呢？天鹅们没有墓地，在那个湖心岛上，古代的天鹅的骨头，是否也同样闪出红光来呢？湖心岛从来没有人上去过，因为它同水面接触的部分过于陡峭，人是上不去的，只有飞禽可以在那里安巢。我不知道古时候这个岛是否存在，要是存在的话，天鹅干吗去同人住在一块呢？

莫非它们是为人的某种气质所吸引？就像人为金色的天鹅所吸引那样？总之现在，人同鸟是彻底分居了，成了互不干扰的两个阵营，仅有古代的忧伤的传说遗留下来。

唉，在今天看起来，那传说是多么的忧伤啊，金鸟就那样义无反顾地飞走了，留在人们传说中的，只是同它有关的某个幻影。即算让我们假设，它也和人同居在一间屋里——因为那时所有的鸟全这样——但谁也没在屋里发现过它，发现它的地点全在野外。它，来无影，去无踪，但它却是一切，是我们全村人的精神支柱！不管是通过语言还是通过暗示，甚至通过沉默，大家始终在交流关于它的信息，并通过这种交流延长对它的思念，虽然不能证实古人的幸福，可也不能下结论说今人就是不幸的。在冷风簌簌的芦苇丛中躲藏的村人的心中，在年深月久的颓败的院墙上打坐的垂死的老者的大脑里，曾经爆发过什么样的灿烂的光华，外人是没法揣测的。在那种极境般的瞬间，所有的弯弯曲曲的渠道猛然一下全都畅通了，人与鸟连成了一体，一切的忧伤一扫而光。村人说，村长临死前喊了一句话，可惜没人猜得出那句话的意思。我想，那句话的意思是不可能"猜出"的吧。你只能等，等到你也喊出同样一句话的时候，你才会同村长沟通。想一想吧，垂危的老人居然"喊出"了一句话！是什么样的热力在胸中涌动啊。

有时我又反过来想，在这些众多的天鹅当中，是否也流传着关于人的传说呢？终日劳碌的、一直住在土砖砌的屋子里的人们，在那些天鹅的眼里一定是不可思议的。尤其是人对于它们当中的某个异类的追踪，说不定它们会觉得好笑吧。虽然不知出于某个什么原因，人鸟已经分居了，但它们并没有远去，而是一直留在人的附近生活。在这一点上，它们同它们那神秘消失的异类完全不一样。多少代过去了，我们这些不能飞翔的同胞身上，难道有某种阴森的控制力存在，使得鸟们无法弃巢而去，飞向自由？表面上，鸟们在湖面从容地游荡，根本不注意人的存在，不过这种表象是不能相信的，假装的疏忽往往是高度密切的关注。

月黑风高的夜晚特别容易伤感。桌子上的那盏豆油灯一熄灭，外面那些嘈杂的声音就响了起来。发出声音的有青蛙、鸟、虫子，还有狗。有时，噪声汇成了大合唱。我躺在土屋的麻布帐子里头，激动得眼泪直流。我想，是因为金天鹅的出现，这些青蛙、虫子、鱼虾、猫狗和人，他们之间才有了今天这种关系的吧。太古时代，大地上只有恐龙一类庞然大物，那时天和地连成一体，地上也没有路，说不出名目的植物到处疯长。在那种单纯的时代里，一切都靠武力解决，阳光下的万物中也不存在任何阴谋。金鸟的到来既改变了大自然的秩序，也改变了人。这高贵而又邪恶的鸟儿自己并不现身，但它却能调动一切，能够于子虚乌有之中建立自己的领地，并于冥冥之中使人鸟相通。然而它的这种功能到底是导向什么呢？当我走出屋子，站在空荡荡的禾坪上时，那震耳欲聋的噪声时常让我感到毁灭性的灾难的临近。有时，我抱着头狂跑，一直跑到湖里，蹲在湖底不动。但是湖底也有水生动物发出的信号，那信号之密集同样令人不能忍受。如果有一天，那些曲折的渠道消失，人鸟相通了，在一个万籁俱寂、没有斗争的世界里，我，还有这些村人会变成什么样子呢？

秋嫂是一位年龄不明的妇人。我记得那一天我正在油菜地里忙乎，秋嫂和她的十几岁的女儿从远方来了。从表面看，秋嫂是四十岁的样子。不久她同渔夫汉代结为夫妻。她女儿两年后又出嫁了。十几年时间过去了，秋嫂看起来还是四十岁左右的样子，别人问她的年龄，她有时说三十八，有时说五十六，有时又说记不得了。她从不关心这种事。然而那株老槐树倒是越来越老了，粗壮的树干越长越有气势，很像某些"老当益壮"的农夫。秋嫂单薄的身子倚在那棵树上，显出万种风情。有时我又觉得，这个女人每天有段时间倚在槐树上看远方，并不是要观看什么东西，她那不急不躁的样子也不像在等什么出现，她想看见的早就看见了。也许，只要她往那里一站，她自己就成了金鸟。想到此处我吓了一跳，人可以变成金鸟吗？一个大字不识、不爱说话的农妇，变成金鸟？可又为什么不能？金鸟的生平并不见得同语言（哪怕是鸟语）有重大的关系。

要是事情果真是这样，我们这一族爱唠叨的人，包括我自己，不也是有希望的吗？说到底金鸟到底是什么呢？不就是妄想的产物吗？当然不是那种散漫的妄想，而是有原则的，注意力高度集中的妄想。胆敢来做这种妄想的人，就同金鸟有缘分。比如秋嫂，就没有任何事曾吓倒过她，不论在活人还是在死人面前，她都是从容有度的样子。她从家中走出来，我问她到哪里去，她指一指老槐树，然后走到那里，在选定的地方站住了。她从不啰里啰唆。

"秋嫂啊，你看我还有希望吗？"

我伸出一只手撑着老槐树，死皮赖脸地问她。秋嫂默默地看了我一眼，拨开我的手，发出那种我熟悉的冷笑。我立刻脸上变了色，垂下了头，我实在难以抗拒这种冷笑。这样一位贤良的妇女，心里怎么会储藏了那么多的恶意呢？同她的强硬比起来，我的顽强根本算不了什么，顶多属于"成事不足，败事有余"的那种。时至今日，我的唠唠叨叨究竟改变了什么呢？

迄今为止，我提出的疑问已经太多了，我决心不再想那些想不通的事了，我要集中注意力去解决哪怕一个问题。

我跟着老渔民齐大伯上了船。我坐在船头，他在后面摇橹。当船来到湖中心的时候，齐大伯那树皮一样的老脸就变得严峻起来。并没有起风，他却用两只有力的大脚将船踩得晃来晃去。在湖中心，除了水，什么都看不到，那些天鹅也不到这里来。水是黄的，好像是从天上倾倒下来的一样。

"啊呀，我要死了！"

我一边吐出胃里的东西一边喊。

齐大伯看了看我，踩得更起劲了。舱里面已经进了些水。

"把我扔到湖里不就完了吗？"

"呸！你这个胆小如鼠的家伙！"齐大伯举起桨要打我。

我一缩脖子，那桨砍到了甲板上头。

齐大伯像一条大鱼一样跃入了湖中，一眨眼就不见了。

现在我已经分不清湖和天了，我不会驾船，所以船顺着水漂流，有时又在旋涡中转圈圈。我还在艰难地思索，我想，这就是所谓绝境吧，我正面对着死亡啊。然而并没有起风暴。

我刚一钻进舱，天就黑了。我躺下，听见水从我耳边流过，也许我的船是向着地狱前进吧。反正，我是不打算再做什么努力了。湖风吹进舱里，我并不感到冷，反而还有点温暖，这亚热带的秋天，令人想起公墓里头的阴森状况。

在那棵老槐树底下，秋嫂那双久经考验的眼睛，一定将我玩的这套把戏看了个清清楚楚。村长和阿强，这两个我所认识的最强悍的人，他们已经去了我现在正要去的地方。说到底，我们这些湖区的村民，不是从一生下来就在朝那里狂奔吗？水流得很快，似乎在催促着我的小船。最最黑暗的深处，曾经催生了金色的天鹅，那里是圣地，我们都要到那里去。还有我的父母，被我忽略了的、几乎退出了我的生活的父母，那一对沉默寡言的老人，他们也在向那里奔去。这急速流动的河水带动一切，一切。

2002年2月26日于北京牡丹园

原载于《山花》2002年第3期

小镇逸事

　　我们这个小镇是一个交通要道，白天里车来车往，灰尘滚滚，有时到了半夜，还有运煤的车队通过。我们这些居民所住的房屋长年累月被笼罩在灰尘和噪声之中，我们的视力和听力都在日日减弱。常常，某个人从街道的那头走过来，但他在我眼里只是一团灰雾，到了眼面前，他整个人的轮廓才渐渐地清晰起来。至于听力就更糟了，不论白天还是半夜，不论街上有车还是没车，我的耳朵里时刻都在轰轰地作响。我们大家相互对话时总是离得很近，向着对方的脸声嘶力竭地大声喊，还用双手比画个不停，像要打架一样。我们为了看清对方的表情常常需要贴近对方，有时鼻子都差点蹭到了对方脸上。听说京城的文官可以戴眼镜了，但我们这地方，谁也没见过那玩意儿。我总是想，也许有一个个的精灵寄居在我们居民的体内，是他们在代替我们听和看，由于他们住在我们胸腔里靠肺叶的那个地方，所以他们要感觉外面这个世界就不那么容易。当我把这种看法告诉大家时，大家全部微笑点头，表示同意。

生活在混沌中的我们，已经失去了在静寂、清朗的天空下生活的那种记忆。据说我们的祖先在从前可以听见十里之外狼的跑动，可以看见京城皇宫上面的那些闪光的琉璃瓦，而京城，离这里起码有五十里，赶着牛车快走也要走好久。

我躺在又脏又破的麻布帐子里头，听着又一队马车在下半夜从街上经过。车轮在麻石与麻石之间的那些坑洼里震出锐响，正是这尖锐的响声使我的听觉苏醒了。是的，我隐隐约约地在耳鸣的哄闹中分辨出了车队经过弄出的响声。那些车是运煤的，车队从遥远的北方而来，马匹精疲力竭，车轴和车辐也不那么好使了，车夫低吼着抱怨个不停。我悲哀地生出一种预感——也许有一天早上我醒过来，发觉我的听觉已彻底丧失，周围一片寂静。"啊、啊、啊！"我张大了口说，可我听不到我的声音。夜半发生的这种事总是令我发疯！

小孩们的听觉与视觉都要超过大人。我在制鞋作坊里干完一天工作回到家里，听见我的孙子阿狗冲着我喊道："山洪暴发了！山洪暴发了！"我茫然地转动着眼珠子问："哪里？"他的小手挥向东边方向，怕我不明白，他又爬到东边的窗户那里，向外指了又指。于是我老泪纵横了，因为东边正是那座大山。我知道我的孙子很快就会失去他的听觉，这个七岁的小孩现在就似乎已经体会到了大人们听力减退的痛苦。我也从窗口伸出我老迈的头，看到了街上那些惊慌乱滚的灰球，一拨又一拨，滚到眼前，我才大致分辨出这是一些山区的灾民，而且大多是妇女小孩。

不久就听见关于山崩的传闻，据说那座山从南边崩掉了一半。一座山，怎么会崩掉一半，这太奇怪了。我们镇上这些又聋又瞎的居民当然是不敢跑到那种危险的地方去证实一个流言的，何况我们的精力也很差。但山崩的确发生过了，一拨又一拨的山民往镇子里拥。开始他们还比较谦卑，只是挤在马路边，或居民们的屋檐下。到后来他们的人数越来越多，差不多将马路占满了，弄得车辆的通行越来越困难了。牛车踩死了两个小孩以后，他们就开始挤进居民们的屋子里来。他们看见谁家有人开门出来就成群拥进去，进去后便扑通一声跪下，哀求主人让他们待一会儿。主人心一软，也就同意了。于是这些天，从每一家的窗眼里望进去，都可以看见屋里涌动着人头。这些灾民都很脏，而且喜欢随地大小便，所以没几天，整个镇子都变得臭熏熏的。很快他们就吃完了带来的烙饼，但他们还没走。居民们忧心忡忡，不知他们究竟要干什么，并且担心起自家的米缸来。第一桩失窃事件马上发生了，比残疾人好不了多少的主人家当然抓不到这些伶俐的山民的证据。这家人只好走东家串西家，去诉说他们的不幸。这一诉，搅得居民里头人心惶惶。

我愁眉苦脸地背着手在人群里头走，被他们推来搡去的。太阳照在我身上，呛人的灰尘夹着尿的臊味一阵阵袭来，我忍不住打了十几个喷嚏，耳朵里响得更厉害了。我简直什么都听不见，什么都看不见。忽然有一个人拦住了我，我贴近一看，看见这个人和我年纪差不多，花白胡须，出奇的瘦小。我必须低下头打量他，我看见他那双枯干的小手正在比画。

"大声点！"我命令道。

"强盗来了！"他的手挥动得更激烈了。

他的声音异常尖锐，在我听来，就仿佛马路尽头有一只大玻璃杯被砸在了水泥地上，虽然距离较远，但还是在我心里引起了震动。

我看不见强盗，但是我感到了突然加剧的拥挤。很快，我的双脚就被抬离了地面，有人从两边腋下夹着我，正在抬起我飞跑。乱哄哄的人群一会儿就到了街口，可以听见整齐的马蹄的响声，然后我被扔在街边，人群一哄而散。

先是漫天黄色的灰雾，接着放慢了脚步的马队就到了。为首的那人下了马，凑到我面前来。这是一个从头到脚裹在很厚的铁甲里头的家伙，就连那双鞋也是铁的，踩在地上啪啪作响，仅仅他的脸露在头盔外面。他的脸极其苍白，眼睛下面有两团紫黑色的晕。我朦朦胧胧地意识到，这是一个病入膏肓的人。我向周围看去，发现其他人全站得离他远远的，像一些影子。这个病入膏肓的人在朝我讲话，他发出的声音在我听来就像蚊子叫一样，我根本听不清他在讲什么。似乎他的讲话引起了其他人的关注，那些影子也在渐渐地移拢来，他们一个个将脖子伸得很长，听得很专注。终于，这个人说完了，他愤怒地一挥手，转过背去牵他的马。这时我才看清，这是一匹有病的老马，灰色的皮毛多处脱落，露出了里面的肉。

我退到路边的屋檐下面。我看见这队人马正在敲开我的制鞋作坊的大门。一个汉子用砖头砸了几下，然后猛力一撞，门就开了。他们将马留在外面,一个接一个地进去了。那些马都老老实实地待在街边。

我忐忑不安地走过去,走进了作坊。这些人全都东倒西歪地睡在工作台的下面靠墙根的地方,没有人理睬我。他们中的有些人已经开始打鼾,大概是太累了。他们是从哪里来的,要到哪里去?我小心翼翼地伸出手去,捏了捏一个睡着了的汉子的衣角,那衣角突然在我指头间坚硬起来,变为了铁甲,我吓得脸都白了。我感到此地不是我待的地方,于是轻手轻脚地移出门外,一到了外面就快步往家里走。这时我发现那些灾民倒是无影无踪了。

"爷爷,我们这里会发生地裂,比山崩还可怕呢!"孙子阿狗说道。

"听谁说的?"

"隔壁的制陶工。他还说你要对这件事负责任!"

小孩子踮起脚,冲着我的耳朵喊出这最后一句话。我马上想到我作坊里的那些骑马人。

已经三天了,那些马越来越瘦,弄得到处都是马粪马尿,但它们还是老老实实地待在街边。作坊大门紧闭,里头的人们不知在干些什么。倒是这几天来往的车队少了许多,夜里竟然出现了少有的寂静。这表面的安宁却使得居民们更为不安了,他们纷纷在夜半的街上走来走去,或发呆似的站着,叹着气,像有沉重的心思放不下似的。但是没有人注意到我的作坊门前的怪事,所有的人都视而不见地经过那些马。我心怀鬼胎地站在那些马的旁边，一看见有人过来就去和他搭讪，我不知道我的这个举动究竟是想吸引他们的注意力呢还是想引开他们对这些马的注意。我们相互声嘶力竭地喊话，但他们谁也没想到要去敲开作坊的门。

启明星升起的时候，街坊们累得站不稳了，这才无可奈何地进屋去睡觉。我没有进去，我站在那些马中间，揣测着它们还能支撑多久。最后，我鼓足了勇气去推那张门，然而门被从里面闩死了。有人在里头打架，踢得墙壁都微微地颤动。

第二天，我听到有人在门外说发生地裂的危险已经过去了。我连忙打开门往我的作坊那头看去。那街边的空地上停着的那群影子似的马已经不见了！我赶到那边，看见作坊的门大敞着，里面的人已经走了。我进到里头，用我灵敏的鼻子嗅出了那些人的体臭。

"他们丢下了我。"一个苍老的声音在黑暗里说道。

我吃惊地往那头一瞧，凭着模糊的形状我辨出了说话的是那个为首的有病的家伙。此刻他睡在地上，还是裹在铁甲里头。他一翻身，那身铁甲就发出刺耳的声音。我蹲下来想摸一摸他的铁甲，他立刻警惕起来。

"拿开你的手！"

"怎么啦？"

"我讨厌和人接触，那会加重我的病。"

我叹了口气，站起身来。然而他又不高兴了。

"你这个伪君子，叹什么气？"

使我感到惊奇的是他的声音怎么变得如此清晰有力了，先前他说起话来我听着像蚊子叫一样。是啊,我叹什么气呢?难道我是怜悯他吗?我又有什么资格怜悯他呢?他躺在那里,显得十分痛苦,但我并不知道这痛苦是不是他所愿意的。不过我并不是伪君子啊。

突然他的病发作了,他在工作台下面滚来滚去,那身铁甲发出尖锐的乱响,我觉得他末日来临了。就在这个时候,我的孙子阿狗在门口大声喊我,并且一路喊着进来了。他用力扯着我的布衫的后襟,问我在干什么。我指了指工作台下面那个人,他就笑起来,说:"原来爷爷在这里藏着大饼呢!"

我用力一看,果然看见那里有半篮子大饼,而那个人已经不见了。

阿狗将那半篮大饼提到门口光亮处去看,口里嚷着:

"大饼长霉了!大饼长霉了!"

我在作坊里找了好久,将每一盏灯都点上,将每个角落都找遍,还是没有找到那个人。我又想到屋后的墙上有个洞,可以通到隔壁的制陶作坊,这个人会不会去了那里?我将豆油灯一盏盏全吹灭,打算去隔壁。这时那个熟悉的声音又响起来了:

"看来我要在这里定居了。"

对于这种卖关子的家伙,我心里一下子生出了厌恶。我快步走了出去,将作坊的门锁上,牵着阿狗往回走。街边到处是一摊一摊的马粪,其间还夹杂了昨夜那些人扔下的破布和纸包之类。那些马可真是精神啊,要知道四天里头它们什么都没吃呢。

"他到哪里去了?"阿狗扯着我问。

"谁?

"给你送大饼的那个小孩啊。"

"他回去了。"

"我想跟他玩呢。"

回到家里后,作坊里的那个人就成了我的心病。首先,我已把他的大饼扔了,现在他没东西可吃了,会不会发起狂来破坏我的作坊里的设备?其次,这个人从遥远的北方而来,来到我的作坊里"定居",会不会带来什么危险的使命?

在我的家里,儿子和儿媳都不继承父业,多年前他俩就去遥远的乡下当烧砖瓦的窑工去了。他们将孙儿阿狗扔在家中,再也没回来探望过。我一贯认为那两个人生死未卜,我也早就对他们不存任何希望了。在这一点上,乖巧的阿狗同我的观点也很一致。见到穿铁甲的人之后,这个多年来已被我埋葬了的记忆又隐隐地活动起来了。我一直在猜测这个人是否同我的儿子敏泽有关。敏泽如果还活着,也是四十多岁的人了,他是属于那种阴沉又极有心计的类型,这大概同他母亲死得早有关。当初我的事业在这个小镇上蒸蒸日上,我做梦也没想到敏泽会提出来和媳妇两人一块外出当窑工。实际上,我从来也没有揣摸透这个儿子的性情。穿铁甲的人带领着马队从远方而来,我是镇上第一个迎接他们的,似乎那几天里头,居民当中也没有谁注意过他们。那些忍饥挨饿的马引起了我的联想,我无端地感到敏泽和他女人一定也骑着这样的马匹在荒原上跋涉。马队离开后,模糊的猜测就渐渐集中到了一点上,"定居"这两个字在一天夜里突然使我昏暗的脑海里霍然一亮。

现在已经是第七天了。白天里，我的作坊开工的时候，他就消失不见。到了傍晚，所有的工人都已回家，我要锁门的当儿，这时我一回头，看见他那一身青色的铁甲——他在墙根缩成一团。我用篮子新装了几张饼放到工作台下，可是那些饼一直原封未动，这个人的病似乎同肠胃有关。我对他那顽强的生命力感到惊讶。

又到了第八天了。我一边扫地，一边在心里认定这人时间不多了。忽然我又听到了那种熟悉的锐响，原来是他扶着工作台摇摇晃晃地站起来了。他的样子就像一个鬼，两眼射出令人胆寒的磷光，要不是遇上像我这种活够了的老家伙，另外的人恐怕要吓个半死。他扶着工作台走了一步，晃荡着往前一扑，又脸朝下扑倒在地。金属的撞击声弄得整个作坊余音缭绕。他一动不动了。我弯下腰，将他的脸掰转来，确定他还活着，一时半刻也死不了。就在我同他对视的瞬间，我想到了一个问题，那就是这个人这么久不进食了，所以也不曾排泄，而他要是排泄的话，我实在想不出穿着这一身铁甲该如何来做这件事。那么是不是可能他已经有更长得多的时间没有进食了呢？完全可能的。或许那些马在排空了肠胃里的东西之后，也能维持很长的时间。倒是他的脸，并不见得比原先看到的更为消瘦。我又看了一下他的眼珠，现在眼珠已不再发出磷光，只是呈现出营养不良的淡淡的紫色。

"你还要我怎么样？"他低声说道，还挤出一个难看的笑容。

"作坊又不是收容所。"我也不知自己怎么就想出了这句话。

"我并没有要你收容我，这里是我的家，你怎么忘了呢？"

他居然嘻嘻地笑了起来，笑到后来便直翻白眼，像要咽气了一样。这太可怕了，我急忙撇下他，走到外面颤抖着将大门锁上。在我的右边，制陶作坊的老板也在关门。不知是不是幻觉，我看到有两匹马的头部从那门缝里朝外伸了伸，制陶老板连忙用他宽阔的背挡住了我的视线。我本想过去证实一下我所看到的，但是空中刮起了灰沙，什么都看不见了。我脱下外面的布衫包住头，摸着墙壁往家里走。快到家门口时，我听见了马的嘶叫声。

我向阿狗打听，阿狗就对我说，制陶作坊里没有马，那些马全都往南边去了，很多人都知道这件事。阿狗还知道一件我不知道的事，那就是那些马并非没吃东西，他亲眼看到它们当中的一匹栗色马啃吃地上的泥土，另外一匹则啃了不少树皮。阿狗说这是些怪马，什么都吃。我有些不悦，因为阿狗知道的事太多了，超出了儿童的范围。我一直担心镇上的人要教坏他，现在果然发生了。我就板着脸不再开口，阿狗见我脸色不对，就往外溜。我从窗口伸出头往外一瞧，瞧见他果然在那边敲制陶作坊的门，没想到那门还真被他敲开了，他蹦蹦跳跳地进去了。这样看起来，那制陶作坊里果然有问题啊，我怎么没注意到呢？

制陶老板是一个脸上总是挂着谦卑的微笑的人，他从不同任何人深交。他的作坊里一共有三个制陶工，从门外头望进去，显得有点冷清。真正的作坊是在后屋，我仅有一次进到那后面。那间房像地狱一样黑，既没有灯，也没有光线透进去，三个幽灵似的工人弯着腰在里面忙着什么。那一次我是去找老板借一把大刷子，我在那作坊里站了几分钟，感到头晕，老板就扶着我出来了。后来我就再也没有同他打过交道。平时碰见，也就仅限于点个头。阿狗竟会迷上那种地方,这实在是我始料不及的事。

阿狗回来后,我装作不经意地问他去哪里了。

"我们往地底下打洞。"他骄傲地说。

"通到哪里?"

"到处都通。我们把那些洞叫作地下城。"

"你能带我去看吗?"

"不能。"

"为什么?"

"谁要是讲出去了,马上杀头。"

"要是我不让你去呢?"

"他们会来攻打你的。"

阿狗朝我翻了翻白眼,我觉得自己很熟悉他的这个新表情,我在别人身上看到过。他完全变了。我这个迟钝的老家伙,怎么就一点都没觉察。现在回想起来,最近一段时间阿狗的确有几个反常的举动。一是有好几回,他手里拿着个小锤子沿街敲打那些砖墙和木板墙,敲几下,口里又"哇啦哇啦"乱喊一通。二是他好像在害怕什么事,睡觉之前居然要放一把小刀在枕头下。这种举动令我发笑,他自己倒一点都不笑,一板一眼地做得十分认真。就在前天,我发现他拿了我的一顶皮帽子往外走,于是我拦下了他,问他要用这顶帽子去干什么。他含含糊糊地说是捐献给一个人,再一追问,就什么都不肯说了,还发脾气地将皮帽扔到床上,说又不是什么好东西。

这样,隔壁作坊在我心目中变得阴森起来了,我觉得它像地狱一样大张着口,要把我的小孙子吞进去。那老板是不是同穿铁甲的这个人串通一气的呢？还有他作坊里的马，莫非是一些幻影？如果马是幻影的话，那黑暗中的几个工人也有可能是幻影。我想起来几乎没有人看到过他们，即使是那个住在我隔壁的陶工，我也从未见过他的面，只是听说他是白天睡觉、半夜里上班的工人。想到那黑屋子里关着一屋子鬼影，而我的阿狗又迷上那地方，我的头发都要竖起来了。制陶作坊从我记事起就在镇上，后来又换了几次地方，现在的老板是原先的老板的儿子。先前的老板是个彪形大汉，走起路来"嗵嗵"作响。现在这个老板瘦小多了，相貌还有点猥琐，我从未见过他同任何人发生过争执，他的生意范围也比他父亲的大大缩小了，他应属于没有魄力的那一类。或许因为他没有魄力，他就搞起阴谋来了。也有可能那一队人马是他在黑屋子里念符咒召唤来的，他们并没有离去，现在就被他关在那地窖里头了。想到这里，我又忍不住自言自语地叹息："阿狗哎阿狗哎。"

街上的车流量又大起来了，一些马车像发了狂一样横冲直撞，据说发生了几起车祸，这可是多年里头没有过的事。有一种说法是有人故意激怒那些马，闯到马的跟前去找死。当然这只是流言，受伤者的家人哭天喊地，从早闹到晚，镇子里笼罩着恐怖的气氛。现在到了夜里，马车和牛车还是川流不息，半夜里一觉醒来，我竟会觉得自己是住在一辆流动的马车上头。

阿狗这几天乖多了，既不外出也没有古怪的举动，有时还能帮着我做饭。

我仍然在傍晚同那个穿铁甲的人晤面。我已经不像从前那么害怕了,好几次,我向他询问他的来历。每次他都不回答我,却要我猜一猜他的年龄。我一猜,他就摇头,显出鄙夷的样子,令我很气愤。后来我就不再上他的当,我将他称为"千年不死的老乌龟"。我一说出这句话他就笑起来,似乎很赞赏我对他的形容。我站在原地使劲用脑子,想多找出几个词来形容他,可是我怎么也找不出了,就只有"千年不死的老乌龟"这一个词。

"你们的人,都到哪里去了呢?"我问他。

"你不是看见了吗?"

我看见了什么呢,是的,我看见了两匹马的头从隔壁的门里伸出来。但如果那制陶老板守口如瓶,我不就等于什么也没看见吗?我将自己的耳朵用力贴到那张木门上头去倾听,我什么也没听到。一群马在一间屋子里,还能不发出声音来吗?也可能是我的听力更加减退了,街上的车辆又闹得凶,我才什么都听不到的吧。我又让阿狗去听,阿狗就做着鬼脸告诉我:"里面什么都没有。"接着他又补充说:"我是不会把我的秘密告诉你的。"

我们祖孙俩在回去的路上走了没多远,我就看见了一桩惨祸。

那是三匹十分高大的黑色骏马,后面是华丽的马车,说不定马车是从皇宫里驶出来的呢。老妇人像聋了似的站在马路中间,聚精会神地看着麻石上的什么东西,马匹将她踏倒了,她一歪,倒在右边,车轮又从她的大腿上压过去。车子没停,车窗里也没人探出头来。我以为这位叫洪大妈的老妇人已经死了,我弯下腰去拖她,却看见她还活着。虽然她的下半身全是血,她的眼睛却十分有神。那眼神好像在嘲弄自己说:"你看啊,我变成了这个样子！"她的家人从那边一路哭喊着过来了。

因为洪大妈的事故，马路上发生了短时间的堵车。咒骂声不绝于耳。阿狗用力扯着我的衣角催我回去，他似乎很害怕。

我们到家后一会儿，就有人来敲门。来人长着一张刀削脸，头发很长。

"一会儿就有消息送到这儿来。"他说。

"什么消息？"

"等着吧，你！"那人干脆地打断我，又急匆匆地走了。

阿狗立刻将所有的门窗关得紧紧的，我忧虑地看着这同他的年龄不相称的举动，一声接一声地叹气。后来一直到半夜我还在等那个消息，那个消息却没有来。整整一夜，街上的车辆像战争时期一样疯狂，其间又夹着洪大妈家凄厉的哭声，还有山洪似的轰轰声。这些声音，在我这听觉退化的耳朵听来，就仿佛是从遥远的地方传来一样，因为我自己的耳鸣响得更厉害。有好几次，我不放心地走到阿狗房里去探望，每一次，我都看见他在朦胧的月光中翻来覆去。我试着问他睡着了没有，他不回答。

天大亮时，阿狗走到我的床前来，他一边往上爬一边说：

"我把那家伙关在了门外，就是那个送消息来的。"

"我怎么没听到？"

"你耳聋。他呀，把我的门都捶烂了。"

阿狗静静地躺在我旁边，大眼睛一眨也不眨地看着天花板。我心里感叹：小小年纪，竟有如此魄力！

我们的镇子,是仅仅对我来说像一个着了魔的小镇,还是对其他人来说也如此呢?对这个问题我有过一次调查。

那是在车来车往的半夜,我坐在屋前的麻石台阶上,齐四爷也同我坐在一块,我们不声不响地抽着烟斗。

"生活被搞得这样昼夜颠倒,你该很不习惯吧?"我说。

"怎么会不习惯呢?本来我夜里就是醒着的,现在这样才好呢!从前那些个死寂的夜里,咳,别提了……有次我恐惧得没法子,就叫家人把我送到一口枯井里去待了一夜。这车来车往的,你看有多么好。"

坐了一会儿,制陶作坊的王老板也来了。王老板若有所思地站立着,显得很有精神的样子。我想起他作坊里的那些怪事,背脊一阵阵发冷。

"有人被踩死了呢!"我抗议似的说。

王老板从鼻子里"嗯"了一声,分明是在责备我的冲动。

齐四爷笑起来,说:

"你看他有多么愤世嫉俗。"

王老板却不笑,凝神打量那些飞驰而过的马车,不时还举起一只手臂,好像是在致敬。看得出他对这种疯狂充满了感激之情。

"齐四爷,你知道马队上什么地方去了吗?"我问。

"马队?还有那些英武的骑马人吧?他们全在我的心里。"

齐四爷吐了一口白色的烟雾,悠闲自在地架起了一条腿,又说:

"你想想看,这种交通要道之地,他们能不停留吗?就是居住在此地，同大家混成一团，也没什么奇怪的。早上醒来看见一匹瘦马立在床头也很好嘛。"

齐四爷虽老了，声音却十分洪亮，所以这些话我听得清清楚楚。

我站起来，向我的作坊走去。我打开门，进了作坊，又将所有的油灯都点上。那些皮子和鞋底，还有工具都静静地摆在工作台上，工作台的下面空空荡荡的。

齐四爷也在黑暗中悄悄地跟我进来了。我听见他在说：

"你这是杞人忧天嘛！"

说这句话时他还用烟斗朝空中划了个大圈，显得很夸张。

"有个穿铁甲的人，天天躺在这里。"

我边点灯边指了指工作台的下面。

外面响起了马的嘶叫，还有人的惨叫，大约又发生新的惨祸了。齐四爷一边脸上的肌肉分明跳了一下，我再看时，那张脸上又什么表情都没有。他弯下身，开始吹我点燃的油灯。到六盏灯全吹灭时，我和他都得摸索着出去了。齐四爷在我后面自言自语："这样不是好多了嘛。"他显得很沉稳，快到门边时我差点被一件工具绊倒，是他从后面扶住了我。

"你呀你呀，不要那么冲动嘛！"

他似乎在忍着暗笑说话。

我打开大门时，外头有人群拥进来，将我撞倒在地。我动弹不得，任凭他们压在我身上。忽然他们又风卷落叶一般全跑散了。我费力地坐起来，听见阿狗在旁边叫我。

"你怎么没睡觉跑出来了？"

"我呀，怕这些人破坏我们的地下城。还好，他们发现不了。"

阿狗将毛茸茸的脑袋靠在我的大腿上，他又说道：

"我就在这里睡觉吧。"

我当然不能让他坐在地上睡觉。我用力站起身，活动一下老骨头，然后牵了他去锁门。等我锁好大门时，阿狗又靠在我身上睡着了。

"阿狗，阿狗，醒醒啊！"

他摇摇晃晃地被我拖着走，也不知醒了没有。他的口里在不停地叨念着"地下通道、地下通道"的，后来又说他要"回家"。一直到我们回了家，我把他安顿到了床上，他还在咕噜着"要回家"。

那个夜里的事之后，我感到了事情的严重性，于是决心要闯进地下通道里去视察一番了。我一进制陶作坊的门就往里闯，王老板来拦我也没拦住。我到了后面的房间，那里面还是没有点灯，三个影子似的家伙在里面跳来跳去的。我向前伸着手往最黑的地方摸过去，踩到了一个家伙的脚，那人"哎哟"了一声，我身子一歪，又踢倒了一大堆坛坛罐罐，只听见一片陶器碎裂的声音。终于有人划了根火柴，点燃了一盏灯。我四周环顾，看见房里空空荡荡的，既没有陶器，也没有什么地下通道口，那三个骨瘦如柴的家伙可怜巴巴地垂手站在墙边。

"你们刚才在这里忙什么？"我问。

"跳舞吧。"一个瘦长个子有气无力地说。

"地道口在哪里？"

"这里就是地道,你不是已经从那口子进来了吗?"

我又细细地将房里的墙摸了一遍,将那泥巴地的每个角落都用力踏了踏,我这样做时,那三个人都在笑我。我就问他们我的孙子阿狗来过这里没有。站在墙边的瘦长个子就叫我去摸他的身后。我伸手一摸,果然摸到了阿狗毛茸茸的脑袋,我不用看也知道那是阿狗的脑袋,那种手感我太熟悉了。我将阿狗拖出来,叫他同我走。但是阿狗像泥鳅一样从我手里滑掉了,他又躲到了那人身后。因为那三个家伙凑在一块取笑我,我就很想同他们争辩一下。

"这里根本不是制陶作坊。"我说。

"当然不是。我们在这里跳舞。"瘦长个子回答。

"不是作坊为什么伪装成作坊的样子?"

"为了跳舞呗。"

我对这种圈套似的一问一答很厌烦,就沿墙摸索着走过去,想找到我进来的那张门。对于我的这个举动他们倒是不取笑了,他们在沉默中观察我,还主动给我让路。我在那屋里绕了一圈又一圈,但怎么也找不到门。我终于泄气了,往地下一坐,听见阿狗在对他们说:

"我爷爷真不像话,随便就往地下坐,这么老了还撒野。"

我简直不相信自己的耳朵。

"门嘛,就在你身后。"那瘦长个子又开口说话了。

我条件反射似的伸手往后一探,果然探到了墙上的空缺。我扶着门框站起来。我站起来以后,发现自己不是站在原先的屋子里了,这里是作坊前面作为门面的那间屋,那三个人和阿狗也不在这间屋里了。这个房间里点着一支很大的蜡烛，蜡烛照亮了那些我看熟了的陶器，它们静静地待在木制的架子上，蒙着一层灰。我用目光找那张门，我很快找到了，它还在原地方。那是一张又厚又重的橡木门，平时总开着，现在也是开着的，我分明记得自己是从那里进入后面的作坊的。

"啊，王老板！"我高兴地说。

王老板正用剪刀剪那烛心，他没有理会我。王老板剪完蜡烛之后就走到那些木架前面，他将陶器一件一件取下来，仔细地抹掉灰，还放到耳朵跟前去细细地听。他做这件事好像入了迷似的，烛光照着他的脸，那脸上现出婴儿一般的表情。我想，外头闹哄哄的，王老板究竟能听到什么呢？我打量着那些经王老板拾掇过的陶器，感到它们全变得刺目起来了，尤其是那只水罐，简直像要开口说话了一样。也许它们一直在说只有王老板听得见的那些话。奇怪的是阿狗竟也同他们搅到了一起。

"啊啊。"王老板说，同时将脸颊贴到一只花瓶上头。

这时我听到了后屋发出的骚动，还有阿狗的尖叫。阿狗是因为欢乐而叫的。但王老板似乎无动于衷，他还在含含糊糊地同花瓶讲话。这个时候的王老板呈现出我从来没看见过的那种样子，既温存又热情，就好像那些瓶瓶罐罐是他爱恋的情人一样。我很不习惯这种场面，就羞愧地退到了外面。

阿狗直到上午才回家。他用梦游人的姿势朝前伸出双手，摸到自己的床就躺下了。我在他的床头坐了好久，心疼地回忆起从前与他在一起度过的那些相依为命的日子。我忽然想到，阿狗失去父母这件事也许只是一个假象，说不定他一直同他们有种我不知道的联系,他越长大,这种联系就越凸现出来。以前我眼里的那个乖孩子不过是种伪装,是我一厢情愿产生的幻觉。

京城的煤缺少得越来越厉害了,冬天快要降临,街上狂跑着一色的拉煤的车。据说另外两条车道上出现了强盗帮,所以现在往京城去的全部煤车都要经过我们镇了。这几天刮大风,整个镇子被笼罩在黑蒙蒙的煤屑里头,行人就是面对面地相遇也看不清对方。

经过了一个夏天又一个秋天,我作坊里的那个穿铁甲的人的身体缩小了好多。他现在越来越懒得动弹了,更不说话。我不看他也感到他对我是怨恨的。我却总是担心他会不会已经死了。但只要我弯下腰,就会同他那炯炯有神的目光相遇。他的表情总是在责备我。到底责备我什么呢?是因为我没有充分重视他的存在?不能帮他解除病痛?还是因为我对某种灾祸降临的可能性没做充分的估计?我想了又想,想不出原因。我一转过背朝门口走去,就感到自己在背叛他,因而十分难过。但我不能将他请到家中去,即使我请他,他也不会动。他对我那么蔑视。

有一天一辆马车的车轴出了问题,车夫将车停在路边进行修理。那个戴毡帽的汉子一转过脸来,我立刻认出了他。他就是夏天来的那队骑手中的一个。我连忙走拢去向他打听事情。

他接过我递给他的烟斗,蹲在地上眯着眼吐了几口烟,声音沙哑地说:

"军令如山,在这种季节,你想要做些不入流的事也做不到。京城里已经砍了两个怠工的家伙的头。"

"你们的头头,为什么留在我们镇了呢?"

"这是早就商量好了的,他必须待在这个交通要道上,但他不能露面。"

"他需要我们为他做些什么吗?"

汉子笑起来,一边起身一边说:

"哪有这种事!"

他放好工具,趾高气扬地登上车夫座位,高举了一下鞭子,车子立刻轻快地向前跑去。被风吹起的一股煤屑迷了我的眼,令我懊恼不已。

由于煤屑硌得眼珠实在难受,我这个老家伙居然不知羞耻地哭了起来。我也没法走了,就摸到路边,靠墙坐在地上。此刻,我特别感到自身的软弱无力。也许我不久就会死去?

我睁开眼睛之际,有人抓住了我的手,是一双孩子的手,是阿狗。

我站了起来,这一回是阿狗牵着我回家。他一路啜泣着,我听见他像个大人一样唠唠叨叨,对着空中大声说话:

"我的爷爷怎么啦?啊?他有病吗?他根本没有病!他坐在地上了……坐在地上撒野,他就喜欢这样!今后我每天要抽时间照料他了,他不听我的话……他一早跑了出来,就坐在地上哭……呜呜呜!"

阿狗也哭了。

回到家,我用井水冲洗了好久,才把那些煤屑冲干净。我闭着受伤的眼睛一动不动地躺在床上,这时阿狗也爬上了床。

"爷爷,我快死了。"

"胡说。"

"到过地下城市的人很快会死。也有不死的,就像你作坊里的那个家伙。他不同,他是外面来的。"

"你见过他了。"

"见过了。他的身子小得很,他坐在篮子里吃烙饼。"

"地道里有些什么人?"

"你明明看到过嘛。我爸爸在那里待了几个月了。我不能同他握手,只能远远地望着。每次他都很高兴的样子,每次他都喊我,说他是我爸。"

"你妈也在吧?"

"我妈病了,她被挂起来,一动不动,头发长长地垂到地下。"

"她死了吧?"

"我不知道。我不能去摸她,只能看。"

阿狗的小手冰冷,冷得令我吃惊了。我吩咐阿狗去烧热水洗脸洗脚,阿狗就要我向他保证他不会死。

"你不会死,你还是个小孩。"

我听到自己的声音很空洞,于是我很羞愧。但阿狗似乎相信了,他跳起来到厨房去了。一会儿就传来什么东西烧焦的味道。

我用力睁开受伤的双眼,蹒跚着往厨房里走去。

阿狗正在地上使劲打滚,火已经灭了,他全身的衣服都在冒烟。这太奇怪了,阿狗很早就熟悉厨房的活儿,今天怎么会把火引到自己身上去的呢?我脑子里马上出现"引火烧身"这四个字。他真的是引火烧身吗?既然是引火烧身,现在又为什么要把火弄灭呢?

他终于站了起来,我发现他连头发都烧焦了。他眨巴着眼睛,将他的小手放进我的手掌里,那双手现在已经变得滚烫滚烫的了。

"你看,我不用洗了吧?我回房里换衣服去!"

他往自己房里去了。

厨房里弄得一片狼藉,灶台上水淋淋的,干柴扔得到处都是,天晓得阿狗在这里是如何倒腾的!我一边骂一边弯下腰收拾,弄了好久才收拾妥当。我烧了一大锅水,然后叫阿狗。

我将热水在木盆里兑好,阿狗才磨磨蹭蹭地出来了。他那身烧坏了的衣服已经换掉了,现在他穿着他三四岁时候穿的衣服,肚脐都露在外面。他有点害怕似的脱掉不合身的衣服,犹犹豫豫地伸出脚试了试木盆里的热水,然后猛地缩回脚大叫:

"烫死了!"

我又兑了些冷水,他还是嚷嚷说烫得很。我扶住他,发现烫得很的是他的身体,但他又好像并没生病的样子。

直到我将水兑成了微温他才开始洗澡。

这时我听见了街上人群由远而近的声音。阿狗说他早就听见了,那伙人是从东边来的,因为那里有一次新的山崩。我为他的听觉依然这么灵敏感到惊讶,镇上好多小孩到了他这么大就已经快聋了。

外面是人群的喧闹声,还有兵器的撞击声、远方传来的炮声,好像在那里打得不可开交。我们窗户玻璃上糊的那些防震的纸条都断裂了,那炮好像要打到街上来了一样。我忧虑地打量着澡盆里光着身子的阿狗,觉得他那副样子实在令人心疼。

阿狗睡下之后，我就从门缝里向外瞧。不知是我眼睛有问题呢，还是我的估计出了岔子，我看见外面一个人都没有，只是零零落落的，有些马车。然而炮声和冲锋号还在响，还在逼近。到底是我的耳朵还是我的眼睛有问题呢？我终于鼓起勇气开了门，我一伸出头去那些可怕的噪声就消失了。初冬的街上显得分外凄凉，瘦马拉着车在夕阳里缓缓而行。

"战争发生了，京城里正在大逃难。"齐四爷边说边吐烟圈。

"隔了那么远，为什么我窗户上的纸条都断裂了呢？"我不解地问，一边迅速地朝街道的两头张望。这一刻那两头都是空空荡荡的。

"到底是远还是近，这种事谁说得清？"

齐四爷威严地用烟斗敲着我的门，我畏缩地闭嘴了。屋子里头，阿狗不知在他房里喊些什么。齐四爷见我不说话了，口气又缓和下来：

"今后嘛，你还会听到更多的声音。我们这些老年人，听觉正一步步恢复呢。"

他这番话令我十分震动。的确，我同阿狗听到的是两种事，他听到了山崩，而我听到了战争。我又回想起在作坊里，他看到的是一个小人，我看到的是穿铁甲的马队首领。我的耳朵里仍然在轰响，可是，如果这耳鸣突然消失，我变得"耳听八方"的话，各式各样的、滚滚而来的声浪会不会将我压倒呢？这么多年了，我的耳鸣就像一道屏障，使所有进入我耳朵的声音都减弱了，当我倾听的时候，我就想到"隔墙有耳"这个比喻，我隔着"耳鸣"这道墙窃听外界的声音。既然全镇人都有相同的倾听方式，是不是到了老年，所有的人都会恢复听觉呢？我活了这么大岁数，还没听到过关于这方面的例子。我曾看见一个老婆子站在井沿的高处大喊大叫，说她听到了京城里的钟声，但她是一个疯子。

因为夜里的煤车太多，煤被撒在地上了，有厚厚的一层。一大早就有很多人在用铁铲铲煤。然而马上就传来了命令，命令说那些将煤搬回家的人都要杀头。大搜查立刻开始了，人人自危。当我听到骚乱过去，将门打开一条缝向外瞧时，我简直不相信自己的眼睛。被五个壮汉押着，推着往前走的，竟是那穿铁甲的汉子。是的，他从我的眼前走过去，他居然还撑得起那身铁甲。但是他憔悴不堪，摇摇晃晃，仿佛随时要倒地。我看见他后来晕过去了，一个彪形大汉将他抱到牛车里去了，那汉子的动作显得很温柔。

缺少了铁甲人的作坊显得如此的空荡。我一个人站在里头，张开口说道："你……"我的声音震出的回音使我出冷汗了，就好像有多个隐蔽的人在暗处说着这同一个字，满屋子全是"你、你、你……"的。我躲也躲不开。我冲到门口，一反身锁上门，将满屋子的怪声音锁在里头。

"你知道为什么偷煤的人不站出来坦白吗？"齐四爷说。

"坦白了要杀头。"

"不是这个问题。那些人知道有人替他们担罪呀！喂，你作坊里不是有怪事吗？"

"他们知道我作坊里有个铁甲人！？"

"不是这样，他们仅仅知道被杀头的不会是他们罢了。你的这个作坊,不是有一百多年的历史了吗?"他得意扬扬地摇头晃脑。

"那又怎么样?"

"问题大得很呀。你想一想,一百多年里头,这种老屋里头什么没有躲藏过呀。这种事,在镇上传得最快。"

我沮丧地、赌气似的将他甩在后面。但是他偏不闭嘴,他跟在我后头大喊道:

"你要好好做人!"

这时那些赶车的都停下车来看我,他们那种表情好像要把我也抓走似的。我一下子感到毛骨悚然,忍不住跑了起来。我跑的姿势一定很丑,像鸭子一样,可现在也顾不得了。一路上,凡我经过的马车和牛车都像听到了命令一样停下来,我感到车夫们全都屏住气准备攻击我。

我跑进房里,一头跌进蚊帐里头躲起来。这时我满耳都是那些车夫的吼声:"你呀,你呀,你……"声音粗鲁又有点挑逗。我用被子蒙住头,开始在黑暗中想象车夫们那凄凉阴暗的生涯。

据说那些煤都产在遥远的北方的大山里头。接到皇家的命令之前,车夫们必须将马匹(那些牛一般是用来做短途运输)养得膘肥体壮。然后就是风餐露宿的苦日子来到了。即使是在马队里头,车夫们心里的那种孤独感也像是密不透风的死亡之井。对于能否到达目的地他们心里全然无数,挥之不去的死亡恐怖常常令他们自暴自弃起来。有时,一个车夫突然让马匹离开马路,驾驶着马车冲向麦地,然后就从马车上下来,倒在麦地里一动不动了。马儿欢畅地大吃麦子,农夫匆匆地赶了过来。农夫赶过来时,可怜的车夫已经死了,他瞪眼看着上面的蓝天,仿佛是受了惊被吓死的。自暴自弃的例子还有很多,这种事在镇上流传得很广。我自己就亲眼见过一名汉子跳进镇头的茅坑,让屎尿没过他的头顶,死在了茅坑里。他的马车本来还停在路边,后来忽然就被人偷走了。每次死一名车夫,就会丢失一车煤,很少有人知道那些煤去了什么地方。奇怪的是煤的总数虽是经过了统计的,皇家却从未下来追查过丢失的那些煤车。皇家唯一的一次追查是前不久散落在地下的那些煤屑,当时谁都没有料到会有这种事,更没有料到被抓走的会是一个外乡人。那么刚才,面对齐四爷揭露真相的大喊大叫,车夫们是用怎样一种眼光看我呢?

我听见有个女人在窗户那里喊我,是洪大妈的声音,那位死去了的大妈。我将头蒙得更紧了。幸亏阿狗不在,要不他又会来问东问西的,他现在去了哪里呢?洪大妈的声音消失了之后,又有个男的开始敲门,高声嚷嚷说他是隔壁的陶工,要找我借水桶。我想,经过了几十年的工夫,陶工终于在白天现身了,这该是一件多么不好的事啊。可是他坚持敲个不停,他的敲门声又引来了一些其他的邻居,他们都在外面七嘴八舌地议论我。

我不高兴地起身去开门。门外站着我那些邻居,却没有看见陶工。我就问他们刚才要借水桶的陶工哪去了。邻居们你望我,我望你,摇着头说不知道。他们说在面包店的门口发现了一具尸体,他们来找我商量看如何处理。

"这种事,镇上的居民谁也摆脱不了干系的。"

说话的是洪爷,洪大妈的丈夫,他边说边狠狠地盯了我一眼。我脑子里立刻浮出洪大妈惨死的情景。莫非这洪爷找我复仇来了?我说我病了,不能同他们去。那四个人却站在原地不动。

我总不能朝这些街坊劈面关上门吧,于是只好回转身去磨磨蹭蹭地穿衣。他们倒也有耐心,就在那里一声不响地等。

要完全把那天的事弄明白大概是不可能的。我们一行五个人到了面包店门口,但那里根本就没有什么尸体。首先开口的是洪爷,他说他忘了到这儿来干什么的了。我就提醒他说我们是来处理尸体的,但洪爷坚决否认,那三个人也用责备的目光瞪我。很显然,这四位邻居都在努力地回忆,脸上的表情既焦虑又激动,似乎是,他们要回想起促使他们来这里的某个使命,但他们四个人居然都将那个使命忘记了。这时我看见面包铺的门开了一下,一个蓬头垢面的伙计探了一下头,不怀好意地看了我们一眼,很快又缩回去了。

洪爷立刻喊叫起来,说他想起来了,并且一边喊着就冲进了面包店,我们也跟着他冲了进去。我们经过那两座热烘烘的大炉子后,眼前就什么都看不见了。我感到自己正身处一间密室,但又不太像,因为迎面吹来的阴风给我一种空旷的感觉。邻居袁郎在我旁边讲话,他说他有生以来还没有到过这种新奇的处所呢!现在他一下子就这么激动,他真担心他的心脏会受不了呢!要是他倒在这种地方,他担心家里的父母都要完蛋。他不停地聒噪,乱扯,弄得我很生气。

"走啊,走啊!"洪爷催促着我们。

接下去我就听到了钟声,洪爷说是从皇宫传来的。我没想到皇宫的钟声会是这样的,怎么说呢,很像那宣告末日来临的钟声。而且渐渐地,我就听见了周围传来的喧闹,这些喧闹像是人们赶集时发出的声音，只是隔我们有一段距离。我甚至听到有个小贩向一名妇女兜售一段花布，那声音甜蜜而暧昧。远一点的人群里还有卫兵骑了马走来走去的，有的卫兵发出吆喝，不吆喝的便朝空中挥着响鞭。一名老大娘在路边哭喊，因为有人偷走了她的鸡蛋。

"洪爷啊，这就是地下城吧？"我问道。

洪爷没回答。我们五个人的脚步在黑暗里有节奏地踏响，同那边的嘈杂形成了对照。我还想问洪爷一句什么，可是钟声又响起来，我忍不住泪流满面了，就像阔别了故乡五十年后回来的老爷子一样。

"处死刑的时候到了。"袁郎停止了聒噪，小声说道。

右边空旷的地方忽然响起了一名妇女发疯般的尖叫，但没延续多久，就被炮声淹没了，一共打了三炮。

我心里隐隐地抱了希望，我觉得我有可能同阿狗在这种地方相遇，甚至有可能遇见阿狗的爸，我在浮动的空气里闻到了这种希望。我们一行人机械地朝前迈步，我觉得洪爷很清楚我们要去哪里。我把这种想法告诉袁郎，袁郎就鄙夷地回答我说："我们只是在原地兜圈子。"

我们走了很久，但我们始终到不了附近那个发出喧闹声的地方。我猜那里是一个很大的集市，男男女女全在黑暗中做交易，谁也看不见谁。我听出他们那种讨价还价的声音里充满了紧迫感，还有隐秘的激情。也许，处在末日的人们都会这样做生意吧。从我走进面包坊后面的黑暗时起，我就觉得自己已经活到头了，于是我坦然地等待后面的事发生。袁郎和刘郎这两个年轻人不像我，他们还太年轻，没有活够，所以感觉得到他们的身体在剧烈颤抖，那是极度怕死的表现。真正情绪笃定的是齐四爷和洪爷，这两只久经风浪的老麻雀，不时轻轻地相互嘀咕几句，既不害怕也不激动，将眼前的情形看作家常便饭。

我忽然听见齐四爷告诉我，现在已经到了监狱，路的两边全是牢房。他还要我紧跟他，别偏离，不然就有可能被犯人伸出的手抓伤。

现在四周变得静静的，根本听不到两边有犯人，我怀疑齐四爷在骗我。我抬起头，看见了几颗星星。难道还有露天的牢房？

"现在你想同谁讲话就可以同谁讲话。"齐四爷对我说。

"我想同我儿子讲话。"

"你请便吧。"

"敏泽啊，回答你老爹的问候吧！我是快死的人了，你也用不着同我赌气了。你现在坐在牢里，这事可怪不了我！"我高声说完这些。

顿时就有四五个声音从不同的处所齐声响起：

"爹爹，爹爹，我好得很呢！"

"坐牢有什么好呢？孩子！我知道你很苦啊！"

"我不苦，我也没坐牢。我在这里烧一窑瓦呢。"

我细细回味那些声音，我的确听出了儿子敏泽的口音，但又不完全像，并且这些声音明明是出自好几个人。

"敏泽，敏泽，你要保重啊！阿狗的事就拜托你了！"

"我才不管阿狗呢，我要享受我自己的生活！阿狗的事由你管到底！"

这时洪爷赶过来了，他催促我快走，说因为两边的犯人都企图冲出牢房，我们所在的这条路已成了是非之地。

果然，我再要同我儿子敏泽对话就得不到回音了。齐四爷责备我，说我错过了好机会，不该同儿子讲些不相干的事，怜悯心也用错了地方。

"这种人，你就是给他一个金元宝，他也只会拿了去埋在土里。"我听见齐四爷在气愤地向洪爷说。

他的话音一落，钟声就在很近的距离内响起来了。那声音震得我腿发软，我就坐到了地上，我一时怎么也起不来了。

似乎是，他们四个人都很生气，就站在一堆议论我。洪爷说我"拿了作坊里的那玩意儿做资本，成天炫耀，就不想好好劳动了"。刘郎则说我"一点主见也没有嘛，也是个内心空虚的人嘛"。齐四爷还说了些更难听的，说着说着，他们就悄无声息地走开去了，四下里一点声音都没有了。那集市还在那边喧闹着，有点恍若隔世的味道。我想，我一直在好好地劳动，我做的鞋子至今穿在全镇人的脚上，洪爷真是冤枉了我了。铁甲人明明一点都没有给我带来什么运气，反而是，自从他睡到我的工作台底下之后，倒霉的事接踵而来，不仅仅对我是如此，对于全镇的人也是如此。我们不再有平静的生活了，我们，怎么说呢，被抛到了险滩上。只要从那京城里传来什么可怕的命令，我们这个小镇就面临着被踏平的危险。

坐在这黑地里，我就不停地想着我们小镇的前途，把我自己都忘记了。在我右边的那个集市很像京城里的集市，那些人的口音和我平时听到过的京城里的口音一模一样。这是不是说，我的耳朵现在已经灵敏到这个程度，居然可以听到京城里发生的一切了呢？我所在的地方虽然有露天监狱，但绝对不可能是京城，我们在这黑地里并没有走多远啊。看来此地就是阿狗所说的地下城，我活了几十年，从来也没有注意到这种地方。前几天我还偶然听到阿狗唠叨："失踪的人就变成了囚徒。"当时我还以为他说着好玩呢！不知从何时开始，镇上就不断有人失踪，据我老父说这个镇先前有六千人，现在只有三千多人了，而一般来说，生育率是超过死亡率的。失踪的情形同我们家大同小异，一般是家庭成员提出去外面谋生，然后就一去不复返了，差不多每个家庭都有这样的事。起先人们还抱着希望，过了两三年就死了心了。会不会有一天，整个镇子都隐入黑暗，来一次集体的失踪呢？如果我们镇从地面消失了，皇宫里还会发出什么样的命令？

"他是一个鼠目寸光的人，除了他家里那几件东西，什么都看不到。"有个京城口音的妇人在我身后说话。

和她在一起的另外一名妇人就笑起来，附和说："鼹鼠的后代嘛。"

"请指教我！"我朝她们所在的方位喊道。

那两人发出一阵慌乱的声音，接着就走开去了。她们边走还边嘀咕："没想到这种地方还会有人。"

我所在的地方到底是什么地方呢？是不应该有人的地方吗？那么在这里的全是死鬼了。谁造的地下城？还有监狱？

集市上的声浪一波一波传过来，给这死寂的处所带来生活的气息。从前我的老父告诉我说，我们这个镇里曾丢失过大宗的宝物，那个时候，千军万马滚滚而来，百姓抱头鼠窜，什么都顾不得了。丢失的金银器皿后来又两次再度现身，一次在茅厕边，还有一次就在面包坊。但终究又再度丢失，并且永远消失了。那些个宝物，会不会也在这地下城里收藏着呢？据说当时丢失宝物的家庭悲痛欲绝，连活下去的信心都丧失了。如果他们知道有个地方收藏着他们失去的一切，那会是多么大的安慰啊。失踪的人都来到了这个地下城，想一想，这实在是一件不坏的事呢。敏泽临走前闪烁其词地说，说不定会常常回来看一看。那个时候，我一点都没听懂他的话。

钟声又一次响起来的时候，我感到屁股底下这条土路在微微起伏，这件事令我大惊失色，我脑子里立刻出现了地裂时的情形。那是在乡下，我亲眼见到带着小孩的妇女被地下的滚水所吞没，裂开的地壳如一条黑色的巨龙向前延伸着。那边的集市上也响起了此起彼伏的惊叫，看来可怕的事真的发生了。我屏住气等待，但土地只是起伏抖动着，并未裂开。这么说，我所在的地方是相对安全的。而集市那边，在一阵强烈的骚动之后，现在变得静寂下来了，大概一切都完蛋了吧。一切都发生得太快也结束得太快了。我的前方出现了微光，我站起来后，双腿忽然就获得了力气。那微光里也有一个人站了起来。那人的背影同我很相像。我朝他走去时，他也往前走，我们之间总是拉开同样的距离。

不记得我们走了多长时间，后来太阳就出来了。太阳一出来，那个人就消失了。这件事令我感到特别的恐怖。

镇子出现在我面前，滚滚的灰沙使我不停地打喷嚏。

"爷爷，你已经死了吗？"阿狗扯着我的衣袖问道。

"谁在胡说八道！"

"大家都看到尸体了，我也看到了。有一个人和你一模一样。我们把他扔到那边野地里，刚才我去看，看见乌鸦啄去了他的双眼呢！"

阿狗说出这些话后，显然陷入了一种烦恼。

"假如你死了，现在这个你就是你的魂，对不对？这种事很好玩。昨天我还见到爸爸的魂了，我们在一起玩攻城游戏呢！"

我抓住阿狗的手，那小手冷得像冰一样。他对我说，街上的灰尘已经让他没法呼吸了，他必须到家后才能呼吸。"我已经学会了憋气。"他眨着眼告诉我。我发现他只有一只脚穿了鞋，就问他另一只鞋到哪里去了。"蹬掉了。穿鞋脱鞋的，太烦。"他坦然回答。

走着走着，我忽然又发现阿狗鼻梁上有道很深的伤口，那道伤口好像要使他的鼻梁裂成两半似的，干了的血痂凝聚在他的上嘴唇那里。我将阿狗的脸掰转来，从那道裂缝望进去，我只望了一眼就吓坏了。是的，我看到阿狗脑袋里面有一只小鼠！

阿狗满不在乎地看着我傻笑，口里说道：

"爷爷看到了吧？现在呀，大家都怕我，我只要向他们显一显这个，他们就吓跑了。我这个伤口是在地下城里弄的，一点都不疼。"

我不敢再追问他，就闷着头走。到了家之后我也不敢碰阿狗，就仿佛他是件瓷器，一碰就碎似的。阿狗呢，他的样子全然不像受了重伤，他正在起劲地用小刀削一根竹子，说是削了做武器，晚上带了出去的。我问他要去哪里,他简单地回答说:"老地方。"

家还是老样子,但阿狗已不是从前的阿狗了。刚满八岁的他样样事都要自作主张,看来他在这个家里的时间也不会太长了。我想起这事,鼻子一酸。然而我立即就被门外的炮声震得冲到了墙壁上,那炮好像就打在街上,将我的屋顶上的瓦掀掉了一个角。被掀到墙角的阿狗正在蠕动着。

"阿狗!"

他朝我抬起血糊糊的脸,后来他站起来了,用毛巾擦掉脸上的血。

外面又落了一炮,这一炮是落在镇尾,我的屋瓦又掉了几块。我心里那种预感越来越强:看来我们这个镇真的要从地上消失了。细细一听,外面还是车水马龙的,在弹坑挡道的街上车马是如何行驶的呢?我不敢去看外面,拉着阿狗一起撤退到后面厨房里。这时我们又听到了第三炮落地。"阿狗,你真的要走吗?"

我的双眼蒙眬了,看着他就好像一个影似的。

"那又有什么,我天天都回来嘛。"

我想,也许这孩子不太像他爸爸,他那么自觉,他好像什么全知道一样。只要我们这个镇子不从地上消失,他就不会走远的吧。

"齐四爷到哪里去了呢?"我问他。

"他们说皇宫里将他叫了去了,是做囚徒了吧。"

"同你爸爸一样?"

"是呀。他一点都不喜欢我们这个地方嘛。他老是半夜在街上发疯,诅咒大家,说:'全完蛋。'我现在要去睡觉了。"

阿狗嘴里嘀嘀咕咕的，还没走到他的床那儿，就身子一歪，顺势倒在一条长凳上睡着了。我还是不敢碰他，我觉得这个小孩已成了幽灵。就在阿狗的小床后面，放衣柜的黑角落里，有一种可疑的声音响起来了。细细一听，好像是一个人在那里发出呻吟。我走过去，果然看到床和柜子之间躺了一个人，他转过头来，我就看见了那张熟悉的脸。铁甲人已经脱去了身上的铁甲，细瘦的身体裹在一层白棉布里头，那棉布上全是一块一块的发了黑的血迹。从他的声音听起来，他好像是在忍受钻心的疼痛。看来是我不在家时，有人将他弄到了我家里。我蹲了下来，轻声问他：

"要紧吗？"

他挥着手，要我走开，我看见他那从棉布里头伸出来的手臂血迹斑斑。

我绕过阿狗躺在上头的长凳，到了门口，然后轻轻掩上阿狗卧室的房门。外面什么地方响起了战斗的号角，马蹄声整齐有致。

我坐在那把老藤编成的椅子里头，闭上老眼，然后我清楚地看到了末日的景象。那真是令人振奋的画面，万马奔腾，灰烟滚动，黄色耀眼的旗帜在半空中"啪啪"作响。一瞬间工夫，路边那些槐树全部枯萎了，连续的闪电将阴暗的天空照得雪亮。

原载于《芙蓉》2002 年第 4 期

棉花糖

我最爱观看的一件事是摇棉花糖。那个装置像一口平底锅,将白砂糖放进去,转动手柄,过一会儿,一大团像棉花又像蚕丝的亮晶晶的东西就出来了。那真是一件美妙无比的好事情。

卖棉花糖的老婆婆顺着一对大蒜苞眼专注于手中的操作,从不抬起眼来看我们一下。我们将那装置团团围住,瞪着眼,用力咽着口水,心底暗暗希望来买棉花糖的人越多越好,因为这样我们就可以站在那里不走。当然并不是说这样就可以吃到棉花糖,老婆婆是从不发这个善心的。我们站在那里,是为了饱眼福。每一团摇出来的东西都不同,都有它特异的美丽,这只有我们的眼睛可以辨别,棉花糖摇出来之后,老婆婆就用尖而脆的声音对那交了钱的小孩说:"拿去吧!"于是我们的目光一齐射向小孩手里的那团东西。我们并不嫉妒他,我们差不多同他在一起分享美食——用目光。啊,这样一件美妙的事贯穿了我的整个生活!

那阳光下晶莹闪烁的宝物，那摇杆魔术一般的旋转，给我带来怎样的欣喜啊。那时我暗暗打算，将来一定做一个摇棉花糖的小贩。老婆婆工作时的专注与笃定对我来说也是一个谜。以我自己高涨的热情，有时都免不了要开一开小差，比如天上飞过的老鸦啦，比如父母呼叫我们回去吃饭的恶骂啦，都可以扯去我的注意力。但这个老婆婆，只要她架上那只"黑锅"，买糖的人在她的装置面前排成队后，她那垂下的蒜苞眼就再也不抬起来了。我想，每一团棉花糖之所以如此的奇妙无比，同她所用的心思是绝对分不开的。这个一双手像树皮一样的老婆婆，究竟是怎样一个人呢？

我仅仅吃过两次棉花糖，那是天底下最不可思议的体验。我将那一团软飘飘的白色透明物放进口中，它就如同空气一般在我口中消失了，什么味道都没有。我分明看见棉花糖是用白砂糖摇出来的，怎么会没有甜味呢？我就去问阿娥和阿明，结果他们两人都嘲笑我，说我"一副穷酸相"。我一生气就爱咆哮，当我咆哮起来时，他们就跑得无影无踪了。

可是那些小孩吃起棉花糖来的确是有滋有味的，如果吃进去的只是空气，他们才不会在家里吵翻了天问父母要一点小钱来享用这种东西呢。我很了解他们。也许是我的味觉有问题吧。后来我又涎着脸问父母要了一点钱。这一次我得到很小的一团梨子形状的东西，我小心翼翼地用舌尖品味，然而还是不行，眼见这团东西一点点在我伸出的舌尖上消融，还是什么味道都没尝到。真是委屈啊。莫非是老婆婆搞的鬼？也不像啊，她对待我同对待别人一模一样嘛。再说她根本不认识我，她从来没看过我们当中的任何人一眼。

极度的沮丧更激起了我无限的遐想。如果有一天，我积累了资金，成了一名小贩，也许我能从空气中摇出棉花糖来吧。我为自己的这个秘密想法兴奋着，半夜里都脸上笑开了花。我一定要摇出最最好看的棉花糖来，那颜色也不是白的，而是想都想不出的那种颜色，比天上的彩虹、比海里的珊瑚还要好看好多倍。那吃起来的味道嘛，也绝对不是白砂糖的味道，而是从来没有过的一种美味，比……不，我想不出比什么更美味了。

然而那老婆婆终于破产了。老婆婆每天赚这么多钱，怎么会破产呢？我想不通。破了产的老婆婆仍然来到我们街上摇棉花糖。小孩们规规矩矩排好队，前面的那个交了钱，她就开始低下头摇那装置。现在她已经没有白砂糖了。她是在摇空的，大伙儿哄笑起来。老婆婆愣了一下，将另外那只手里捏着的钱拿到眼面前去细瞧。交钱的那小孩飞快地从她手里将钱抢走了。她也不生气，又开始抓住那只手柄空摇，连看都不看我们一眼。

我看了过意不去，就跑回家，偷了一小罐白砂糖出来。我挤进人群，将那罐白砂糖放在老婆婆的案板上面。我刚一转背，就听到"啪"的一声，罐子被老婆婆扫到地上去了，小孩们在疯抢散落在地的白砂糖。她还在摇那装置，脸上木无表情。孩子们交头接耳，说她"疯了"。

日子一天天过去，围观的小孩也一天比一天少。终于，谁也不来观看她的这种疯举动了，只有我一个人还恋恋不舍地守在那旁边。当然我也经常跑开，因为要帮家里干活，也因为一些别的诱惑。但不知怎么，我总是惦记着这件事，我隐约感到，只要老婆婆摇下去，那装置里定会冒出白花花的宝物来的。可能她根本不是破了产，连白砂糖都买不起了，她是故意不放白砂糖进去的。要不然她怎么会一伸手就将我给她的糖罐扫到地上去呢？

这一天我帮家里挑完水后就来到那个地方，我看见她像化石一样坐在木凳上一动不动。这可是件稀罕事。天上飘着毛毛雨，她的一身全淋湿了。要在以前，天一下雨她就会将她的装置移到茶馆的雨篷棚下面去的。我心里紧张起来，到底发生了什么？莫非她死了吗？我凑近她的脸看了看。

"不管你用多大力气干活，饿鬼们总会把你做出的东西吃得干干净净。"

她突然说出了这样一句话。但她连嘴巴都没动一下，这句话是如何说出来的呢？也可能这句话只是她头脑里的思想。我居然可以听见她的思想了。

摇棉花糖的装置上面已经生出了厚厚的黄锈，铁皮中间已锈出了一个洞。我战战兢兢地伸出手去摇了一下被锈住的摇杆，忽然那摇杆发出一声可怕的震响，我脑子里一片空白，一下子就坐到了地上。我努力回想，但我已想不出那到底是什么样的一种声音了。似乎是，我被关在一间金属的密室里头，有人用铁锤砸向一块钢板。不，比那种声音还让人发疯。

好久好久，我终于回过神来。抬眼一望，老婆婆已经不见了，那装置下面有一团很大的棉花糖。那是一团七色的棉花糖，立刻就有一只脏手将它抓走了，那只手的主人是小女孩阿娥，那病恹恹的家伙，她一边跑一边吃，一眨眼工夫棉花糖就消失在她嘴里。我从后面追上她，一把抓住她，她立刻咧开大嘴哭了起来。

"摇出一块一模一样的来赔我！"我命令她。

阿娥一边啜泣一边战战兢兢地回到那装置面前。她个子矮，踮起脚才勉强可以够到那摇杆。我用两个手指塞紧自己的耳朵。

奇怪的是，阿娥一点都不害怕那装置发出的声音，她卖力地摇了又摇，脸上都出汗了。她停下来时，却并没有什么棉花糖出现。站在小板凳上操作的阿娥显得容光焕发，好像病也没有了，小英雄一样叉腰看着我。

我朝那装置下面一瞧，看见掉下了几个齿轮和螺丝。我在心里断定这个装置全部完蛋了，就不再搭理阿娥，懒洋洋地拖着步子往家里走，因为爹爹已经在屋门口骂我了，我还得帮着搬那些青菜呢！

有好长一段时间，我怎么也搞不清发生了什么事。我仍然看见那老婆婆坐在那堆破烂面前一动不动。如果我凑近前去，就有声音从她胸腔里发出来。那声音有时断断续续说起她过去的辉煌，也有时仅仅是一连串的咒骂。还有一回，我隐隐地闻到她身上有股恶臭散发出来。我吃惊地伸手摸了摸她的额头，她的眼皮竟然抬了起来看着我。我被那奇怪的目光镇住了，我感到黑暗的记忆的深处有很多小罐子正在被打开，空气中飘来芬芳的蜂蜜的香味。我张了张嘴，却说出两个不相干的字："追赶。"就是这两个不相干的字把我的记忆全部破坏了。而老婆婆的目光也在这一瞬间散开了，她不再看我。

我看见小正他们将那装置下面的齿轮捡走了，他们说可以做成陀螺来玩。于是那一天，在强烈的阳光下，我同他们玩陀螺玩得汗如雨下。但这个刺激的游戏并不能使我满足，傍晚时我们将那几个玩厌了的齿轮扔到小河里头去了。"有什么好玩的嘛，有什么好玩的嘛。"小正和小英哭丧着脸喃喃地说。我提议一起去看老婆婆。我们走到那里时，老婆婆却不在，这时我才记起每次都是我同她单独见面。我问小正看没看见这个老婆婆，小正觉得莫名其妙，回答说，他们好久都没见过这个人了。再说他们也不相信老婆婆会天天坐在一堆废铁上，一定是我看花了眼。小正他们离开了好久，我还站在那里检查那堆废铁，我甚至想将那堆东西据为己有，搬到家里去呢。当然我是不敢的，那样干的话父亲会打死我。

第二天老婆婆又坐在那里了。

"小青哎，小青哎，你的魂掉了呢。"阿娥嘲笑我道。

我觉得小孩们全都看穿了我，他们对于我想做小贩的想法一定十分嫉妒，有的人还会暗暗破坏我的计划。可是我到哪里去筹钱呢？我一定要逼老婆婆说出从空气中摇出棉花糖来的秘方；我还要让她告诉我怎样才能消除那装置发出的恐怖的怪声音。要不是那声音，我不是已经摇出好多的七色棉花糖来了吗？

啊，她向我招手了！我远远地看见她向我招手了！我放下饭碗就朝她那里跑，也不顾母亲在身后恶骂。我跑到了她跟前，奇怪，她又成了那副样子，顺着蒜苞眼，像化石一样一动也不动。

"阿婆阿婆，快快教给我秘方吧。"

我把这句话连着说了三次。

她用手指了指那装置。我定睛一看，那地方已经没有那个装置了，只有一些苍蝇在舔那地下遗落的糖浆。老婆婆站起身，做出摇那手柄的样子，我又听到了昔日隆隆的响声。摇了一会儿，她显出气馁的表情，往板凳上重重地一坐，从口里，而不是从胸腔吐出一个嘣脆的声音："拿去吧！"我朝地上一望，什么都没有。

我的希望破灭了，可是我怎能甘心呢？这么多年了，我唯一的理想是做一个小贩，那种魔术师一般的小贩，不仅要从空气中摇出棉花糖，还要摇出金色的铃铛。第一步，我必须积累资金，买一个装置来操练。可是我没有资金，没有资金的我必须从空气中摇出可以变钱的宝物来，而不是操练。只有老婆婆是我的希望，我亲眼看到她空手摇出过棉花糖，这个希望不能破灭。我就这样跟自己辩论，脑子里居然产生了一个奇异大胆的计划。

那天上午，趁着大人们都去竹器厂上班之际，我同小正两个人开始实施绑架老婆婆的行动。一切都出奇的顺利，绳子和椅子都没用得上，因为老婆婆一声不响地任我们摆布。于是我和小正一人搂着她一边身子，让她的两条老腿在地上拖。老婆婆很沉，我们俩将她拖到清扫工的工具房时，都快累昏了。我们将她往地上一扔，自己也倒在了地上，半天都起不来。

"就这样饿她，看她开不开口！"小正发狠地说。

我们知道她家里只有一个酒鬼儿子，所以一时半时不会有麻烦。

我们将目光扫向她时，看见她在地上蜷缩成一团，一只手正抓了地上的灰往脸上擦呢。她的那张脸，已被弄得像锅底一般黑了，那两只鳄鱼眼一样的眼珠子缓慢地转动着。她这个举动反而使得我和小正产生了不安的感觉，她会不会有什么阴险的企图呢？

"阿婆你想不想吃饭？"

我刚说完这句眼睛就被灰迷住了，痛得睁不开。原来是老婆婆朝我掷来一把灰，她掷得又准又狠，我完全没料到。我听到小正用脚踢那老婆婆的声音。

"水！水！"我狂喊道。

痛苦不堪的我不记得小正是如何将我送回家的了。第二天我也变成了蒜苞眼。虽然出不了门，我还是惦记着工具房。她在那里怎么样了呢？好不容易挨到下午，这时父母出了门。我从床上下来，用毛巾捂着眼往门边挪。门外传来奔跑的声音，有人进来了。

"小青小青，工具房的地上堆满了棉花糖，差不多把她埋起来了！"是小正。

"真的吗？真的吗？"

"唉唉，我们真傻，我们干吗不等在那里看她变魔术呢？"

"她不会让我们看的。"

"可惜那些糖全弄得脏兮兮的，要不然可以卖好多钱啊。清扫工将它们全扫进了垃圾桶。可惜了啊。"

小正和我终于赶到那里时，看见工具房的门敞着，她坐在一堆扫帚上头。我不断地用毛巾擦着眼泪，心里头对老婆婆很仇恨。我听见街上有一队小孩正在往这边走过来，一会儿他们就在门口排起了长队。

"拿去吧!"老婆婆对排在前面的小男孩说。

小男孩用双手捧着空气,兴奋地往外走。

"拿去吧!"老婆婆又对排在第二的小女孩说。

小女孩也用双手捧着空气,兴奋地往外走。

那老婆婆像家长一样坐在扫帚上头装模作样,我和小正都看呆了。这些个小孩,有的是我们街上的,有的是外面的,他们和老婆婆一道在干什么呢?每个孩子都从衣兜里掏出一角或两角钱交给她,那些钱都是真的。她收了钱就仔细地放进衣服前襟内的一个口袋里收好,一会儿那口袋就鼓起来了。我向门外一看,真吃了一惊,这长长的队伍看不见尾。那些清扫工也不管会耽误工作,饶有兴致地站在一旁打量这些孩子,他们脸上的神情就仿佛是过节一样。

小正一时心血来潮,也插进队伍里去等。轮到他时,老婆婆眼皮都没抬就说:

"你走开。"

小正不肯让开,那些小孩就生气了,几个人围攻他,将他打倒在地,弄得他狼狈不堪。我扶起小正,两人在孩子们的嘘声中走出门。

我们回到我家里,我躺到床上,那个问题仍然折磨着我:怎样才能积累资金当一个小贩呢?小正坐在床边给我出主意说,可以去抢老婆婆的,反正她也是骗来的钱。他的主意被我否决了,他觉得很不服气,说:"就是骗来的嘛。"

我并不认为老婆婆是在行骗,我亲眼看见过七色棉花糖,看见过阿娥将它吃进肚里去。刚才孩子们脸上兴奋的表情已经向我说明了我没看见的东西是存在的。不能抢,也不能偷,绑架人也没有用,那么我如何积累资金呢?

"如果同小孩们搞好关系,让他们听我们的,交钱给我们呢?"小正就这样睁着两只眼说瞎话。

现实是,小孩们不但不听我们的,刚才还将小正打倒在地了。也许关键是获得信任,然后才能做自己想做的。过去的多年里,老婆婆用那台装置摇了那么多的棉花糖,所有的人都认为她就是摇棉花糖的小贩。后来不再用机器,也不再用白砂糖,大家也还是习惯了她是一名小贩的想法。但她曾经操练过那么多年啊。我们这两个毛头小子,很显然是不会有人相信我们的,我们就是真骗人,也没人会上当。想来想去,前面似乎没有路,而又还不甘心。

有人推门进来了,我以为是我父母,就躺着没动。小正起身去外屋瞧了一瞧,回来一脸涨得通红。他捅了捅我,示意我快起身。

我一看,居然是老婆婆坐在外屋了。

我和小正走到她面前,她就朝我们摊开两只手。我们一人握住她一只手,站在那里等她说话。

"骗人的事不能做。"她瘪了瘪嘴说道。

我和小正使劲点头。

我们以为她还要说什么,但她似乎对说话很厌倦,就又垂下那双蒜苞眼,打起瞌睡来了。她的手还握在我们手里。我很担心父母回来要追问,就想催她离开我家。我刚一表示这样的意思,她就生气了,睁开眼说我"做事浮躁"。

后来父母回来了，他们看了看坐在桌旁的老婆婆，却什么也没问。小正等得不耐烦，就先回家去了。

吃晚饭的时刻到了，老婆婆也同我们一道吃晚饭，父母似乎对此毫不感到意外，就仿佛她是自家人，而不是隔这里两条街那边的小贩似的。吃饭后，她就站起身要回去了。她走到门口，忽然又回转头来对我说：

"我呀，每天都睡在那些棉花糖里头做梦。"

她说话时，嘴里和身上同时散发出酸臭的气味。我看着她走远了，心里还在回味着她的话。直到母亲在身后叫我。

"阿青终于有了自己的志向，做父母的也放心了。"妈妈说。

这一次，父亲破天荒地没有骂我，却用疑问的目光盯了我良久。

第二天又是大太阳天，我挑完水，晒完青菜，就往那边走去。我远远看见小孩们排成了长队，但队伍的前面却没有老婆婆。我又看见了小正，他坐在老婆婆坐过的地方，他正同孩子们交换着会意的眼神。小正招呼我到他身边去。我就同他并排坐在长凳上。孩子们一个接一个地来拍我们的手心，他们很严肃地干这件事。虽然他们没有给钱给我们，但我心中充满了明媚的满足感。我、小正，还有孩子们，我们大家沉浸在对于七色棉花糖的遐想之中，我们记忆深处的蜜罐一个接一个地打开了，浓郁的芬芳洋溢到空气中。

2002年4月于北京牡丹园

原载于《作家》2002年第7期

黑眼睛

有那样一双黑眼睛,当我锄地的时候它就隐藏在对面的杂草丛中,时不时地从翠绿的草里浮出来,专注地、有点邪恶地看着我。我拄着锄头同它对视,它就懒懒地沉了下去,再也找不到了。有多少次,我搁下手里的活,到那草丛里去细细地搜,但是没有,它消失了,也许钻进了地里,是沿那些蚯蚓的通道钻进去的。我注意到它出现的地方土质总是很松。我下过几次决心,我下决心时,就用锄头不顾一切地挖下去。可惜这样做的结果是除了斩断了一些蚯蚓,让少量鲜血流出之外,还留下了惶惑不安的感觉。我不停地想:万一挖中了那双黑眼睛呢?挖掘不是一个好办法,何况这样一双能够浮上浮下、随时隐身的眼睛,实在是难以通过挖掘来获取。

我挑水的时候它也出现过。我将一担水倒进缸里后,当水花平静下去时,它就在缸底出现了。它比人的眼睛略大一些,精致、水灵，而又十分专注。这样的眼睛，我无法和它长久地对视。它也眨眼，它一眨眼，那长长的睫毛便覆盖下来，显出无限的悲伤。但总的来说，它是咄咄逼人的，那么严肃而专注，有时又那么邪恶。面对这样的眼睛，我总是胆寒的时候为多，我从不敢当即同它对抗，而总是事后去搜寻它。

要说我一次也没找到过它的踪迹，那也不符合事实。我真的找到过一次它的踪迹。那一次我在半人深的冬茅草里头搜寻了好久，后来我终于放弃了。我坐在草丛里休息，这时有只鸟发出奇怪的叫声，我一抬头，没见那只鸟，当我垂下眼来时，正好同它的视线相遇，它就在那株冬茅的紫色的根部那里，挑战似的凝视着我。我掉开眼光，然后忽然猛地伸手一抓。当然结果是抓了一手泥。我再考察那冬茅的根部，看见松松的泥土上的确有两个眼珠形状的小洞，它就是从那里溜掉了。我将冬茅拔出泥土，看见洞里满是大大小小的蚯蚓，令人肉麻。啊，我不能再找下去了，我两眼昏花，蹒跚着离开了那蓬草。

为什么说那眼光里面有邪恶的成分呢？我也说不清。只是当相互对视之际，我心里就会起罪恶的念头，我想毁掉它。看来是它的邪恶引发了我心里的邪恶。如果是在春天的傍晚同它遭遇，我往往会去偷偷袭击邻家的院墙，将那墙打出一个缺口，弄得鸡飞狗跳。但谁也不会知道是我干的，我在村里是一名正人君子。

我既受不了那双眼睛的邪恶，我也受不了它的严肃和专注。它的严肃和专注全是对着我来的，它穿透了我的五脏六腑，并且在我的胃里面烧起一团火，不一会儿我的胃就绞痛起来，于是我赶紧跑开。我一边捂着胸口跑一边想些别的事，我要尽力忘掉刚才的一幕。我跑到田埂上坐下来,看见远处的田里有些儿童在那里站成一排,他们一边挥着手一边口里喊着:"黑眼睛!黑眼睛……"我眨了眨眼,那些儿童就不见了。我旁边出现了一双赤脚。那是三叔,三叔嘴里含着烟斗,正在凝视右边那一大片油菜花。蜜蜂在花间嗡嗡嗡嗡嗡嗡的,三叔的眼里似有老泪要流出来,一只大手在蓝布衫上头擦来擦去的。

"三叔,你见过黑眼睛了吗?"

"那是大迁徙之前的传说了,你说的就是那个东西吧。唉,本来我是不想去那山沟里的,可是你婶婶她快临产了,只有那里有个产婆。黑灯瞎火的,我扶着她走了多少路啊。到达那草棚里时,我两眼发黑,往地下一坐就不省人事了。就在我快要不省人事之际,我看见了它。"

"谁?"

"你说的那个东西吧。你婶婶当夜生了个男孩。满山都是猴子在叫。接生婆举着个破脸盆,对着月亮敲了又敲。"

"就在刚才,有小孩在那边喊。"

"你也看见了吗?好!好!"

"小孩是哪里的?"

"那些小孩啊,他们的衣着还是大迁徙之前的式样呢。你不要去深究这种事,见过了就忘记他们,不然会有烦恼。我年轻的时候不服气,偏要迎着他们走过去,结果受了重伤。"

三叔步履蹒跚朝家里走去,我看见那些小孩从他院子的栅栏那边探了探身子,然后就消失了。我感到他们和三叔之间的关系真是神秘极了。看来村里知道黑眼睛这回事的人就只有我和三叔了。我询问过每一个人,他们都说没看到过,这是怎么回事呢?

三叔是我儿童时代的偶像,因为只有他一个人记得村里那些个古老的往事。他有时打赤脚有时穿草鞋,不像村里人总穿胶鞋。他朝人走过去时总是悄悄的,一点声音都没有。三叔从田里干完活回来,点上烟斗的时候,我就会跑去缠着他,要他告诉我关于那只猫的后代的事。那是他从前养的一只黑猫,总是在山洪暴发的前夕站在井沿上狂叫,村里人把它叫作"气象预报"。三叔在田里干活,它就蹲在田塍上一动不动。在那些静静的夜晚,在风的呼啸声中,三叔心里的那些故事怎么也说不完。

三叔已经好多年不开口了,因为生活的重压,我也早就没关心过那些古代的逸事了。不知从哪一天起,我早上睁开眼,总看见窗玻璃外头闪现着那双黑眼睛,我走近前去,它就专注地瞪着我,我绕到门外,它就不见了。因为这双黑眼睛,我的日常生活发生了很大的变化,我变成了一个优柔寡断的家伙,劳动的效率也大大地降低了。有时,在心神恍惚中我甚至会想道:不种庄稼不种菜,就躺在田塍或地头睡大觉,那又怎么样呢?就因为这种疏忽,发生了一畦地的小白菜全部被虫子吃掉的事故。

华妹从那边款款地走过来了。华妹曾经是我的未婚妻,后来她突然解除了同我的婚约。这位身材丰满的姑娘每次同我碰面总是疑神疑鬼的。如果我不理她,她就用充满幽怨的眼睛直勾勾地瞪我;如果我同她搭讪,她又会认为我对她还抱有某种希望，于是她就高傲地不理我。现在她在塘边站住了，我知道她在鄙夷地瞟着我，看看我会有什么样的举动，她心里很清楚每当到了这样的时候我就会彻底崩溃。果然我又崩溃了，我在她的逼视之下如兔子一样惊慌，我甚至想夺路而逃。华妹心理上得到了某种满足，她猛地一个急转身，先我而离开了塘边。就在这时我隐隐地听到塘里有小儿的哭声，待我定下神来仔细搜寻，却又什么都没看到。我纳闷地想，这么多年都已经过去了，华妹怎么还没嫁人呢？她的父母都是老实的庄稼人，怎么生出这种怪里怪气的女儿来了呢？

我才二十六岁，我就觉得自己已经老了。我走在桃花树下，脚步歪歪扭扭的，像有人从两边拉扯我似的。回忆起来，我从小走路步子就不稳，尤其是刮风天。我在刮风天出门往往会弄错目标。比如说，我要到村口的老王家去，我在风中信步一走，却走到了村尾的墓地里；再比如说，我要去给辣椒地浇水，我挑着水桶出门，但风吹得我没法前行，我就放了水桶去沟里摸鱼去了。三心二意成了我的秉性。到后来，黑眼睛的出现又加强了我这方面的秉性。每次我同它一对视，我就改变了初衷，自暴自弃起来。第一回我同它隔着玻璃对视时，我简直痛不欲生，后来我才慢慢学着克制自己，尽量不想到绝路上去。我学会了找些其他的事来淡忘这件事。每当我受到它的影响，变得邪恶起来的时候，我就会从一个很高的土坎上跳下去，这样做的结果往往是弄伤了自己的脚。脚伤了，邪恶的念头也转移了，实施邪恶计划的可能性又往后推延了。尽管这样，黑眼睛还是在不断诱使我学坏。我曾无数次想要抓住它，看看它里面究竟是一个什么样的结构。唉，这双眼睛啊，真是给我出了难题了！

三叔告诉我，华妹对他说过，只有我死了，她才会得到彻底解脱。她虽解除了同我的婚约，自己并不觉得自由，因为她感到自己有义务监管我的行为。这些话听得我冷汗直冒，杀心顿起。然而黑眼睛很及时地出现了。我疯跑到后山的峭壁上，狂吼一声往下扑去。我被那些灌木挂住了，脸、脖子和双手都被划得稀烂，成了个血人。冷静下来一想，华妹的话不无道理。在我的小世界里面，一切事物不都是相互牵制的吗？如果一方被外力所毁灭，另一方不又会打起来吗？我受伤的下午，三叔来看我，他阴阴地笑着，一点都不同情我的样子。他出去的时候，我从肿成一条线的眼缝里看见两只黑色的野山猫跟在他身后。他一边走一边同猫说话。我的父母反倒没来看我，我在他们眼里劣迹累累，即使我丧了命他们也不会觉得惊奇的，尤其是母亲，多次表示怀疑我是不是她亲生的，她说有可能我在出生那天夜里被接生婆调了包。而且我长得完全不像她。

一个新生事物在村子里出现了。不知从哪一天开始，村民们开始去后山的半山腰的一眼泉水取水来喝了，据说那种水喝了可以治病。我爬到那个地方，看见人们排成两队，一队是去取水的，一队是取了水往回赶的，所有的人都神情恍惚，像在梦游似的，就连小孩也是那种表情。我的目光往左边扫去，我看见那边的灌木丛中有些骚动，不一会儿又看见那几个孩童的脑袋浮在树叶上面。"黑眼睛，黑眼睛……"他们在轻轻地唱着。

这种集体的采水就好像一种什么仪式，那一眼泉也很奇怪，总也舀不干，并且就因了这采水，村民们之间的关系也大大地改变了。以前，村民们之间大体上是一种十分冷淡的关系，现在他们之间却生出了一种秘密的共谋关系。而我，显然是被排除在外的。他们不高兴我到半山腰去观察他们的行动，他们只要一看见我，那种恍惚的眼光立刻转为了清澈，似乎每个人都在责备我。但我又实在忍不住要观看他们的行动，于是我就躲在乱草丛中了。一些人在轻声地同人交谈，但那交谈的对象并不在他们当中，似乎他们在同空中的某个精灵交谈。同时我惊骇地看到，那几个唱歌的、穿着古装的孩童正在向人们靠近，他们每人手中都拿着一根树枝。终于他们拢来了，他们插在队伍中间，而村人们，就像没有觉察到似的，夹带着他们往前走。孩童们十分兴奋，又蹦又跳，不断地踩着村人的脚，村人们出奇地宽容，甚至逆来顺受，因为每个人的注意力都不在这里。直到队伍全部回了村，那几名儿童才留了下来，他们一跳就跳进灌木丛中不见了。

　　现在我隐隐约约地意识到了，黑眼睛同某种古老的东西直接相关。当然，我完全可以不理会它，继续我原来的生活。问题是我又不愿不理会它，那种邪恶的眼光里有种强大的磁力，使我在与它相遇之际热血沸腾，产生出一种类似吸毒的渴求感。只要它一出现，我就被吸引，即使我摆脱了它，那种发生过的快感也是刻骨铭心的，那是一种伴随了巨痛的快感，也许有那么一天它会毁掉我的胃或心脏，可是人哪能顾及那么多呢？那些个小孩啊，他们掌握了这古老的秘密，可是我如何才能同他们接近呢？我找三叔打听过,三叔坚决地否定了我的企图,说我"不知天高地厚"。当我想到这里时,有个呆板的声音在门外说:"泉水取完了。"我跳起来往外伸出头去一看,看见一个古装小孩正撒开脚丫跑。当然他是在撒谎,早上我还看见那泉眼满满的呢!也许他是在威胁?

泉水没取完。我清晨爬上那个地方时,看见那一汪碧蓝的泉水洋溢着无限的生气。因为这取水,颓废的村人一下子变得有了精神寄托,像这样大规模的集体行动我还从未在村里看到过呢。就连懒汉犬义,在村人的队伍中都显得那么生气勃勃的,而平时,犬义在院子里晒太阳时连头都懒得抬起来。每天上午进行过那种朝圣般的仪式之后,回来的路上总有古装小孩夹在队伍中,然后他们又在村口跳跃着隐入灌木丛中。奇怪的是,黑眼睛有些时候没出现过了。

我还是很亢奋,我想,是不是每个村人都变成黑眼睛了呢?比如说犬义吧,当我经过他身边时,我扫他一眼,竟发觉那一贯蒙眬的眼光变成了专注而邪恶的盯视。不错,眼珠还是黄黄的,但那目光,怎么会这么熟悉呢?现在有这么多的黑眼睛围着我了。一方面,我成日里想着躲避的事;另一方面,我又忍不住不断地同村人相遇。我觉得自己已经有点疯狂了,我在村前的那条小路上,一会儿往前走,一会儿往回走,徘徊了老半天还在原地。终于遇见一个人,同他一对视,两秒钟后我就落荒而逃。看来活人比单单的一双眼睛更可怕。有时候,在夜里,我会自作聪明地钻进草垛里头去。草垛里头黑黑的,我就想,假如把这里当棺材,睡下去不动,不就一切的犹豫不决全消失了吗?然而随着光线钻进洞口,白天来临,我又改变了心境,像狗一样去追随村人了。

三叔是唯一没有去泉边取水的人。他站在院子里的落叶当中,一只手遮住前额,正在观察天上的大雁。他的赤脚上有两条血迹,不知他在什么地方弄伤了脚。三叔的眼里也没有那种光,他的视线忧郁而平和,还有点心不在焉。

"这一阵子村里就好像回到了大迁徙之前。"他垂下眼皮说道。

"三叔在村里不觉得为难吗?"我好奇地问道。

"我是个局外人,再说我的脚有毛病,穿不了鞋。"他答非所问,"我还见过一片汪洋底下的村子呢!"他又说。

三叔的院子里有株老月桂,上面的花朵香得令人窒息。就在这棵树下,他曾给我讲过那么多的古代逸事,时常我听着就睡着了。在梦里,我闻着那香味就忍不住打起喷嚏来,于是三叔不声不响地把我抱进屋里。曾经发生过月桂在一夜之间枯萎的焦心事,那时见不到月亮,天空低而昏暗,点点灯火在风中飘摇,村子像要消失了一样。奇怪的是大树过后却又渐渐返青,新叶茂密,生机勃勃。问及三叔这件奇事,三叔只是含糊地说同大迁徙有关,他不愿谈论。此刻我的视线落到那棵老树上头,看见一枝很粗的旁枝被人砍下来了。三叔吸着烟斗,也在看那垂下的旁枝。

"它快要完蛋了。"三叔平静地说。

三叔说话间村人取水的队伍正经过他的院子,三叔打量着他们,那神情似乎是想走过去加入到队伍里,可又拿不定主意。

我在心里暗暗好笑:"三叔啊三叔,你才不会无动于衷呢。"

虽然取回了生命的琼浆,村人们却比以前大大消瘦了,尤其是那些妇女,就好像身体被熬干了似的,她们连眼神也变得那么空洞了。傍晚一到,村人们就纷纷地走到院子里去,木然地站在那里发呆。穿古装的那群小孩有时会从小路上闪出来,一边喊话手里一边比比画画的。我细细一看,发现这些小孩已经长大了好多。原来古人也是可以生长的啊。但很可能,他们只不过是古人的扮演者罢了。

我看着那些小孩飞快地消失在村路上,心里想,我们的家乡真是一块神奇的土壤啊,这些外表贫血的村人们,其实心里蕴藏着巨大的能量。三叔真的同这些人拉得开距离吗?他拉开距离又是为了什么呢?也许是为了维系一种更为密切的、觉察不到的联系吧。随着年龄的渐渐增长,我渐渐明白了,三叔心里的那些个古典故事,正是他同今人的关系的折射。我至今记得三叔同懒汉犬义之间的一次对话,那是在三叔的堂屋里进行的。犬义说起生活之艰辛,农事之劳苦,饭食之粗糙,说来说去全是些懒人的观点。三叔起先微笑地听着,后来忽然问犬义说:"你不会抛开这些烦恼,挑一担大饼出去周游世界吗?"

"去哪里?"犬义茫然地瞪着眼问道。

"那些沟沟壑壑之类的地方嘛,你从来没去过的处所嘛。"

"我明白了。"犬义眼里闪出希望之光,"三叔,你碰到好事可不要忘了我犬义呀,一人独享可要不得啊。"

或许在犬义眼中,三叔是一个最有趣味的人。这个成天嗜睡的懒汉,从来也没划清过现实和梦境的界限,在他看来,只有三叔的生活才是最令人羡慕的,所以他在谈话中挣扎着向三叔靠拢。但是他的习性太顽固了,所以尽管挣扎,他还是只能停留在他的白日梦中,时常,他连自己的父母都不认得了。而在三叔的眼中呢?我想,在三叔的眼中,犬义不但是谈话的对象,恐怕还是精神上的一种补充吧。三叔有点像村人当中的释梦者呢。

三叔同妇女们之间的关系就更古怪了。他用不变的忧郁的目光看着她们,就好像她们来这世上只是一个偶然,过不了多久,她们全都会消失一样。有一回,我想请黎嫂来帮三叔扫禾坪,三叔忧伤地说:"不用了吧,万一出了什么意外呢?那就很对不起她了,这个女人有病啊。"

其实黎嫂根本没病,身体好得很。但某个女人越是健壮,三叔看她的目光就越绝望。这使得那些女人骂他是"神经病"。然而黎嫂真的死了,她死在秋天,万物成熟的季节。她那生命力旺盛的身体倒在小水沟里,据说是发生了脑溢血。三叔皱着眉头,整整一个月没怎么说话。

我们这里真是一块神奇的土壤,就连大雁都和别处不一样,它们的个头要大得多。的确,这里的人们的日常生活受到大雁队形的影响。不仅三叔,每个人都爱观察大雁。也许他们是羡慕它们那饱满的精力,也许他们是感叹它们那铁一般的意志,具体我不太清楚。我清楚的只有一点,那就是这些人全是些好高骛远的家伙,他们所想的那些稀奇古怪的事情同他们的日常劳作毫无关联。为什么会有这种习性呢?还是那种神秘的遗传吧。

日子一天又一天地过去,那眼泉还是满满的,却有几个体弱的村人在寂寞中去世了。其他人的样子也越来越衰弱。有一天，我被那些孩子吓了一跳。当时我正在茅草丛中假寐，一股狂风呼啸而过。我抬头，看见几个大汉迎面而来，走到面前，我才看清他们其实还是少年。那些古装穿在他们身上都显得小了，绷得紧紧的。接着他们停住了，没有唱歌，只是发出了一声声凄厉的尖叫，然后就像风一样消失了。他们经过的地方，树叶落了一地。

看来某种凶险已经逼近了。现在三叔不出院门了。他静静地坐在那块石头上，有时竟会抹起眼泪来。村人中有个别人显出了穷凶极恶相，我看到骨瘦如柴的大汉远闻抢了一个小孩手中的水桶，他像牲口一样在路当中饮水，把一身全弄湿了，也不顾那小孩哇哇大哭。从我上次看见古装小孩们长成了半大少年后，他们就没有出现在村人取水的队伍中了。他们现在在很远的地方出现，有时隔着一座山可以看到他们，他们也不再唱歌。现在村人是真的变成黑眼睛了。在夜里，即使隔着土墙我也能感到那种目光，那叫我又想又怕的目光。我整夜想呀想的，看见的全是那种眼睛。后来眼睛们又侵入了我的梦中。那些无边无际的沙漠我总也走不完，沙漠里的沙有时被风吹得扬起来。当沙被风吹得扬起来，弄得我呼吸困难时，黑眼睛就出现了，黑眼睛满天都是。裹在沙中的人有时是懒汉犬义，有时是华妹。我用衣袖遮挡着自己的眼睛，我想看他们，但我又没法看。最后的结局总是我被窒息得晕了过去。

　　白天里，我很想问一问华妹，她在夜间是否到过沙漠。我侧过脸，眼睛不望她，就那样问道："华妹，你有夜间出游的习惯吗？"

"用得着出游吗？我每天夜里都在考虑你的事，我必须在黎明前做出一个又一个的决定。我担心这种事会把我拖垮。"

"决定了吗？"

"决定过好多次了，可惜没用。像你这种人，总是比较愚钝的。"

她的结论激怒了我。离开她之后，我仿佛要证明什么似的，叉开腿站在大路上，我要等一个人到来。

来的是华春嫂。华春嫂那双平时滴溜溜转的眼珠现在就仿佛钉在了我的脸上。我尽量将自己的眼睛翻上去承受着她的目光。我因为用力全身都湿透了，视野也成了一块空白。这时我听到华春嫂在我背后大声说："我做的酸豆角还没拿出去晒呢。"

我恢复了神志，看见她已经走出好远了。事后回忆，这个女人的目光不光像锥子一样锐利，还淫荡得很。她还乘我毫无抵抗能力之际，在我裤裆间抓了一把。真是个胡闹的女人！

三叔很欣赏华春嫂，我把这事告诉他，他那悲伤的脸上突然闪出一线生气，他紧握我的双手，要我重复当时的情景，他还贪婪地张开嘴，像要把我说的每句话都吸进他的肺里头去。当我说到"动手动脚真可恶"时，他的眼光就化为一片温暖的祥和，他低声说道："何必计较呢？你！"

"可夜里总是窒息啊。"

"那也没关系嘛。"

这时他挪动了一下放在岩石边的双脚，我看见他刚踩过的那块土上净是蚯蚓钻出的洞眼,而且分明地,在那些小洞之中有两个菱形的稍大的洞眼,同我先前看到过的那种洞眼很相似。

"我们的土地真是物产丰富啊。"我无限感慨地叹道。

"我正在离开这块热土。"三叔微笑着说。

他的一双手正在空气中搓,就像搓麻绳似的。那麻绳也许是从半空中的云层里头垂下来的。他搓一阵又扯几下,仿佛要证明麻绳的存在。

"三叔,您不会离开我吧?"

"怎么会呢?"

"沟沟壑壑里到底有些什么呢?"

"这也是我一直在想的事情啊。"

窒息的感觉越来越厉害了,现在不光是同人对视之际,也不光是在梦中,就是在路上走,也会突然发作。发作时我往地上一坐,双手紧抱着头。发作的次数一多,我就有了经验,到后来这种发作并不影响我对周围的感觉了。我虽不能呼吸,我的头脑却异常澄明,目光也变得深邃起来。坐在那泥地上,我似乎看到了几千年以前发生的事。我看见一个小老头提着一袋葵花种子,走几步,又弯下腰将几粒葵花籽埋入土中。他的面相有点像我的父亲,但他绝不是我的父亲。他的手背上有长长的毛,指甲也是长长的,像爪子一样。莫非他是我们这一族人的祖先?我一共看见过老头两次,后来我再想看见他,他就怎么也不出现了。

一次发作是在那眼泉边,我真真切切地看见了水中的黑眼睛,那不是一双眼睛,那是一个人,一个没有形体的人,他要对我说话。那双眼睛里的邪恶已经去掉了,它也不再咄咄逼人,它里面现在既纯净又深得无底。我想,以往作怪的都是我的呼吸,只要我中止了呼吸,事情就变得单纯了。我在泉边发作时,周围反而一点响动都没有了。

我很想再去问一问三叔,关于种葵花的小老头的事。但近来三叔已经神志不太清楚了,真的,他已经不认得我了。他躺在烂兮兮的麻布帐子里头,两只溃烂的手还在搓麻绳,搓一搓,又在空中扯一扯。

"三叔三叔,您不会离开我吧?"

"怎么会呢?"

"您知道我是谁吗?"

"你是麻绳那一头的那个恶鬼,偷过我的桂花。"

我走出三叔的屋子,正碰上懒汉犬义往里走,犬义用胳膊肘用力将我撞开,大摇大摆地进去了。听见屋里响起了热烈的问候声,我虽好奇,也不好再进去了。三叔同犬义之间心灵相通,所以他不认得我,却认得他。我一边走一边回顾三叔的大院子。那株老桂花树倒在院子中间,竹篱笆已变得千疮百孔。我记起三叔原先有过一个儿子,后来他跳进一口深潭就不见了。三叔拒绝到深潭里去找儿子的尸体,却从那时起就天天观察大雁。他对我说,他是想从大雁们严谨的队形图案上找出他儿子失踪的蛛丝马迹来。那个时候我认为三叔是在说胡话,儿子的死让他伤心过度了。现在一切都凋零了。

突然我的眼前出现了幻觉,我看到院子里的泥土正在松动,一些地方正在凸起,那些凸起的部分全是蚂蚁窝,成千上万的蚂蚁涌了出来。我停住脚步，仔细地观看那些蚂蚁的活动，我看见有几个地方似乎发生了战争，堆得像小山一样的蚁群看上去十分可怕，过了一会儿，那小山下面就留下了厚厚一层尸体。我定了定神，这才确定我看见的不是幻觉。在老桂花树的根部，云集着更多的蚂蚁，多得使那翻出地面的根部成了一个很大的球，而且那些蚁的个头也很大。我不敢靠得太近，我想要是我靠得太近的话自己的生命会有危险。但即使隔了两三米远，我也看到了那件更奇怪的事。在那个黑球上，稍微凹进去一点的地方，活着的蚁们抬着两只眼珠，那眼珠被咬得千疮百孔，完全失去了神采。在黑球的外面，那土坑的边缘，另一些蚁们抬着另一对黑眼珠，那一双眼珠同样也是死气沉沉，没有任何神采。我肉麻得看不下去了，况且从三叔那敞开的窗口也飘出了刺鼻的臭味，熏得我要发疯。

当我跌跌撞撞走进自己的家门时，我的右脚的脚板突发了一阵奇痒。我连忙将鞋袜脱下一看，居然看见鞋底有一双被我踩扁了的眼球，弄得满鞋都是血迹。我忍着恐惧拎起那两点湿漉漉的东西往门外用力一扔，然后我又赶快换上了干爽的鞋袜。然而我的脚板还是迅速地肿胀起来了。

既然脚出了问题，我就老老实实地躺到了床上。我盯着上面的帐子，觉得刚才发生的事真是不堪回首。

"华妹，你的眼角有一只蚂蚁。"
"哼，让它去，这该死的，我才不怕呢。"
华妹很有气魄地一挥手，使得我在她面前将头一缩。这令我很不快。她的眼神近些日子已不再咄咄逼人了,但她的举动还是那么傲慢,好像她是公主、我是仆人一般。她总是这样大包大揽的,好像我的一生都要由她来安排。今天我决计要反抗她一回。

"蚂蚁是可以将眼珠吃空的,我亲眼见到了啊。"我说。

"那又怎么样,吃过一回了。"

我立刻感到自己说了蠢话,相识这么久了,我还从未见到她对任何人和事感到过畏惧。比如现在,她就任凭那只蚂蚁在她眼球边缘爬动,她连眼都不眨一下!她那种骄傲的姿态好像在嘲弄我是个胆小鬼,但又绝不只是嘲弄,而是,比如说,在暗示一些很暧昧的事。这个已经同我解除了婚约的姑娘,为什么非这样缠住我不可呢?她就没有另一种的生活了吗?我这样想的时候,忍不住又看了她一眼,我看到了令我震惊的事,这就是那只刚才还在她眼角爬动的蚂蚁已经死了。我脑子里闪过"剧毒"这两个大字。

"吃过一回了。"华妹的声音变成了喃喃自语,"那是我弟弟啊,小家伙才三岁,他掉在蚁坑里,就那样被吃光了。我们去的时候,只留下了脚趾甲和手指甲。惨啊。"

她说着就走了开去,将我忘在了身后。在篱笆的那一边,她的父亲正在捶胸顿足地咒骂她,老头子愤怒得脸都白了。华妹除了睡觉的时候以外从来就在家里待不住,她家里的人都把她往外赶,看见她就暴跳如雷。所以她总是在地里干活,要么就在村里走来走去。随着她年龄的增大,家人对她的愤怒似乎也不断增长了。现在哪怕在外面看见她,哪怕隔得老远,她的家人都要恶骂她。我亲眼看见她躲在我也躲过的草垛里头簌簌发抖,当时她父母正在对面咒骂她。什么都不惧怕的华妹这么惧怕家人,这倒是一件令人惊奇的事。难道她弟弟的死会同她有关?是她将他引诱到那个蚁坑里去的吗?先前她没同我取消婚约的时候,倒的确是很喜欢带我去看那些蚁坑。有时看着看着,她会忽发奇想地要我伸出舌头去舔那些蚂蚁。我当然没那么傻,会照她说的去做,那无异于引火烧身。她在我旁边龇牙咧嘴的,眼珠鼓出来。有一回她还当真俯下身去用舌头舔了那些蚂蚁。蚁们并不像我预料的那样集合到她的舌头上来,它们反而仓皇逃窜,就好像她是食蚁兽一样。后来她的舌头肿了好些天,她抱怨是蚂蚁咬的,但我知道根本不是。那时我诚惶诚恐地想过,万一结了婚,她会不会对我的生命构成威胁?转眼间这么些年过去了,她体内的毒性还是这么强。

三叔生死未卜,他屋里的臭味飘出了好远。懒汉犬义越来越频繁地出入他的家。除了犬义,村人似乎都被禁止入内。三叔的院子里边一点绿色都没有了。我打量着那房子下面的宅基地,心里想,也许那下面是一个巨大的蚁穴?三叔会不会也被蚁们吃光呢?一天傍晚,我对直望过去,看见那窗口中间站着犬义,后来他又将自己的脸贴到玻璃上,这时他的两只眼睛忽然变成了两个黑洞,里面没有了眼球。开始我不相信,后来凑近去仔细瞧,发现果真如此。我一直在外头等,等到他出来。可是他戴了一副墨镜,没法看到他的眼睛。他一出去,三叔房内那微弱的呻吟就停止了,翅膀上有麻点的蝴蝶成群结队往里面飞,情况越发显得可疑。但我不能进去了，因为三叔屋里有只恶狗，是犬义放的，只要我一靠近门槛它就死命地叫，还扑上来咬。我又发现往里飞的蝴蝶里头还夹杂了那种大灰蛾，丑陋得令人起鸡皮疙瘩的那一种，草里头的黑毛虫大约是它们的幼虫。这一群一群的都往那扇门里头飞去，有一些说不定正在屋内的阴暗处产卵吧？

我离开三叔的家，用力呼出一口浊气。在我的前方，硕大的月亮显得分外亮丽，村里到处弥漫着桂花的香味，我的身体在这香味里浮动着向前游去。这是个美丽的夜晚，天空呈现出少见的深蓝色，无比的温柔。村人们都在家中没出来，灯火将白色窗纸映成柔和的黄色，窗户隐藏在樟树浓密的叶片间。我明白了，是这些饮用了生命琼浆的、骨瘦如柴的、眼神既严肃又暧昧的人们，正是他们，使我们的家乡变成了如此美丽的梦幻。这就是所谓"热土"的含义吧。我忽发奇想地在这个晚上登上了后山，来到了生命之泉旁边。现在那镜面般的水中只有月亮，没有黑眼睛了。我站了一会儿，背后就传来了歌声，那歌声不再是清亮的童音，而是浑厚的男中音了。这回他们唱的歌我一个字也听不懂，但我知道他们就在那丛灌木的后面。此刻没有风，却有暗香浮动，山下的村子在我的眼前时隐时现。

原载于《十月》2002年第5期

陨石山

我的妹妹终于还是走了,我没能说服她。她去的地方是离这里有一百多公里的那座陨石山。她于几个月以前认识了山下的一名牧羊人,两人坠入爱河,现在她就不顾一切地奔向了她的爱情。在我的冥想中,陨石山上绿草如茵。至于陨石上怎么会长草,那不是我应该弄清的问题。当然那山也不见得就是陨石。

在清寂的夜里,我和我的男朋友远蒲先生一块坐在屋外的石凳上,设想着我妹妹的种种情况。我们为她叹气,但内心又隐隐地感到妒忌,因为那种富有诗意的生活我俩从未经历过。

妹妹从小依赖我,任何事都要我这个当姐姐的帮她做出决定,她是个最为优柔寡断的女孩。我们两姐妹是一场大灾难的劫后余生,后来通过一位远亲的介绍来到这个闭塞的乡间定居下来。乡村的生活并不是平静如水的,酷烈的生存竞争早已使我变得又果断又专横。但妹妹,不管生活是什么样子,总是睁着那双不谙世事的眼睛，一有工夫就遐想。我有时对她很不耐烦——尤其在农活忙碌之际，有时又为自己保护着这样的妹妹感到自豪。

妹妹的情人是个瘦小的青年，他有五百只黑山羊。据说陨石山那边有好几个牧羊人，而他的羊是最多的。他和妹妹是在镇上的饮食店相识的，当时妹妹吃完面站起来要走，却把自己的菜篮子忘在桌子边了——她是去镇上卖菜秧的。牧羊人提醒了她，然后两人便交谈了几句。接下去发生的事匪夷所思：妹妹居然跟了这名青年男子去了他家，整整从我眼皮底下失踪了三天才回来！那年轻人有一种病，一发作起来就痛得不省人事，只能在什么地方就倒在什么地方，谁也帮不了他。据妹妹说那三天里头他发了两次病，妹妹当然不忍心走开。但不走开主要不是为了他，却是为了那些羊。"他发病时就不再是我的情人了。"妹妹有些神思恍惚地回忆道。我不赞成妹妹跟了这个病人去过一辈子，但远蒲先生显然同我有相反的看法，他对于牧羊人的生活有着极大的兴趣，贪婪地想从妹妹口中掏出尽可能多的山野风情。后来我也不知不觉地产生了兴趣。

"慧敏是一名不同凡响的青年。"远蒲先生去村小学上课前这样对我说，他说的是牧羊人。

从外表上看，牧羊人慧敏并不像一个病人，他目光清澈，动作灵活，擅长各种手工编织。他第一次上我家来就送给我两只精致的草帽，后来又陆续拿来草鞋竹篮等。这些东西散发出迷人的清香，令我对于他居住的地方神往不已。每次他都是沿着那条河驾船而来，然后在夜里赶回去，他从不在我们家过夜。

我很想去慧敏的地方看看，当我把这个意思透露给妹妹时，妹妹吃了一惊，连连摇头否决道：

"啊，不要去，不要去！那种地方，你会大失所望的！"

"你是什么意思？"我勃然大怒。

"你不要生气！你干吗生气呢？我只不过是说，那地方不好。"

"不好你还嫁到那里去！"

"那是我嘛，我算什么？只不过是我嘛。"

由于妹妹总说些莫名其妙的话，我就懒得管她的事了。我把妹妹的态度告诉远蒲老师，远蒲老师就笑了。

"让我们一道为她高兴。"他说。

远蒲老师的话也是不能相信的。远蒲老师在村小学教书，但他不好好教书，总是把小孩们带到河里去游泳，一年里头有三分之一的时间学生上的是"游泳课"。因为他这种不负责任的教学，很多家长就不让自己的小孩上学了。有段时间，他几乎每天去学生家里劝说，要家长把小孩送来。我们是前两年成为情侣的，起先我很讨厌他，因为我是个严谨认真的人，但后来，我就被他的随和的性情所吸引了，我感到他有化解生活中的一切矛盾的本领。我同他相处时，他说的每一句话我都颇费思量，他属于那种猜不透的人。比如刚才，我就不知道他为什么要为妹妹感到高兴，也不知道他有什么好笑的。

"干吗去那穷山沟里看呢？"远蒲老师温柔地说，"那里麻烦一定很多。我说呀，你我还不如对你妹妹的新居保持远距离的神秘感呢。"

"那里并不是穷山沟,他有五百只羊呢。"

"谁知道呢,眼见为实嘛。"

那一次,我和远蒲老师的讨论不欢而散。妹妹当时还讥笑我是"自寻烦恼"。短短几个月过去,妹妹真的走了,这空空落落的旧房子里只剩下我一个人。我没有提出要远蒲老师搬过来,因为我觉得一旦他搬来,我和他的关系就完了,所以还是像现在这样好。

妹妹临走时对我说,她真是为了那些羊才走的,要是羊走失了,也就失去了生活来源,慧敏和她只有饿死。"那些羊就像魔法师一样。"她做出这番解释时,远蒲老师就眼睛看着远方,随口说道:"好啊,好啊。"

现在我们坐在月桂树下,吸进那浓郁的芬芳,远蒲老师苍白的长脸在月光下显现出有点不知所措的表情。

"我倒觉得有病的应该是妹妹。寂寞的大山会使她很快地成熟起来,病就会痊愈。从前我去过陨石山很多次,那种光秃秃的岩石山,就是羊都很难在上面站稳呢。"他说。

"慧敏和妹妹说的完全不是你描绘的这种情况啊。"

"也许这些年有了改变。但一座石头山,你总不能将它变成牧场。"

"那你还为妹妹高兴?"

"我的高兴是出自心底的。"

"不管怎样,我打算坐船去一趟。"

"啊,不要毁掉自己的梦想啊。"

我终于同远蒲老师一道坐船去陨石山了。去的时候虽是顺水，船在河里还是整整走了四天四夜，其间还有两次停靠岸边。

第一次停靠岸边时我和远蒲老师上岸去买了几盒火柴。我打开火柴盒，发现里头空空的，就对女老板说了。那胖胖的女人眉毛一竖，尖叫起来，立刻就有两名黑大汉冲了出来。远蒲老师一把拽着我飞跑起来。那一夜我一直吵到天亮，在梦中一轮又一轮地走进那家黑店，又一轮又一轮地被赶了出来。我还挥舞拳头，打得床板响个不停，害得远蒲老师没法睡。当我醒过来时，我们的乌篷船已走出好远了，坐在甲板上抬眼望去，两岸净是奇形怪状的石头山，山上一棵树都没有。我有点相信远蒲老师对于陨石山的描绘了。但是坐顺水船到那里去要走四天四夜，这是我无论如何也想不通的。我把我的想法对船夫说了。船夫开始没听懂，我又说了一遍，船夫就怜悯地看着我和远蒲老师，答非所问地说：

"以你们两个这么单薄的身体，不应该去那种地方啊。"

接下去的两天我和远蒲老师是在昏头昏脑中度过的。从第三天上午开始，河的两岸的那些山里就响起了可怕的野兽的嗥叫，此起彼伏，似乎要发动一场大袭击一样。向船夫打听，他说是虎啸，这地方有很多虎群。我们从未见过虎，吓得脸都白了。船夫又说，只要不停靠岸边就没危险。可是到了傍晚，他又将船停在岸边了。当我们质问他时，他就像没听见似的，自顾自地拿了东西，上岸喝酒去了。这个时候，野兽的叫声更逼近了，我和远蒲老师相互搂抱着，在船舱里簌簌发抖。有一下我们感觉有重物登船，两人都认定末日来临，但等了好久又没有动静。

我比远蒲老师胆子大，就屏住气将舱门拉开一条缝，果然看见有个庞然大物蹲在船头。又过了一阵，却听见船夫唱着小调醉醺醺地回来了，心想他这下非落虎口不可了。然而并没有血腥的事发生，船缓缓开动，山上的老虎仍叫得凶。

"为什么一定是老虎呢？也可能是别的动物嘛。"

远蒲老师说这话时牙齿磕得直响，完全失去了往日满不在乎的风度。

我们终于到达目的地时，野兽的叫声才停止了。远蒲老师多年前来过此地好几次，他说一切面目全非了。在我的催促下，他凭着模糊的记忆带我走上了一条崎岖不平的山路。眼前的山果然是石头山，不要说树，连根草都不长。山的坡度倒是不太大，暗红色的岩石延绵不断。

"陨石山就在这座山的后面。"远蒲老师用手一指。

我就要见到妹妹了，但我一点都高兴不起来，我的心完全凉了。妹妹对我撒了一个弥天大谎，她究竟是为了什么到这种穷山恶水的地方来的呢？

"我们已经到了。"远蒲老师宣布说，往路边就地一坐。

我茫然地扫视四周，以为他在开玩笑。我的周围除了石头还是石头，哪里有什么房屋呢？

"你这个人啊，真偏执，就不会往那山坳里多扫几眼吗？"

经他这么一提醒，我就隐隐约约地发现了晒在一块石头上的翠绿色的裙子，那正是我妹妹的裙子。但是我还没有看到房子，我想，就算没有羊，人总得住在房子里吧。远蒲老师看出了我的想法，眼角流露出一丝嘲笑。"我们过去吧。"他轻松地说。听见噼噼啪啪的脚步响起，妹妹像从地底钻出的一样出现在我们面前，接着慧敏也出现了。他们俩都是奇瘦，脸黑得快成了煤炭色，然而他们精神很好。

"姐姐一定住不惯的，这话我天天都说，可她还是来了！嘿，我们一点准备都没有，我们……"妹妹叽叽喳喳地说着。

她一把搂住我的手臂，拖着我往山脚走。

我松了口气，原来他们并不住在这该死的山上。

"你的裙子……"我提醒她说。

"你担心丢失啊？不会有问题的，你想，谁会到这山上来呢？这是我和慧敏的山啊。"

山上的岩石也延续到了下面的平地，平地上的石头缝里稀稀拉拉地长着一些草，偶尔也有一丛灌木，但始终没看见一只鸟。这地方像个石头村，村民们集中在一块空地上把一大堆岩石从一个地方抬到另一个地方。我用目光仔细搜索，想找到村民们住的房屋，却怎么也找不到。

"我们到家了。"慧敏在身后对远蒲老师说。

"哪里？"我大叫一声。

妹妹用力捏了下我的手掌，责备我不该这么冲动，于是我看到了平地上的一个黑洞。我们四个人呈单行沿着脚下的阶梯走进去，大约走了十来级台阶，那洞就宽敞起来了。慧敏点亮了油灯。

"随便在地上坐吧。"他们一边将油灯放在石头墙的凹缝里一边说。

这个石洞有一间大房子那么大,地上凿得很平坦。我回头一望,妹妹和远蒲老师已经舒服地坐下了,我也就坐了下来。洞里一件家具都没有,也没有衣物、餐具之类的。这怎么能称得上是一个"家"呢?

"我们吃喝都在山上!这种生活呀,你是想象不出的!"妹妹兴奋地说。

"要是下雨,水流进洞里来怎么办?"

"我们这里啊,就连我爷爷都没看见过雨呢。"慧敏轻轻地说。

慧敏说话的样子令我想起那些芬芳的草编物。我问他黑山羊关在什么地方了。开始他有点吃惊地看着我,后来似乎明白了什么。他没有回答我的问题,却建议带我和远蒲老师去看他们"赖以谋生的那块地"。他站起来吹灭了灯,我们一行又到了洞外。

我盯着地上细看,很快看见了另外一些相似的洞口,一字儿排开,一直排到远方。看来这个石头上的村庄规模还不小呢。

那块地离得很远,我们沿着石头上凿出的小路走了很久。当小路走完,出现泥地时,我们听到了一些低沉的说话的声音。

那是山与山之间一条狭长的地带,红土被人们划成很多长方块,界限鲜明。

"这就是我们那一块。"慧敏指着一路数过去的第三块地说。

他的那块土里爬满了红薯藤。再看其他的土里,一律是种的红薯。

"我们这里土很肥,种下红薯不用怎么去管就有收成。"妹妹自豪地说。

我看到有几个汉子坐在那边的地头上,起先听到的说话声就是他们发出的。现在他们远远地打量着我们一行。

每块地大约有两亩,地里的红薯都是长势喜人。不下雨的石头山边居然可以栽红薯,这太奇怪了。

"它们靠的是地下水。"慧敏指着红薯说,"地下水是看不见的。"

"那么你是怎样知道这里有地下水的呢?"我问道。

"看红薯藤就知道了。"他弯下腰去抓了一把干燥的泥土,继续说,"表面的土层都是干的,如果你挖下去的话,下面还是干土。但是的确有地下水!没有人挖到过地下水,我们是从红薯的藤和茎块上看到它的,这土里长出的红薯又脆又甜。这种情况有点像我们在山上的时候……"他挤了挤眼不往下说了。

"在山上又怎么样?"我转过身来问妹妹,口气里头有点不屑,"那种石头山,能有什么样的奥秘呢?"

"奥秘可大啦!"妹妹嘲弄地说。

我觉得她是在嘲弄我。再看远蒲老师,他也在朝我挤眼,我气坏了。

妹妹见我脸色不好,连忙解释说:

"你不要生气嘛,我们说的是水的事情。你想想,我们这里从来不下雨,村里也没有水井,我们是怎样过活的呢?秘密都在山上,你拍拍石头,水就出来了。"

"有这种事!"

"是啊。可那泉水并不是想它出来它就出来的。人必须忍耐,到了极点后就会有变化了。先前我也不习惯,现在倒离不开此地了。"

晚饭我们是在家里吃的。慧敏和妹妹从旁边一个小一些的洞里搬来红薯，我们就用刀削着生吃。妹妹说这里只有这一种吃法，因为没有水。我从来没有吃过这么好吃的红薯。不过这红薯里头没有多少水分。饭后我很快感到了口渴，便记起自己已经一整天都没喝水了。可是我观察他们三个人，全不像口渴的样子。远蒲老师一到陨石山就发生了微妙的变化，我觉得他已经忘记了他是我的男友，在这个对我来说是陌生的地方，他自然而然地成了同我妹妹一样的"知情人"。想到这一点，我就控制住自己的口渴，做出若无其事的样子，背靠着石壁坐在那里。

"月色多么好啊。"妹妹沙哑着喉咙说，她的声音里头冒出一股色情的味道，"让我们去山上寻找失去的爱情吧！"

说着她就兴冲冲地往外走。两个男人显得有点无精打采，但还是勉强跟在她身后。我记起她说过山上有水，就振奋起来了。

山不怎么陡，但光秃秃的，没有可以协助攀登的支撑物，爬了一会儿就感到筋疲力尽，口也渴得更厉害了。加上好几天没洗澡，简直难受极了。抬眼看看身边的三个人，他们全都不动声色。难道他们就不口渴？我忍不住说：

"我快渴死了。"

妹妹钻到一块巨石背后，出来时手里拿着一个茶杯，她对我说：

"这半杯水是我昨天留下的。"

我颤抖着捉住杯子，刚喝了两口，突然不好意思起来。我将杯子递到远蒲老师面前，但是远蒲老师坚决地拒绝了。我目瞪口呆地望着他，这时妹妹伸过手来将杯子拿走了。妹妹也没有喝水,她把杯子又藏到岩石后面去了。

虽然身上脏得厉害,但山上的空气是非常纯净的,月色很美,天上一丝云都没有。在这种一棵树都不生的山上,我感到自己身处危险之中。现在最大的威胁是口渴,由于刚才喝了那两口水,我更加渴得厉害了。我一边跟着大家往上爬,一边想着返回去找那只杯子。后悔的浪潮在我心里翻滚。为什么刚才我不把那杯水喝光呢?为什么要同这几个伪君子讲客套呢?

当我真的回转身往山下走时,妹妹就对我喊道:

"你会迷路的!"

因为怕迷路,我只得又远远地跟在他们后面。又过了一会儿,我的脚都好像不是我自己的了。前面的那三个人影越来越小,不管怎样努力我也跟不上他们的脚步了,他们是多么有活力啊。几天的疲劳和恐惧,加上现在的干渴,我彻底不行了,心里这样想着就往地上倒去。

就在倒地的瞬间我耳边传来哗哗的流水声,我断定那是一种幻觉,就闭上了眼睛不理它。但是流水的声音越来越响了,水从我的脚那里冲刷而过,弄湿了我的裤子。我跳了起来,接着又赶紧伏下身去喝水。喝了个饱之后,我就想洗澡,反正山上也没人,我就脱得光光的洗了起来。水从上面冲下来,水花在石头上溅起老高。我实在弄不懂这种事。当我洗完澡,穿好衣服时,水就停了,风一吹,岩石上的水痕都消失得无影无踪。这时我看见远蒲老师低着头走来了,他是从上面下来的。

"妹妹呢?"我高声问他,一边忍不住在心里想:多么美好的月夜啊。

"她正在同慧敏享受炽热的爱情,就在那边山洞里。"

他神情恍惚地指了指身后某个地方。他走到我面前时,湿淋淋的头发还在往他脸上滴水。

"水是从哪里来的啊?"

他没有回答我的问题,慌慌张张地扯着我坐下来,将一张迷惑不解的脸埋到两膝中间。这一刻,他又变成了我的男朋友。我抚摸着他的湿头发,轻声问他刚才发生了什么。他含含糊糊地说:

"狂暴极了,这座该死的山啊。我就从来没有想到……"

朝山下望去,看见一些火光浮动着,是石头村的村民们正在回家。我想象着妹妹和慧敏的色情的夜晚,我也琢磨着她要到这穷山恶水的地方来安家的理由。我觉得远蒲老师也在和我想同一个问题,但是他更理解他们,所以受的刺激也更大。他从未像此刻这样沮丧不已过。在远蒲老师离开我的那几十分钟里头,他经历了什么样的恐怖场面,以致变成了这个样子?

我开始考虑下山的事。山的坡度虽不大,但并没有一条成形的路。上来的时候跟着他们倒也没觉得困难,现在要下去,路又看不太清,就显得有点危险了。

"你就死了这条心吧。"

远蒲老师说这话时,还是没有抬头。我问他对什么事死心,他就说:

"响尾蛇到处都是,你还没碰见过吧。我们现在不能动,一动,它们就出来了。只能等,等天亮再说。"

他朝我伸出右手,月光下,我看到了手掌心有蛇的牙印,

还有血。奇怪的是被咬的地方一点都不发肿,手还是活动自如。远蒲老师盯着那两个牙印,咬着牙说:

"毒汁在我心里,你明白这种事吗?我难受极了。"他变得话多起来了,也许他在发热吧,"来的时候兴冲冲的,来了就回不去了。你刚才看见这里的村民了吧?你看见他们坐在红薯地里,就以为他们的工作是种红薯吧?不,那根本不是他们的工作!这里的土肥沃得很,红薯插下去就不用管了。他们真正的工作是抬石头,他们一年到头摆弄那些个石头!我见过他们修造的那些石墓,那是好多年以前……"

我觉得远蒲老师的情绪太激烈了,就有意转移话题说:

"妹妹和慧敏并不摆弄石头,他俩在山上游玩。"

"不!"远蒲老师吼了一声,即使是朦胧中我也能看出他的脸涨成了紫色,"他们也一直在山上弄石头,石头就是他俩的爱情!听吧,你听到没有?"

是的,我听到了。爆炸的声音如同从深而又深的地心传来,闷闷的,又有点虚幻。

"那是他俩制造的土炸药。"远蒲老师冷冷地说。

我不敢碰他了,我移开一点身子,迟疑地挤出这句话:

"你,不会死在这里吧?"

他没有回答。这一刻我才知道,这个男人的心离我是那么远,我几乎不知道他想些什么。他是如何成为我的男朋友的?他对我是一种什么样的感觉?他坐在这石头山上,遭受了致命的一击,我甚至不知道那打击是怎么回事。瞧,他哭了,他边哭边说:"生命是多么短促啊,我还没活够呢。"

早上妹妹找到我时，我正和远蒲老师紧紧地拥抱着，躺在石头地上。我俩在梦里成了一个人。妹妹披头散发，神情疲惫，但脸上却显出我从未见过的刚毅的表情。站在她旁边的慧敏手里握着钢钎和铁榔头，脸黑得如煤炭。

"我们啊，在地底下劳动了一个通宵。你看我的脚都受伤了。"

妹妹瘸着脚在我面前走了一圈，慧敏温柔地搀扶着她，小两口的情爱令人感动。

那一天，尽管妹妹挽留，我们下山后没再去妹妹家中。

回到村里的路程虽然是逆水，我们的船却只花了两天两夜的时间。

如今远蒲老师已经搬来我这里。我们总是在清寂的夜里坐在月桂树下，将脸转向陨石山所在的方向，一下子就想起了那边的事。远蒲老师很肯定地对我说，这世上不会再有什么事能像陨石山一样吸引他，不过他也不想再去那种地方了，上一次陪我去是他最后一次。他说这话时并不显得颓废，我心里为他感到高兴。

现在，慧敏和妹妹在我们的记忆中都不再是具体的人了，我们仍然为他俩牵肠挂肚，但都不会坐船去看他俩了。我甚至觉得，幸亏妹妹嫁到那边去了，才有了我这绵绵无尽的思念啊。也许她天生就是适合去地底下工作的那种人嘛。至于远蒲老师，我感到他是两个人，他住在村里，但他又有另外一种生活，在那种生活里头，他成了慧敏一类的人。正是我同远蒲老师的结合，使我慢慢发现了妹妹的真实内心。在那座狂暴的石头山上，妹妹找到了她自幼所渴望的一切。既然她那火热的激情可以从石头里拍出泉水来，便没有她做不到的事吧。从前的一切像场梦。一贯文静的妹妹一下子就被这个干巴瘦小的青年勾走了魂，似乎有点蹊跷。其实呢，这事也是命中注定，大概慧敏一直在那边等，等着妹妹长大成人，才有了后面的事吧。

原载于《长城》2002年第5期

家庭秘密（之一）

阿芹在厨房里切菜，砧板"咚咚咚"响个不停，阿芹做事风风火火的。云香一只脚跨进厨房时听见她"哎哟"了一声。云香凑近一看，砧板上留着阿芹的一小点带指甲的肉，她的食指正在汩汩地向外冒血。云香立刻烧了纸灰，到房里找出布来帮她包扎。

"姐啊姐啊，我疼死了！"阿芹眼泪汪汪地诉说道。

云香有点恶心地拎起砧板上的那点肉，想要扔到垃圾桶里。阿芹看见了，立刻忘了痛苦，竖眉怒目，声音发抖地说：

"你要干什么？"

云香手一颤，那点东西又掉在砧板上头。

"把我的梳妆盒拿来。"阿芹说。

性格温顺的云香走到屋里去拿梳妆盒。

阿芹从梳妆盒里找出一张粉色的蜡纸，要云香帮她把那点东西包好。云香将纸包包成了菱形，然后放在了梳妆盒的底层。云香做这件事的时候，阿芹一直在痛苦地呻吟。阿芹呻吟时，一双圆眼睛死死地盯着那粉色的纸包，就好像并不是她的食指痛，而是那纸包里的那点东西痛一样。云香见她的样子实在可怜，就把梳妆盒拿到房里去了。梳妆盒一拿走，阿芹的表情就变为了冷漠，也不再哭了。于是云香觉得自己做得对。

从阿芹很小的时候起父母就对她比较冷淡，这不仅仅是由于她的手心喜欢出汗，也因为她太爱自作主张。三姊妹里头小弟对她也是同样的态度，同情阿芹的只有姐姐云香。不过云香也不太喜欢阿芹那种阴暗的算计心。

阿芹将指头上的那点肉收在梳妆盒里之后，云香一直在惴惴不安地想：那点肉变成什么样子了呢？云香害怕暴力，就连踩死一只蟑螂也要心惊肉跳老半天。现在她一闭上眼脑海里就出现阿芹的手指被快刀切掉一块的画面，她甚至可以看见最初血从毛细血管里冒出来的景象。这种景象弄得云香一天到晚像失了魂魄似的，家务也做不好了。她心里有点埋怨阿芹的冷酷。要是当时就扔了那点东西，现在也不至于有这种局面吧，阿芹的确是太爱别出心裁了啊。

爹爹看到阿芹受伤的手指后，背着阿芹悄悄地对云香说：

"这个阿芹，总是想方设法破坏自己身上的器官，怎么回事呢？"

可是云香并不赞成爹爹的看法，而她又说不出自己的看法，她就含糊地答应了一声，心情忧郁地走开去了。云香下决心要打开阿芹的梳妆盒，检查一下那点东西。在她昨晚的梦里，梳妆盒里聚集了满满一盒蚂蚁，都是嗅到血味来的。但是她一直没有机会，因为阿芹这几天哪里都不去，就在屋里用那只好手做家务。阿芹用好手做家务时，受伤的手也来帮忙，她裹了白布的食指跷得高高的，好像疼痛已经消失了的样子。

父母都出去了时，阿芹就把云香叫到跟前，让她看她受伤的指头。云香看了后感到十分意外，因为才几天工夫，伤口已经愈合，只是在切口处还有一道灰色的细线，新长出的肉略为泛红，指甲还未来得及长出。

"怎么会有这种事情呢？"云香充满疑惑地说道。

阿芹缠好手指，盯着云香的眼睛说：

"我知道爹爹的一个秘密。"

"什么？"

"他的右脚也是新长出来的，先前的那只完全被火车碾碎了。"

"阿芹你太爱胡说八道了。"

"你不信就算了。"

阿芹的表情似乎在责备云香"少见多怪"。

仿佛为了开导云香，她又要云香把她的梳妆盒拿来。她从盒底掏出那个粉色的纸包，要云香打开它。云香的呼吸立刻加速了，她将纸包放到耳边摇了几下，听见了"沙沙"的声音。打开一看，粉色蜡纸上躺着几粒朱砂。阿芹笑了起来，说：

"够神奇的吧？"

云香心里想，一定是阿芹将那点东西扔掉了，阿芹真是挖空心思的人啊。这时她又听到阿芹在说：

"我知道你怎么想我,但你是错的。"

阿芹仔细包好那些朱砂,放回梳妆盒,将受伤的指头放到鼻尖嗅了嗅,又说:

"现在这个指头啊,不能再碰了,一碰就会把我身上的血流光,我就会死路一条了。我得好好保护它。"

云香终于按捺不住好奇心,就去问爹爹了。

"那时你们都还没出生啊。"爹爹语气沉重地说,"事情原委我也记不清了,因为我昏迷了一个月。好像是脚被撞了一下吧。反正现在这只脚,我用得挺好的。"

他说到这最后一句,口气突然变得强硬了,还将右脚抬起,在空中旋转了几下。云香感到他的记忆里有一个解不开的死结,谈及那昏暗的过去,他心底就会涌出恐惧。

"是不是我们家里的人都有再生器官的能力呢?"云香还想证实一下。

"云香啊云香,这种事除非亲身经历,谁又能说得准?"

爹爹心不在焉地走过去拉开窗帘,云香看见阿芹的长脸在那里晃了一下。云香的脑子里马上出现这个联想:阿芹是故意将指头切掉一边的,难怪爹爹说她"想方设法破坏自己身上的器官"。这时她又听到爹爹说:

"阿芹这家伙像泥鳅一样钻来钻去的,自以为做事隐蔽。"

做霉豆的时候,云香又想起爹爹的话,心里有点沮丧。她看出了爹爹只是表面上对阿芹冷淡,其实这两人的心是相通的。这样一想,她就感到自己像孤儿一样。她一边将黄豆放进抽屉里,一边注意着阿芹的动静。她估计阿芹马上会来找她打听的。

后来阿芹是来了,但阿芹并不向她打听什么,只是讨好地反复念叨:

"姐啊姐啊,这个家里你怎么待得下去的啊!"

两人一道做完了霉豆,就去切猪菜。云香脱了外衣,手起刀落地干得欢。当她停下歇一歇时,她发现阿芹盯着她看呆了,都忘了干活了。阿芹怎么回事呢?

"你切干薯藤的时候,一次都没有切着手指。都这么多年了,一次也没有。"阿芹摇着头,说话的口气明明是在责备姐姐。

"原来你盼着我切断手指啊。"云香将刀一撂,气愤地站了起来说。

"你听清没有啊,我说的是分心这种事。"

阿芹也站起来,气冲冲地走出了厨房。云香听见她在弄得锄头响,大约是准备去后园菜地了。云香就想,像自己这种学不会分心的人,真的很像孤儿。她小的时候妈妈就对爹爹说过这样的话:"我们交代云香干的活儿还从来没有出过差错呢。"妈妈说这话时云香的活儿是剥毛豆,要剥出满满一碗。别的小孩不是将毛豆倒在地上了,就是禁不住外面的诱惑去玩儿了,只有她,一心一意剥,盯着那只碗,看着碗里一点一点满起来。现在她回忆这些往事,不知怎么感到很羞愧。

趁着阿芹去菜地了,云香忍不住跑到房里搬出了阿芹的梳妆盒。她打开粉色的纸包一看,里面包的不是朱砂,正是阿芹手指上切下的那点东西。还有离奇的事,那点带指甲的肉不但没有萎缩、干枯,反而就如刚掉下来的样子,活生生的,只是没有血而已。云香寻思,要是把这点东西放到阿芹食指的缺口上头,说不定还会长拢去完好如初呢!继而又产生疑问:这点脱离了身体的东西,是靠什么来滋养的呢?她不敢久看,怕阿芹生气。

她在厨房里心里七上八下的,对自己往后的生活更没有把握了。干薯藤在锅里煮着,发出酸涩的味道,云香机械地搅动手里的锅铲。一抬头,看见爹爹叼着烟斗站在面前了。

"云香做家务不安心了吗?"

"你说如何去亲身经历?不要命了吗?"云香赌气地提高了嗓子。

爹爹的样子显得很窘,一边离开厨房一边说:"云香真是,云香真是……"

爹爹一离开,云香又感到抱歉。为什么自己不能像从前那样同家人相处了呢?最近发生的事搅得她的脑子里乱纷纷的,她觉得自己的性情正在变化,她一点都不喜欢这种变化,因为她不喜欢做一个毛手毛脚的人。想到阿芹手起刀落,一下就把手指头切下一块的利落劲,云香又很羡慕她。

爹爹买了化肥回家时,阿芹已经和妈妈在菜园里锄了一下午地了。阿芹不管干什么,都将那根受过伤的指头跷起老高,但妈妈就是对此视而不见,也许她认为阿芹在小题大做吧。她毫不留情地嘱咐阿芹干这干那,中途歇息时,她又长吁短叹,说自己的日子已经不多了,好久好久以来,她都在考虑自己的埋葬地的事。就在刚才,她已经决定了,就把菜园旁边这点空地做墓地,这里比较隐蔽。阿芹觉得,这里一点都不隐蔽,是全村人去稻田的必经之地，妈妈为什么要对她胡说八道呢？

爹爹走拢来，凝视着阿芹被包扎起来的食指，很不高兴地说：

"不要怕流血。阿芹啊，你到底怕什么啊？"

阿芹将手藏到身后，仇视地扔了锄头，躲到豆角藤后面去了。她听见妈妈在同爹爹讨论埋葬地的事，她的嘴角浮出一丝冷笑。

在山坡下面的稻田里，独腿人三元正在弯着腰扯草。阿芹记起三元被铡刀铡断腿的那个灰蒙蒙的早晨，不知为什么，那一天全村的公鸡都不停地叫，整整叫了一上午。快到中午时，三元身上的血差不多流光了，然后血就自动止住了。只剩一条腿的三元居然站了起来，用剩下的那条腿跳跃着回家了。整个过程阿芹都守在旁边，但她没有看到是谁铡断了三元的腿。独腿的三元很快痊愈了，他后来锻炼得几乎什么活都可以干，他甚至可以在小河里撑船。小的时候，阿芹常想，可能是三元自己干的那件事吧。爹爹很讨厌三元，谈话中将他称为"流氓"。妈妈就更不用说了，远远看见他就要绕道，说他身上"晦气重"，谁沾上谁完蛋。现在阿芹从山坡上注视着三元，心中有奇异的波涛起伏，先前那种厌世的感觉消失得无影无踪了。她想：另外那条腿到哪里去了呢？她偶然抬眼一望，居然看见云香也站在山坡的下面打量着独腿人。

"云香！"她尖厉地喊道。

云香连头也没回，往旁边一拐，进了家门。阿芹心绪激动地将刚才的事又回味了一通。她不想回家，就钻到山上的茅草丛中去躺着。她将那根食指举到眼面前，然后去掉了绷带，让那伤处透透空气。现在伤口处那条细细的灰线几乎看不见了，新长出的皮肤也开始长老了，但还是比原来的皮肤要红一点。风一吹，那里就敏感地发麻。阿芹觉得自己全身的感觉都集中到这一处地方来了，这使得她的性情都有所改变。是的，她已经变得优柔寡断了。比如说，她已经知道云香偷着打开了她的梳妆盒，可就是开不了口当面向她指出。她心里有种荒谬的预感，那就是只要挑明了这事，云香就会像一缕烟一样从这屋里消失。阿芹可不愿云香消失，姐姐是她同爹爹对抗的同盟。

阿芹又记起好多年以前，她和云香走在那一排桃树下的情景。春天里的桃花开疯了，空气里尽是水雾。云香边走边念叨说，她可不想成为牺牲品。阿芹诧异地问她什么是牺牲品，她就回答说："像昨天夜里被黄鼠狼衔走的两只小鸡。"她还说，小鸡连翅膀都不扑动，一定是那家伙一口便咬断了鸡的喉管。真是老手啊。阿芹又问她谁要她做牺牲品了，她说不知道，总觉得有人在暗处说这句话。此刻阿芹回忆起这件往事，觉得云香敏感的性情原来是很难对付的。这个姐姐在家里很得人心，一点都不像她阿芹。可是阿芹也知道，云香有时喜欢一个人发愣，她一发起愣来，就仿佛成了个陌生人，还偷偷做些不可理喻的事。比如突然将一只鸡杀掉，炖了一个人吃；比如将收回来的西红柿倒进猪圈里之类。幸亏父母没发现她这些举动。云香还老觉得自己身体不好，所以尽量吃好的，不管不顾地吃。爹爹对于这一点十分理解的样子，善意地讥笑说："怕要吃穷了一家子。"云香虽害怕暴力，阿芹却注意到她杀起鸡来又快又利落，看都不用看就完成了。每次她一杀鸡，阿芹就想，这种人才不会成为牺牲品呢。有时两人都进了被窝，阿芹还听见云香在对面床上吃高粱糍粑，边吃还边唠叨，说太瘦的人不好，有危险。得人心的云香在自己家里一点安全感都没有，这是件怪事。

阿芹在茅草里头躺了没多久就觉得该下去吃饭了。她推开门，看见大家已经开始吃了。小弟目光炯炯地瞪了她一眼。阿芹在云香旁边坐下，刚吃了两口，就听见爹爹开口了。

"像阿芹这样的孩子，对自己的将来有些什么样的打算？"

阿芹一会儿觉得爹爹这句话是问自己的，一会儿又觉得不是问自己的。刚一想回答，马上又咽了回去。这样反复了好几次，饭也忘了吃。

"有些什么打算？"爹爹又重复道，还用筷子敲桌边。

"不太清楚……也许，会外出。"阿芹结结巴巴地想到这一句，说完后自己也感到莫名其妙的。

"哦。"爹爹放下了心似的。

那顿饭余下的时间就在沉默中过去了。阿芹却感到每个人都在考虑她的事，连院子里的鸭都在叫个不停，仿佛在大声诘问。

阿芹同云香一同走进厨房去收拾。云香讨好地冲阿芹一笑，说：

"爹爹说话时心里害羞得很呢。"

"胡说！我才害羞呢。"

"我向你保证，害羞的是他，他是很胆小的。他心里还有见不得人的事。"

阿芹的爹爹头有点晕，吃过中饭就到猪栏屋边上去透一透气。猪栏屋边上有一小块平地，上面长满了青蒿。阿芹的爹爹就蹲在青蒿里面抽烟。猪栏屋所在的地势很高，从这里可以看见下面的屋瓦。他想起刚才阿芹吃饭时的表现，心里头隐隐有些骚动。对于这个小女儿，他一直抱一种"走着瞧"的态度，有时欣赏有时厌恶。随着阿芹的长大，她那种性格对于他越来越有威逼的意味了。当他看见她满不在乎地弄伤自己时（这样的事不计其数），他就觉得家中的某些隐秘正在被揭开，总有一天，他自己那凄惨的底蕴会暴露于光天化日之下。讲到自己，他是矛盾的，他又想暴露又想隐藏。所以他怀着强烈的兴趣注视着小女儿的出格的行为。当年阿芹出生的时候，那哭声之尖厉令所有的人惊异。他还记得他坐在门口，那声音如同向他脑袋射来的箭，弄得他脑子里又痛又空。后来接生婆就出来了，脸上阴沉沉的，就像跟这个小孩有仇似的。他妻子一反从前的勤快利落，一连好久懒懒地躺在床上，对任何事都漠然处之。也许这个小家伙把她的身子骨折腾得散架了吧。

阿芹的爹爹是属于那种比较老派的男人，行动缓慢，一板一眼。阿芹一天一天地有变化，他似乎是看着她长大，又似乎是同她完全隔膜的、没注意到她的。他觉得拉开距离是明智的，他妻子也受他的影响。有时两人私下里也内疚，但幸亏有善解人意的大女儿云香在，他俩慢慢地也心安理得了。阿芹的爹爹希望阿芹有一种傲视一切的胸怀，可又担心这样一来，自己的家就留不住她了。缺了阿芹的家会多么没意思啊。说到阿芹的弟弟，小小年纪就已经行动缓慢了，他从来没有受过任何外伤，他总能准确地判断潜在的危险所在。阿芹的爹爹很爱小儿子，但对他并无好奇心。阿芹六岁时被山火烧坏过一边脸，那时全家人亲眼看见了她那惊人的恢复能力。所以后来她再受伤，除了阿芹爹远远地注视着，妈妈和小弟都不怎么关心了。阿芹她妈还说："反正死不了。"不断受伤并不是说她就不敏感了，她仍然痛得死去活来的。阿芹爹只要一听见她又受伤了，一颗心就猛跳起来，他害怕看到女儿表现出来的痛苦。这种时候，他往往大声喊云香，要她去帮忙，而自己则躲出去，待伤口处理好了再回来。大概就是在这些时候，他的弱点被云香暗暗看在眼里。多次反复之后他便忍不住想道：阿芹的伤痛会不会有一大部分是装出来的，是出于一种计谋？这种猜想使得他感到很可怕，生怕自己生存的依据被抽空。就在昨天，老于世故的小儿子还在对他说："我看阿芹的事不要那么当真。"他在对小儿子心存感激的同时，心里面又不断地向自己提出疑问。其实当云香提出那个关于人体器官的疑问之后，他整整头晕了两天。后来他也发现了云香偷看阿芹的梳妆盒的勾当。她们到底是如何知道他的脚受伤的那回事的呢？长期以来，他闭口不提那段往事，他妻子也是他的同盟。

阿芹的爹爹走到井边去打水时，看见云香和阿芹手挽手，一人提着一篮花生到镇上去卖。这两姐妹是多么亲密啊，他想道。看见妻子从厨房里出来了，妻子行动起来悄无声息，像一条蛇一样在屋里游来游去。这段时间，他们俩都有点紧张，听见什么响动就一齐跑过去看。就在昨天，小猪从猪栏里窜出来了，阿芹去追，跌得头破血流。他们夫妇都去围堵那只猪，最后终于将其擒住了。事后两人都没去管阿芹的伤，他是因为害怕，妻子则是因为没注意到。猪栏那么高,小猪如不是受到死亡的威胁,怎么会跳得过去的呢?莫非阿芹要杀小猪?还是她用残酷的手段虐待它?他看到妻子脸上掠过一丝笑意。

"要是你也像三元那样变成独腿人,阿芹就会待在家中不走了。"她说。

"她果真会去找我丢下的那只脚吗?"

"也不一定吧,她有她的东西要找。这又有什么关系呢?"

阿芹的爹爹觉得确实没什么关系,不过他还是撇不开阿芹的事。他一出去久了就死命往回赶,在路上老觉得会错过家中发生的变故。从前他可是个洒脱的人,是女儿的出生给他带来的变化吧。静下来的时候,他也观察过三元,觉得他那种金鸡独立的姿态很有气魄,尤其是他立在打稻机旁之际。看来三元的生活态度是经过了深思熟虑的。年轻时他和三元曾一块去伐木,三元有个怪脾气,时常将树砍到一半就走开,说:"让风去将它吹倒吧。"阿芹的爹爹很不高兴他这样做,他仿佛听见树在哭泣。如果他上前去补砍几斧头的话,三元又说:"这样就对了,做事该有始有终。"经过几次重复,阿芹的爹就对三元厌恶起来了。一连好几回他们去伐木都是不欢而散。从这件事可以看出他俩是完全不同的人。他是最早注意到阿芹在观察三元的,当时真有点气急败坏啊。不过她观察这些年了,倒也没出什么事。独腿三元根本不知道阿芹的好奇心。

云香忘了往煮猪潲的锅里加水了,结果红薯藤烧起来。

妈妈在浓烟中猛烈地咳着,虽然只是一次小火灾,她心里却感到天崩地裂似的。她坐在地上大哭起来。被熏得一脸污黑的小弟奔了过来，指责云香说：

"你看你把妈逼成什么样了！"

云香注意到全家人里头只有爹爹在冷眼旁观，火一灭他就拿着自己的烟斗出门了。云香追出去，看见他又往猪栏屋那里去了。抬头望过去，那片青蒿那里还站了一个陌生人，似乎在等爹爹。

"姐啊，你可是一点伤都没受呢！"阿芹激动地说道。

云香看见爹爹和那陌生人的脑袋凑到一起去了，不知在同他谈些什么。陌生人面对着从厨房冒出的烟在指指点点。云香心里很苦，就好像一个玻璃盘在心里头被砸碎了一样，弄得到处都痛。她想，阿芹到底为什么事这么兴奋呢？她闯了这么大的祸，毕竟不是一件好事吧？

阿芹也在朝爹爹那边张望。姐妹俩此时都忘了去收拾厨房的残局，直到妈妈大骂起来，才如梦初醒般往屋里跑。

事后云香回忆自己犯错的经过，真是大为吃惊。二十二年来，她在家务和田里土里的劳动方面都是最令家人放心的。她聪明能干，作风严谨，活儿比父母都要干得漂亮。最近她到底是怎么了呢？刚才她是想故意烧伤自己吗？她隐约记得火烧起来时，她往柴火中间穿行了两次，当时感到脸上有点热，衣服也着了火，但她却毫发无损！难怪阿芹要激动呢！一段时期以来，云香就感到了家里的某些隐私正在被揭开，起初她仅仅注意到阿芹身上呈现的违反常情之处，现在看来她自己身上也有那种奇怪的能量。若要这些能量释放，她就得改变温顺的性情。也许她爹爹就是在同那人谈论这事吧。

阿芹是亲眼看见云香在火焰中穿行的,身段袅娜的云香就像一把着了火的芭蕉扇一样摇摆着,一时间阿芹看得都忘了去扑火了。站在阿芹身边的爹爹也没有去扑火,阿芹冲进去时他反而往后退,退到门外去站着了。阿芹提着桶出来打水时撞上了正在伸长脖子观看的爹爹,她还听见他咕噜了一句:"真是来势凶猛哇。"家里人一顿手忙脚乱,爹爹却站在门边评判火势的走向。阿芹暗自思忖:也许他说的不是火势,而是他心底关心的另外的事呢?小弟扑起火来发疯了一样,他冲进冲出,黑着一张脸怒气冲冲地骂人,阿芹觉得他恨不得用刀来砍两个姐姐。

失火事件之后,阿芹时常会产生这样的幻觉,那就是云香的周身被火焰缭绕,在空气中无声地移动。为了证实,阿芹就抓住姐姐的手摸一摸,可那手掌一点都不发热。"你干吗?"云香说,她看透了妹妹的心思。至于爹爹,现在每天都到猪栏屋边上去同那个外地人商讨事情。阿芹感到有什么事已在暗中紧锣密鼓地进行了,那件不好的事首先是由她引起的,现在又殃及了云香,恐怕她俩在这个屋里都待不长了。有一天爹爹和外地人似乎要进屋来了,阿芹听到他俩在窗外说话,当时是凌晨,外地人要走,爹爹急切地挽留,后来外地人就说:"改日再来。"外地人的声音含含糊糊的,不太像现实中人的声音,而她爹爹的声音里则透出谄媚的成分,阿芹从未见过爹爹这样。

外地人是在傍晚同爹爹进屋的,当时云香和阿芹都在家,妈妈和弟弟走亲戚去了。那人围着头巾的头低垂着,看不清他的脸。爹爹和他都不坐屋里的凳子,却蹲在门边抽烟。云香一

见那人就脸色苍白,全身抖个不停,她用手撑着里屋的门勉强站稳了,对阿芹说:

"我等的人来了。"

吃饭时那人仍是一声不响,低着头往嘴里扒饭。爹爹介绍说,这个人姓齐,是一个弹花匠,几十年里头走家串户弹棉絮,现在他老了,决定在此地安下家来,所以他决定收留他。爹爹一边说一边观察两姐妹的反应。阿芹往旁边一看,发现云香正在起身往里屋去,于是也跟了她去。两人来到父母房里,云香开始审视那人的弹花工具,用手拨弄一下,那弓就发出"嗡嗡"的响声。她似乎觉得很好玩,拨了又拨。爹爹在外面厅屋里不耐烦地喊云香,但云香固执地守在那堆工具旁不动。阿芹只好代替她答应着出去了。

弹花匠已经吃完了,正伏在桌上打鼾。爹爹说:"这个人累坏了。让他去。"

阿芹就满腹狐疑地收拾桌子。

"你发现云香有什么变化了吗?"爹爹用少有的亲密口气问阿芹。

"她觉得自己好像要离家了。"

"哦。"爹爹吐出一口烟,目光不离桌上那人的脸。

阿芹没想到离家的会是云香。细细一想,又觉得有道理,因为云香才是真正的"刀枪不入"啊。那外地人也没有住在她家里,而是在离她家不远的鱼塘边搭了个草棚住下了。云香带走了他的弹花工具,他就不再弹花了,天天去山里砍柴挑到城里去卖。当他和阿芹在小路上面对面相遇时,阿芹终于看清了那张脸,那是一张饱经沧桑的老脸,脸上的表情却惊人的年轻。

外地人的草棚起火时,阿芹激动得不能自已,因为她又一次目睹了昔日见过的那种风采。这个人从容不迫地在火焰中穿行,将自己的被盖和用具一件一件地搬出来放在水塘边,然后他同爹爹两人站在水塘边抽起了烟。那大火把一切都烧光后就自己熄了。

2002年4月29日于北京牡丹园

原载于《作品》2002年第10期

家庭秘密（之二）

外地弹花匠的新家在大路边上。阿芹和爹爹去过那里一次，是晚上去的。本来，爹爹从不同阿芹一道外出，但是自从姐姐云香从家中出走，一去不复返之后，爹爹对阿芹的冷淡态度就改变了。当然也不是说，爹爹对阿芹变得亲密了——爹爹同谁都不会亲密的。爹爹只不过是开始要阿芹参加他的一些活动了。爹爹的活动全是一些令人捉摸不透的事。有两次他要阿芹同他一道去村口等某个人，但那个人并没出现。还有两次他要阿芹帮着他换屋上的瓦，而屋上的瓦好好的，用不着换，他就坐在屋顶抽起烟来。阿芹等得不耐烦，就偷偷溜走，过了好久再返回，发现爹爹还坐在屋顶上，并且在那里向什么人招手。下来后他就对阿芹说："幸亏检查了一下，不然就漏雨了。"去外地人家里这一次也是神秘兮兮的。父女俩从家里的后门溜出去，一前一后地走着，路上一句话也不搭。

那人的家就是一间路边的草棚，里边倒还宽敞，桌上点了一盏小豆油灯。他们三个围桌子坐着。因为天还未完全黑，外面还是车来车往的，震得草棚吱吱地响。阿芹就坐在那人对面，她发现在油灯下，那人就显得不年轻了，脸上有很多皱纹，她估计他比自己爹爹的年纪还要大一点。爹爹和那人谈了几句农活方面的事，那人就说起村里有一头病牛，被人牵到山里，拴在酸枣树下有三天了。然后两人就开始叹气，终于沉默了。不知过了多久，那人打起哈欠来，爹爹也忍不住打了一个，就起身告辞了。

爹爹走在前面，阿芹走在后面。阿芹忍不住开口了：

"齐叔刚才在说谎，根本没有那么一头牛。"

"是啊。"爹爹平心静气地答道，他的声音同弹花匠一样虚飘。

"他差不多是个骗子啊。"

"胡说！说些没有的事就是个骗子啊？"

"瞧，您生气了。"阿芹在黑暗里恶意地忍住笑。

阿芹回头看那间草棚，见那盏油灯还亮着，大路上已没有了牛车和马车，阿芹好奇地想，那人在夜间如何消磨时间？会不会走出屋子，到大路上溜达？关于她爹爹来这里的目的，阿芹不会去问爹爹，她要自己去发现，她觉得，这个姓齐的弹花匠绝不是同爹爹刚认识的，他们之间已有好几年，说不定几十年的交往了。阿芹自己对于流浪的弹花匠没什么好感，这些人什么地方都能住，几床棉胎牵在树下或墙边就成了他们的家，然后就把他们住的地方弄得脏兮兮的。一想到自己的姐姐二话不说，挑起那些工具就外出做弹花匠去了，阿芹的心里又燃起对这个外地人的仇恨。他既然不再干这个营生了,为什么将工具带到她的家里来?要是不带到她家来,云香就不会出走。也许这事是她爹爹同这个人商量好的,他们不是一连好多天在猪栏屋那里会面吗?在猪栏屋旁边的青蒿地里,两个阴沉的汉子从高处对着村里的屋顶用烟斗指指戳戳的,阿芹每次想起这副景象心里都不舒服。当初弹花匠待了那些天,却不进他们的屋,这本身就是一种计谋。可能云香早就瞄上了他那套弹花工具吧。

云香出走之前,阿芹觉得,她已经有好久不安于在家做家务了。那一天,从田里回来的小弟忽然破口大骂,骂姐姐云香是"流浪女",还骂了些别的。当时阿芹还觉得诧异呢。厨房大火事件发生之后,小弟就不再同云香说话了。云香在小弟的骂声中一点反应都没有,好像他骂的是别人,同自己无关似的。她问阿芹:"你看我这个年龄学技术是不是晚了点?"接着她又告诉阿芹,她已经把弹花的技术掌握得差不多了。阿芹说,她天天都在家里,也没工具,是怎么学会的呢?云香回答说:"这你就不知道了,这种活靠的是灵气。"阿芹在心里想,她是不是看上了那个老弹花匠,决心嫁给他?云香又说,小弟已经容不得她在家里待下去了,他之所以骂她"流浪女",是暗示她,要她去流浪。她又补充说,他小小年纪这么有远见,令她佩服得很。她还告诉阿芹一个秘密,说她五岁的时候尝试过沿着大路一直往外走,看能走多远。那次她走到了河边,她坐在河边等船时,恰好有个村里人经过,就把她带回家了。回家后,爹爹大大地夸奖了她,说她将来一定会"有出息"。阿芹明白了,云香之所以看上老弹花匠的工具,是因为做了弹花匠就可以到处游荡。看来这个家里,早有出走预谋的是云香，而不是自己啊。

有时阿芹也想惹怒小弟，让小弟骂自己一句"流浪女"，但小弟从不搭她的腔，顶多冷笑两声，他的这种态度使阿芹很沮丧，觉得自己现在已毫无出走的理由了。而爹爹的所作所为则令阿芹惊讶，他只是一味地让阿芹卷入他内心的纠纷，好像不这样做就未尽到责任似的。前天，他竟然叫阿芹同他一块蹲在猪栏旁的青蒿地里，阿芹以为他有什么话要对她说，他却又什么也没说。从猪栏屋那里下来时，阿芹看出爹爹的步子已显得老态了，岁月不饶人啊。从前，他可以从大山里挑两百斤柴到镇上去卖呢。但是阿芹感到，这个显出老态的爹爹的思维比任何时候都要活跃，有时一天里好几次，他丢下手头正在干的活去观察什么或思考什么。每当这个时候妈妈就说，暴风要来了，但等来等去的，暴风一次都没来，屋里反而出奇的平静。

弹花匠也时常来家里，谈起卖柴的营生已不太好做了。阿芹觉得他有点后悔不该将弹花工具送给了云香。阿芹有一次忍不住对他说：

"今天来村里的那帮弹花匠，连午饭都没赚到，在菜土边挑野菜煮了吃呢。"

弹花匠瞥了她一眼，一声不响，脸上浮出高傲的微笑。

阿芹心里头恨死他了。转脸望爹爹，发现爹爹在同弹花匠使眼色。

"他们就是吃野菜嘛，"阿芹发狠地说，"还偷了老蔡家的鸡，那一家骂得天翻地覆的。"

她的声音虽然很大，爹爹和弹花匠却好像没听见，将目光一齐投向门口,因为有个人进屋来了。那人正是老蔡,阿芹心里暗喜。

"我正在考虑弃农经商的事,二位能给我什么样的指示呢?我家小女也对弹棉花的技术产生了兴趣。"

阿芹就趁着老蔡讲话之际偷偷溜走。弹棉花的在村里会有如此大的威信,这是阿芹做梦也想不到的。

闲下来时阿芹仍旧想念云香。就在云香出走那天,阿芹的梳妆盒也不见了。阿芹知道纸包里的那点指甲肉是被云香带走了,反而感到有点安心。利刃切下阿芹一边指肚时,云香不是曾流露过浓厚的兴趣吗?

云香留下的家务现在是归阿芹承担了。阿芹并不讨厌干活,她干活时就觉得自己成了云香。由于这种想法,她的活也一天比一天干得好。连她自己也觉得奇怪:她的腌黄瓜的技术是从哪里学来的呢?于是她想起云香说过的话:学技术靠的是天生灵气。虽然阿芹卖力干活,性格阴沉的小弟却不给她好脸色看。当然他不想如同逼走云香一样逼走她,他只是在家中摔东摔西的,对妈妈抱怨说:"家里一点秩序都没有。"实际上呢,阿芹把家里收拾得井井有条。他去田里干活时,阿芹从后面望着他的背影,发现他的双肩已长宽了好多。阿芹觉得他这副样子好像要出事。妈妈的态度是暧昧的,小弟一发脾气她就躲开,过后又悄悄对阿芹唠叨一些不着边际的话,比如:

"我们没有能力搞好家庭的秩序,你说对吗?问题都出在你爹爹身上,早年遗留下来的债务……"

阿芹厌恶地想:如果小弟出了事,责任都在妈妈。然而妈妈的话还是引起了阿芹的深思:那是些什么样的债务呢?很可能云香是出去还债去了吧,爹爹的暗中安排总是英明的。在云香出走后的日子里,爹爹无言之中一直在安排家事,小弟大约是对这种安排不满,所以才说家里没有秩序。恐怕在他们三姊妹出生之前,爹爹就有了那些债务,此后爹爹就一直在家事的安排上挣扎着。"乱"的局面也许是一件好事呢,这样他不就可以乱中偷闲了吗?爹爹最爱做的事就是手执烟斗站在或坐在某个高处,让自己被笼罩在莫测的烟雾之中。很显然,他才不喜欢一清二白的局面呢。阿芹将爹爹归于那种在脑子里下象棋的类型,这种人虽有点可怕,却也吸引着他周围的人。有十多年了,阿芹一直在追随爹爹的棋路,可惜她还是差得太远。就说这个弹花匠吧,老远跑了来,居然就在大路上搭个草棚住下了,真是匪夷所思啊。

这一天下起了大雨,弹花匠从山上挑了一担柴下来,淋得浑身透湿,样子可怜极了。阿芹举伞同他相遇,却不想同他搭话,就用伞遮住上半身。没料到老人居然在大雨中放下了柴捆,那两捆柴挡住了她的路。

"齐叔不怕雨吗?"阿芹只好开口了。

"你姐姐这种姑娘很奇怪啊。"他抹着脸上的雨水说,"她现在已经在洼塘庄那边做,离这里有五百里地呢,你看她走得多么快。"

"您从哪里得到的消息呢?"

"山里人告诉我的。山里人如今不在山里干活了,他们到处流浪。就好像你姐,一去不复返。"

在雨声中,阿芹满耳都是悲愤的哭叫。她转身往回跑,一边跑一边扭过头看看弹花匠。但是弹花匠岔进另外那条小路,消失在雨雾中了。这时阿芹才记起,她是出来找一只走失的小猪的,于是又返回去继续寻找。一直找到那个积水的石灰坑,她才看到小猪白肚皮朝上浮在水里。她匆匆看了一眼连忙收回目光,因为感到自己要发作了。

那一天阿芹在雨地里一直走到天黑,两只裤管弄得湿淋淋的。她回到家时发现家中没点灯,也没有任何声音,这令她感到分外恐怖。她在自己房里换下湿衣服后就想睡,但有一条影子溜进来了。

"你爹在整顿家里的秩序呢,你可不要乱来啊。"

阿芹头昏得厉害,就上了床,盖上被子。妈妈却在她床边坐下不走了。

"今晚我们都没吃晚饭,你爹爹吩咐不准点灯。为什么要这样呢,还是放心不下云香啊。云香是你爹的爱女,又随时有可能回来。当然我们是不会同意她回来的,但是你想,她就不会偷着回来?所以不能点灯,要做出家里已经没人了的样子,这样她就死了心了嘛。我们听说了你对齐叔不礼貌,我们都觉得你前途不妙啊。你是要在村里待下去的……"

后面的话阿芹就听不见了。

阿芹第二天早上醒来后听见弹花匠在她窗前同爹爹说话,那声音是患了伤风的声音,很难听。听了一会儿,阿芹就觉得自己头疼欲裂。弹花匠说话不知要表达什么,总是那几句话,反反复复地说。爹爹呢，要么一声不响，要么发出奇怪的惊叹。

"日久见人心啊！"阿芹听见爹爹故作惊叹地说道。

而弹花匠说的是："偏僻的山里什么长不出啊，向日葵、红玫瑰，哼，就是这些，向日葵、红玫瑰、丁香……这里是偏僻，可是什么长不出？向日葵……"

阿芹想，弹花匠是闷得慌才说话的，不像自己，出于某种目的才说话，爹爹也时常因为闷得慌才说话。阿芹一下子想到，以前他俩在猪栏旁的青蒿丛中也许就是说的这种话，难怪两人在那里一站就是一上午啊，有时阿芹将爹爹想象成一只牛肝菌，菌伞的里面本来是淡黄色的，如刚孵出的小鸭的颜色，可是太阳晒一会儿，里面就爬出数不清的虫子。阿芹小时候捡到过一只脸盆大的牛肝菌，当她翻看里面时，吓得眼前一黑，因为那些虫子都像细绳子一样粗。后来她还病了一场。云香也爱吃牛肝菌，她却不惧怕那些虫子，她口气轻松地说，洗一洗就可以了，虫子又没有毒。可是阿芹宁死也不吃那些虫子。现在她一边起床一边听两个老人在窗外说话，日常生活又变得生动起来了。

阿芹煮好稀饭小弟才回来。小弟一反常态，亲亲热热地坐到阿芹的身边和她搭话。阿芹很吃惊，脸上却不表露出来。

"姐，你会改变你的生活吗？"

"我没想过，怎么回事？"

"爹爹整天都干些什么啊，打哑谜的日子真不好过。还记得我俩一块去镇上卖花生的事吗？那时我们走路多轻快！"

"我和你？没有的事！你记错了。对家里的秩序你要有耐心。"

"你说话快赶上妈妈了。"

如阿芹预料的那样，他们很快就话不投机了。小弟端着海碗往自己房里走去时，阿芹使劲地盯着他的背影，她怎么也想不清这个弟弟是在一种什么样的氛围里长大起来的。

现在夜晚总是在一团漆黑中度过的。爹爹的理由很充分：

"如果云香在晚上经过家门口，看见里头的人同往常一样过日子，她就会很伤心的。我们可不想把她排除在外。"

为了不点灯，晚饭也提早了。很早吃过了晚饭，又不能马上睡，也不能编草鞋，阿芹只好无聊地走到外面去。有时爹爹也出来了，爹爹就叫阿芹同他一块去水塘边站一站。水塘里有很多蛤蟆，叫起来惊天动地。阿芹站在那里，对直望去就是她家黑洞洞的窗口，她感到自己很落魄。

"云香才不会从家门口路过呢。"她不知不觉说出了声。

爹爹笑起来，说道：

"你真机灵，是怎么算出来的啊？"

"因为您没有把她排除在外嘛。"

"你太了不得了。"

阿芹却感到纳闷，感到天要下雨了似的。她想，跳到塘里去做一只蛙是很不错的，她和小弟一样厌倦了打哑谜。阿芹在原地蹲下去又站起来，这样反复了好几次之后，她就觉得难以忍受了。她往地上一坐，像鱼一样张开嘴出气。她怨恨爹爹，可又说不出到底怨恨他什么地方。

"阿芹要有耐心啊。"爹爹和蔼地说。

小弟也出来过一次，小弟不同爹爹阿芹站在一处，他绕到水塘的另一边去站着。一会儿阿芹就听到了哭声。小弟的哭声像狼嗥一样，令阿芹背上冒出冷汗。爹爹抽着烟，聚精会神地听，好像要从那声音里头分辨出什么来似的。阿芹有些明白了：不点灯不是为了云香，是他们自己的需要。但阿芹不喜欢这种得不到任何暗示的表演，她如坐针毡。

阿芹落荒而逃，一直跑进自己的卧房。她准备上床却发现床上已经睡了个人，是妈妈。

"万一云香回来了呢，"她在黑暗中说，"她神不知鬼不觉的，我怕错过，所以到这里来等。她一定会回这个房间，不是吗？我问你，谁惹小弟伤心了？"

"没人惹他，他自己伤心了。过了二十年这种生活，我都为他伤心。"

"我也是呢。"

由于母亲占了她的床，阿芹就从箱子里找出被盖，铺在云香先前的床上。她铺床时，母亲一声不响，但显然没睡，在想心事。为了挡住小弟一阵一阵传来的号哭声，阿芹把窗子全关上了。她不理解小弟怎么这么有精神，看那架势像要哭一夜。

"阿芹啊，你是妈妈的心肝宝贝呢。"妈妈说话了。

"啊？"

"就是因为有二十多年的疏远，我和爹爹才把你留住了嘛。我们不是农民……"

"我知道，我们是外来户。"阿芹打断她，用被子蒙住头。

大约到了半夜小弟和爹爹才进家门，那时阿芹已睡了一觉，忽然精神抖擞起来。同时回来的还有一个女的，阿芹听到了她的声音。那女的指责爹爹做事没有计划，指责了好久才离去，将门关得一声大响。

妈妈在床上小声对阿芹说：

"你听见没有？这是云香啊，如今她说话的口气真大。"

"根本不是云香。"

"你不相信就算了，难道我们等的不是她？"

妈妈的逻辑是很奇怪的。阿芹记得从前也是这样，她要阿芹洗青菜，如果没洗干净，她就会说："本来是叫你洗菠菜的，难怪没洗干净。"不知怎么，那个时候的阿芹听了这话仿佛遭受了奇耻大辱，好多天都不与母亲说话。

第二天早上爹爹和小弟都不起来吃早饭，整个屋里死气沉沉。阿芹还在门口发现一摊血迹，妈妈说是小弟的鼻血。"他昨夜元气大伤。"阿芹找来柴灰撒在血迹上头，想去扫，但那血居然浸到泥地里头去了。于是她只好找来铲子，用力将那块地皮铲掉。

小弟心里头的压力越来越大了，隔几天他就要痛哭一场，有时在水塘边，有时在菜园里，有时在猪栏屋旁边的青蒿地里。时间都是半夜。那种时候，被猛然惊醒的阿芹总要起身披衣到门口去张望一气。阿芹站在黑地里张望时，除了听到小弟的哭声之外，还听到各式各样的呼应从四面八方响起。那些呼应都很微弱，含糊，但的确是存在的。自从发现这个秘密之后阿芹总是想从爹爹口里套出一些关于他们一家的祖先的事，但爹爹的答复总是闪烁其词，不得要领。他一会儿说自己是孤儿，一会儿又说祖父其实是本地的农民。还有一次说他和母亲是在一辆列车上相识的,一个从南边来,一个从北边来,一块往东边去。

她试着往那些发出声音的处所迈步时,那些声音就变得恐怖了,于是阿芹被吓了回来。

白天里,失血的小弟并不显得憔悴,也不萎靡。因为这,家里又恢复了常态,各就各位,该干什么就干什么。阿芹对小弟过人的精力大大佩服。是谁,是什么在对小弟的痛苦做出回应呢?阿芹终于直截了当地去问小弟了。"还不是村里的人?"小弟不高兴地说,"像你这样钻山打洞搜集别人的情报,有什么好处?"

但阿芹知道根本不是村里人,那些声音是从外村传过来的,甚至显得很古老。童年期间刮大风时,她同云香站在菜园里也听到过类似的声音,那时云香对她说是死人的声音,不要听,听了会倒霉。如果真是死人的声音,是哪里的死人呢?想到一贯阴沉的小弟随时可以招来死人,阿芹真是不寒而栗。

"你要那样有兴趣,就去探一探源头嘛。"他又补充了一句。

阿芹觉得他在暗暗地讥笑她,她有点后悔,她怕什么呢,死不了的。

过了两天,她就走进那声音里头去了。她在耳朵里塞了棉花,一个劲地走。出了村子她回头一望,竟看见每家每户的窗口都亮起来了,有人影趴在窗口,原来他们都在看她。他们期望着发生什么呢?她扯掉棉花,那声浪压了过来,她差点跪到地上去了。于是无论如何也没法往前走了。

第二天早上小弟看着她阴阴地笑了一下,还做了一个抹脖子的手势。

"阿芹近来脸色不好，要把情绪放松一点。"爹爹像是在自言自语。

阿芹想：如果在第一次听到小弟哭时她没有逃跑的话，说不定爹爹会对她解释一些事。现在后悔也晚了。在这种家庭氛围里头她格外想念出走的云香。云香可说是已经杳无音信了，但只是对于阿芹来说是这样，家里其他三个人都常带回关于她的消息，有时还说她来过家中了。阿芹不相信那些个鬼话，因为她深知家人有爱随口编造的习惯。

小弟在家中长到二十岁，父母待他很好，由着他的性子，爱干什么就干什么。有一年，大约他十二岁吧，一下子突发奇想要睡猪栏里，父母也由着他睡了。后来被蚊子咬得血液中毒，险些丢了小命。在家中专横跋扈的小弟一直有厌世的倾向，所以他对身边的亲人冷冰冰的。奇怪的是他越冷酷，父母对他越和蔼。那一回由于他的任性患上败血症，爹爹硬是守在他的床边七天七夜没合眼。当时阿芹被爹爹的眼神吓坏了，那眼神好像说，如果小弟死了，他也要死。小弟田里功夫做得好，但他并不是每天干活。如果他在早上宣布"今天不干活"，爹爹和妈妈就会会意地相视一笑，弄不清他们是担心他累着呢，还是为他的意志感到骄傲。一年中他大约有一半时间不干活。他不干活的时候一般是到院子里去看麻雀之类的鸟，捡起石块朝它们投掷。偶尔他也去大路上拦住外村来的姑娘，像要耍流氓一样，待那女的一瞪眼，他又立刻沮丧了，摇摇摆摆地回到家中。后来村人又议论说，他根本不是耍流氓，只是要向小姑娘们探听外村的情况，这是一个外村的姑娘说的。据说他拦住她之后便眼珠发直，一个劲地问她,她们村里是否有狼,说有狼的地方他一次都没去过,总要看一看才好。当她说没有狼时,他便显出不高兴的样子,说自己问错了人。那位姑娘形容他说:"他走路像鸭婆一样,我从来没见过这么丑的男人。"阿芹那时还想,小弟是那种五官清秀的青年,怎么在女孩眼里会是这种模样呢?

清明节村里人去扫墓的期间阿芹在家门口遇见了弹花匠。阿芹正要低头走过去,弹花匠说话了:

"阿芹不是想知道小弟的那些事吗?同我去一个地方就行了。"

"去哪里?"

"去扫墓呀。"弹花匠眨了眨眼。

弹花匠走在前面,阿芹与他隔开一丈来远。尽管这样,路上还有人开玩笑说阿芹是弹花匠的新娘。阿芹听到这话就朝地上狠狠啐一口。

弹花匠闷着头走,阿芹也闷着头跟在后面。不知不觉已走了快两个小时,路上行人变得稀少了。后来又走了一个小时,就根本没行人了。脚下这条路是阿芹没走过的,一抬眼,眼前的景色也是从未看见过的。路的两旁是庄户人家,但又不像她平时见惯了的庄户人家。院子都很大,进去很深,房子却极其矮小,都像地面的小土堆,而且窗户也没有。每一家的院子里都有高大的杨树和密密匝匝的灌木,但又没有听到鸟叫,只有一些白色的蝴蝶无声地飞上飞下,像是不祥之兆。阿芹抬起头,极目远眺,发现前方全是这一种式样的庄户人家,一家挨一家,延伸到远方的雾霭之中。

"齐叔,这是什么地方?"

"快到了,就在前面。"

"快到哪里了?"

"墓地呀,你不要多想。"

又走了大约一里地,弹花匠拐进一个很深的院子。阿芹看见石板小路上有很多硕大的蜗牛密密麻麻的,她每走一步,那些蜗牛就在她脚下发出破裂的响声,她感到恶心死了。这一栋农舍同她一路上看到的不同,房子不是用土砖砌的,却是那种精致的青砖,屋瓦则是黄色的。但房子的造型却同其他那些一样,也是极矮,也没有窗户。弹花匠招呼阿芹到房子边上的一张石凳上休息一下。阿芹刚一坐上去,耳边就响起了小弟哭泣之夜的那种呼应的声音,所不同的是这声音离得特别近,似乎来自地底。阿芹瞟见弹花匠正在微笑。她用目光扫视着,想找到房子的门。弹花匠像获悉了她的想法似的,说道:

"房门在后面。不过啊,不要进去。这种地下室,地上露出一点点,下面又大又宽敞,你不会习惯的。再说蜗牛也太多了。"

阿芹一想到蜗牛,好奇心就消失了。她还有一个疑问。

"这一带没住人吗?我怎么从没到过这种地方呢?"

"你不会想到往这里来的,这个地方住的都是古人,现在都不在了。只有当一些人怀旧的时候,他们才会出来呼应。你们一家人都爱怀旧,耿耿于怀的,所以嘛,就听到了他们的声音了。你瞧,蜗牛爬上你的脚了。"

阿芹发出一声惨叫,猛地蹦了起来,抖落了那只大家伙。

那只蜗牛实在是太大了,差不多有拳头那么大。阿芹恐惧地看着它仓皇逃走,说不出话来。

"它的姿态是多么优美啊。"弹花匠赞叹道。

"你先前并不是农民,对吗?"阿芹压制着惊恐问道。

"当然不是,这有什么要紧吗?"

"没什么。"

他们一同目送着那只蜗牛,看见那庞然大物正在绕到房子的后面去。弹花匠说,门是开着的,蜗牛必得要下六级阶梯才会到达房子里面。他又问阿芹是不是很想进去看看。阿芹连忙用劲摇头拒绝。

阿芹将双脚缩到石凳上,免得再遭蜗牛的袭击。她的心里不知不觉对眼前的老头产生了亲近的感觉,于是又生出了一个问题。

"我的姐姐云香,莫非是在这种地方做弹花的生意?"

弹花匠站起身,用手向前扫了一大圈说:

"这个地方大得不得了,我还从来没走完过,没人说得出这里到底有多大。所以你说的那种事是有可能的。我呀,挑着那一担弹花的工具在这里转了大半生,但是我退休以后就不到这里来了,这还是第一次来呢。如果你一定要问,帮谁弹花呀,这是不用操心的,你只要在一个院子里坐到傍晚,就会出来很多人。他们是古人,对弹花这种古老的技术特别有好感。"

阿芹还从未听到过这老头一口气说这么多的话。她看见眼前这张布满皱纹的老脸正在变得模糊,慢慢地连他的身体也模糊了。阿芹伸手往他身上一抓,什么都没抓到,却听见他的声音又在老杨树的树干后面响起了。那种似有若无的呼唤声在院子里回荡着，白色的蝴蝶越聚越多，好像下雪一样。阿芹也想到过要离开，无奈两只脚像在石板地上生了根一样。她一抬脸蝴蝶落下的粉又迷了眼。

"阿芹啊，这地方可是大得不得了啊。"老头在树背后说。

阿芹伸出一只手扶住那棵树，胸中波涛起伏。

2002年5月10日于北京牡丹园

原载于《小说界》2003年第1期

谜底

　　小弟比阿芹小三岁，生的时候是难产。妈妈生下小弟后就昏睡了三天三夜。所以小弟生下来没奶吃，爹爹喂他羊奶。后来也还是没有奶，只好喝羊奶。喝羊奶长大的小弟却一点都不像羊，他的性格极其阴郁。小的时候小弟极为瘦弱，爹爹就教他放牛。学会了放牛的小弟将牛赶到很远的河堤上去吃草，自己躺在草地上想心事。后来他丢了一头小牛。丢了牛的那天阿芹害怕极了，因为这可是件了不得的事。没想到爹爹只是淡淡地说："丢了就丢了，小弟还有一辈子的时间来还债嘛。"阿芹牢牢地记住了爹爹的这句话，所以在后来的日子里，小弟虽然对她和云香十分傲慢，阿芹却总觉得小弟很可怜。在家里，爹爹和妈妈总是护着小弟，从来不指责他，然而不知怎么，他总是苍白又憔悴。阿芹只要看一看他的脸，就知道他又度过了一个不眠之夜。

　　小弟直到这两年才强壮起来了。随着身体的成长，他对家人也更加无礼起来。当阿芹被小弟训斥了之后，总是想，小弟一定是被那笔债务压得喘不过气来了吧，自己怎样才能帮他一把呢？那一次厨房起火的事件之后，阿芹偶然听到小弟站在烧坏了的厨房里对妈妈说话，他愤愤地要妈妈把阿芹赶出家门。阿芹很是诧异，因为是云香烧坏了厨房，又不是她阿芹，为什么小弟要赶自己呢。这种想法太古怪了，小弟真不像话。当然后来并没有谁来赶阿芹，小弟同她之间虽然不好，还是相安无事。尽管相安无事，阿芹同小弟那极为蔑视的目光相遇时，心里仍很紧张，担心他要出新花样。

爹爹近来也觉察到了阿芹在小弟面前那份紧张，他讥笑说：
"说天亮天就亮了，我们家要出大人物了吧。"

阿芹羞得无地自容，就离他们远点，一个人站到门外头。没想到爹爹也跟了出来。爹爹又说道：
"阿芹啊，你要挺起腰杆做人。"
"小弟欠了债呢。"阿芹低声说。
"那又怎么样，人人都要还债！"

爹爹的声音忽然提高了八度，阿芹吓坏了，拔腿就往猪栏屋那边跑。一边跑着，她耳边一边传来小弟骂她的声音。

阿芹想，小弟一定是摆不脱那无处不在的阴影啊。奇怪，她阿芹怎么就没这种感觉呢？爹爹不是说人人都有债务吗？阿芹感兴趣的是家里过去的隐私，她一直在钻研这类问题，但是她的心里并没有小弟那样多的阴影，即使是云香的出走也仅仅使她的情绪阴沉了四五天。她时时感到小弟的债务，却从来没感到过自己身上也有债务。阿芹在青蒿地里蹲了十几分钟，眼见小弟背了农药喷雾器出门了才下来。

小弟从不与村里的任何人多交谈。有时人家招呼他，他从不回答。在外面他倒不像在家里这么傲慢，他不与村人搭讪是因为害怕有麻烦。有一次，独腿三元打鱼回来碰见小弟，他要小弟拿一条鱼回去吃。小弟不吭声，疾走。三元跳跃着在后面追，口里嚷着："小弟！小弟！不要客气嘛！"阿芹看见小弟脸都白了，额头上冒出一粒粒汗。后面跳着的三元倒是兴奋得很，像发现了猎物一样紧追不舍，直到他被绊倒在一块石头上。小弟逃回家之后，口里念念有词，他念的总是这几句话：

"这些个豺狼一样的家伙，躲都躲不开啊！什么世道！这些个豺狼！"

妈妈听见了，就笑着夸奖他：

"小弟真清高！洁身自好是我们家的传统，这个传统不能丢！"

爹爹阴险地对阿芹说：

"其实吃他一条鱼也没关系，吃了照样不理他。当然小弟也做得对。你看呢？"

"我？我不知道。"阿芹心里一慌。

"这种事用不着知道。"爹爹现出不可捉摸的表情。

小弟没听见大家的议论，他还在重温路上发生过的事，口里隔一阵爆发出两个字："豺狼！"

从很久以前起阿芹就注意到了，小弟最喜欢回味发生过的事，有时这种回味持续一天，有时持续好几天。因为这，阿芹生怕同小弟产生摩擦，被他死死盯住不放可不是好玩的啊。看着小弟的背影，阿芹就想，如果他长久地诅咒某个人，那个人会不会出事呢？虽然像三元这样的强悍的人不怕他的诅咒，换一个懦弱的家伙就很难说了吧。他既然有这样重的心事，他又是如何度过漫漫长夜的呢？除了失眠，在外面哭喊，他总还是有睡觉的时候吧。出于好奇，阿芹在夜里常去小弟房里看。小弟不关门，谁都可以进去。阿芹往那黑处一站，耳边就响起连珠炮般的说话声，那是小弟在梦中同别人辩论。对方总是那同一个角色，似乎是一个冷静的、权威的角色，因为其权威和冷静，小弟就更为激怒，总是说些热昏了的胡话来激怒对方，又因自己达不到目的就将床板拍得直响。有一回阿芹忍不住笑出了声，于是小弟朝她扔了一个枕头，扔得很准，原来他根本没睡。可是早上阿芹问起，小弟又说不知道夜间的事。

去外地人弹花匠的家里是小弟第一次同家人以外的人接触，那个昏沉的夜晚发生的事只有一些细节留在阿芹的脑海里。

起先是她、爹爹和小弟三个人在路上走，快上大路时听到很多人在前方发出喧闹声，待走到那里，又一个人都不见了。弹花匠站在他的草棚的门口，他身旁是他那只绿眼的黑猫。阿芹先进屋，爹爹紧随，小弟殿后。弹花匠一关上门那盏油灯就灭了。一片漆黑之中阿芹感到小弟瘦削的手朝自己的手伸过来，接着那冰冷的铁夹一般的手夹住了自己左手的四个指头，阿芹痛得差点失口叫出来，但终于还是忍住了。

弹花匠打开柜子摸索了好久，不知在找什么东西。听见他口里咕噜着："找到了，找到了。"阿芹以为他要回到桌前来了，可是他又开始了新一轮的查找。

"齐叔倒不如点起灯来找呢。"她说。

"小孩子不要乱说。"爹爹斥责她道。

阿芹说了那句话之后，小弟就像生气似的甩开了阿芹的手，坐到一边去了。他挪动竹椅发出的声音十分刺耳。阿芹听见外面有手推车由远而近的声音，后来那人将车子停在门口了。黑暗中，阿芹猜不出大家在想什么，却听见弹花匠在说："不要开门。"

小弟一下站起来推开门到了外面，他似乎在同外面那推独轮车的人讨价还价，那声音一下子高昂一下子又降为窃窃私语，但听不清他们之间到底做的什么买卖。阿芹想凑近去听，爹爹不让，说她会"干扰小弟的独立思考"。爹爹说着话还过去将门关上了。阿芹一下子瞌睡重重，就伏在桌上迷迷糊糊的了。她是被有人一掌拍到桌上惊醒的，醒来后才知道一桩买卖已成交了。屋里的氛围立刻变得轻松起来，豆油灯也不知什么时候点上了，而小弟，正坐在她旁边同弹花匠一块研究一本算命的书。他们俩的脑袋凑在一处，眼睛瞪得老大。

三人似乎是后半夜回家的。阿芹一到家就上床了，起先还听见爹爹、小弟和妈妈在厅屋里点着灯长久地谈话，其间夹杂着一声接一声的叹气，后来就听不到了。

她直到上午才被屋里的喧闹声惊醒，撑起身一看，卧房门大开，家里人正在往外搬东西，所有的家具全搬空了，只剩下她的这张床了。

"你醒来了啊。"妈妈边说边伸手来拖她的床，"这房子卖掉了，小弟没告诉你吗？"

"竟有这种事！为什么不和我商量啊？"

"没有商量的余地了。你不也老惦记着债务的事吗？"妈妈略带恶意地说。

阿芹一家人坐在租来的拖拉机上驶向村口时，每家的人都出来观看了。他们四口人惭愧地用双手蒙着脸，不愿回答村人的询问。出了村子，阿芹忍不住开口了，她再不开口就要憋死了。

"到底房子卖给谁了？"

妈妈叹了口长长的气，对她说道：

"就是你昨天去的那家人家呀！你瞧你多么迟钝！"

"弹花匠？"

"对。"

阿芹不知道他们一家要驶向哪里，拖拉机手铁青着脸，双眼凝视着前方。阿芹也不想再问了，因为大家都不高兴回答她。

中午都已经过去了，这辆大型拖拉机过了一个村庄又一个村庄，拐了一个弯又一个弯，现在阿芹眼里全是陌生的乡村景象了。她偷眼打量大家，见他们脸上都挂着赴丧一般的哀愁。阿芹担心起来了，她脑海里出现这辆拖拉机开向悬崖的画面，"同归于尽"四个字在画面正中闪着黑光。她挪动身子，挪到右边紧靠着自己睡了二十多年的木床，这床给她一点实在的感觉。她这样做时，拖拉机手就扭过头来发怒似的瞪她。

"阿芹啊，你要改变自己的这种天性！"爹爹叹着气说。

一路上，阿芹总在紧盯那些景物，她非常希望看到有关云香的蛛丝马迹。乡村里的弹花匠的确不少，到处都可以看到他们用烂棉絮搭起的小帐篷,以及他们遗留下来的脏东西。当那脏棉胎后面忽然伸出一个乱蓬蓬的头来时,阿芹便对那人脸上流露出来的旺盛精力大为吃惊。看着看着,她心里就升起一股模模糊糊的憧憬,其间又夹杂了一丝后悔。要是当初她同云香一块出走,那么现在,坐在那脏棉胎后面梳头的妇女不就是她阿芹了吗?弹花匠们那种脏兮兮的、自由自在的日子曾引起过她无尽的遐想。

直到傍晚他们才抵达目的地。阿芹发现这就是她和弹花匠来过一次的地方,同那一次唯一不同的只是那些被埋在土里的房子似乎长高了一些,露出地面的部分多了一些。阿芹想,这些日子它们可能一直在慢慢生长。她注意到先前看不见的窗户也从地面露出了一半。拖拉机手帮着卸下家具后就开着车一溜烟跑了。爹爹背着手走来走去,口里兴奋地念叨着:

"这些空房子都可以住,你们要住哪里?啊?哪里都行!"

阿芹低着头找那些蜗牛,找了一气没发现一只,于是怀疑起来:可能这并不是她上次来过的那个地方吧。

就在大家张罗着将家具往屋子里搬时,小弟出问题了。阿芹看见他跳了起来,然后连连发出惨叫,在地上打起滚来。一会儿他的半边脸就肿得不成个样子了。他说是蝎子咬的。可是蝎子怎么会咬到脸上去呢?是从树上掉下来的蝎子吗?小弟不能说话了,阿芹握着他的手,那只手一点一点地变凉了。爹爹和妈妈对这桩惨祸的反应却很奇怪,他俩催促阿芹继续搬运,不要管小弟,他们自己也是只顾搬东西,任凭小弟躺在泥地上。阿芹决心陪伴小弟,就不动不挪地蹲在那里,她感到这院子里潜伏了很多虫子,它们都想向小弟进攻,只要她一离开,小弟的身体就会被它们吃光。所以她瞪大了眼睛警惕着,一旦发现情况,她就要把小弟背进屋里去。

爹爹和妈妈搬完家具后还站在门口喊了几声阿芹,见阿芹不肯进去,他们就关上了门。阿芹看见窗口现出了灯光,知道他们在里头弄吃的了,心头不由得十分佩服他们真能适应环境。现在小弟的身体已经硬了,阿芹伸出手去抚摸了一下他那肿起的脸颊,看见血从他鼻孔里流了出来。阿芹心里升腾起一股异样的激情,她先站起来,然后往小弟胸口上一坐。这时她听到了婴儿似的哭声,但那声音却并不是从小弟的口里发出来的。那哭声大约持续了一分钟。阿芹就这样坐在小弟胸口上想起了往事。她闻到从窗口飘出的煎鸭蛋的香味时,父母已经开始吃晚饭了,他们打开窗户又喊了几声阿芹。

云香是下半夜到来的,她在月光下显得又憔悴又苍老。阿芹简直不敢相信自己的眼睛,就抓住她的胳膊捏了又捏。

"你在什么地方揽活做啊?"阿芹问道。

"这种事不用操心,这方圆几百里,到处都有活。"

云香说着话,一边随随便便地用脚尖踢着小弟的身体。阿芹就问她知不知道小弟被蝎子咬死了。云香笑起来,说:

"不是咬死了,是麻醉,到早上他又会活蹦乱跳的了。我刚来时也搞过一回,这是这个地方独有的一种虫子。"

阿芹听得目瞪口呆的。她又摸了摸云香的手掌,摸到了像小石子一样的厚茧。

"姐啊,你过的什么样的日子啊!"

"这里的确很艰苦。现在你不是也来了吗?"

这时阿芹才第一次同云香一块走进那所旧房子。

爹爹做出很不欢迎云香回来的样子,说她"不务正业"。云香不声不响地低头吃饭。

阿芹趁着这机会把房子细细打量了一通。这是一间令她感到毛骨悚然的怪房子。当她离开点了灯的桌子,往房子后部走过去时,竟然发现这房子大得走不到头!她走了又走,直到那点灯火变得微弱,爹爹的说话声都听不见了,才转身往回跑。她的背上冒着冷汗,手里的碗也掉在地上了。

她回到桌边时,爹爹细细地打量了她一阵,然后说:

"你把碗打碎了。你真没用。"

"爹爹,这是怎么回事啊?"阿芹带着哭腔说。

"干吗非要弄个水落石出?你看云香,她就规规矩矩坐着没动。"

"我要走了,爹爹。"云香站起来说。

"走了好,走了好,你快走。"爹爹说。

但云香又坐下了,还是低着头谁也不看。

阿芹抓着云香的手悄悄地说:"不要走啊,你夜里就同我睡一床。"

阿芹想去洗碗,但是此处没水,爹爹说:

"要好好找才找得到水,这个地方什么都有的,要有耐心。"

外面天已黑了,没法出去找水,阿芹出门看了看又回来了。她回到桌边时,云香已经不见了,爹爹说她已经走了。阿芹感到奇怪,因为并没有看见她出门啊。爹爹凑近阿芹,一个字一个字地说:

"她还用得着出门吗?你真傻。"

阿芹将目光移向房间的黑暗的后部，陷入了沉思。

"爹爹，为什么这栋房子只有一个房间呢？"

"这就像千条江河归大海嘛。"

阿芹很疲倦，想睡，可又放心不下小弟。万一那些隐藏的虫子涌出来进攻小弟的身体，他不就完蛋了吗？于是她同瞌睡搏斗着，摇摇晃晃又到了院子里。月亮从云层钻出来了，院子里很亮，小弟躺在那空地上格外显眼，阿芹觉得他躺的姿势有所变动。她心里一悸，就跪下去用力摇他，一边摇口里一边喊。小弟不回答，他的身体还是像死人那么硬，阿芹摇着摇着就害怕了，放开他，站到一旁去。这时她听到背后有人笑，她几乎吓晕了过去。那人站了一会儿才开口：

"阿芹太爱操心了，这种事还是由它去的好。"

原来是弹花匠。

"你来干什么？"阿芹冷冷地问，心里升起愤怒，"债还没有还清吗？"

"哪里有什么债，你爹不过是打比喻，你怎么就相信了呢？"

"那么我现在可以回去了？"

"当然。不过这么晚了，你认得路吗？这地方只有一种危险，那就是迷路。"

弹花匠又说了几句什么话，阿芹没听清。他边说边退，一会儿便隐进了树的阴影之中，看不见了。他一消失，阿芹又后悔自己没有抓住他不放。她再一次跪下来，将自己的手放到小弟那变了形的脸上，她感到了小弟的呼吸，这种感觉令她稍稍放了心。

那房里的灯还燃着，看来爹爹和妈妈还没睡。在这异地的不眠之夜里,大家都在想些什么呢?阿芹本想多守护小弟一会儿,但她还是睡着了。

她醒来时,已在那房子里的床上了。房子的格局还是原来的,只是缩小了,后面也没有那个无限延续的通道了,而是明明白白的一堵土墙。微弱的光线从半截窗口射进来,射到爹爹和妈妈睡觉的那张床上。阿芹看见他俩和衣睡在那里,也没盖东西。她想起了夜间的事,立刻下床到院子里去。

弹花匠喜气洋洋地站在那里,正在剔牙。

"我吃了一只山鸡。你们吃了什么?这里天上飞的、水里游的、地上跑的全有,吃不完。你找小弟?他才不会乖乖地躺在地上呢,早走了啊。"

"他上哪儿去了?"

"嘿,在此地你要见一个人就得找。不信你就回到屋里看看你老爹老妈还在不在?这就去。"

阿芹半信半疑地回到屋里,看见床上果然空空的,屋里一个人也没有。她连忙跑出来,可是弹花匠也不见了。

阿芹一口气爬上那棵老桑树,站在树丫上朝四面眺望。她眼里所看见的同上次与弹花匠一道来这里见到的情形大致相似,只除了那些黄牛。在这个不见人烟的地方,是谁养了这么多的黄牛呢?它们都很壮实,散布在旷野里、路上,和那些荒芜的院子里,有的在默默地吃草,有的缓慢地行走,有的一动不动。黄牛的皮毛有点接近黄土的颜色,眼神无比的驯服。在家里时,阿芹从不敢同一头黄牛长久对视,从小弟开始养牛的时候就如此,她感到那么明澈的目光难以承受。现在她却一下子来到了黄牛的王国,虽然这些动物都没有搭理她,她还是感到焦虑。她盼望看到一个人,哪怕是一个人影也是好的。她从树上溜下来,开始在村里四处走。

阿芹在开始溜达之前搬了块石头放在她住的这个院子的门口,免得找不到,因为所有的院子和房子看起来全是一种样式。但是为什么要回这里,她不知道。她先走进旁边那个院子,那里头有两头黄牛,一雄一雌,皮毛十分美丽。两头牛都瞪着她看,她就垂下头往里闯。房子的门虚掩着,当她推门进去时,牛在外头叫了两声。她站在空房当中,看见两头牛都将头部从窗口伸进来看着她,那眼神竟是无比凄苦。阿芹没有心思待在里头了,她推门出去,逃跑一般地离开了院子。

现在她跋涉在一望无际的旷野之中了。这地方是如此的广阔,黄牛又是那样的多,总有几千头吧。但是听不到一声牛叫。阿芹迷惑地想,这些牛是不是真的呢?从前当过放牛郎的小弟,此刻说不定又重操旧业了吧。旷野里有很多灰蓝色的大朵的野花,阿芹一闻到它们的香味就产生恐惧。她觉得旷野里也不能待了,于是又往那唯一的一条路上跑,跑得背上都出汗了。

到了路上,这才看见整条路已站满了黄牛,有好看的也有样子凶的,身上发出她所熟悉的牛的气息。她只能从它们的缝隙里插着走。那些牛的身体都非常温暖,而且也似乎很乐意同阿芹的身体接触似的。当她一路挤过去时,前面的都企盼地盯着她,等她挨到自己面前来。阿芹突然感到了一种奇怪的爱抚,这爱抚来自这些沉默的动物,她以前从未理解过它们。

她终于挤出牛群,在路边的茅草上头坐了下来,那些牛都在看着她。她也看着牛,她感到自己漂浮在一片爱的湖泊之中,这是从未有过的。她现在能够从容地同那些眼睛对视了,似乎所有那些眼睛都在传达着同样的情感,她用不着特意去区分它们。她伸展了一下疲惫的腿子,忽然有一阵热浪冲击着她的心田。在这些恬静的目光之中,她的身心开始放松下来,无名的感激和愉悦之情令她眼里闪烁着泪花。她又一次用探询的目光发问:这是一些什么样的牛啊?但她的问题又一次被融化在那明净的湖泊之中——那样多的湖泊,每一个都深不见底。后来她的目光无意中移到远处,她看见在道路对面的荒地里,爹爹、妈妈、云香和小弟落寞地站在一丛灌木旁,有很多牛围着他们。而在他们的东边,更远的树林那边,弹花匠正在朝这边走来。一个念头在阿芹那混混沌沌的心里头成形了,她跳上路边一块凸出地面的石头,向所有的黄牛挥手告别,然后就回到那栋房子里去了。

到她再出来时,手臂上已挽了一个布包。她看见弹花匠已经从牛群中挤出来,正朝她走近。

"准备好了啊?"他问。

"好了。"

"今后怎么打算的呢?"

"没去想。独腿三元不也过得很好吗?"

她再次向那些黄牛挥手告别。由于黄牛们把道占了,弹花匠和阿芹就只能一前一后靠路边走了。她埋着头一个劲地走。道路在她前方不断延伸。

原载于《芙蓉》2003年第1期

文史资料续篇

我挖过山，我也去海边的礁石上等待过；我还曾在宿舍后院里掘地三尺，然后使用探测器。最近，我又对人的面相产生了兴趣，我盯着一个又一个的行人细细打量起来，想从那上面找到隐藏的历史。然而，我找不到关于"它"的蛛丝马迹。"它"是我的邻居有寄为之着迷，为之献出了全部体力和精力的他的本职工作的对象。

有寄是干什么的呢？我不是很清楚。他曾向我解释过，说他的工作很危险，但不是对干这个工作的人来说危险，而是对外人来说很危险。因为不论是谁，只要了解了那种工作的内幕，就会陷入焦虑之中。世上竟有这种工作！我经过长期的观察，排除了诸如暗杀、投毒、制幻、邪教等等的猜测。有寄是一个相貌普通的干巴老头，生着一对愣愣的眼睛，从那眼神里完全看不出有什么城府。这样一个糟老头子，连说话都说不太清楚，也没见过他做过什么引人注意的事,居然宣称自己对众人具有控制力,这是不是在吹牛呢?然而他苦着脸,一点都不像吹牛的样子,他好像还为自己掌握着如此大的控制权感到抱歉。

"远文啊,我生不如死呢。"

他无灾无难地活着,为什么又说这种话?

有寄工作的地方在乡下,他一般是一个月才回来一次,所以我楼上的这套房子就总是空着。有寄到家时,那副样子很像金矿里头中毒的矿工,一般我总要待他休息一天之后才敢去找他。当我意识到我的头顶住着有寄时,我就忍不住浮想联翩了。一种对人们有害的工作,从事它的人怎么可以随便向人说出来呢?即算我是他的邻居,这也不成为可以乱说的口实啊。只有一种可能,那就是这种工作威力强大,根本不怕人对它加以破坏。所以从事它的人说出来或闭口不谈其实结果是一样——都无损于它的存在。

当时间一天天过去时,有寄的工作在我脑海里就化为了一张有毒的黑色网络,被它网住的人都黏在那上面,无法动挪。我觉得自己还没有被网住,这是因为我小心翼翼,避开关于这件事的话题。再说他一个月才回来一次,我们有很多其他的话题可以谈论。这个老单身汉对我来说还是很有吸引力的,尤其是当他说起乡下的那些逸闻趣事时,我就仿佛到了另外一个世界。一般来说我不太相信他的话,但他的描述是那么有趣,我的思路不得不跟着他跑。他往往是抽完一根纸烟就这样开头:

"乡下啊,天那么蓝。"

他说的事都没有地名和人名,是那种可疑的泛泛而谈。说老实话,我最喜欢这种谈话的风格了。昨天他又说起宰杀麻雀的屠夫，说这名屠夫已经病入膏肓，有蚂蚁咬破他的血管爬到外面来，还说看来那些蚂蚁寄居在此人的心脏里头。"在那种蓝得令人心疼的天底下，什么事不会发生呢？文史资料里头全记录了。"

当我追问"文史资料"在何处可以看到时，他就劝我"不要让好奇心超出了一定的限度"。于是我沉默了，因为我担心这事与他的"工作"有关。我，一个退休老头，犯不着为满足好奇心而给自己招来很大麻烦。再说我也是单身，出了事谁来帮我料理啊。但是好奇心是压不下去的，越压，它就越在里头高涨。终于，我下决心要同有寄去一趟乡下了。可是，唉，那是一个什么样的地方呀。

坐了两个多小时的火车下来，眼前只看见一些死气沉沉的灰色砖瓦房傍着山坡，田野啦，树啦，鸟啦什么的全没有，一些荆棘和杂草长在野地里，草丛里飞着那些常见的冥界的使者——小白蛾。有寄说那些房子就是他们的办公室。我因为不想卷入更大麻烦，就说我不进屋了，在附近遛遛，看看，呼吸一下乡下的新鲜空气。有寄也很赞成。

"新鲜空气会让你的肺强健起来。"他的声音像从山洞里发出的一样。

他转身朝坡边的一栋房子走去。那栋房子有三层，是平顶无瓦的那种，顶上还有一个玻璃观景台。观景台正对着一个大烟囱，那顶上此刻黑烟滚滚弥漫下来，形成一种嘲讽。环看四周，还立着四五根同样的烟囱，烟囱下的破旧平房像是食品加工厂。有寄说的蓝天根本不存在。我站在原地发了一会儿呆。我看见有寄进了办公室之后，还爬到观景台上去站着，黑烟一下子遮蔽了他的形象，一下子又让他现身。我回想起他先前的警告，连忙转身朝来路走去，我必须离开这个是非之地。

过了好些天，当我又碰见有寄时，他就讥笑我是"捡破烂的"，说"捡不到金子，转背就走，连珠子都不要了"。我记起乡下的那种阴沉，忍不住又要问有寄为什么有那种热情去赞美那样一个地方。没想到他一下子板起脸，一本正经地说："蓝天是真的。像你这种见识的人怎么看得到。"

以上说的都是多年前的事了，现在有寄已经不在了。我又去过他的工作地点好几次，我一次也没有看见蓝天，倒是那些办公楼因为不再有人在里头办公而一天天颓败下去了，一场暴风居然将那些楼房的屋瓦刮得七零八落的。草丛里的小白蛾却成倍地繁殖起来，弄得我只好戴上大口罩在它们的迷魂阵当中穿行。看房子的老女人是有寄的婶娘，老得连牙都没有了，我每次在楼下遇见她时，她总是在打瞌睡，叫了半天也叫不开门。她穿着那件黑色的睡袍来开门，磕磕绊绊的，开了门之后又倒在那把躺椅上，迷迷糊糊地同我说话。我就没话找话，问她这里来过什么人没有。没想到她回答说：

"怎么会没人，他们天天来这里上班嘛。"

"谁？"

"有寄和他的同事嘛。你最好不要打听这种事。你今天夜里打算睡在这里？我劝你回去，前些日子有人来打劫。"

"这栋空楼里头有什么可抢呢？"

"那人从梦里头走出来,看见到处都是珠宝。这种地方啊……"

我想起自己刚才戴着口罩和墨镜的样子,也许这老太婆把我当成抢劫犯了吧。我不禁哑然失笑。她虽打了几声鼾,却还可以听到我在笑,于是又回了我一句:

"你怎么竟敢讥笑你的上司?"

说完这句她就头一歪,真的睡着了。

窗子没关,滚滚的黑烟一下子涌进来,呛得我咳嗽起来。我连忙逃离她的房间,往对面的荒地跑去。我跑到没有烟的地方坐了下来,这时从山坡那边传来劳动的号子声,是一些人在那边打夯。我爬上一个土堆,朝那边张望。我看见一些穿着囚服的人在那边用石磙夯土。他们似乎是在漫无目的地夯,随便用那些石磙东砸一下,西砸一下,他们喊出的号子疲惫而沮丧。黑烟慢慢地散去,我眼前的画面清晰起来,我大吃一惊地认出他们当中有好几个是我的邻居。

我的邻居都是一些极为懒散的、管不住自己的人,我不知道他们是如何卷入这里头来的,事前一点迹象都没有。从前有寄说过,他所从事的工作对人有害,现在我看见那种危害了——那些人累得像要趴下了似的,可又不能够趴下,情形十分凄惨。一个小伙子不知怎么被一块凸出地面的石头绊倒了,刚好被抬起的石磙一下子就落下来,砸了他的脚,他发出凄厉的惨叫。

我逃进那幢尖顶的瓦屋,从敞开的门走进办公室。二楼的办公室大概是这栋房子里最大的办公室了,它占据了整个二楼。写字桌一张紧挨一张排过去,桌上堆满了资料。我顺手拿起一

份资料,看见那题头上赫然几个大字:

"古老家族之间的血案"。

再看下面的内容,却是些奇怪的字码,令人一看就头昏的那种。

我又拿了另一张桌上的资料来看,这一回的题目是:

"关于案件善后处理的备忘录"。

内容倒是看得懂,似乎是说某处为争一块山地发生械斗,死伤几千人,事后官方对此事的处理记录。一看日期,是八十年前的事。

我再拿了一份,题目是:

"一味纠缠历史问题的弊端"。

但是我无法再读下面的内容了,因为我的眼睛花了。我感到这个巨大的办公室有点像一座古墓,我的周围挤满了幽灵,它们吵吵嚷嚷汇成一片喧嚣。有寄虽然不在了,这个办公的机构虽然也撤销了,但谁又能担保危险已不存在了呢?我必须现在就走,也许还来得及。我一抬头,看见有个人进来了。她双臂向前伸出,目光直瞪瞪的。是有寄的婶娘,她在梦游。

我连忙躲开她,然后从桌子下面钻过去。听见她在发狠地说:

"看你钻到哪里去,这回我要你的老命。"

我蒙头蒙脑地下了楼来到外面。打夯的人们已经不见了,到处静静的,空中粉蝶密密麻麻。我连忙从包里掏出口罩和墨镜戴上。

在回去的火车上我无意中注意到了一件怪事,那就是车上的旅客们全是一式的老年男女,一式的戴着旅游的白帽。厨师告诉我说,这些人全是从 N 县(就是有寄工作的县)来的,他们打算周游世界。这是些沉默寡言的老人。打量了他们当中的几个之后,我就发现他们全都有着一样的眼神,这种眼神我在有寄眼里也看到过,是微微令人发窘的那种。其中男的眼神又更为固执,老太婆们的则透出些茫然。"他们的野心大得很!"厨师说。而我,实在看不出这些行将就木的老人有什么野心。被厨师的话弄得不安,我就鼓起勇气去问一位白发苍苍的老太婆。一开始老太婆不知道我是在对她说话,我重复了三遍之后,她才朝我转过脸来说:

"你是问我到哪里去啊?不要问这种话,你不要嘲笑我们这种苦命的人。我们世世代代在 N 县受苦,这可不是我们的错。"

她一开口脸上的表情就生动起来了,眼里也闪出活泼的光。但那种光一瞬即逝,她马上又恢复了呆板的表情,就像没同我说过话似的。

坐在她旁边的脸上有瘩子的老太婆手里提了一个小竹笼,笼里关了一只红嘴巴的鸟。那小鸟一声接一声地发出凄苦的叫声,叫声淹没在火车的隆隆声之中。我猜测他们也许是要把这只小鸟送给一个亲戚,看她那副样子,是不会为小鸟的痛苦所动的。

我又询问了一位正襟危坐的老者。这名老者不但不回答我的问题,还对我十分厌烦,指桑骂槐地将我称为"刁民"。

我并不是出于好奇才打听他们的行程的,是出于什么呢?那些在山坡上打夯的人的形象逼得我好苦啊。我又换了好几个车厢,看见的还是戴白帽的老年旅游者,没人理会我,他们都沉浸在我所不理解的世界里。这时列车长迎着我走过来了,这名中年胖子用肥厚的手一把握住我的手,不由分说地将我带到他的工作室。他的工作室里头也坐了一名老者,这个人满脸的老年斑,也许有八十岁了。列车长关上门出去了。老人盯着自己手背上的老年斑,耸了耸长而乱的白眉毛对我说:

"定期探访有助于陶冶性情啊。"

我说我并不是定期探访,也许这次之后,就不再去 N 县,因为这种旅行,是令人心情阴暗的。

"那还不是一样吗?"他用洪亮的声音高声说道,"N 县的老人,差不多全到了这列火车上,集体的自杀行为消灭不了历史,历史是悠久的!"

"你们要去死?"

"我不过打个比喻罢了。我们这些人,都不喜欢预测。你什么时候再去探访呢?"

"我已经说了不想再去。"

"不要这么绝对嘛。我看的事多了,你会改变主意的。"

后来,一直到我下车,他也没再开口。

我下车的时候老人们都将头探到窗口来了,一些人还用望远镜对准了我,一直到我走出月台,消失在通道里头。

那些老人,还有有寄,以及有寄的婶娘,他们藏着什么样的东西呢?在暗无天日的日子里,在我同有寄的幽灵在黄昏的走廊里相遇的时刻,这个问题被我提出来了。我认定,他们一定藏有一样东西,那东西同文字有关,但又不完全是文字,它也许是一件事物,或一个有生命的东西。因为有了那个东西,恶劣的环境啦,空气的污染啦,长年的寂寞啦,等等,对于他们来说完全算不了什么了。所以有寄坐在那种污浊的观景台上看见天空像宝石一般蓝;所以行将就木的老人敢于去做探险似的旅行。他们那件共同的"历史遗物"也许就在办公室的楼房里头,婶娘看似迷糊,其实目光雪亮;也许化成了粉蝶,在那地方徘徊不去;也许深藏在N县某座山中……我做了种种猜测之后,终于把疑点放到了自己身上。是有寄的死给了我启发。晚期癌症的他,头部在枕头上使劲地摩擦,眼珠直瞪瞪地看着我,咬牙切齿地说出这句话:

"我决不放过你!"

不放过我的还有婶娘、列车上的老人以及列车长和厨师。是啊,他们的秘密——那件古代遗物,也许就在我的周围。这样我才成了他们注意的对象的吧。起先我寄希望于它会自己出来,后来我才主动出击的。有的时候我甚至声东击西。比如我一早打算去海边沙滩上探测,可我先不去那里,却爬上人行天桥,对着来来往往的汽车敲打一面破锣。多年前我还以为有寄的工作是一件通常意义上的工作,最后我才明白那不是"工作",那是一个庞大的隐秘的计划,有众多的人参加,谁加入进去,谁的生活就被搞得一片颓败。这事的确奇怪,起初就因为有寄的一句胡话:"乡下啊,天那么蓝",我就整个地陷进去了。现在,N县成了我的心病。即使是在七里香开花的花园里,我也闻得到那种腐败的气味,那气味引发我的遐想,于是我迫不及待地又要重返旧地。

列车上总是坐满了那些老人——每次的都不同,因为我从未看到过眼熟的。老人们不论什么季节都戴着那种白色的旅游帽,脸上的表情呆板而平静。N县的老人真多啊。他们却再也没同我交谈过。仅仅为了一桩难以启齿的事,就世世代代住在那种荒凉的地方不挪不动,这到底是自满自足还是无可奈何呢?有寄是多年前闯进他们团伙的外来人,最后他大概也没能完全被同化吧。然而他们为什么又要满世界乱跑呢?

近来 N 县有寄的工作地那边越发荒凉了。由于泥石流,房子被埋了好几栋,现在还剩下两栋完好的。婶娘就住在其中的一栋里头。我到达那里时,婶娘正在办公室里烧资料。她将桌上的那些文件都投进一个铁桶,火光熊熊地映红了她的脸。她睡眼蒙眬地摸索着朝我走来,自言自语地说:

"人都已经死了,还要记录干什么呢?山洪暴发得很及时嘛。"

窗外有乌鸦凶险地叫了一声。我背脊发冷,赶紧下楼。

我跑了好远,也顾不得戴口罩了,那些粉蝶迷住了我的眼。出了荒地,坐在小路边上,远远地看见那栋楼的窗户都被烧着了,火舌和浓烟直往外冒。我始终不能确定有寄的婶娘出没出来。

从办公楼到火车站有五里路,路上视线所到之处一个人都没有。快到车站时,小路上出现了一只母猴,母猴像是从大难中逃出的,瘸了一只后腿,毛也被烧焦了。当我试图接近它时,它毫不犹豫地躲开了我,往那些乱石堆里头爬过去。

回家后的这些天,我老惦记着那只猴。莫非它就是历史的遗物?

原载于《青春阅读》2003 年第 3 期

犬叔

我们家族里的人并不是本地人，我们是好多年以前因为战乱从城里面逃到这边乡下来的。祖先们在这里安顿下来，建立了这个名叫水村的村子。水村的人们的记忆力是十分顽强的，关于祖先的事他们知道得很多，村里不论男女老少，只要被问起多年前的那一场战乱，都能信口讲出一个又一个的故事来。据说逃来的祖先是三男两女，那两个女的是两兄弟的妻子，流传下来的逸事，大都是关于那四个人的。关于外地人的故事也很多，那一拨又一拨的外地人来水村定居，于是村子繁衍起来。

犬叔并不是我们这里的人。我听老人们说没人知道他的来历，不过他的前生很可能是一条狗（这是他自己说的）。他来的时候，连个名字都没有，被追问了好久，这才文绉绉地回答说，他姓"犬"，他还用树枝在地上画了一个大大的"犬"字。当时围观的人都哄笑起来，将这位少年闹了个大红脸。我们村里的人都姓"水",就是邻村,或方圆几百里的人们,也只听说有"树"姓、"梅"姓、"泥"姓、"文"姓、"武"姓等等。甚至有人还拜访过老祖宗所生活过的城市,似乎那里头也没听说过有姓"犬"的人。但犬叔还是顶着这个"犬"姓在村里生活了几十年。然而这位犬叔虽然不姓水,对于我们水族的家史却了如指掌。村里人将这一点归结为他的知书达理,勤奋好学。我却在这件事上头有些怀疑。

这位犬叔在外貌上同我们家族的人毫无相似之处,他是三角脸,身材干瘦,而我们的男子都是长脸的大汉。他的眼神也和我们不同。我们喜欢很委婉地、似看非看地望人,就好像害羞似的。这位犬叔却总是瞪着一双三角眼,直愣愣地看着对方。每当这种情形发生,被看者总是恼羞成怒,悻悻地走开去。我不相信这样一个自以为是的人会去钻研我们的家谱,而且我也从来没看到他静下心来钻研什么东西。他总是很忙,总是在活动,不是帮这家出主意,就是帮那家干活儿,和村里人的懒惰形成鲜明对照。大概这也是我们将他这个外姓人看作"自家人"的根本原因吧。可以这么说,犬叔一直全身心地融入村里的事务。大家虽不喜欢他的眼神和长相,但看到他的身影出现还是很高兴的,因为他往往可以帮人解决一些问题,而且不考虑回报。老人们总是说:"阿犬的前身是一条狗啊。"我想,同一条狗比起来,他是太有主见了。我不喜欢太有主见的人。在这个偏僻的乡下,大家都是混日子,至多也就消遣似的讲一讲从前祖先的逸事,你不防着我,我也不防着你,现在忽然来了个胸有城府的人,当然是会别扭的。不过犬叔并不让人感到别扭,他有种本事，能让人不知不觉地采纳他的意见。

我从来没有看到犬叔读任何一本书，村里人为什么要说他知书达理呢？不错，他是认得字的，但那都是他来水村之前就学会了的啊。认得一些字就称得上知书达理了吗？还有，他看人的样子不但算不上知书达理，简直就是粗鲁。再说他也不会像常人一样同人保持一种彬彬有礼的距离。他总是什么事都介入，什么事都自作主张。我们不习惯他，最后又都容忍了他。至少在我看来是这样。

水永公公是村里最老的长辈，先前个子很高大，现在已缩得像个土地菩萨。水永公公并没有什么特别的智慧，只会重复大家的意见，但不知为什么，村里人凡事都要跟他商量。我觉得这是村人的一种惰性吧，完全没有道理，何况他也出不了什么主意。在对水永公公的看法上，犬叔和我刚好相反。他常常说的一句话是："没有水永公公的支持能成功吗？"在我看来，他是外来人，所以才要巴结村里这个长辈吧。就是这个性格平庸的水永公公，昨天忽然向村里人提出来，要将村子前面的这座荒山全部种上果树苗。他的意见立刻得到了犬叔的赞同。可是这一次，村里人一反常态，都不赞成水永公公的计划。为什么呢？一来我们都很懒，不想生活中有什么变动；二来我们当中并没有谁是果农，大家都只会种粮食、种菜，要是冒冒失失种上果树，非得死掉不可。于是村里人都装作没听见水永公公的话，一些人还躲着水永公公。犬叔却不知为什么兴奋得很，他逢人就宣讲水永公公的计划，不断向人们描述花果山的未来美景。他甚至挨家挨户去劝说，对每一家都说这句相同的话："如果我们不赶快行动，就会失去机会了。"

我已经说过，犬叔一直是全身心地融入村里的事务的，大家对他也很欢迎。所以到了今天上午，虽然人人心里都有怨气，但还是一个个掮着锄头、铲子上山了。我注意到在村人履行他的计划之时，水永公公却躲在屋里不出来，就好像做了什么值得惭愧的事一样。犬叔大呼小叫地吆喝着，上蹿下跳，指挥着村人放火烧灌木。

忙了大半天之后，大家都被熏得一脸墨黑，一个个身心疲惫、垂头丧气地回到家。有人在咬牙切齿地赌咒发誓说，决不再听水永公公的鬼话了。我也在山上乱砍乱挖地搞了一天，但我这个人比较油滑，属于那种出勤不出力的类型，我生怕累着了自己。回到家里之后，我给自己烧了饭吃了，然后就坐在门槛上慢悠悠地抽起了烟。微风吹着，对面山上死灰复燃的零星火苗在闪动，提醒着人们白天里的荒唐忙碌。我忽然在心里打定了主意，不再参加这种莫名其妙的劳动了。这时我听到邻家院子里传来大声的争执，是水牛家在同犬叔，还有水永公公争吵，当然是为了种果树的事。开始双方的嗓音都提得相当高，水永公公的声音变得像公鸡叫一样，那是我从未听到过的。但是接下去，双方的嗓音都低下去了。又过了一会儿，居然成了窃窃私语，不乏亲密的味道。我还未充分反应过来，那一群人就相拥着进到屋里面去了。又过了一会儿，水牛家的灯也灭了，似乎他们在那里开黑会。我不屑地撇了撇嘴：这算怎么回事呢？

乡下的夜晚是令人万念俱灰的夜晚，在那样的黑暗中，小屋里的人们很难萌生任何冲动。我就在这种死一般的静寂中，像一个外人一样回忆着白天发生的事。村里人（也包括我在内）到底为什么要上山去开荒种树呢？难道我们真的相信犬叔那些鬼话吗？一个八十岁的老糊涂了的家伙的忽发奇想，居然改变了每一个人的日常生活。我们并不需要什么果树，好几百年以来，我们的村子一直自给自足，甚至还略有剩余，这种瞎折腾是没有意义的。以我的观察来看，水永公公以前从未有过自己的主张，他只是装出有主张的样子让别人来向他讨教，维持一种"德高望重"的地位。但这一次是怎么回事呢？莫非他以前全是在演戏？我躺在蚊帐里头，想象着村人先后被水永公公说服的情景，不由得发出冷笑。我在心里说："懒惰的人们啊，你们自食其果吧。"然而在我的梦里，满山都开遍了灿烂的桃花和梨花，花丛间居然还出现了三只小鹿秀丽而惊恐的脸。

大家都上山的时候，我没有上山，我在菜园里修篱笆。水永公公坐在那一丛竹子下面抽着旱烟，他的媳妇在院子里喂鸡。村子里静悄悄的，只有一些妇女在家里或园子里干活。从菜园里可以看见满山乱跑的人，他们不像是在种果树，倒像是在搞破坏。山上已成了黑糊糊的一片，仅有的几棵大松树也被砍倒了，风里面尽是植物烧焦的味道，熏得人头痛。水永公公已经在那把木椅子上睡着了，烟袋也掉到了地上，他的身体小小的，像一个玩具。

我在家里干活，但我并不安于干活，我干活是为了分散自己的注意力。这是我生平第一次从众人中脱离出来，内心免不了忐忑不安。每天，我听见他们上山；然后，我又听见他们回来。起先他们比较沉默，似乎在迫不得已地履行一项讨厌的职责。后来他们就渐渐活跃起来了,我听到了谈笑的声音。他们现在是越来越活跃了。从菜园里我可以看到他们在挖坑,种树苗,浇水,到处是他们忙碌的身影。我知道犬叔在指挥他们,就好像他自己是一位果树专家似的。水永公公却一天天地衰弱下去了。有一天,我看见是他的两个孙儿将他抬到竹丛旁边的。他躺在躺椅上抽旱烟,看天上的大雁,通常是很快就睡着了,让烟袋掉到地上。当烟袋掉到地上的时候,他的一个孙子跑过来凄厉地发出哭叫,那声音划破长空。水永公公在躺椅上慢慢地蠕动着,像屎壳郎一样翻过躺椅,咚的一声跌到地上。这时那孙子反而吓得跑掉了。我觉得躺在地上的老头已经摔伤了,但并没有人过来管他,那媳妇若无其事地在院子里晒衣服。现在再没有人来征求水永公公的意见了,他一定很寂寞吧?在他的对面,那些人在山上干得热火朝天,整个山都已经被他们种满了果树苗。

犬叔是回来搬树苗的时候碰见我的,当时我正要去买点灯的煤油。

好久不见,他已经瘦得不成样子了,三角脸像被人削了两刀一样。他放下树苗,像往常一样瞪着我。我强作笑脸,问道:

"犬叔啊,苹果苗都成活了吗?"

"没有人会去管这种事,我们关心的是别的事。"他镇定地回答。

我甚至感到那张脸上有一丝嘲弄的味道。我莫名其妙地惭愧起来,避开他的目光走出去。

"我们都很乐观,苹果苗死了也不要紧。"

他的逻辑实在太可鄙。发动全村人上山,鼓吹种果树的好处,其实却一点把握都没有，只凭着忽发奇想盲目行事。这种事情和欺骗又有什么两样呢？当我把我的这个想法告诉水永公公的媳妇，那媳妇听了我的话立刻跳开去，仿佛怕沾了我身上的瘟疫似的。她拍了拍手，厉声道：

"你可不能乱说。犬叔相信他自己做的事，他从不撒谎。你是一个男子汉，为什么待在家里呢？你这种人真没出息。"

我讨了个没趣，悻悻地离开。我经过竹林时看见水永公公在朝我做鬼脸。

"水和家的！"他用尖尖的、小孩一样的嗓音喊我。

我凑过去。

"帮我将烟袋捡起来。"

我捡起烟袋交给他。他费力地在躺椅上移动了一会，终于坐了起来。但他的一条腿不能动，似乎是摔伤了。他做着手势叫我凑到他面前去。

"村里有鬼魂在游荡，听到了吗？山上那些人啊，他们喊得那么起劲，是在为自己壮胆呢。"

我果然听到了此起彼伏的喊声，它们随着阵风时大时小地传过来。

"他们害怕吗？"我凑着水永公公的耳朵大声叫。

"当然啦。我躺在这里，已经打了好多次仗了，我的这条腿中了弹，已经瘸了。看，一动也不能动了。但是他还不放过，白天黑夜都来追。"

"谁？"

"从我们老家来的那个家伙吧。本来都不愿意上山，那个家伙一来，大家看见了他之后，就都赞成我的意见了。现在留下我一个人在村里做看守，我想死也死不了了。你怎么样，还没有打定主意吗？你没去过我们的老家吧？"

我的声音总是被一股风阻断，而水永公公的耳朵又聋得厉害。我就将嗓音提到最高，朝他喊道：

"没有啊，你同我说一说老家的事吧！"

水永公公似乎有点不好意思地笑了笑，看着竹子顶上的那些叶片说话。

他的声音又低又含糊，而且脸也不向着我，风又刮得那么厉害，所以我连一句话都没听清。我想，水永公公既然是说给我听的，为什么又偏不让我听见呢？再说村里人，难道就听懂他的计划了吗？这到底是一种什么样的交流呢？我听不见水永公公的话，但我能听见山上那些惊恐的叫声。这里的氛围的确是不对头。但是为什么水永公公的媳妇，还若无其事地在院子里喂鸡呢？

"老家已经消失了！"

我突然听见水永公公朝我大喊。他已经讲完了他的故事。他的烟袋重又掉在地上，他倒在躺椅上，冷汗淋淋。我的眼睛往四周看来看去的，什么都没看到，只有竹叶在风中发出可疑的响声。

我走开的时候，又看见那媳妇，她正在恶声恶气地骂她儿子，我知道她是在骂我。看来我这个旁观者已经受到了全村人的唾弃。

"你也可以什么都不干的。"

那媳妇突然冲我背后说了这么一句。我一转身，看见她正朝水永公公走去。

我听说种下的苹果苗全都死掉了,这是意料中的事,可我还是感到很紧张。每一天,我都看见瘦骨伶仃的犬叔掮着锄头从我院子前面走过,他那灰黄的脸上表情十分坚定,简直有点不顾一切的味道。村人们渐渐地沉默了,现在我已从他们中间听不到任何声音,我也不敢同他们对视。我知道在我背后,他们正射出那种极度蔑视的目光。

我没有上山,这是我独自作出的决定,从周围每一个人的眼色里,我看到了自己的错误。当绝望的夜晚降临时,我就会深深地感到,在这个村里,所有的事都有其深而又深的背景,我们看见的只是表面的那一层,而我们的判断并无多大意义。比如这个犬叔,他所领导的真的是开荒种树的工作吗?他同村民们那种铁一般的、统一的意志,有着什么样的共同的基础呢?作为一个外来人,他竟然可以在这个村里做到一呼百应,将一个空洞的、很显然是没有前途的计划付诸实施,这说明他身上具有一种我所不理解的凝聚力。

犬叔那张瘦脸老在我眼前晃来晃去,我越来越心神不定了。昨天我丢了一只北京鸭,那是一只下蛋的鸭。我想,也许它到什么地方下野蛋去了。我循着鸭们爱去的地方寻找。我没有找到鸭,却有了一个惊人的发现。

在村头犬叔那间小屋里,犬叔正在床上的帐子里打呼噜!我踢了好久的门,犬叔才揉着眼过来开门。

"水述吗?找我有事?"他不高兴地说,一脚将地上的一只小马凳踢开。

"犬叔今天没上山?"

"我当然上了山。我是溜回来的。这也是一种策略。你有事?"

我回答说,事倒没什么事,我就是想找人说说话。犬叔看了看我之后,紧皱的眉头就舒展开了。

"好啊好啊,你是想弄清我的来历吧?你坐下,坐在这里仔细听听,熟悉熟悉情况再说。"

我坐在他递过来的椅子里头,耳边立刻响起了各式各样的喧闹,是对面山上传过来的。听起来那些人好像不是在山上,却是在门口说话,喊叫。他们吵得我的脑袋像要炸开了一样。我听出来有两派在那里争执,对骂,后来又发展到动起手来。还有人在大喊:"打死人了!"对面的这座山离犬叔家有两里路,坐在屋里却可以将那边的动静听得如此清楚。犬叔在村民们当中制造了内斗,然后自己躲在屋里睡大觉。这个人心里整天想些什么呢?

"苹果树还种不种呢?"

"这还用问呀。他们在山上补苗嘛。"

"日子真过得让人灰心丧气啊。"

犬叔听了我的话笑起来,他一边躺到帐子里去一边对我说:

"这个村子里啊,没有一个人的来历是弄得清的。就说你吧,你从小就以为你是水和家的人,实情究竟怎么样呢?也许在你还不懂事的时候,水和家在路边捡到你,将你带回家养大起来。这种事,旁人是不会向你透露一个字的!我看见你往水永公公家里去,我就知道你要打听事情的来龙去脉。你是白费力气了,不但你,连我自己都不知道这种事呢。我记得有很多马,还记得那里整天灰烟滚滚，其他的就一点都不记得了。我懒得去回忆，再说，即使想出来了也没有什么意义了，你说是吗？"

他隔着蚊帐对我说了这么一大通。这当儿我的脖子被毒蚊咬了三个包。外面吵得更厉害了，那些人像要冲进屋里来一样。奇怪的是我又听得出他们是在山上，不是在屋门口。

"蚊子咬得厉害吧？你要愿意，可以到帐子里头来。"

我觉得他的提议很怪，我不习惯他对我这样亲昵，就说我要走了，还得去找那只北京鸭呢。

他沉默了一会儿，我走到门口了他才说：

"多可惜啊，你就这么走了？"

走出犬叔的家门，山上的喧闹就听不见了。我看到那些人都在那里弯着腰默默地劳动，没有人偷懒。这种大规模的集体行动是很少有的，一般来说，村里人总是像一盘散沙，他们喜欢懒懒散散，也喜欢做事凭惯性，排除目的性。就在前不久还发生了这样一件事。我们村的青年水生到邻村去要账，他一大早就出发，有人看见他一边走还一边哼歌子。到那家人家时已是中午了，那家人正在准备吃饭，于是请他上桌。上桌之后那家主人就不停地向他敬酒，他喝得一脸通红，开始吹起牛皮来。主人就顺着他的意奉承他，还说要把家里的女儿嫁给他，条件是他要取消那六百元的债务。水生满口答应。主人就找来纸笔，要他写下承诺，他不假思索就写了。后来一兴奋，又喝下几大杯，醉成了一摊泥。醒来时，他已经躺在路边的沟里。回到村里后，有人问他钱要回来没有，他拍着脑袋，怎么也想不出自己上午是到哪里去了，而且也想不起到底是谁欠了自己的钱，自己是否曾借钱给别人。问话的人逼得紧了,他就冲那人骂了起来,说那人要"拖他下水","搞诈骗"。那个热心人只好赶紧离开他。水生这样的人并不是村里的个别例子,实际上,我们大家都有点像他。大概是这种散漫的与世隔绝的农家生活早就消磨了每个人的意志,我们虽有顽强的记忆力,记得住远古发生的事,但对于眼前的事情,大多数人都是做过就忘,完全稀里糊涂。所以我感到,生成这样的德行,村人这一次却共同去完成一桩荒唐的事业,全凭想象去接近目标,实在是做梦也想不到的怪事。他们放着田里菜土里的活不管,已经在山上苦干了近两个月了。树苗不断买来,种了又死,死了又补苗,人人都变得像偏执狂一样。尤其在下雨天,一个个淋得像落汤鸡,患上重感冒。那些没躺倒的继续干,躺下了的,病状一减轻马上又去了。而这两个策划者呢,一个终日躺在竹丛下玄想,另一个则每天溜回来睡大觉。

水永公公家前面那块菜土里有两个妇女在给蔬菜浇水,她们是水生的妹妹和嫂子。她们看见我来了就一齐停下手里的活,拿眼睛偷偷瞟着我。

"我刚才到犬叔家里去了呢!"我故意高声说道。

"钻山打洞的。果然没出息得很!"嫂子对妹妹说。

"我明天也要上山帮忙了。"

"你才不配,势利鬼。"

就在这时我看见了我的北京鸭躲在她们身后的草丛中,我迎着她们走过去,口里轻轻地唤着那只鸭。

"这种人啊,真是什么都不肯放弃,哪怕是掉了一把米都要一粒一粒从地上捡起来。"水生的妹妹说道。

我朝我的鸭扑过去,但它灵巧地躲开了,我扑到了地上。

她们俩捂着嘴在笑。

鸭子跑掉了,再怎么找也找不到了。我向犬叔说起这件事,他就劝我千万别再去找了,最好把这件事忘记,免得陷入危险。我问他是什么样的危险,他就说是意想不到的危险,比如像山洪之类的。犬叔说话时,身后的蚊帐不住地抖动。我不能确定是外面一浪接一浪的喧闹引起的震荡呢,还是帐子后面躲了个人。看起来更像后者。

犬叔见我在观察帐子,就要我再看仔细一点。

"村里到处都是游魂呢。比如这一个吧,昨天就进来了。一整夜我都同他一块骑在马背上飞跃,到底跑了多少路,是搞不清楚了。"

他也将脸转向抖动不停的蚊帐。

"他会不会出来呢?"我害怕地问道。

"他根本就没有躲。你看见这双鞋了吗?这就是他的脚。"

但我并没有看见鬼魂的脚,只看见帐子在发狂地抖。我又一次听见外面的人要冲进来,连闩上的房门都被他们挤得发出了爆裂声。

"啊,啊!"我惊呼道。

"不要激动,这事会过去的。"

我试着去开门,门却被人从外面闩住了。

"是水永公公叫他孙子干的。"犬叔微笑着说,"你没见过水永公公战斗的模样吧?他一个人就挡住了所有的人,谁想进来都不行。那些人啊,明知没有希望的事偏不放弃,我在马背上就听见他们在那里闹。"

犬叔弯着腰在地上找东西,找了一圈没找到,就叹了口气坐下了。

"找东西是最要不得的事,无论你丢了什么,都要赶快忘记。"他说。

我起身透过门缝看外面,我看得很清楚,外面和平日相比并无什么异样。为什么屋子里面会有这么大的骚动呢?

"犬叔,你的房子是谁帮你盖的啊?"

"原来就有的。听说有几百年了,所以才会有这么多人想冲进来啊。有时他们还从地底下升上来。一般他们都不同我对话。这间土屋,我不过是碰巧住进来的,是水永公公让我住在这里的。"

屋里更暗了,需要点灯才可以看见对方的脸。我听见犬叔又摸索着进了蚊帐,他在床上辗转着,口里好像是在同谁说话,也许他是同鬼魂说话。我想凑近去听一听,他觉察到了,立刻叫我离开。我刚一转身,蚊帐就倒下来罩住了我,我被死死缠住,用力挣都挣不脱,帐子上厚厚的灰尘被我吸进了肺里面。我心里想,这就是被鬼缠住的感觉吧?过了一会儿,我才被推了出来。我站在犬叔家的台阶下,听见有人在叫我。

外面没有别人,只有水牛低着头朝我走过来。水牛满身的泥巴,脚上只穿一只鞋,脸上有几处擦伤,正在向外渗血。

"水牛,你怎么摔成这个样子了呢?"我问。

水牛抬起头来,眼珠狂乱地转着,口里喘着粗气。"跑……

跑……"他梦呓似的结巴着。

"跑什么？"我用力摇着他的肩膀，焦急地问他。

"都在跑啊。那么大的山，上来又下去，下去又上来，我就摔成这样了。"

"有危险吗？"

"到处都是。只有一个人没有危险，就是他。"他指了指犬叔家。

"因为他跑得快。"他又补充说。

"那你为什么还去山上呢？"我问道。

"我听不懂你的话。难道能不去山上吗？"他的样子更茫然了。

他离开我，伸着双臂在空中摸索着向前走，好像在黑夜什么都看不见一样。

看了他这副样子，我又改变了主意，我不想在今天上山了。我没法预测那里发生的事。我满怀忧虑地注视着水牛，他正撞撞跌跌地往家里走。他家院门口有个人探了一下头，那个人有点像犬叔。难道犬叔这么快又到了他家？真是神出鬼没啊。

水牛回来的这个下午，我在村里到处都听见了马蹄声。马在周围奔跑，但我却看不见它们。只见一会儿一丛灌木倒伏下来，一会儿一处田塍又被踩塌了，一会儿小河里又轰隆隆地溅起很高的水花。有一瞬间，我觉得它们就要踩到我了，我闭上眼一动不动，过后却什么事都没有。

到了傍晚，山上的人悄悄地回家了，他们没弄出一点响声。当我出去观看的时候，所有的人都已经进屋了。随后降临的黑暗里依然是马蹄声嘚嘚，但村里人似乎谁也没注意到这个。后来我又外出巡游一趟，看见他们都点着灯安静地就餐，那些家长的脸上神情恍惚。

啊，这样的夜晚，比绝望还要糟十倍！我闻到新鲜的树叶，我看见塘里的水草、花瓣上的露水，但我没法解除我的焦渴。现在，我是连一个指头也无法动弹了。当我企图发出声音来的时候，喉咙里就冒出了火苗。犬叔在屋后叫我，我看见了他，他不是一个人，他是一片枯叶，在地上急速地旋着圈子。他召唤我过去，但我在床上无法挪动。我的脑子里清晰地冒出一句话："总要有一件事打破僵局。"

我不记得我是怎样熬过那一夜的了，单是回忆就会令我丧失神智。我醒来以后也不敢照镜子，我预料自己脸上的表情十分吓人。他们还会继续下去吗？

我的问题不成其为问题，我起来的时候村里人早就上山去了。

今天村里人都留在家里，因为风实在刮得太凶了，走在外面站都站不住。我用棉花塞住耳朵，坐在屋里打草鞋，我的手一直在发抖。有人破门而入，摔倒在地，一大堆枯叶随着他旋进屋内。我冲上去用身子抵住门，插上了木闩。于昏暗中辨明了那是一个陌生人，我试图扶他坐起来。他的身子似有千斤重，不论我如何用力拖，他始终纹丝不动。后来我又发现他的两只手的手背上都文着一个"王"字。他似乎是睡着了，又似乎是醒着，很难判断。

我就不理他，继续干我的活，让他叉着腿躺在那里。我的手抖得更厉害了，我想到了犬叔和水永公公谈到的那些幽灵。当然，这个人肯定不是一个幽灵，幽灵怎么会像他这样死沉死沉的呢？但我又觉得他同幽灵有关系。害怕混杂着好奇促使我又走过去，蹲在地上打量他。他很漂亮，长得很像我们水家的人，我猜测他也许是我们的一个亲戚。我又试着推了推他，还是推不动。

外面的风刮得小了，我出门去找犬叔。

"那个人啊，他从来就在村子里的，你怎么没注意到呢？"犬叔不以为然地对我说，我注意到他头上的帐子破了一个大洞。

"他是谁啊？"

"他？你该听过他的故事。当初就是他和那两兄弟一起来这里定居的嘛。他一直没有成家，所以到处游走。"

"我知道我们古人的故事。你总不能说这个家伙就是那位古人吧？这也太荒唐了。"我气愤地说道。

"当然不是，那是好几百年前的旧事了。我也在想你想的那个问题。他是谁呢？他就在村里走来走去的，我们老看见他，除了我，没人想过他是谁这个问题。也许他是梦里走出来的人，你一定看见了他经过的地方有枯叶。"

"现在我该拿他怎么办呢？"

"不要过分担忧。你想，谁没有麻烦呢？你那么怕鬼，可是还一次次到我这屋里来，为了什么呢？"

我又记起了上回的事。这一次，我看见他的蚊帐一动也不动。烟从那个破洞里冒出来，是犬叔在帐子里头抽烟。

"有些事啊，永远是缠着我们的。为了这个大家才天天去山上劳动的吧。不是连你都听到马蹄声了吗?"

他又在帐子里头兴奋地说了好些话,都是那种打哑谜似的话,我听不进去,就悄悄地想溜。

"水述!水述!"他在帐子里头焦急地喊我,"你没想过要改变吗?你要想一想这件事!你现在就可以改变你的命运,只要你和我一齐躺到帐子里头来就可以做到。"

他的一只手臂伸出帐子,一把将我拖过去。我立刻感到自己的脸被厚厚的蛛网蒙住了,我什么都看不见,连呼吸都困难。

"屏住气。我们是在一个棺材里头,你的双腿要伸直。"

犬叔在我边上说话,但我触不到他。我一动都不能动,似乎是,我被套在一个比自己的身体仅仅大一点点的铁匣子里头了,因为我的脸、我的手、我的脚都可以触到冷冰冰的铁。

"我们正在往下沉。"他又说。

在这个什么都看不见、一动都不能动的地方,我过去的生活突然变得十分遥远了。我的确看见了我自己,也看见了水村。不过这种看完全不同于往日的那种看。至于看见的到底是什么样的情景,我也说不清楚。举个例子吧,我看见一大群荒芜的农家院子,一个挨着一个,每个院子里全长满了乱草。这个地方一点都不像我们水村,但我心里还是认为它就是水村,我莫名其妙地确信这一点。有个院子的乱草丛中坐着一个红毛的野人,我认为这个野人就是我,我也确信这件事。我站起来了,我走路了,我的赤脚在湿软的泥地上踩出一线凹痕。我抬起多毛的手在额前搭了个凉棚,仔细地观看对面那座山。那是一座茅草山,我知道那里原来种过苹果树。我什么都没发现,心里一急,就发出两声怪叫……我还看见一条河，河面不十分宽，我知道河水深得探不到底。我来到河边，平静清澈的河水映出我的形象。我的形象没定准，一会儿有点像水继的小儿子，一会儿又有点像一只山猫。我看得很累，就不想看了，这时身后有人叫我。我想转过头去，却不行，铁匣子将我嵌得紧紧的。我还看见了数不清的情景，都是我过去从未看见过的，每次我都亲临其境。我看见那些东西的时候，有时能发出几声怪叫，有时什么声音都发不出。我的身上长满了长毛，双脚奇大无比。印象最深的是那些蝎子排出的图案，图案是立体的，一层又一层地向纵深延伸。我对蝎子向来有很大的兴趣，曾经计划过饲养这种小动物，可惜因为没有场地而放弃了。但我从未想到过蝎子们可以自己在一个看不见底的小洞里排出这么精致的图案。我热血沸腾，差一点就要把我的手伸进去了。

我失去了向外看的视力，一动不动地躺在一个铁匣子里。但我并不饿，也不颓废，我一直在看那些新奇的风景。我不知道我躺了多久，三天？五天？实际上，我很忙碌，新风景层出不穷，总能让我激动。起先还听见犬叔在旁边说些什么，后来有一次，他告诉我说沉到地底下去之后，我会自然而然找到出口的，他说了这些之后就消失了。犬叔的声音消失了之后，他的形象又在我看见的那些风景里面出现了。他有时候是一个男孩，有时候是一把看着眼熟的锄头，有时是一根晒衣绳，有时又成了河里的一条鲤鱼。不知为什么，他一次也没有以原来的面目出现，但我每回都能认出他。在一幅我所进入过的最黑暗的风景里，有一条白色的影子从天而降，我知道这条白影就是犬叔。除此之外我还明白了一件事，那就是，犬叔原来就是我们家族里头失踪的那个人。我也不知道这是怎么发生的，我只记得当那条白影在我眼前晃动时，我就穿过它进入了无比纵深的、几百年前的风景。周围的一切都在通过某种暗示提醒我那是几百年前的事，提醒我说旁边的这个白影是我的老祖宗。在我看见的所有风景里头，这一幕是最难说清的。除此之外我还见到过三个头的公鸡，那并不算奇怪。

我从那个铁匣子里头出来以后好久，村里还有人追问我到底看见了什么。

据说犬叔就是那天失踪的。我和村里人在他屋里看见一个正正方方、像棺材那么大的坑，那坑深得见不到底。我一见到这个坑就明白了一切。但是村里人并不明白，大家先后尝试用粪勺啦拴着井绳的水桶啦之类的工具去打捞，结果当然是除了空气什么也没捞上来。犬叔床上的那床破帐子也不见了，只有简陋的被子堆在那里，看上去好像主人刚刚离开不久的样子。就在大家闹哄哄地打捞的时候，我溜到了犬叔的灶屋里。灶台很宽大，上面摆着几个麻色的粗瓷碗。我伸出手去拿其中的一只碗，我蓦地一下感到我的手被一个人捉住了，但我看不见那个人，只能看见这只大碗。也许这只碗就是犬叔吧。表面看是我端着一只碗走出厨房，实际上是我在跟着碗走。

他们还在围着那个深坑研究，没有人注意到我。我朝那边瞟过去，看见水永公公坐在拴着井绳的大木桶里，两个大汉正在将木桶往坑里放，水永公公的眼神有点惊恐。我的碗掉在地上打碎了，一瞬间我看见犬叔从门口进屋来，但他晃了一下就不见了。

"犬叔呢？犬叔呢？"我忍不住叫了起来。

所有的人都瞪着我，那两个大汉不知不觉松了手，只见井绳飞快地从他们手中溜下去，一会儿就不见了。在众人的沉默中，坑里并未传来木桶落底的响声。有人捡起了地下的破瓷片，就着亮光去看。我觉得他发现了我的秘密。

"原来是他啊！"他惊叹道。

我认出这个人是我的一个本家，他已经好多年没来过水村了，他是我所认识的唯一一个从村里流落他方的人。这个人穿着一双麻鞋，插在腰里的那杆烟袋同水永公公用的一模一样。

那天还发生了很多事。后来那个流落他乡又回来了的本家叫我带他上山去看看。我把他带到满是枯死的树苗的山上。他显得很兴奋，这里看看，那里看看。这时我才注意到山上除了我和他之外一个人也没有。看来在我沉到地底下去的那些天，村里人已经不到这座山上来折腾了。

"我出去这些年，这里变化真大啊。"本家眯眼望着远方的云说道。

"你到什么地方流浪去了呢？"

"我？哈，其实不远。可以说我就围着这里转。犬叔该告诉过你了吧。那两兄弟和一个商人的故事，我也很熟悉的。"

"一个商人？"

"当然，不然叫他什么呢？当然你也可以称他为一位郎中什么的，都一样。关键是他也走不远，就围着此地转。你听，他就在村头。有六百多年了吧，他离不开这个地方。"

他将他的耳朵紧贴到一棵枯树上,爱怜地抚摸着那棵树苗,就好像它是他的儿子一样。他闭上眼,沉浸在自己的情绪中久久不能自拔。我在一旁觉得很受冷落,就打算下山。这时从我身后又冒出来一个人,这个人神情专注,用一把小铁铲在地上东铲一下,西铲一下。他是邻村的阿四,一个腌皮蛋的小贩。他脾气火暴,性情孤僻,总是独来独往。我不敢和他说话,没想到他反而同我说起话来。他问我在这里干什么,我说陪一个人,他问那个人是谁,我指了指正抱着树苗发呆的本家,他说他没看见,因为树那里根本没人。接着他又从腰间抽出一把小铁铲递给我,要我帮他干活。

"干什么活呢?"

"就是做出干活的样子吧。出勤又出力就可以了。"

我想了半天也没想出"出勤又出力"是怎么回事。一问他他就生气了,一把夺过我的铁铲,叫我滚蛋。他还说:"犬叔是瞎了眼了,信任你这种人。"我还要问他,他便举起铁铲朝我头上砍来。我连忙闪过他的攻击,往山下飞奔。我跑了好远他才不追我了。

在进村的时候,我惊骇地发现皮蛋阿四又出现在我前方的路上,他正匆匆地走进犬叔家去。我悄悄地跟上去,想看他在犬叔家搞些什么。

他正在费力地将一根井绳拴在犬叔的床脚,拴好之后他就提起连着绳子的大木桶往坑边走,然后将木桶放在坑边,自己坐进桶里。只见他猛地一倾斜,木桶就掉进了棺材形状的深坑。我冲进屋,去扯那根绳。绳子轻飘飘的,一会儿就被我扯上来了。

原来绳子已经被他在下面用快刀斩断了。这一次,我同样没有听到木桶坠落坑底发出的响声。

门吱呀一响,本家进来了。

"你还发什么愣呢?"他说,"你不应该怀疑这种事。我围着这里转了六百多年,什么没见过?嘿嘿,你多见几次就习惯了。"

他装模作样地走到坑边张望了几下。

"我呀,天天想的全是这件事。"他说。

我看见本家的牙齿很尖,牙床分外结实,我就问他每天吃些什么食物。

"骨头。皮蛋阿四早上也是在山上找这个,地层表面全是的,轻轻拨一拨泥土就露出来了。所以啊,他就只用一把小铁铲去挖。你为什么那么厌恶这种工作呢?他对你很失望。我的牙齿,可以将骨头碾成粉末。"

他又指着房里的另外一只大木桶要我看,他说那只桶是为他准备的,但是可以坐得下两个人。他说完这句话就企盼地看着我。

"我还要回去喂猪呢!"我赶紧说。

"那么你就快走,走了就不要回来了。"他气愤地朝我挥手。

我离开了犬叔的家回到自己家里。那个人睡在我的床上等我。他那英俊的脸上落了很多灰尘,脖子上有两条血痕,他手里捏着一把锅铲。他翻身下床,定睛看了我一眼,点一点头,然后擦过我的身边往外走。他经过门边时用手里的锅铲狠狠地挖了一下,木屑纷纷地从门上掉下。他的牙关咬得紧紧的,齿间流血,不论我如何急切地询问他,他也决不开口。我看见他到了院子里，然后又出了院门，一会儿就走远了。

在他睡过的床上留下了很多半圆形状的鳞片，是那种比指甲大一点的紫色鳞片，闻一闻还有股腥味，但不是鱼鳞。是什么动物有这种华丽的鳞片呢？难道他，这个活了六百年的家伙，先前是一种有鳞的动物吗？他能不能钻到地底下去呢？我将这些发光的鳞片全收集起来，放进一个玻璃瓶里，置于窗台上。我干完这一切后，心里更不安了。我在家里仔细侦察了一番，发现除了床上，他没有在任何地方留下痕迹。他来的时候倒在家中的泥地上，他的身体似有千斤重。大概他后来苏醒过来，挪到了我的床上。想一想他那么沉，我这张简易木床却可以承受得了，真是怪事。过了这么些天，他居然可以不吃不喝。我回忆起他咬得紧紧的牙关，心里想，也许这种人从来就是不吃不喝的吧。当我将那些鳞片拿到阳光下去看时，它们就发出轻轻的爆炸声，并且在玻璃瓶里头撞击起来，它们的颜色也在变化，由紫色变为了水红。我担心有危险，连忙又将瓶子放到了阴凉的墙角。

水永公公的媳妇居然坐在我院子里，就着月光打鞋底。她不慌不忙地抽动着长长的麻线，口里还哼着催眠曲。我在窗前打量着她，觉得她很像那种女鬼，尤其是她那一身月白的布衫特别扎眼。这女人平时和我关系并不好，自从村人上山种果树，而我留在村里之后，她见了我就翻白眼，现在她为什么要坐到我门前来打鞋底呢？我吹灭了油灯往后屋走去。

当我在后屋筛谷时，就有惨叫声传到我的耳朵里。我以为那媳妇出事了，急忙奔到前面去看。但她好好地坐在那里打鞋底。

也不知道是不是我的幻觉,我看见女人那张脸完全改变了。我仔细瞧了又瞧,看见的已是一张狼脸。我身子颤抖着,躲在窗帘后面。这时女人又惨叫起来。我偷偷透过玻璃看出去,看见那媳妇转过身朝我走来。

"水述啊,你在家里收着那种东西是很危险的,迟早会要爆炸的。你瞧,我鞋底也没打完,就被撕烂了左边的脸。我倒是习惯了听天由命。"

她的嘴巴一张一张的,用食指指着脸上吓人的伤口。她还将伤口上头的血抹到我的窗玻璃上头。

"所有的人都害怕。"她又说,"怕也没用,躲更没用。我呢,我就来打鞋底了,一针针,一线线,一针一线。"

"你说我家里收着什么东西啊?"

"这还要问吗?就是那些鱼鳞啊。你将它们放在你屋里,你屋里就像有了一个太阳一样,全村人都看见了。"

"我倒真没想到。你公公回来了吗?"

我很想看到她的脸,看究竟是狼脸还是人脸,但她背过身子去了。

"你问公公?他呀,他哪里都没去,一直就在竹丛下。对了,你应该到我家去,他们正在我家开故事会呢。"

"是谁啊?"

"还不是村里人。很多人你都没见过。"

她低下头去打鞋底,不再理睬我了。

我从后门溜出去,来到水永公公的家门口。的确有不少人坐在竹丛下,他们的脸在月光下很模糊。我凑到他们面前看了好久，没有发现一张熟悉的脸。水永公公并不在他们当中。

他们坐的椅子都是那种竹椅，他们将椅子前面的两条腿翘起，让自己全身的重量都压到两条后腿上头。那几张竹椅被他们压得吱吱乱叫。他们还喜欢吐痰，一个人吐开了大家全都吐起来。趁他们吐痰之际我仔细打量了他们，发现这七八个人都是五十来岁的半老男人。

同我离得最近的一个人扯了扯我的布衫，问我对从前那场运动，以及祖先的表现持什么观点。

"什么运动？"我问道。

"果树栽种。这种陈年旧事仍旧是我们今天关心的。"

"但那是最近的事啊。几天前我还去山上看过呢。"

那人笑起来，将他坐的椅子转过去，对同伴说道：

"他和我们观点不同。"

接着同伴也笑起来。他又要我将手掌递给他看一下。他在月光下仔细辨认着我手上的掌纹，抬起头告诉大家说：

"他真的是水和家的人！"

他们显然都在嘲笑我。我走到院子里，看见水永公公的孙子在地上挖洞。我问他他爷爷到哪里去了，小孩朝竹丛那边翘了翘下巴。我说他爷爷不在那群人中间，他便对我翻了翻白眼，将一捧泥沙扔到我的鞋上。

我只好坐到他家台阶上去倒出鞋子里头的泥沙。

这时那群人里头有一个走到我面前来，很郑重地宣布道：

"那件事发生在两百年之前。"

他又问我：

"你听到马蹄声了吗?"

"听到了。"

"这就对了。"

当我穿好鞋子站起来时,那人已经不见了。竹丛下也是空空的,连椅子也不见了。只有那小孩子还在离我不远之处挖洞。我试着问他:

"你到底挖什么呢?"

"挖你的坟墓!你这个贼,天天溜到这里来偷东西!"

水永公公的孙子把我看作眼中钉,我就不能在他家院子里停留了。再说夜也深了,我应该回去睡觉了。我走出院子,眼前出现了七八个身穿月白色布衫的妇人,她们在田塍上一字儿排开,每个人的手里都拿着一只鞋底,对着月光在那里打鞋底。这些妇人我看着也很面生,她们肯定不是本村人。我低头往回走,忽然听见水永公公的媳妇喊我的名字。她连喊了三声。我朝她喊的方向看过去,看见那一排妇女,她们都在专注地干活。我仔细地观察她们,没有在她们当中发现长得像水永公公媳妇的女人。这几位女子都是身材细长,而水永公公的媳妇又矮又壮。

我继续走,她却又喊了起来。这一下我弄清楚了,声音是从左边第一个女子口里发出来的。这个女子是所有的人中间最高的,她的声音和水永公公的媳妇一模一样,她喊"水述"的时候,那个"述"字也有点卷舌音,听起来很刺耳。我回转身,硬着头皮迎上去。那个喊我的女子像有点吃惊似的对同伴说:

"你们看,他真过来了,真是个不懂事的家伙。"

"你喊我干吗?"我冲着她说。

"我不过是试验一下,"她连忙用鞋底挡住自己的脸,怕羞似的,"你还真听到了。我问你,你到底听到了什么?"

"你刚才不是在叫我吗?"

"我是在叫你,但你不应该听到的。先前我在你院子里打鞋底时,我叫了你那么多声,你都没听到。现在呢,你一下子就听到了。"

"你真是水永家的桂枝吗?你完全变了样呢。"

"我看你该走了,你很不像话。"

她从脸前拿开鞋底,很高傲地扭过身去,她的右手还在很熟练地抽出麻线。那几个女的也学着她的样子将背对着我。她们的举动令我想起了一个非常熟悉的场景,那就是禾坪里晒谷的场景。金灿灿的谷子令人眼花。但我的思路到这上头就断了,这些月白色的妇人同那满地的谷子究竟是什么关系呢?

既然她们不理我,我还是回家吧。我一走,桂枝又喊我。我任她怎么喊也不回头。我实在困极了,回到家倒头便睡,睡了没一会儿又被喊醒了。她站在窗前叫我,还轻轻弄出响声。我起身一看,又是那几个人一字儿排开站在那里,像是一些鬼。我想,水永公公的媳妇即使是变成了女鬼,也没必要来缠我啊。我明天早上还要起来喂猪和整理菜土,我不愿同她们纠缠。再说这些女子根本不将我看作男人,可以说对我作为男人的方面一点兴趣都没有,那桂枝还对我特别鄙视。我终于入梦了,而这些女子,竟追入了我的梦里,一个个都高举手里的针来扎我,还用鞋底来砸我的后脑勺,嚷着"要用鞋底将他打得聪明一点"。她们打了好久,后来我的脑袋就完全麻木,我不省人事了。

我时常坐在院子里想，我是一个上了年纪的、有点迟钝的农民。在我所生活的这个村子里，发生过许多稀奇古怪的事，而我，始终是这些事件的旁观者，至多也只不过是一个不起眼的配角。有一条什么样的古老的法律阻止我成为同别人一样的人呢？难道我，一个认得很多字、又爱思考的人，在村人眼中看来，只不过是一个智力低下的次品吗？我面前有一棵橘子树，还是村人上山种苹果树那一年栽下的，它几乎年年都是果实累累。当收购橘子的小贩来的时候，我就忍不住同他讲起当年的那场荒山植树运动，讲起住在小屋里的古怪的犬叔。我说话的时候，小贩就用双手捂着自己的耳朵要我住口。他说他是来收橘子的，不是来听我诽谤别人的；如果我对往事不服气，就躲在屋里朝墙上撞自己的头好了，那是我自己的事。我对小贩思想的敏锐大为吃惊。我生活在如此敏锐的人群中已有几十年，我的头脑越来越复杂，生活的内容也随之越来越单调、虚浮。时常，我竟会忘了自己的农民身份，将田地和菜土扔下不管，致力于一些毫无实效的工作。上个月我请人在屋后挖了一口井，但那口井里没有水，那是我为自己准备的逃生处所。我打算在地震爆发之际藏到里头，在井口盖上盖子。我在井底储藏了好多食品和酒。我还在猪舍边上砌了一个瞭望台，我希望再次看到万马奔腾的场面，因为无数个夜晚我都怀着重返战场的渴望在被窝里发抖。

　　现在我的膝盖已变得十分僵硬了，我费力地朝橘子树下的石凳坐下去，看见白头发的老妇人在院门那里张望。那是水永公公的媳妇桂枝，她已成了一个神志不清的老婆子，我常看到她受到自己儿子的追打。我正襟危坐,目不斜视,于是她便无趣地走开了。

好多年了,村人遇事再也找不到人出主意,商量讨论。水永公公和犬叔消失在那个无底的坑里之后,村里人就都成了沉默的人。在我看来,大家就好像失去了说话的能力一样,成天就只会默默地干活。我觉得他们已经忘记了多年前的那场运动。但是我错了。后来我发现,这些人依旧有时去山上。他们单个地行动,坐在很深的草丛中,长久地看着天上的大雁发呆。一次我跟踪水牛到了半山腰,当他在隐蔽的地方发呆时,我尖锐地吹出一声口哨,然后躲了起来。我看到他发了狂似的跳出来,手持木棒朝那些灌木丛猛力扑打,口里发出吼声,仿佛在同某只野兽搏斗。后来他忽然停止了,扔了木棒,将双手背在后面,慢悠悠地朝山下走去。我溜过去捡起木棒,看见上头溅着一些新鲜的血迹。

水永公公的媳妇在路上拦住我,看着我的眼睛说道:

"你这个人啊,这一辈子会有多么难熬啊。"

她围着油腻的头巾,白发乱糟糟地从头巾里头钻出来。

我要绕开她往前走,她就提高了嗓音喊道:

"你其实不是我们村的人!你也不姓水!你看看太阳吧,它根本照不到你身上。你留在这里,可是太阳每次都躲开了你!"

她还高举双手用力拍巴掌,惹得人们都出来观看。

这个女人使我难堪极了,我开始躲她。然而她儿子上我家来了。小伙子闷声不响,一脚又一脚地踢我家那两把竹椅子。这些年他一直对我怀着怨恨,把我看作一个敌人。他不爱干农活。

他同村里其他年轻人一样东游西荡，导致庄稼的收成每况愈下。我打量着他，幻觉就产生了，我感到他很像我以前看见过的那条白影。无论我怎样回忆也想不起他有过什么生活的细节。

"你母亲又在发疯。"我说，说这个的目的是想挑唆他讲话。

"你弄错了，是我在发疯。"他冷冷地说，并用飞快的动作掏出一把匕首。

"啊，是这样。我可以帮助你吗？"我想讨好他。

他将匕首抛到空中，又熟练地接住。我想他不会杀人的，他只是表演杂技罢了。一个影子，能有多大危害呢？果然，他玩累了就将匕首扔在地上，然后伏在我桌子上打盹。他的样子分外地疲惫。

我抛下他，到外面去喂鸡。这时候久违了的马蹄声就响起来了。先是在山那边，然后越来越近，黄尘滚滚，杀声震天。我急忙往屋里走，我上台阶的时候被绊倒了，因为水永公公的孙子横躺在我的台阶上。我隐约看见他胸口那里有一大块血迹，但我不敢细看，急忙冲进屋内。

屋子里面，那把匕首依然躺在地上，寒光闪闪。我也不敢去捡匕首。一瞬间，我完完全全地进入了犬叔生活的那个世界。我想，就在这个屋里，这把匕首所在的屋当中，会不会也出现一个一模一样的深坑，一个没有底的深坑呢？我甚至用目光测量了一下房间的面积，在心里确定着坑的位置。当我思考着严峻的形势时，一只小白鼠从窗台上逃到外面去了。我们这里从未出现过白鼠，我也只是从书本上读到过。

"我的天啊！"水永公公的孙子在门外说。

我目送他走出院子，我觉得他的步子迈得很镇定。

那一天里头大队兵马就来了四五次，水村的空气里弥漫着腐肉的臭味，天上反复出现血的河流。游荡的青年们惊讶地停住了脚步，他们当中没有人朝天上看一眼，却都在侧耳细听。我想去对水村的青年人讲话，但是又有谁会听一个老废物的唠唠叨叨呢？他们在我眼前化为无数白影，我看见古老故事里的那些场景正在出现。在一个场景里，一只五彩的锦鸡冲天而飞，地面一片喃喃私语；在另一个场景里，水村静悄悄的，村里没有人，枯涸的田里显露着杂乱的脚印；还有一个场景，是一个商人模样的人惊慌地站在荒山半腰的茅草丛中，山脚下有一个人正在奋力攀登……

对面的山突然成了火山，正在隆隆地爆发。水村在缓缓下沉，房屋和大树开始倾倒，大水从远方涌来。这一景象反反复复地出现。

2003年3月29日于北京牡丹园

原载于《大家》2003年第4期

母鼠

我的哥哥比我大十多岁,我的生活一直受到他的照料,现在我已经三十多岁了,仍旧和他的家庭住在一起。我是一个在各个方面缺乏能力的人,所以自然而然地,我就在这座城里成了一个食客。我住在哥哥家里,成天除了看看闲书散散步之外什么也不干。

我在念大学期间也曾有过小小的理想,那时我想当一名搞审计工作的职员。我的功课学得不坏,对本专业也有兴趣,可是毕业之后我只参加了半年工作就死活也不肯干了。现在回忆起来,并没有什么特别的原因促使我突然辞职。硬要追究的话,就只记得某种朦胧的恐惧。那段时间我每天下班回到自己租住的房里时,总怀疑有几名拿着手铐的警察躲在里面等我,所以每次开锁进屋时我都吓得腿子发抖。我甚至认定我的一个邻居是秘密警察,因为他老爱在走廊里询问我的生活情况,还将我的审计工作称为"高风险的职业"。他朝我走来时,手铐就在他那肥大的裤子的口袋里叮当作响。终于有一天,我的一位老实巴交的上司被警察带走了,据说与某桩贿赂案有牵连。就在同一天,我坚决地递交了辞职报告,并决定永远也不再出去工作了。

我失去了生活来源,只好搬到我哥哥家里来住。我哥哥在政府部门做一名小职员,嫂子推着平板车在街上卖劣质皮鞋,他们家有两个男孩,一个上中学,一个上小学。幸亏哥哥家的房子比较大,我搬来之后,他们就把一间储藏室改为了卧室。对于我这个不速之客的到来,嫂子心底是老大不高兴的,但她努力压抑着这种情绪的流露,表面上对我客客气气。至于哥哥,我从来就弄不清他对事情的真实态度,几十年都没弄清过。那天我提着我的简单行李进屋时,他似乎是很热情地张罗着为我腾房间,还不时地开一些我和他之间很熟悉的玩笑。当我要清理房间时,他就用他那双大手按住我,要我"好好地休息受伤的心灵"。他还对我说,他家里是最安全的地方,我在这里什么都不用干,只管享受生活就可以了。不知为什么,我感到哥哥说这些话的时候并不轻松,他的眼珠滴溜溜乱转,似乎在担心着什么不好的事要发生。

我就在哥哥家里住下来了。十多年过去,他的大儿子早就参加了工作,小儿子也快搬走了,我还住在这里。否则我又能到哪里去呢?哥哥还是早出晚归地上他的班,只是原先笔直的背现在开始有点驼了。嫂子这几年不卖皮鞋了,卖一种冒充棉袜的化纤袜子。她的头发也渐渐白了。她对我这个食客心底仍然有怨气,但已在逐渐认命,有时在我面前还显得有点慈祥。嫂子也同哥哥一样不要我干家务活，倒不是要照顾我，而是认为我什么都干不好，只会给家里添乱。于是我就成了这样一个可笑的家伙：成天坐在书桌边看些闲书（专业书早被我扔掉了），看累了就到我所在的这个大杂院里散一散步，逗一逗邻家的小狗或小鸡。院子里的住户从未有人当面讥笑过我，因为我哥哥在此地是很受尊敬的。但我猜他们都在背后用"废物"这类字眼称呼我。如果不是因为发生了一件意外的事，我也许就会照此生活下去了。

那只母鼠一直到快临产了才出现在我的房间里。很显然，它早就在这里了，只是我从来没有发现过，它也没有泄露它的行踪。它是一只体形不太大的母鼠，圆滚滚的，肚子在地上拖。它显得很害怕，很谦卑，步履蹒跚地沿着墙边溜。我看见它钻进了我那个没有门的鞋柜，然后就一点声音都没有了。它是如何做到这么安静的呢？我实在是好奇，就悄悄地蹲到鞋柜边，将布帘子撩起一点。我遇到了那双亮晶晶的、惊恐的眼睛，是它在阴影里死死地盯着我。它所在的角上有一大堆撕成碎片的旧报纸，还有些碎布头。我连忙放下布帘子。一般来说，它的窝被我看过了，它就应该换一个窝，但是它却没换。后来我想，也许我应该在地板上扔一些肉汤泡过的饭粒，另外旧棉絮也会是很受欢迎的，既然天这么冷。由于有这样的想法作怪，我的一贯洁净的房间开始变脏了。

嫂子仍然任劳任怨地来打扫，她什么也不说，默默地将那些没吃完的、干掉了的饭粒，还有那些丝绒和棉絮扫出门。我觉得她心里对这一切都很清楚。她也帮我抹桌椅，但她从不接近那个鞋柜,一次也没有过,真是怪事。照我分析,鞋柜前面挂的布帘子已经很脏了,早就该换洗了,她不会注意不到。当然它是很安静的,它从未在她打扫房间时弄出过响动。

哥哥的态度则有微妙的变化。哥哥坐在我的床沿一口接一口地叹气,埋怨我在生活中太缺乏主动性了。"你为什么不找一个精神寄托呢?!"他说这话时像是问我又像是问另外的什么人。以前,他并不像现在这样关心我的精神状态,他一向认为我过得不错。

"十多年都已经过去了,你还对我抱希望啊。"我嘲弄地笑了笑。

"你是我唯一的弟弟嘛。其实我倒并没对你抱希望。"

他的背影显得有点委屈有点无奈。一会儿我就听到了争吵声,近来他和嫂子之间有时会发生争吵。我当然知道哥哥绝对不是想要我离开他的家,正好相反,他还生怕我离开呢。好久以来,他就每天几次到我房里来探望,口里并不说什么,只是看见我在房里就放了心似的。也许,他担心我要出走吧,他就是这种喜欢瞎操心的人。我有一种直觉,我觉得他是知道关于老鼠的事的,也有可能是嫂子告诉他的吧。他不时起身往鞋柜那里走过去,然后又走回来,他甚至做出要掀起布帘子的样子,但是他的手总是在半途又停止了。我还发现他回家的时间提早了。难道他放心不下我才提早回家吗?上了年纪的人总爱疑神疑鬼的。

也许母鼠已经生下了幼鼠,也许还没有。它的确是太胆怯,太谦卑了,一点响声都不弄出来。即使在半夜,它出来觅食时,我也从来没听到它弄出明显的响动。我是知道它出动的时间的,这又是我的一种奇怪的直觉。当我为莫名的、坚决要醒过来的意志所支配，奋力睁开双眼之时，就会看见地板上那个小小的黑影。我看不清它的肚子的状况，我只知道它的动作并不快，还有些笨拙。它巡游一圈，将它认为好吃的吃完就回到窝里去了。

我想，幸亏我不同哥哥一家在一个桌子上吃饭，不然的话，每天给老鼠留食物的勾当真有点见不得人。从一开始，我就是在自己房里吃饭的。当嫂子将饭做好时，我就去厨房取了我的那一份回房，我吃完后就把碗送回厨房。这种事好像是自然而然发生的，哥哥从未表示过异议。昨天我去厨房取我的饭时，嫂子眼也不抬地用锅铲指着一盘菜对我说：

"这个是你喜欢的，多吃点吧。"

那是一盘腊猪肉，她知道我从来不吃这个，为什么要这样说呢？我踌躇了一下，还是拨了些到自己的碗里。回到房里后，我才恍然大悟。于是那几块腊肉全躺到了地板上。第二天早上她来收拾房间时用清洗剂擦了好一会才将地板擦干净。

不知过了多久，有一天夜里我吃惊地发现母鼠的身体差不多长大了一倍。当它在地板上跑时，已经可以听得见轻轻的、有弹性的响声了。大约这是因为我每天为它提供高档的饮食吧。我偷偷地掀开过鞋柜的布帘子，并没有发现里头有幼鼠。母鼠的肚子还是那么大，还是拖到了地上。那么让我将它看作一只大肚子松鼠吧，我这样对自己说。很多人都饲养松鼠，还没听说过松鼠会传染疾病。虽然我养的是地地道道的家鼠，但它待在房里从不外出，也不咬烂我的家具，它传播鼠疫的可能性应该是很小的吧。我认为我能够同它和平共处。最近它长得太大了，吃得也多起来，不过只要嫂子乐意供给它食物,也没什么大不了的问题。嫂子总是说:"吃吧,尽量吃,你不会把我们吃穷的。我们这样的家庭怎么吃得穷呢?"她说话的口气很像在兜售她那些化纤织成的假棉袜。然而饭食却是货真价实,不仅仅我爱吃,母鼠也同样爱吃。

天下雪了,我在地上扔了一些旧棉花,有的被母鼠衔去了,有的还在地上。嫂子用扫帚将那些碎棉花扫拢。她突然停止手的动作,认真地对我说:

"我说,你为什么不出去找一个女朋友呢?"

我苦笑着摇了摇头,没有回答她。

"我明白了。你知道那种事是没有什么好结果的。你看你哥哥和我,做牛做马。我们的命太苦了,不值得仿效。你真聪明。"

我怀疑她在讽刺我,但看起来又不像。

这只母鼠虽然肚子巨大,却根本没有要生幼鼠的迹象。在良好的营养条件下,它的皮毛变得光溜溜的,泛出棕红色,眼睛贼亮贼亮。我深深地感到它是个彻底的利己主义者。不过它仍然谦卑,并不给我增加额外的负担。

哥哥还是常来我房里,他坐下又站起,站起又坐下,不知他有什么事放心不下。现在他还有一件令我不习惯的事就是他变得喜欢看手表了,有时在我房里坐半个小时竟要看五六次时间,好像等着去开会似的。

"哥哥心里有什么事吗?"

"哪里会有什么事呢,我是太空虚了啊。"

哥哥告诉我说,近来他时常出现幻觉,幻觉里头总是出现那个生下来只有八个月就夭折了的女儿。说完了这件事之后他又表示了他对我的精神状况很担忧。

"我最怕大年(他的大儿子)要搬回来住。他已经搬出去了,没理由再回来了,我不会同意的。再说家里的新情况也不允许他这么干。"

什么是家里的新情况呢?家里还是三间卧房加我住的杂屋,二年(他的小儿子)尚未搬出去,并没有什么新情况啊。如果硬要说新情况的话,那就是哥哥和嫂子分房而居了。但这也是好几年前的事了,谈不上什么新。这些年,大年偶尔回家,他总是同二年住一间房,二年那间房比较大。想来想去,新情况就只能是我养的这只母鼠。可是母鼠又关大年什么事呢?它静静地躲在我的鞋柜里头,根本就不危害谁的利益。不错,为了它,我常把地板弄得油迹斑斑的,它的粪便也遗留在墙角,但嫂子并没有对我埋怨什么啊。不但不埋怨,她好像还很支持我养这只母鼠呢。

哥哥的话不知道是什么意思,既然猜不透,我也就懒得去想了。我仍然积极地喂母鼠,心里暗暗盼望它长得像松鼠一样大。因为那样的话,万一家人要猎杀它,我就可以宣称它不是一只家鼠,是属于松鼠种类的,完全可以饲养的。然而母鼠长到大约两斤重之后便停止了生长。它的体形虽然在家鼠中少见,但一眼看去,仍是一只彻头彻尾的家鼠。它还是不够灵活,胆怯,只在半夜出窝活动,并且从不外出。可以肯定,它是不会生幼鼠了。

前天,我又一次偷看了它的住处。我发现它已经遗弃了原来那个舒适的鼠窝,就光着身子蹲在柜角的木板上打瞌睡。看来它也是有怪癖的。

与母鼠同居一室以来,我已经大大减少了看闲书的时间,散步的距离也大大缩短,我变得喜欢坐在屋里东想西想,也更注意哥哥嫂子的脸色了。威胁却来自我根本未加防备的侄儿二年。

二年本来在高中住校,平时只有休假才回家。他回家后也从不到我房里来,在家见了面也最多就是点点头。我想,我的母鼠躲在鞋柜里是不会被他发现的。但是竟发生了劫持事件!这件事是如何发生的呢?他在家期间我一步也未离开过啊。

地上的饭菜原封未动,嫂子很快就将它们扫干净了。我搜遍了房里的每一个角落,仍然一无所获。夜里我是闩好了门的,没有谁可以进得来。正当我在焦虑地翻箱倒柜之时,哥哥进来了,他脸上留着失眠的痕迹。

"二年那小子桌上放了一个玻璃瓶。"他说。

我心不在焉地应了一声,然后赌气地踢翻了茶几。

"你的火气这么大!"他吃惊地说。

后来我看见了二年房里桌上的玻璃瓶。在那个宽口玻璃瓶里头,我的母鼠惊恐地待着,显得那样无助。二年那小子正在往瓶里扔肥猪肉片。肉片落在母鼠的身上,母鼠像是吓呆了,一动都不动。

"叔叔,我们家里怎么会有这么大的老鼠啊?"二年回过头对我说。

"你在哪里抓到它的?"

"我根本就没抓它,是它自己钻进瓶子里去的。它是很脏的,对吗?这个瓶子是我昨晚拿出来打算放标本的,早上醒来我听见嗵的一声响,原来是它大模大样地坐在里头了。它是哪里来的呢?

我看了它的样子就害怕。"

"你这么不喜欢它，把它交给我吧。"

"不！你想到哪里去了，我对它很有兴趣，我要留着慢慢观察。再说它是自愿来我这里的，这样的老鼠很少见。"

二年说话时露出了粉红色的牙床，表情残忍。我感到他隐藏着阴险的企图。母鼠到底是为了什么跑到他屋里去，继而又跳进这个宽口瓶的呢？

由于侄儿摔东摔西，做出不欢迎我的样子，我只好离开他的房间。毕竟是寄人篱下啊。但我走不远，我总在他那敞开的房门口来来去去的。

他又不安于仅仅观察我的母鼠了，他将冷水注入玻璃瓶里。我发现母鼠具有很好的游泳技能，它在狭小的空间里游动，尖尖的脸露出水面，圆滚滚的大肚子显得很怪。后来它终于累了，它的四条腿停止划动，身体往下沉，我觉得它快死了。侄儿连忙将水倒掉，仍旧让它留在瓶底。它湿淋淋的，肚皮朝天，正在费力地喘气。侄儿用锐利的目光瞟着我，说：

"这是它在做体操。"

"胡说！"

"你要是不相信啊，我们可以试一下。我这就将它放到桌子上来，你瞧，它跑不跑？根本就不跑！你没想到吧？"

"它被你这个恶棍吓坏了。"

"那我离开房间总可以了吧？"

他说着就走到房间外面去，绕到厨房里去了。

我立刻冲上去，接近它，想将它带回我房里。当我的手触到它的身体时，它突然翻转身来，在我的手背上狠狠地咬了一口。我惨叫一声，痛得掉下了眼泪。伤口是一些牙印，并不出血，但这反而更令我担心，会不会传染出血热或鼠疫什么的呢？再看它，奇怪，它又进了那个瓶子。（它用什么方法进去的呢？）它疲惫不堪地躺在瓶底，正在修整自己。我不由得感叹：我对它的了解是多么的少啊。

二年从厨房回来了，他黑着脸指责我道：

"叫你不要动你偏要动，弄得满桌的水。"

我用药膏将手包扎起来，心里想，万一传染了不好的病我就等死算了，不然还能怎样呢？哥哥家是不可能负担我的医药费的，而且说出去也太不好听了。

二年并没有将母鼠带到学校去，还是将它放在桌上。它蹲在玻璃瓶底，不吃也不喝，似乎整天在打瞌睡。它很快憔悴了，皮毛也有些难看了。想想先前，我把它喂养得多么好啊。

哥哥同我一道坐在桌边观察母鼠，他对它的出现一点都不惊奇。

"二年这小子，总有些新主意。我是不太同意他搞出这种冒险举动的。"他说。

"他冒了什么险呢？"

"我早就听你嫂子说它在我们家里，但我并不想要它像这样暴露。二年不管不顾就这样做了，我为这件事很心烦。你不要小看了它，它的心里是一个无底黑洞，假如你天天同它这样面对面，到头来家里非暴发瘟疫不可。"

他们果然早就知道了它在家里，他们先前的装蒜原来只是为了不要它暴露。这里头一定还有什么深层次的原因吧。难道只要不同它面对面，哪怕是一直养着它，也不会有什么危险吗？这样看来，二年的行动就是明目张胆的传播瘟疫了。他居心何在呢？我看出哥哥并不真心反对二年，还有点欣赏似的。

还有一种可能就是，哥哥家从来就养着这种特殊的家鼠，只不过我以前没有发现罢了；我房里的这一只，只是家族中的一员。想想吧，这么久以来，哥哥嫂嫂都对我房里的异样情形心存默契。说不定只有二年不是知情者，但他立刻就对母鼠表现出极大的兴趣，并且无师自通地摸透了它的脾性，比我对它的了解要深入得多。我又一次感到了生活中那种奇异的恐怖：同你住在一个屋顶下的人合谋让你处于巨大的谎言之中。回想起来，并没有人刻意要骗我，也许只能怪我自己头脑太简单了，我什么都看不透。

母鼠在瓶内半睁着眼，似乎在苟延残喘。昨天嫂子往瓶内丢了两片腊肉，现在它们还在那里，已经干了。

"它为什么要绝食呢？"

"它身体内有巨大的能量。"哥哥庄严地说。

二年不在家的时候，我和哥哥每天都在那张桌子边坐一坐。我们的目光都停留在它身上。但是它，据我观察，心思完全不在我们身上，因为它到后来眼睛都懒得睁开了。我知道它也绝对没有睡着。

我在夜里听到哥哥在梦中叫喊，那是一种很急躁的喊声，就好像家里失火了一样。我穿着睡衣走过客厅来到他紧闭的房门前，听见他在里头又吼了两声，然后就安静了。这时我打开二年房里的灯，看见桌上的玻璃瓶空了，瓶底那几块干腊肉依旧躺在那里。我又搜了搜房里，没有它的踪影。再回到我自己房里去看鞋柜，也没有。

到了早上，哥哥看也不看我就说：

"这屋里啊，非暴发鼠疫不可。"

"它已经不在了嘛。"我像在辩解。

哥哥从鼻孔里哼了一声就夹着他的公文包上班去了。

它当然还在，又回到了那个瓶子里。这是怎样一个行踪诡秘的家伙啊！

一个星期很快过去，二年又回家了。二年进屋一会儿，好久不见的大年也回来了。

大年穿一件花里胡哨的皮夹克，上面尽是口袋，每个口袋里插一根鸟毛。

"叔叔，你还是这么年轻啊。"他调侃地说，一边毫无礼貌地从上到下打量我。

"托你的福，我还好。"我冷冷地回击他。

我哥哥是一个性格内向、外人难以捉摸透的人，嫂子也不喜欢张扬，他们怎么会生下这样两个儿子来呢？

两个儿子将他们那间卧室门关得紧紧的，再也不出来了。我的心像跳到了喉咙口，脑子里不断产生狂想。我抬起绝望的眼睛，看见哥哥走了进来。他今天休息。

"我们出去散散步吧，屋里人太多了。"

我已经很久没散步了,所以我一出去,就感到大院里的人都将目光黏在我身上。他们同哥哥招呼着,声音犹犹豫豫的,似乎处在要不要也招呼我一声的权衡之中。我连忙低下头,什么人都不看。

"你还是很傲慢的嘛。据我看,大年和二年那两个家伙是打不垮你的。我早说了,他回来干什么呢?他根本没必要回来嘛。"

"回不回来他都是你的儿子。"

"你说出了我的心里话啊。我当然知道那两个家伙在房里搞什么鬼,我不愿意自己目睹那种场面。这不是承受力的问题,只是某种策略。"

我和哥哥来到了碎石场,这个地方是我们小时常来玩耍的地方,我们在外面的一个水泥墩上坐下了。很久以前,当哥哥还是我的直接上司的时候,他就做出过一些令我不解的举动。我记得有一夜,他和别人打赌要到墓地那边去捉蟋蟀。我和他半夜起床来到那个地方,我们周围到处飘动着绿色的鬼火。蟋蟀倒是不少,但都隐藏在坟墓边的草丛深处。我吓得膝头都软了,哪里还敢到那鬼穴旁边去翻搅呢?哥哥其实也害怕,可是他吩咐我在路边等,他说他一个人去捉。我却看见他并没有去墓地那边,他在路边一闪就消失在夜幕中了。我等啊等,吓得哭起来。到后来实在忍无可忍,我就独自回家了。第二天我问他关于蟋蟀的事,他的目光游移着,答非所问地说,他并不害怕,想让他害怕的人是打错算盘了。

"我们家里以前养过家鼠吗?"我问哥哥。

"当然啦,秘密地养,谁也不愿坦白对待。养它们为了什么呢？很可能是为了消除寂寞吧。这世上什么怪事没有啊。"

"是啊，就比如我，一个食客，毫无道理地在你们家吃饭。"

哥哥笑起来。然后他问我还记不记得四岁以前，父母还没有去世时的事。我摇摇头，回答说记不起多少了。

"那个时候满屋的老鼠，全是他们喂养的。我亲眼见到爹爹夜里起来往地上撒大米。他们是讲究体面的人，不会承认的。两个人同时病死是很少见的吧，只有我清楚，是那些老鼠造成的。他们甚至任凭老鼠在被窝里做窝。我可不想死，你嫂子也不想，你应该看出来了这一点。"

"他们关起门在房里干什么呢？"

"截肢。就用两把镊子和一把手术刀干那种勾当。"

"原来你早就知道。"

"他们干这个又不是一次了。我不希望大年回家，要是只有二年一个人的话，他就干不成，他缺乏勇气。"

"所以你就躲出来了吗？"

"是啊，这只是策略。"

天阴沉沉的。突然，远处那条路上，大年和二年正在喊我们，他俩的声音竟如同哭丧一样。哥哥的样子有点紧张，我们一同站了起来。

到他们走近来的时候，我大大地吃惊了。两兄弟都哭得眼睛红红的，大年那件皮夹克上的两只口袋被撕得吊在衣服上晃晃荡荡，裤子上沾满了灰土，似乎刚和什么人打了一架。

哥哥沉下脸来，问他俩道：

"你们怎么啦？"

"我们不想活了。"二年抽抽搭搭地说。

"见鬼!"哥哥大喝一声,我从未见过他这么威严。

两兄弟像听到了冲锋号一样拔腿就跑,一会儿就跑得不见踪影了。

"有些事,不要过早下结论,等一等就清楚了。"哥哥说。

我本想问哥哥他在关心什么事情,但我又想,等下到屋里去看看吧,也许真的什么都清楚了。比如说,我的母鼠是否被他们截肢了之类的事。我注意到哥哥的步履突然老态龙钟了起来。我不由得感叹,他每天经历这样剧烈的情绪起伏,该有多么难啊。

我们回到家里时,大年和二年正在厨房里吃东西。哥哥一进屋就睡觉去了。我来到那间房,看见桌上满桌的水,还有血迹,我的脑袋就轰地一下响起来。但是它不在,那个宽口瓶也不见了。我用目光将房里搜索了一遍,也没有见到。这时大年出现在门口,他知道我在找什么。

"它回你房里去了。它重重地打击了我们。我实在不明白,人怎么还不如一只老鼠呢?真丢人啊。"

它真的回到了那个鞋柜里头。它躺在柜板上头,眼睛睁得很大,但眼里已失去了光芒。它没有死,大肚子一鼓一鼓的。不论我怎样仔细看,它身上还是找不到任何伤痕。它的皮毛有点湿,除此以外一切正常。我试着用棍子拨它一下(因为担心它会咬我,我不敢用手接触它),它还是不动不挪。也许那两个恶棍已经造成了它身体里头的内伤,也许我刚才看见的血是它肺里流出来的血,真可怕啊。如果它死了,我的情绪可能就没有这么狂乱了。问题就在这里,它根本没死,大睁着无光的眼睛什么都不看，可又什么都看见了。它到底看见了什么呢？

我在房里踱来踱去，忽然，我听到了无数细小的声音。地板下，柜子后面，天花板上，到处都是这种老鼠咬啮木头的声音。我觉得它们就要从隐藏的处所冲出来了。我担心是自己产生了幻觉，就用冷水洗了头，但情形依旧。它们早就在这屋里，日日夜夜都在咬，我以前却像个聋子。

嫂子进来打扫卫生了，她用扫帚一划一划地扫着，显得十分沉着。

"嫂子，这些老鼠全是你们喂养的吗？"

嫂子转过身来，用她粗糙的手摸了摸我的额头。

"你在发烧，真可怜。我不是你们家的人，可是我也知道这个准则：要适应这里的一切，不要对抗。你看，我从你哥哥那里学了不少东西吧。"

奇怪，她在房里的时候，老鼠就不咬，她一走出去，老鼠又咬得欢，好像在示威一样。我又思考起那个问题来：母鼠究竟遭到了什么样的折磨呢？

我坐在我的小房间里，太阳照在地板上，外面居然出太阳了。起先我听见哥哥和嫂子在厨房里吵，后来屋里就发生了骚乱。有碗碟砸在地上，二年在高声呼叫"死人啦！"我呆看着那一条阳光，不愿挪动自己的身体。渐渐地，我感到自己也具有了母鼠的目光——什么都不看，可又什么都看见了。老鼠咬啮木头的响声渐渐地平息下去了。

后来我得知大年在家里上演了自杀的好戏。他下不了手，叫二年帮他一把，二年就乱叫起来，结果当然是没有成功。

忧心忡忡的哥哥只是不住口地说：

"他不该回来，他不回来这里已经够乱了，各人都有各人的问题。"

母鼠的伤很快好了，它又可以到地板上吃东西了。也许，它根本没受伤，至少我没看到。我每天夜里都听到它那有弹性的步子落在地板上，它仍然是那么谦卑和谨慎。而嫂子，在打扫我的房间时偶尔也会停下手里的活，说出自己心里所想的事。她总是重复这句话："不要对抗，就会相安无事。"

我的体内渐渐地空掉了，这是一件什么性质的事呢？当我凝视着家里这三个人的时候，我就从他们身上也看出了相同的特征。我觉得用"徒有其表"这几个字来形容我们是最合适了。

哥哥已不像以前那么担心我的精神状况了。每星期一次，他大大方方地揭开鞋柜的布帘子，将那只双目无光的母鼠看来看去地看个够。末了，他叹口气，将它称为"父母的遗产"。

"我每天去上班，可是我的心思根本就不在班上。我到了下午就那么急着往回赶，竟会把鞋都跑脱了。"他说。

"可是你看看它，并不到处跑。它心里怀着强烈的梦想。"

"是这样。"哥哥叹了口气，有点自卑似的看了看脚下开裂的鞋底。

2003年4月6日于北京牡丹园

原载于《书城》2003年第8期

女儿们

为人父,尤其是女儿们的父亲,是充满了天伦之乐的。很久以前,远文深信过这一点。远文是个乡村知识分子,但他讨厌教书的工作,于是成了走家串户的木匠。远文有两个女儿,阿莲和阿翠,她们的妈妈早年患肺结核去世了。

两个女儿长得很不一样,阿莲高大丰满,阿翠小巧精致。两人都很活跃。孩子小的时候,远文曾担心幼年丧母会给她们带来性格上的阴影。一年一年过去,远文悬着的心渐渐放下了——两姐妹健康得很。远文一点都不娇惯孩子,当他在外边做木工的时候,十五岁的阿莲和十三岁的阿翠就承担了全部的家务和地里的活儿。有时候,站在乡村的骄阳里头,远文会入迷地想,即使自己立刻失踪了,这两姐妹也会活得很好的吧。

远文做工的地方有时离家很远,一两天都不能回来。住在做工的主家时,一歇下来他就会坐在矮凳上胡思乱想,设计起阿翠的前途来。为什么仅仅是阿翠呢？因为阿莲是很沉稳的、不用操心的一个女孩。阿翠就不同了，她想法太多，而且没有定准。前两年远文曾打算不让她上学了，要她去学裁缝手艺，他想用一门手艺来拴住她的心。不知怎么，他后来改了主意，并没有实施学裁缝的计划。中途他又产生过让阿翠走出乡村，寄住到姑妈家的念头，然而不久这个念头也打消了。就在他打不定主意的期间，发生了阿翠出走的事。她并没走多远，就走到邻村，一个比她大二十岁的男人的家里，那人是她的老师。后来证明是虚惊一场，因为那人并没有对她怎么样，她只不过是参观了他的养蝎场，他们俩和那些蝎子待了一夜。不过远文一直耿耿于怀，后来他让女儿换了班级，不让那男老师教她了。阿翠在家里说，她才不稀罕那秃头老师呢，他脸上还有不少麻子！她之所以待在那里，是因为蝎子实在太吸引她了，将来长大了，她也要办养蝎场。

现在远文刨完桌面后坐在院子里的石凳上，想阿翠的事，他有点吃惊地发现自己居然盼着阿翠碰钉子。这是怎么回事呢？难道她不是自己疼爱的小女儿吗？当然她是，远文眼前出现阿翠那双黑葡萄似的眼睛，他感到那双眼睛太明察秋毫了，远远超过她的姐姐。阿莲的眼睛是栗色的，又大又清澈，不过有时也会变成黑色，像山猫的眼一样闪闪发光。远文的妻子生下阿翠后就病得不成样子了，那时她对阿翠不闻不问，任其在煤灰堆里拉屎拉尿。也许她心里怀着深深的怨恨，认为是小女儿吸走了她的生命吧。她在弥留之际，阿翠拉住她的一只手，她不知哪来的劲，突然一下挣脱，阿翠被摔倒在地，哇哇大哭，而她则平静下来，安详地闭上了双目。这一幕，远文至今历历在目，而且心中的疑问从未找到过答案。"阿翠呀阿翠。"他叨念着,既无奈又隐隐地不安,似乎觉得某件事就要逼近了。

"远文想什么呢?应该再娶一个老婆嘛。"

主家男人抽着烟袋,悠悠地朝他走过来。

"想当年,你家阿翠闹得满村风雨,我看这小女子会大有出息啊。"

为了逃避男人的唠叨,远文一声不响地从地上捡起一根木方来刨。

"你要把院子的围篱细细检查一遍。我吃过这种亏的。不过呢,锁得了房门锁不住人心。我可不是说你,我只是打个比方罢了。"他还在唠叨。

在家中,阿翠正在搭葡萄架,她站在梯子上干得很起劲。阿翠总是梦想,如果把院子侍弄得像花园一样,爹爹的心就会留在家中了。葡萄是去年栽的,今年已经攀上了架。院子里有很多木芙蓉,篱笆上面爬满了金银花,挨近房子的那边则栽了很多胭脂花。一般的农民很少栽这些玩意儿,所以邻居就说阿翠"心野"。

天上飞过一只鸟,发出一声怪叫,阿翠听了腿子发抖,急忙从梯子上下来了。她对于某些声音特别敏感,她甚至认为自己听得懂鸟语呢。在地上站稳之后,她欣赏了一会儿自己的工作,觉得很满意。她知道爹爹也很喜欢这些花呀,葡萄呀。可是爹爹身上仿佛有两个人,一个留在家里,同她和阿莲在一起;另一个要远走高飞,抛开一切。妈妈刚去世后的一段时间,阿翠和阿莲特别恐惧，因为爹爹总是一连出去两三天，然后回来待一待，又走了。阿莲说，努力多干活，爹爹就回来得早。那时舅妈每天来帮着料理家务，每次都夸阿莲懂事。好多年以后，阿翠仍然看不出努力干活和爹爹的归期有什么关系。那一次阿翠胆大包天从家里出走了一天，其实是为了给爹爹和阿莲一点颜色看，她心底对于这两个人越来越不满了。小时候她以为自己同阿莲是一伙的，后来才明白阿莲和谁都不是一伙的。怎样才能赢得爹爹的心呢？阿翠越来越没有把握了。

这个家里，阿莲才是顶梁柱，阿翠自己不过会做些无用功，比如搭这个架子，种那些花草。爹爹回到家就对她做的这些活表示惊喜，他最喜欢干的事就是坐在花丛里抽上一袋烟。表面看，他倒是不重视阿莲持家的辛苦。喜欢归喜欢，爹爹仍是满腹心事，一会儿就把两个女儿抛到了脑后。阿翠知道爹爹的活动圈子不断扩大，最近有一回，他出去了四天才回来，回来后虽疲惫不堪，兴奋之情却溢于脸上。据阿莲说，爹爹的这种兴奋并不是起因于女人，因为有人帮他介绍了好几个女的都被他一口回绝了。阿翠相信她的观察。爹爹有一个女人，是那个在山坡下建房的兰寡妇，一个外来女人，爹爹有时去她那边过夜。村里人都说，兰寡妇死也不会嫁给爹爹。有时候，阿翠会将兰寡妇设想成自己的妈妈，她觉得那个独来独往的女人也许具有钢铁般的意志。不过说实在的，她丝毫也不了解她，从爹爹身上也看不出她的影响。爹爹一旦心神不定，两姐妹就知道这是远离她们的标志，他要到哪里去呢？如果他哪里也不去的话，恐怕还更糟呢。

"男人的心思啊，说不准，也不想去管。"阿莲说出这句话，像老妇人一样摇头。

阿翠惊奇地看着姐姐,大笑起来。阿莲却不笑,也很反感妹妹笑,她在这种事上一贯是很严肃的。阿翠捂着笑痛了的肚子问姐姐:

"爹爹是什么样的,你很清楚吗?"

"不。我说了不想去管。"阿莲硬邦邦地回答说。

阿翠又一次领略了这个家里的顶梁柱的意志。阿莲不过才十五岁,心思却深得如无底洞。去年,阿翠见到她徒手擒住一条菜花蛇。如果不是她亲眼所见,阿莲是不会告诉任何人的。当阿翠问她从什么地方学到这种技巧时,她轻描淡写地说:

"没有和谁学。只要意念集中,屏住气,谁都可以捉蛇。"

"我不相信我能捉蛇。"

"那是因为你还没有打定主意。"

阿翠很讨厌阿莲用这种口气同她说话,总想反抗一下,又找不到由头。有什么办法呢,她天生比阿莲弱小,做事没有气魄,这些都是不可改变的。不过还好,阿莲倒并不反对她弄那些花呀草呀的,因为爹爹喜欢这些。阿莲任劳任怨地承担着家务,一点都不认为必须与阿翠平均分担。这一来,就算阿翠对她有怨恨,也不便发泄出来了。

这是远文离家第六天了,有史以来最长的一次。他身心疲惫地走在回家的路上。快到家时,他看见姐妹俩一高一矮的身影在路边跳跃着。走到面前才发现她们是在赶着那头花猪。阿翠的脸上弄得脏兮兮的。

"赶到哪里去呢?"他问。

"到镇上去卖掉。"阿莲说,"你不回来,我们准备卖了钱到城里姑姑家去。"

"可是爹爹回来了呀。"阿翠小声地、犹豫地辩解。

三人又一块把花猪往回赶。阿莲一路上闷声不响,只有阿翠在同远文说葡萄架的事。远文问阿翠他出去这么久她有没有胡思乱想,没想到她老模老样地回答说:

"各人都有各人的问题嘛。你的事你自己负责。"

远文感慨万千。连小女儿也洞悉了某些谜一般的事物,大女儿就更不用说了。在禾村的时候,他感到自己离这个家很远很远,好像就连她们两个的面貌都记不清了似的。现在一回来,各种各样的牵扯又复了原。主家男子昨天对他说,保持心境平和的最有效的办法就是把自己弄得像个外人一样。他还用村里的一名贼打比方,说那个人是最自然的、有福气的。禾村是个小小的村子,总共只有十几户,住在大屋里,远文在每一家都做过家具。那些人虽然有点喜欢管闲事,但远文爱看他们那种犹疑不决的眼神。他们都是一些待人亲切、让你无法看透的人。就说主家那男人吧,啰里啰唆地说起他的阿翠,其实呢,那男人根本不关心他的家事,不过是来试探他罢了。禾村的生活似乎很平静,但是近来,远文不知为什么却感到累得慌。他开始左思右想,身体变得轻飘飘的,慢慢地也不敢同那些黏滞的眼神对视了,每每看人总偷偷打量。

他进了院门,走到新搭的葡萄架下面,躺在那把躺椅上,就再也不能动了。他觉得自己重又掉进了熟悉的墓穴里,而这里头到处都是清澈的眼睛，他不愿看到的眼睛。为什么他在禾村的时候，要那样拼命干活呢？是为了给阿翠阿莲留些钱，自己好早日离开？其实到现在他也没有正式考虑过离开家的事。阿莲一进屋就到猪圈那边去了，远文知道那头小花猪是她最喜爱的。他睁开眼，看见阿翠泡了浓茶给他端来。

"爹爹在外头一定是很如意的。"

她蹲在躺椅边，眼睛看着地，用一根枯枝在地上画。

远文在心里嘀咕，并不是谁离不了谁嘛，说不定阿莲自有打算呢。倒是阿翠前途莫测，但这事远文不愿多想。这个墓穴里是很温暖的，小小的昆虫在空中飞来飞去，架子上那些探头探脑的葡萄也很有趣。他还听到猪在槽里欢快地吃着——一头花猪一头黑猪。他想，有女儿就是不一样啊。两个女儿就是两朵花，开放在这昏沉的墓穴里，给这里带来了生气。远文记不起自己是从什么时候开始将这个家变成墓穴的，也许妻子还没死的时候就开始了吧。那段时间他产生过幻视，只要是妻子碰过的东西，短时间内在他眼里就成了灰烬。那些个杯子啦，药罐啦，毛巾啦，统统消失过，找都找不到。当然最后它们又回来了。妻子死了后他就把她用过的东西统统扔出去了，"眼不见为净"。有病的妻子生出了两个这么健康的女儿，这件事有时令他高兴，有时又令他恐慌。她们的青春咄咄逼人，逼得远文只好不断出走。禾村或蒿村这些地方，充满着行动迟缓、目光黏滞的人，对于远文这种惴惴不安的人来说是一种很好的调整。远文总在心里说，如果老了就去那些地方度过老年吧。但现在离"老"似乎还很遥远。

他用力睁了睁眼，看见阿翠在晾衣服，他的衣服，已经洗过了。好多年前,妻子也站在同一个地点做这件事。他似乎又听见了她的抱怨,她每天都要抱怨光线太亮、窗帘没拉好之类的事。那时远文自己也怕晒,可能是受她的影响,这事还成了村里的笑柄。女儿们是不怕太阳晒的,阿莲小的时候经常在菜园里唱她自己编的儿歌,一待就是一上午。那时,就连妻子看了她的样子都有点感动。妻子悄悄地对他说,阿莲这个样子,长大了会不会对自己的前途期望过高啊?后来的发展证明那种担心是多余的,阿莲现在甚至比他这个当爹的还要头脑清醒。阿莲既不像他也不像她妈,到底像谁呢?想来想去,可能是像她姑姑。她姑姑像她这么大时就跟了一个男人去城里开布店去了。远文觉得自己的妹妹远比自己笃定,有主张。

然而对于阿翠,他一点把握都没有。

"爹爹,你说我的养蝎子的计划实现得了吗?"阿翠问。

"实现得了。等爹爹赚了钱你就去养吧。"

"我喜欢有毒的动物,养起来也方便,没人敢偷。"

"那可是危险的工作。"

"危险什么呢?我看一点危险都没有。我将来就靠这个为生。"

远文不由得笑起来,瞌睡也没有了。他把刨子和锯子捡进屋内时,突然发现屋里亮堂堂的,那些窗帘全被扯掉了。是刚刚扯掉的,还是早就扯掉了呢?他又走进自己房里,竟也有些不习惯。阿莲在厨房里做饭,酸菜炒肉的好闻的气味飘了过来,阿莲真是贤惠的女孩啊。他听见她在呵斥阿翠。从表面看,阿翠是受她姐姐的领导的。由于卧房里亮得让他难受,他就到厅屋里去抽烟。

一会儿饭菜就上桌了。三个人都闷着头吃。远文看见自己回来了,女儿们一点都没有高兴的样子,心里就很歉疚。他讨好地问阿莲要不要买花布做衬衫。

"不要。"阿莲断然拒绝。

远文吃完饭就坐在门口生气,最近他变得像小孩一样爱生气了。

"爹爹这一次什么时候走啊?"阿翠一边弄她的剪纸一边问。

"我刚回来,你就盼我走吗?"

"你要是在家,我就老在心里挂着:爹爹什么时候走呢?这样挂念着什么都干不了。真的走了之后,反倒安下心来。阿莲正好相反,每次你一走她就气愤得不得了。"

"走了之后你倒有了盼头了,是吗?"

"是啊,盼你回家嘛。"

她蹦蹦跳跳地拿着剪纸到外面去了,毕竟是孩子,对一些事说过就忘。阿莲可就不这样了,她阴沉着脸在屋里忙进忙出的,大有示威的意味。远文想,要是卖掉了花猪,她们会在城里待多久呢?阿莲的心里肯定是很苦的,远文没有能力同情她,只能任其自然。上个月来过一个做媒的,后来阿莲还同那男的见了一面。那人不太聪明,还有些苦相,他不是种田的,是一个弹花匠。媒婆带他到家里来弹花,阿莲看见他的弹花工具眼里就闪出光来了。弹着棉花,那人忽然对阿莲说,家里有一个未婚妻,说得阿莲竟掉下眼泪。远文看了之后,真是惊讶不已。这个蠢里蠢气的男子,就凭一副脏兮兮的弹花工具勾走了阿莲的心!那人离开后远文心里的那块石头才落地。

阿莲既然热切盼望离家,实在没必要把家里的事看得这么重,还同他较真生气。想要离家的阿莲和看重合家团圆的阿莲,到底哪个是真实的呢?还是她从来就这样自相矛盾?远文对直望出去,看见被他修好的篱笆,他心里想,她们俩才不怕陌生人呢,她们会打开院门,将来人迎进屋里。

院门那里进来了一个人,是孩子们的舅妈,典型的、长相粗糙的农家妇女。舅妈进门后就东张西望的,一副放心不下的样子。

"当家的啊,你怎么让女孩自己决定终身大事呢?我都听说了!"

她高声嚷嚷,虽然远文心里有点厌恶,也只好忍着,她毕竟有恩于自己。当年阿莲出麻疹,还是她救下了孩子呢。

"远文我告诉你,两个小孩里头,危险的是阿翠!别看阿莲骂骂叨叨的,她到头来会死守住这个家。阿翠可就难说了!"

"知道了。"远文不想再听下去。

女人冲进屋内。过了一会儿,远文就听见她在屋内和阿莲争吵。

当远文睡了一会,昏昏沉沉从躺椅上抬起头来时,居然看见舅妈满脸是血往外跑,口里还喊着"救命"。他连忙站起来。一会儿阿莲也出来了,面无表情。

"谁要她来管我们家的事啊,瓦罐子爆炸,炸着了她。"她说了这一句就一扭身进去了,远文好像还听见她在笑。

他忽然想起了什么,跑进屋里,大声喊:

"阿翠!阿翠!"

他全身无力,差点坐到地上去了。过了一会儿他又冲向外

面狂喊。他冲到后院,看见海蓝色的衬衫,那正是阿翠,她坐在榆树下聚精会神地剪纸。阿翠抬起头,笑嘻嘻地说:

"爹爹也会着急啊。"

"屋里是怎么回事?!"

"是舅妈自己去撞玻璃窗,碎玻璃扎坏了她的脸。"

"哦——你剪什么图案?"

阿翠举起手里的活儿,远文看见一条帆船,上面有个村姑。

"你见过船了啊?"他大大吃了一惊。

"当然没有。是别人那里学来的图样。"

远文低头一看,地上尽是那同一种帆船。他感到了小女儿内心的疯狂。

"阿翠啊,我怎么办呢?"

他觉得自己反倒成了无助的孩子。阿翠抬起头来看他,目光里头充满了同情。

这时屋子里头有什么东西摔破了,于是两人一起跑过去看。

摔破的是一大摞瓷碗,阿莲正在将瓷片捡进垃圾桶里。她弯着腰看着地上,好像没看见爹爹和妹妹似的。阿翠抓紧了远文的手,将他拖到外面。

"现在她正在火气上头,不要去惹她。"

"她总有这么大的火气啊?"

"我想,是你回来了她才这样的吧。你什么时候走呢?"

"现在还不知道呢。"

半夜里,远文从窗口望出去,看见阿莲模模糊糊的身影在树丛间晃动着,如同一个鬼。明明知道那是阿莲,他居然还是感到害怕。他不敢在此刻走出去面对大女儿,为什么呢?也许是愧疚吧。当阿莲五六岁的时候,他经常把她丢在外头,让她自己一个人找回家去。那时他就看出她的禀性了,他又欣赏又担忧。"阿莲——阿莲——"他在心里轻轻地呼唤着。看来是个不平静的夜,阿翠也在房里发出响动。

本来远文是想去外边走动走动的,但阿莲挡在院门口那里,他没法出去,他不愿同女儿面对面,尤其是在这种月光灿烂的夜里。他走到厅屋里去喝水,阿翠也在那里,她又在剪那些帆船。

"姐姐没和你在一起啊?"他明知故问。

"她担心那头花猪呢,昨天不怎么吃食。"

"爹爹为什么不睡呢?"

"你也没睡嘛。"

"我?我觉得你明天要走啊,想来想去的,就起来了。"

她拿着剪子的手飞快地、灵巧地迂回着,她的心思都集中到了剪子上头。妻子也会一点剪纸,但从未教过阿翠,她是无师自通吗?

他回到卧房里,一会儿就睡着了。中途又不断醒来,听见两姐妹在屋里闹翻了天似的,她们居然将猪也弄到了厅屋里。远文不愿张开眼,他一次又一次重新陷入昏睡之中。天明的时候,他觉得自己像翻过了几座大山那么累。

兰寡妇出现在院门那里时,阿翠吓了一跳。女人全身裹在黑色的衣裙里头,阿翠看花了眼,还以为是一头怪物呢。她从未同这女人面对面说过话。

"我找阿莲。阿莲不在吗?那就找你吧。"

阿翠微微有点紧张。女人在院子当中的石凳上坐下来,开始东张西望。

"我爹爹已经走了。"阿翠说。

"我知道。你多大?快十四了?你真稳重,稳重的孩子有出息。这个院子变化不大嘛,葡萄架搭得很不错。阿翠我对你说,你会很有出息的。"

她又跑到猪圈里头看了看,然后走出来,笑嘻嘻地说:

"你们这个家,真是井井有条啊。阿莲把她的活儿干得很好,你爹爹就是想忘掉你们也不可能。你们这个爹爹,是个什么样的爹爹呢?"

她像是问她又像是自问。后来她一挥手,对这种问题很厌烦似的。

"你会腌青菜吗?新收回的青菜,要放在露天,吸收很多露水。你看,青菜就像人一样。即便腌在坛子里,它们也是绿生生的。"

阿翠没想到她这么活泼多话,以前还以为她是沉默的女人呢。她在房子里走来走去,身体很沉重,却又十分灵巧。阿翠猜不出她来这里的目的。她一开始好像说了是来找阿莲的,可是阿莲到镇上买油去了。忽然,她弯下身,凑在阿翠的耳边悄悄地说:

"你爹爹其实还在这屋里,不信你听!"

于是阿翠听到了瓷碗从碗柜里掉到地上的响声,她的拳头捏得紧紧的，脖子也僵了。女人刺耳地笑起来。

"不要去管这种事。收青菜的时候，多多用些心思吧。"

兰寡妇走了之后，阿翠心里很乱，她不敢去厨房察看那些碗。她从井里打上水来，去浇那些花儿。她在干活之际，一听见院子外面有响动就冲出去张望，但她什么也没看到。浇完花和葡萄之后，她就躺在爹爹躺过的椅子里休息。一休息眼皮就黏上了，朦朦胧胧地看见兰寡妇用一把小剪刀在剪自己的指甲，想喊呢又喊不出，只好由着她去剪。兰寡妇紧紧地捏着她的手，都剪出血来了。看着这一大团黑色的东西悬在自己身体上面，阿翠更感到这个兰寡妇是怪物。起先她还挣扎了几下，但终于挣不脱。流血的指头丝毫没有痛感，所以倒也不特别难受。阿翠想，莫非兰寡妇是潜藏在后院的柴棚里的？但她分明看见她是从院门外进来的啊。剪完她的手指甲，兰寡妇又去脱她的鞋，开始剪脚指甲了。恍惚中听见村里的狗在很远的地方叫，接着有一个童声在她耳边说："树里的桃子全给猴子偷光了，你到底在干吗？"听了这话，阿翠就莫名其妙地惭愧起来，脸颊都发热了。

阿翠醒来时，听见阿莲在后院劈柴。她连忙跳起来，心里头那份惭愧比在梦里头更厉害了。阿莲满头大汗，放了斧头站在那里歇一歇。

"兰寡妇来找过你了。"

"她早该来找我了，我还要向她借钱呢。"

"你们一直来往啊？"

"还不是因为爹爹。兰寡妇是个有办法的女人。我去镇上买油时，一路上都在担心你呢。你现在变得不像以前了，你该不会乱来吧？"

"我什么地方不像以前了？"

"我是说那个葡萄架，你那样讨好爹爹。他躺在那里看葡萄，心思飞得老远老远。"

"你都知道他的心思吗？"

"当然啦。要是你和爹爹一起走掉，把猪也赶走，我怎么办呢？所以我请兰寡妇来家里看看。我可能是冤枉你了。最近我像要发疯似的。"

"啊！"

阿翠感到自己脑袋发晕，她在阿莲的瞪视之下撞撞跌跌往屋里走去，坐在厨房里剥豆子，静下心来想了一会儿，冲动才平静下来了。阿莲劈柴的声音又传到她的耳朵里，她一边劈还一边发出低吼，像要杀人似的。阿翠不由得全身发抖。

阿莲劈完就到厨房里来做饭了。她将大锅端上灶，开始蒸饭。她弯下腰去用力的时候，穿着塑料凉鞋的大脚稳稳地踩在地上。阿翠向她那只右脚瞥了一眼，发现拇趾和中趾的趾甲缺掉了，还有血在往外渗。

"阿莲你的脚……"

"兰寡妇弄的，剪着好玩，干脆将趾甲撬掉了。她说试试看我受不受得了。还好，我没什么感觉。奇怪，我一回来，看着你，又不再担心了，你不是那种乱来的。兰寡妇那个人啊，本事大得很。"

阿莲站在面前的时候，阿翠分明听到她身上有什么东西发出咔嗒咔嗒的声音。她就问阿莲，阿莲回答说那是她的骨头响，还将阿翠的手牵向她的膝盖。阿翠感觉到那些骨头正在发生骨裂,她很吃惊阿莲怎么还能站得那样稳。

"我做茭瓜炒肉丝给你吃。"阿莲妩媚地一笑。

阿翠想起她俩藏在柴棚里以防不测的那些钱,心里小小地掀起波浪。

太阳下山的时候,两姐妹又和好如初了。她们一起爬上后山,站在坡上,从那里可以看得很远很远。她们将双手做成喇叭状,好玩似的高声呼叫:

"爹爹——爹爹——"

就这样一直叫到暮霭笼罩整个地区,叫到夜气从脚底下升起。

后来坡底下的兰寡妇从小屋里走出来了,兰寡妇说:

"你们的爹爹啊,斗不过你们的。"

原载于《上海文学》2003 年第 9 期

图书在版编目（CIP）数据

小镇逸事 / 残雪著. -- 长沙：湖南文艺出版社，2021.10（2023.10重印）
（残雪作品典藏版）
ISBN 978-7-5726-0241-2

Ⅰ. ①小… Ⅱ. ①残… Ⅲ. ①短篇小说－小说集－中国－当代 Ⅳ. ①I247.7

中国版本图书馆CIP数据核字(2021)第136404号

小镇逸事
XIAOZHEN YISHI

残雪 著

出 版 人：曾赛丰
责任编辑：陈小真　　曾　军
责任校对：徐　晶　　胡伟英
装帧设计：弘毅麦田
湖南文艺出版社出版、发行
（湖南省长沙市东二环一段508号　　邮编：410014）
网址：www.hnwy.net
湖南省新华书店经销
湖南省众鑫印务有限公司印刷

版次：2021年10月第1版
印次：2023年10月第2次印刷
开本：889 mm×1194 mm　1/32
印张：12.5
字数：269 千字
书号：ISBN 978-7-5726-0241-2
定价：68.00元

本社邮购电话：0731-85983015
若有质量问题，请直接与本社出版科联系调换